Inhalt

Nach dem gewaltsamen Tod seiner Familie tritt Sigurd Svensson sein Erbe auf dem väterlichen Hof im Tröndelag, einem Gau in Nordwesten von Norwegen, an und wird trotz seiner Jugend zum Häuptling der Siedlung erhoben. Das große Heil, welches die Nornen des Schicksals dem jungen Wikinger einst schenkten, und es dann wieder von ihm nahmen, scheint nun endlich zurückzukehren. Denn, als die gefürchteten Jomswikinger in den Trondheimfjord einfallen und versuchen den Gaukönig Hakon zu vertreiben, kämpft Sigurd mutig für den Herrscher des Tröndelag und erhält dafür von diesem den Titel eines Jarls.

Rainer W. Grimm wurde 1964 im Ruhrgebiet geboren und lebt auch heute noch mit seiner Familie und seinen beiden Katzen in seiner Geburtsstadt. Erst mit fünfunddreißig Jahren entdeckte der gelernte Handwerker seine Leidenschaft für die Schriftstellerei. „Die Krieger Odins" ist der zweite Band der Saga von Sigurd Svensson, die die Vorgeschichte zu der in drei Bänden erschienenen Saga von Erik Sigurdsson bildet.

Rainer W. Grimm

*

Die Saga von Sigurd Svensson 2

Die Krieger Odins

Historischer Roman

Bibliografische Information Der Deutschen Bibliothek:
*Die Deutsche Bibliothek verzeichnet diese Publikation in der
Deutschen Nationalbibliografie; detaillierte bibliografische Daten
sind im Internet über* http://dnb.ddb.de *abrufbar.*

Alle Rechte liegen beim Autor
© 2018 Rainer W. Grimm (überarbeitete Neuveröffentlichung)
Erstausgabe 2013
www.rwgrimm.bodautor.de
Herstellung und Verlag: BoD - Books on Demand,
Norderstedt
Titelgestaltung, Layout: RWG & Bod
Bildquelle: www.mittelalter-seelenfaenger.de
(Jochen Kunz, Michaela Kunz)
Abbildung: Sigfried Kump (http://www.reges-francorum.de/)
ISBN: 978-3-7386-3202-6

Inhaltsverzeichnis

Historischer Hintergrund.. 7

1. Die Heimkehr...10

2. Wem gehört der Wellentrotzer?.........................31

3. Das Mädchen Burga..56

4. Von einer bitteren Niederlage....................81

5. Des Sigurds neue Braut..............................96

6. Ein Priester im Sigurdfjord......................116

7. Von einer guten Nachricht........................133

8. Die verlorene Schwester..........................147

9. Vom Ladejarl Hakon.................................161

10. Der Aufstand..182

11. Der König des Tröndelag........................199

12. Harald Gormsson und der Gabelbart............218

13. Das Erbmahl zu Roskilde........................ 234

14. Angriff der Wikinger von Jom...................250

15. Die Krieger Odins...............................269

16. Jarl Sigurd......................................286

*

Historischer Hintergrund

Als im Jahre 960 n. Chr. Harald Eriksson, genannt „Graumantel", und seine Brüder aus Dänemark nach Norwegen kamen, um sich für die Vertreibung und den Tod ihres Vaters Erik „Blutaxt" zu rächen, war es um die Herrschaft ihres Onkels Hakon des Guten im Südwesten Norwegens geschehen. Mit der Hilfe des Dänenkönigs Harald Blauzahn gelang es ihnen, den verhassten Onkel in der Schlacht bei Fitjar zu töten. So wurde die Königsmacht in Norwegen unter den drei Erikssöhnen aufgeteilt, und Harald erhielt den wichtigsten Gau und wurde somit zum Oberkönig. Sie blieben jedoch weiterhin Vasallen des Dänenherrschers.

Doch es galt die Herrschaft zu sichern, und so überfielen die Brüder Harald und Erling im Jahr 962 n. Chr. den Ladejarl[1] Sigurd Hakonsson, einen Sohn Hakons des Guten, in seinem Haus in Stjördal im Norden des Tröndelag, dem Gau im Nordwesten Norwegens, und verbrannten diesen darin. So vereinnahmte Harald „Graumantel" das Tröndelag und somit auch all seine Abgaben in seinen Herrschaftsbereich. Doch die Machtgier des ältesten Sohnes des Erik „Blutaxt" war noch nicht gestillt, und bald fielen auch die Gaue der Kleinkönige Tryggvi und Gudröd, Vestfold und Vingulmark unter seine Herrschaft. Sein Ziel war es, alleiniger Herrscher über die Gaue Norwegens zu werden.

Der Sohn des Ladejarls[2] namens Hakon floh nach Dänemark und begab sich dort nun selbst unter den Schutz des dänischen Herrschers, und dieser empfing ihn wohlwollend. Mit Verleumdungen und hinterlistigen Ränkespielen gelang

---

[1] Jarl – Adelstitel, Graf (engl. Earl)
[2] Lade – Handels- und Königsstadt im Trondheimfjord

es ihm, dass Harald „Graumantel" bei seinem Lehnsherrn noch mehr an Ansehen verlor, denn der neue König der Norweger war am dänischen Hof längst in Ungnade gefallen, hatte er doch mehr und mehr Macht an sich gerissen und sich somit schon fast der Herrschaft der Dänen entzogen.

Hakon gelang es, Harald Blauzahn davon zu überzeugen, dass nur er der rechtmäßige Erbe des Königsthrones von Norwegen sein konnte. Im Jahr 970 n. Chr. erbat der dänische König von dem Norweger Harald, ihn mit einem Heer im Kampf gegen die Franken zu unterstützen, und da der „Graumantel" um seine gerade gewonnene Macht in Norwegen fürchten musste, sollte er dem Dänen seine Hilfe verweigern, stellte er ein großes Heer auf und begab sich in das Dänenreich. Im Limfjord geriet das Heer der Norweger in einen Hinterhalt des Harald Blauzahn und wurde vernichtend geschlagen. Harald „Graumantel" verlor seine Herrschaft und sein Leben dazu. Norwegen fiel wieder unter die Macht des Dänenkönigs, und dieser schickte Hakon, den Jarl von Lade, als seinen Lehnsmann auf den Thron des Tröndelag. Hakon zeigte sich dankbar, war ein treuer Untertan und schlug so manche Schlacht für seinen Lehnsherrn. Doch der Tröndner war auch ein eifriger Anhänger des Odin[3] und der nordischen Götter, was dem christlichen König Harald Blauzahn wenig gefiel. So kam es, dass im Jahr 983 n. Chr. der dänische Herrscher von dem Ladejarl die Taufe verlangte. Von seinen Göttern wollte der Herr des Tröndelag aber nicht lassen, und so zerbrach seine Treue zum dänischen König. Aber der Ladejarl Hakon war nicht so dumm, seinem Lehnsherrn Harald die Abgaben

---

[3] Odin – bei den Südgermanen Wodan oder Wotan, oberster Gott der Nordleute „Allvater", Kriegsgott, Herr über die große Methalle Walhalla in die er die getöteten Krieger (Einherjer) aufnimmt

vorzuenthalten, denn er war sich keineswegs sicher, einen Krieg gegen den Dänen zu überstehen. Also fügte er sich und unterstellte seine Herrschaft weiterhin der des Dänen. Erst als einige Jahre später ein von Harald Blauzahn geschicktes Invasionsheer der gefürchteten Jomswikinger[4] in das Tröndelag einfiel und das Heer der Tröndner diese in einer großen Schlacht im Hjörungafjord überraschend schlug, war Hakon bereit, sich aus dem Lehen der Dänen zu lösen. Die dänische Krone hatte vorerst die Befehlsgewalt über das Land am Nordweg verloren.

*

---

[4] Jomswikinger – Wikingerbund, meist dänischer Krieger, bewohnten die an der Oder gelegene Jomsburg und die dazugehörige Handelsstadt Jumne, eine weit gefürchtete Wikingersiedlung

1. Die Heimkehr

Kräftig peitschte der Wind die Wellen, sodass sie hoch über die Bordwand des Wogendrachen schlugen und keiner an Bord der Schnigge[5] noch einen Fetzen trockenen Stoffes am Leib trug. Bei bestem Segelwetter waren sie von der Küste des Schottenlandes in See gestochen, doch nun, da sie die halbe Strecke zur Küste Norwegens hinter sich gebracht hatten, verfinsterte sich der Himmel. Dunkle Wolken zogen auf, und die Götter schickten den Wind als Vorboten für das, was nun folgen sollte. Grau wurde der Himmel, dann schwarz, bis es dunkel war wie in der Nacht. Aus dem Wind wurde ein Sturm, und Blitze schossen aus den Wolken hervor, tauchten die aufgewühlte See für einen kurzen Moment in ein gleißendes Licht. Und so mancher glaubte am Himmel das Gesicht des Thor[6] gesehen zu haben.

Björn Gelbhaar, der Steuermann der Schnigge, und mit ihm der junge Thorkill Ormsson, hielten die Stange des Seitenruders fest in ihren starken Händen und kämpften gegen die stürmischen Winde an. Das eckige Segel war zum Zerreißen gespannt, und sicher war es dem festen Netz zu verdanken, dass es noch nicht in Fetzen von der Rahe hing. Sigurd, der Anführer der Wikingerschar, hatte es auf das Tuch nähen lassen, als sie noch in ihrem Lager an der schottischen Küste weilten. Ein zerrissenes Segel hätte sicher den Untergang des Wogendrachen bedeutet, denn ein Schiff, das sich nicht manövrieren ließ, war im Sturm

---

[5] Schnigge – Langschiff der Nordmänner, hatte bis zu 40 Riemen
[6] Thor (Donar)– Sohn des Odin, rotbärtiger Gott, der gegen die Riesen kämpft, Herr über Blitz und Donner, großer Kämpfer und Gott der Bauern, Beschützer der männlichen Kinder

verloren. Doch noch gehorchte der große Schnellsegler seinem Steuermann, und der Kiel glitt über die weißen, schäumenden Spitzen der meterhohen Wellen.
„Wir hätten im Schottenland bleiben sollen", rief Thorkill Ormsson, und seine roten Haare klebten ihm klatschnass im Gesicht. Der junge Kerl wurde von Björn in der Kunst des Steuerns unterrichtet, und Thorkill stellte sich dabei gar nicht so dumm an. Björn erkannte jetzt schon in ihm seinen Nachfolger auf dem Heckstand des Wogendrachen, wie Sigurd sein Schiff nannte. Und dies tat der erfahrene Seefahrer ohne Neid. Thorkill zählte neunzehn Sommer und Winter, und er sah in dem Sigurd nicht nur seinen Anführer, dem er den Gefolgschaftseid geleistet hatte. Für ihn war der Sigurd mehr als das! Er war ihm Freund und Bruder geworden, an dem Tag vor einigen Wintern in Lade, als Sigurd ihn aus den Händen seines Ziehvaters, einem bösartigen Schmied, befreit hatte.
Aus dem Schmiedegehilfen in Lade, der noch fast ein Knabe war, war jetzt endlich ein freier Mann und Krieger geworden. Und er war nun auch der Schmied des Dorfes.
„Rede keinen Unsinn, Thorkill. Das Wetter war gut, als wir das Lager verließen", rief Björn gegen das Rauschen des Windes an. „Die Götter werden uns gnädig sein, glaube mir! Das Heil, das Odin unserem Anführer schenkt, wird uns vor der Gier der Ran[7] schützen!"
Sigurd Svensson, der Schiffsführer der Schnigge, hatte bisher zweiundzwanzig Sommer und Winter erlebt und war als Sohn eines norwegischen Häuptlings im Tröndelag[8] aufgewachsen. Doch nun war er der Häuptling der Siedlung in dem kleinen Fjord, der den Namen seiner Ahnen und

---

[7] Ran – düstere Meeresgöttin. Sie zieht die Seefahrer mit ihrem Netz in die Tiefe und gebietet über die Seelen der Ertrunkenen. Weib des Asengottes Ägir
[8] Tröndelag – ein Gau im nördlichen Teil Westnorwegens gelegen

auch seinen eigenen trug. Die meisten seiner Gesippen waren tot. Mutter, Bruder und Vater, der Häuptling der Siedlung, waren bei einem Wikingerüberfall getötet worden, und Sigurd trug die Schuld daran, davon war der junge Krieger überzeugt. Mit nur vierzehn Sommern hatte er wegen eines Streites mit seinem Vater den Hof verlassen und zog seitdem als Wikinger umher. Und der Mörder seiner Familie kam in den Norden, um Rache zu nehmen. Rache für den Tod seines Bruders Arnodd, den Sigurd im Zweikampf tötete. Der Name des dänischen Wikingers war Geirmund, und er hatte bei dem Überfall auf den Hof Sigurds Schwestern Sigrid und Ingigrid geraubt und diese zu Sklavinnen gemacht. Nun segelten sie durch die stürmische Nordsee zurück in die Heimat, denn Sigurd war es gelungen, seine jüngste Schwester Ingigrid auf der Insel der Angelsachsen[9] zu finden und zu befreien. Doch der Wunsch des Sigurd, die Klinge seines Schwertes Kehlenbeißer das Blut des Geirmund schmecken zu lassen, erfüllte sich nicht. Der Däne war aus Britannien geflohen, hatte sich mit dem Jarl, dem er den Gefolgschaftseid geschworen hatte, wegen der Sklavin Ingigrid überworfen und war in Ungnade gefallen. Und nicht anders war es auch der Besatzung des Wogendrachen ergangen, denn genau jenem Jarl, einem dänischen Heerführer Namens Skuli Eisenscharte, musste Sigurd seine Schwester entreißen. Der Jarl verlor dabei sein Leben, und auch Sigurd musste das Heerlager bei Nacht und Nebel verlassen, denn ihm drohte die Hinrichtung. Doch er hatte seine Schwester aus der Sklaverei befreit, und sie war in Sicherheit an Bord des Wogendrachen auf dem Weg in die Heimat. Trotzdem war der junge Häuptling betrübt, denn seine andere Schwester hatte man in Yorvik auf dem Sklavenmarkt verkauft, und so hatte Sigurd ihre Spur verloren.

---

[9] Insel der Angelsachsen, Britannien - England

Es war Spätherbst des Jahres 976 n. Chr., und die schlanke Schnigge pflügte mit ihrem Kiel die Gischt des Nordmeeres. Schnell wie ein Pfeil von der Sehne schoss der Segler durch das Unwetter mit Kurs Nordost, und dank des erfahrenen Steuermannes Björn Gelbhaar und der Hilfe der Götter von Asgard[10] würden sie ihr Ziel sicher erreichen.
Es gab niemanden an Bord, der davon nicht überzeugt war. Doch noch hieß es den Sturm zu überstehen, um die südliche Küste Norwegens zu erreichen, bevor es der Ran gelang, die Seefahrer in die eisige, dunkle Tiefe zu ziehen. Der Wogendrachen aber, sollte den Kampf gegen die böse Göttin des Meeres gewinnen, denn nach zwei Tagen hatten sie den Sturm hinter sich gelassen. Die See beruhigte sich wieder, und Ran, gab sich geschlagen. Für dieses Mal!
Keinem an Bord war ein Leid geschehen, und auch die Schäden an dem Schiff waren gering, als sie nach einigen Tagen die Küste von Hardanger erreichten, einem Gau im Südwesten des Landes am Nordweg. Ein Stück weit segelten sie die Küste entlang nach Süden, und nicht weit der großen Handelsstadt Kap Lindesnäs ließen sie den Kiel in den Kies des Strandes gleiten und zogen das Schiff bis hinter den Heckstand auf das Land. Die Überfahrt hatte allen viel Kraft abverlangt, und so befahl Sigurd, erst einmal für einige Tage hier zu lagern, bevor man die Westküste hinauf in den Norden segeln würde.
Kaum ein Baum zeigte hier noch sein herbstliches, buntes Blätterkleid, und im Gebirge lag der Schnee schon hoch. Es war also zu erwarten, dass dies auch in der Heimat im Norden, dem Gau Tröndelag, so war. Schnell brannten die Feuer, und ein Zelt nach dem anderen wurde errichtet. Bald schon zog der Duft eines würzigen Eintopfs durch das Lager, sodass die Mägen zu knurren begannen.

---

[10] Asgard – Sitz des Göttergeschlechtes der Asen, deren oberste Gottheit Odin ist

Hölzerne Löffel klapperten in den Schüsseln, als sich alle zum Mahl um das größte Feuer versammelt hatten. Da brach Sigurd das gefräßige Schweigen. „Kap Lindesnäs ist nicht weit. Wir sollten dem Handelsplatz einen Besuch abstatten, bevor wir unsere Reise fortsetzen." Die meisten stimmten zu, während einige nur nickten, sie konnten nicht antworten, da ihre Münder gefüllt waren. Ingigrid freute sich besonders auf die Stadt und ihren Markt. Björn aber grinste nur.
Er hatte Sigurds Hintergedanken sofort erkannt!
Kap Lindesnäs besaß, wie jeder große Handelsplatz, einen Sklavenmarkt, und das Schicksal seiner Schwester Sigrid ging dem Anführer nicht aus dem Kopf. Von hier wurden viele Menschen in die Länder des Südens verkauft, und es kamen auch viele ausländische Händler hierher. Und auch viele Kaufleute aus dem Danelag[11] kamen, denn seitdem der Ladejarl Hakon dem König Harald Blauzahn den christlichen Treueschwur verweigert hatte, hatte dieser die Städte im Süden, von Hardanger bis zur Götaälv[12], unter den Befehl von dänischen Hersen[13] gestellt. Dies war dem Ladejarl zwar ein Dorn im Auge, denn er strebte die alleinige Macht in ganz Norwegen an. Doch da das Verhältnis zu seinem einstigen Gönner stark gelitten hatte, war er nur noch ein geduldeter Kleinkönig, ein in Ungnade gefallener Lehnsmann des dänischen Herrschers.
Im letzten Winter, man schrieb das Jahr 975 n. Chr., zu der Zeit, da die Christen die Geburt ihres Herrn und die Asenanbeter die Wintersonnenwende feierten, da hatte Harald Blauzahn von seinem Gefolgsmann den ehrlichen Glaubenswechsel gefordert. Es gäbe nur den einen wahren

---

[11] Danelag – Gebiete Nord- und Südenglands, die von den Dänen besetzt und besiedelt worden waren
[12] Götaälv, Götaelv – Grenzfluss zwischen Norwegen und dem dänischen Reich
[13] Herse – Stadthalter, Bürgermeister

Gott und seinen Sohn Jesus Christus, alle anderen seien nur Götzenbilder, seien Teufelswerk. So hatte er dem Hakon mitteilen lassen. Doch der Ladejarl weigerte sich, wollte von den Göttern seiner Väter nicht ablassen, schon gar nicht um einen, wie er hörte, Zimmermann anzubeten. Nein, dies konnte doch kein Gott sein! Fortan war das Verhältnis der beiden Herrscher mehr als angespannt. Die meisten Norweger aber standen hinter dem Ladejarl, besonders die Westnorwegens, denn sie hatten es satt, die Vasallen der Dänen zu sein, und sie blieben auch vorerst unbehelligt. Anders die Gaue Südnorwegens! Vingulmark, Ranrike und Vestfold spürten den ehernen Griff der Dänen umso mehr.

An der Südküste Hardangers steuerten sie die Schnigge in einen der zahlreichen kleinen Fjorde und fanden auch schnell eine geeignete Stelle, um ein Lager aufzuschlagen. Trotz des heftigen Sturmes waren sie kaum von ihrem Kurs abgekommen, denn schon viele Seefahrer hatte es bei der Überfahrt von der Insel der Angelsachsen an die Küste des Dänenreiches oder sogar ins Frankenreich gespült.
Björn aber war ein hervorragender Steuermann, dessen Erfahrung im Sturm sehr groß war, und dazu hatte er meist noch das nötige Glück auf seiner Seite.
Es war eine gute und weise Entscheidung des Anführers, erst einmal zu lagern, die Besatzung war sichtlich erschöpft, vor allem das junge Weib hatte die Seekrankheit erfasst. Schnell brannten die Feuer, und der große Topf wurde herangeschleppt, sodass sie ein kräftigendes Mahl zubereiten konnten. Es sollte einen Brei aus Hirse und Korn geben, darin viele getrocknete Streifen vom Wild, das sie noch in den schottischen Wäldern erlegt hatten. Dicke Fettaugen schwammen auf dem Brei, der die Besatzung stärken sollte. Die Vorräte waren nun aufgebraucht, bis auf eine große gepökelte Hirschkeule, die in der Speisekammer

auf dem Hof Sigurds landen sollte. Alle aßen sich satt, schliefen danach ein und sammelten Kraft.
Sigurd hatte nur kurz geschlafen, Ole, den Mann, der die Wache hatte, forderte er auf, sich niederzulegen, was dieser gerne tat, nachdem der Anführer sich an das Feuer gesetzt hatte. Er hatte schon einige Zeit wach gelegen und dabei seine Schwester, die im Arm des Thorfinn schlief, argwöhnisch beobachtet. Nun saß er auf einem großen bemoosten Stein, sah in die lodernden Flammen und dachte über den Mann nach, den die Ingigrid erwählt hatte.
Die Vorstellung, dass der Däne Thorfinn, der gleichen Alters war wie Sigurd selbst und der aus dem Süden des verhassten Nachbarlandes kam, sein Schwager werden sollte, gefiel dem Tröndner nicht wirklich. Ihm selbst wären familiäre Bande mit dem Thorkill oder Rögnvald doch lieber gewesen. Thorfinn hatte aber großen Anteil an der Befreiung des jungen Weibes gehabt, und Ingigrid hatte ihm dafür ihr Herz geschenkt. Sigurd selbst hatte dies in Britannien befohlen. Eigentlich wusste er selbst nicht, was ihn störte. Das Thorfinn ein Däne war, hatte Sigurd vorher nicht gestört, denn viele Dänen gehörten zur Besatzung des Wogendrachen, war doch der einstige Anführer namens Arnodd, der Mann, den Sigurd im Zweikampf getötet hatte, ein dänischer Wikinger gewesen. Alle Männer an Bord hatten aber dem Sigurd den Gefolgschaftseid geleistet, daher war es dem jungen Tröndner gleich, woher sie kamen.
Dieser Mann aber sollte sein Schwager werden, ein Gesippe!
Schon am folgenden Tag, der Morgen war kalt, aber trocken, begab sich der Anführer auf den Weg nach Kap Lindesnäs, und Thorfinn, die Ingigrid, Thorkill, der Schwede Rögnvald, Bork und Gunnar begleiteten ihn, denn ihnen stand der Sinn nach etwas Abwechslung. Ein großer

Handelsplatz wie Kap Lindesnäs einer war, wäre da sicher genau das Richtige.

Der kleine Fjord, in dem das Lager aufgeschlagen war, lag gar nicht weit von der Stadt entfernt. Sicher hätte Björn den Wogendrachen auch direkt in den Hafen steuern können, doch ihm war es so viel lieber, sagte er. Wahrscheinlicher schien allerdings, dass die Nähe zur Stadt ein Zufall war. Die Sonne stand noch nicht im Zenit, als sie die ersten Häuser und Höfe erreichten. Man wies ihnen den Weg und plötzlich, sie hatten einen kleinen Wald verlassen und zu ihrer Rechten lag das Meer, sahen sie vor sich die Stadt. Immer dichter standen nun die Häuser, als sie dem Weg in die Stadt folgten. Zuerst die Hütten der Armen zu beiden Seiten des Weges, bis sie vor den hohen Palisaden mit dem hölzernen Tor standen. Wachleute unterhielten sich angeregt, lachten und scherzten, und ließen alles Volk ohne Kontrolle ein- und ausgehen. Die Krieger waren Dänen! Bis hierher reichte also noch die Macht des Harald Blauzahn. Der Herse dieser reichen Stadt war von dem Dänenkönig eingesetzt und sicherlich auch kein Norweger, denn die Einnahmen sollten einzig König Harald zugute kommen.

Unbehelligt ging die Besatzung des Wogendrachen durch die Gassen der Stadt, deren Gebäude, je weiter sie in den Stadtkern vordrangen, immer größer und ansehnlicher wurden. Als sie dann aus einer Gasse heraustraten, lag vor ihnen der große Marktplatz, auf dem einige Stände, die meisten mit einem Dach aus buntem Tuch versehen, aufgebaut waren. Käfige mit allerlei Federvieh standen herum, kleine Gatter waren errichtet worden, in denen Kleinvieh, Schafe und Schweine eingepfercht waren.

„Welch ein Zufall", sagte Sigurd Svensson lachend. „Es ist Markttag!"

Es ging zu wie in einem Ameisenhaufen, die Menschen liefen umher, Händler boten lautstark ihre Waren an, doch auf Grund des nahen Winters lagen nicht mehr viele Schiffe im Hafen. Der größte Teil der Händler kam also nicht von außerhalb des Landes. Die meisten von ihnen waren Bauern, die jetzt im Herbst noch einmal ihr überschüssiges Vieh, das sie nicht durch den Winter füttern wollten, zum Verkauf anboten. Genauso erging es einigen Sklaven, für die der Bauer keine Verwendung mehr fand. Und genau danach suchte der Tröndner. Nach den Sklavenhändlern des Marktes!
Doch Sigurd wurde enttäuscht, denn es hatten nur wenig Menschenhändler den Weg nach Kap Lindesnäs gefunden, und nur ein einziger war aus dem Danelag hierher gekommen. Und dieser wusste dem Sigurd nichts von einem Norwegermädchen zu berichten, das in Yorvik[14] als Sklavin angeboten wurde. „Warum schaust du so enttäuscht?", fragte Rögnvald und sah den Sigurd verständnislos an. „Hast du wirklich geglaubt, dass Odin ein Wunder geschehen lässt?" „Ach", seufzte Sigurd. „Ich hatte gehofft...!" Er sprach den Satz nicht aus. „Du hast recht, mein Freund, die Sigrid ist fort, und ich sollte den Göttern dankbar sein, dass ich Ingigrid fand. So bleibt mir doch wenigstens eine Schwester." Der Schwede schlug dem Norweger freundschaftlich zustimmend auf die Schulter. „Genau so ist es, Freund!" Sein Lächeln wurde immer breiter. „Und nun wäre mir nach einem großen Krug voller Bier!" Der junge Häuptling, Sigurd zählte gerade einmal zweiundzwanzig Jahre, sah den um zwei Jahre älteren Schweden an, konnte sich ein Grinsen nicht verkneifen und stimmte nickend zu. „Ein Bier also. Dann lass uns zum Hafen gehen. Unter den Seefahrern fühle ich mich wohler als unter Kaufmännern!" Der Schwede schüttelte nur noch

---

[14] Yorvik - York

seinen Kopf, ahnte er doch die Gedanken des Tröndners, denn sicher lagerten auf dem Strand im Hafen noch einige Händler, die ihre Schiffe an den zwei Landungsbrücken festgemacht hatten, die weit in die Bucht ragten.
Die Gruppe hatte sich getrennt, einige Männer um Thorfinn und die Ingigrid blieben in der Oberstadt auf dem Markt, während sich die anderen um Sigurd, Rögnvald und Thorkill in den Hafen begaben. Sie traten durch ein Tor in der Palisade, die die Stadt umgab, und zu ihren Füßen lag ein langer, heller Sandstrand. Wie ein Halbmond zog er sich von der einen Seite der Bucht bis hinüber zur anderen Seite, wo er an einen Wald stieß. An den Landungsbrücken lagen nur wenige Schiffe, meist nordische Knarren[15]. Anders als im Sommer, denn da lagen die Schiffe dicht gedrängt auf dem Strand. Jetzt aber war der Strand frei von ihnen, und die Anlegestege reichten für die wenigen Schiffe aus, die jetzt noch den Weg in die Handelsstadt gefunden hatten. Händler sah man keine auf dem Strand. Zu beiden Seiten der Palisade standen Häuser und Hütten, die sicher den Fischern in der Stadt gehörten, und es waren auch einige Kaschemmen und zwielichtige Wirtshäuser darunter.
Das Bier war schön würzig und kühl, obwohl der eine oder andere sich lieber warmen Met gewünscht hätte, denn es war kalt geworden. Sie waren in eine einfache Seefahrerkaschemme eingekehrt, und Met gab es hier sicher nicht. Der Schankraum war nicht gerade klein, und die Tische und Bänke, auf denen sie Platz nahmen, waren sauber. Nur wenige Leute saßen an den Tischen. Ein Weib kam heran, sie hatte sich wohl in einem der hinteren Räume aufgehalten, beugte sich dem Rögnvald entgegen und gewährte ihm einen tiefen Einblick auf ihren drallen Busen.
„Na, Seefahrer? Du darfst sie gerne mal anfassen, und wenn

---

[15] Knarr, Knorr oder Knorre – dickbauchiges Handelsschiff der Nordmänner

du willst, zeig ich dir noch mehr, es kostet dich nicht viel", bot sie sich dem Schweden an. Dieser grinste und war fast geneigt, dem Weib zu folgen. Da wandte sich ein Mann an Rögnvald und Sigurd, der bereits an einem der Tische ganz in der Nähe gesessen hatte. „Ihr seid wohl Kaufleute?", fragte er mit schwerer Zunge. Der Fremde war allein, hatte aber keine Scheu, die Männer anzusprechen, jedoch erntete er von dem Weib eine Schelte. „He, du versoffener Kerl. Siehst du nicht, dass ich hier Geschäfte mache?", beschwerte sie sich lautstark. Da schlug ihr der Schwede auf das Hinterteil, dass es laut klatschte. „Los, verschwinde! Zu dir komme ich vielleicht später!" Beleidigt zog sich das Weib zurück. Ohne die Hure zu beachten, sprach der Fremde weiter und beantwortete seine Frage selbst. „Ja, ihr seid sicher Kaufleute!" Die Männer um den Sigurd sahen sich fragend an. „Oder doch nicht?", zweifelte er plötzlich an seinen eigenen Worten. Thorkill wollte schon das Wort ergreifen, doch der Rögnvald legte ihm seine Hand auf den Arm und schüttelte leicht mit dem Kopf. Ohne eine Aufforderung nahm der betrunkene Kerl seinen Hocker und setzte sich frech an die Seite des Sigurd. Ohne es zu wissen, hatte er sich den Anführer für sein Gespräch gewählt. „Sag, Freund, seid ihr vielleicht Seefahrer ohne Schiff?"
Er wartete gar nicht auf eine Antwort des blonden Mannes, dessen Haar bis auf die Schultern reichte. „Ach", seufzte er mit traurigem Blick. „Ihr werdet es nicht glauben, beim Barte des Allvaters Odin! Aber mir ist meine Mannschaft fortgelaufen! Ja, glaub es oder nicht, Freund. Einfach abgehauen sind sie!"
Er legte dem Sigurd seine Hand auf die Schulter, doch Rögnvald entfernte diese mit einem kräftigen Griff und einem drohenden Blick. Der Fremde sah den schwedischen Krieger vorwurfsvoll an, wandte sich aber wieder Sigurd zu, der ihm bei weitem zugänglicher erschien. „Nenn mich

Hallfred, Freund! Ich komme aus dem Limfjord[16] im Reich König Haralds."
„Ein Däne also", stellte Rögnvald etwas abfällig fest und erntete die bösen Blicke seiner dänischen Gefährten.
„Nur ein Knecht ist mir geblieben", schüttelte Hallfred traurig seinen Kopf. „Seit König Harald mich zu dieser Taufe zwang, haben mir die Götter mein Heil genommen." Er nahm seinen Becher und hielt diesen dem Sigurd entgegen. Der Anführer, der bisher geschwiegen hatte, hob verwundert eine Augenbraue, begann aber zu lächeln, griff nach dem Krug und füllte den Becher des Fremden mit Bier. „Warum liefen dir deine Männer fort?", fragte Thorkill, den nun doch die Neugier gepackt hatte. „Ja", hakte auch Ole nach. „Bist du ein so schlechter Anführer?"
„Ach was", winkte Hallfred ab. „Ein Kerl kam und nahm sie mit ins Danelag, um für König Haralds Knecht Jarl Gorm zu kämpfen. Er versprach ihnen Reichtum, und schon waren sie fort, diese Blödmänner!" Die Männer des Sigurd begannen allesamt zu grinsen, denn sie hatten ja selbst vor nicht allzu langer Zeit das Heerlager dieses Jarl Gorm verlassen. Dieser hätte Sigurd nur zu gerne seinen Hals lang gezogen, schließlich hatte er einen der Jarle in dessen Gefolgschaft erschlagen[17]. Aber von Reichtum redete in dem Heerlager schon lange keiner mehr, denn außer Sigurd hatte kein Schiffsführer den Sold für seine Krieger oder einen Anteil an der Beute erhalten.
„Ihr sucht also keinen Schiffseigner, dem ihr euch anschließen könnt?" Die Stimme des Hallfred klang enttäuscht, doch plötzlich erhellte sich sein Gesicht. „Sag, junger Freund, kannst du vielleicht ein Knarr gebrauchen?" Sigurd sah den Mann verwundert an. „Es ist in einem guten Zustand und liegt dort hinten an dem langen Steg", fuhr

---

[16] Limfjord – Fjord im Nordwesten Dänemarks
[17] siehe Die Saga von Sigurd Svensson Band 1

Hallfred fort und zeigte hinaus in Richtung des Strandes. Da sah Rögnvald den Sigurd an, und es huschte ein schelmisches Lächeln über sein Gesicht, sodass sich für einen Moment sein blonder Schnauzer kräuselte. „Du willst uns dein Schiff überlassen?" Hallfred nickte und kippte dabei den Becher mit Bier in seinen Mund. Er schlug dem Schweden auf die Schulter und rief: „Jawohl, du hast richtig verstanden, mein Freund! Ich verkaufe euch meinen Wellentrotzer!" Nun sahen die Männer den Dänen allesamt mit großem Erstaunen an. „Seht mich nicht an wie eine Kuh, wenn's donnert!" Er schlug mit der Faust auf den Tisch. „Es scheint, als wolle mich Odin damit strafen, dass er mich hier stranden ließ. Er ist sicher erbost wegen dieser unsäglichen Taufe, die mir Harald abrang." Hallfred drehte den Becher, und ein einzelner Tropfen fiel auf die Tischplatte. Da nahm Ole einen der Krüge, die auf dem Tisch standen, und schenkte dem Dänen noch einmal ein. „Bist ein guter Mann", sagte Hallfred dankend und wandte sich wieder Sigurd zu. „Soll ich das Knarr etwa allein nach Hause rudern?" Er wurde so laut, dass die wenigen Gäste und auch der Schankwirt aufmerksam wurden. „Ja, du sollst es haben!" Er nannte dem Sigurd seinen Preis, und dieser war höchst erstaunt, denn der Däne verlangte nicht viel. Sigurd aber zögerte, da stieß der Rögnvald den Tröndner mit seinem Ellenbogen in die Seite, um ihn anzuspornen. „Na gut, lass es uns ansehen, dein Knarr", willigte Sigurd ein, obwohl seine Bedenken groß waren und er eigentlich auch kein zweites Schiff brauchte.

Als die Männer den Strand hinunter gegangen waren und auf den langen Steg traten, kam ihnen ein Mann entgegen gelaufen. Er trug ärmliche Kleidung, war etwa gleichen Alters wie der Däne Hallfred, also mehr als dreißig Jahre, und kam direkt auf die Männer zu. „Der da ist Slavor, mein Sklave und treuer Begleiter", wies Hallfred auf den Mann,

der allen sichtlich nervös erschien. „Nun, Slavor, gab es etwas während meiner Abwesenheit?", fragte der Herr den Sklaven lallend, und dieser verneinte die Frage. Dann zeigte er auf das Schiff, das wenige Schritte von ihnen fest vertäut am Landungssteg lag. Es war ein nicht allzu großes Knarr mit acht Rudern auf jeder Seite, doch es war in gutem Zustand und sicher noch nicht alt. „Das ist nicht schlecht", stellte Rögnvald fest, der mit fachmännischem Blick bereits ein Auge auf das Schiff geworfen hatte. „Der Preis ist angemessen!"
„Angemessen?", rief Hallfred erbost, und er erschien den Männern gar nicht mehr so betrunken wie in der Schänke. „Es ist geschenkt", sagte er und bedachte den Rögnvald mit einem strafenden Blick. „Was ist nun? Willst du es haben, Norweger?" Er hatte sich wieder an den Sigurd gewandt und wurde nun zusehends unruhiger. Unschlüssig sah der Anführer seine Gefolgschaft an, und alle nickten zustimmend. Sein ganzer Anteil an der Beute aus Britannien wäre dann fort, und er musste darauf hoffen, dass Pokas, sein Knecht, auf dem Hof gute Arbeit geleistet hatte. „Gut! Der Handel gilt", sprach er mit fester Stimme und hielt dem Hallfred seine Hand entgegen, die dieser sofort ergriff. Das Geschäft war besiegelt. „Du wirst uns in unser Lager begleiten müssen, denn dort liegt mein Geld."
„Dann lass uns das Segel setzen", drängte der Däne, doch Sigurd schüttelte seinen Kopf. „Da wirst du dich noch gedulden müssen. Erst müssen wir die anderen holen."
„Welche anderen?", fragte Hallfred überrascht, da klopfte ihm Thorkill auf seine Schulter. „Die anderen eben. Was geht es dich an?" Sigurd schickte nun Thorkill zurück in die Oberstadt, um Thorfinn, seine Schwester Ingigrid und die anderen zu suchen, während sie das Knarr bestiegen, um es seeklar zu machen.

Immer wieder fielen die Augen des Schweden auf den Hallfred und seinen Begleiter, und er sah die Unruhe, die die beiden trieb. Nach einer Weile trat er neben den Sigurd und neigte sich diesem entgegen, sodass die anderen seine Worte nicht verstanden. „Wir sollten zusehen, dass wir von hier verschwinden. Irgendetwas stinkt hier ganz faul!"
Sigurd nickte nur, hatte er doch längst ein ungutes Gefühl bei diesem Geschäft. Und nun, als er sah, dass der Wellentrotzer, wie Hallfred das Knarr nannte, noch mit Waren beladen war, die allein den Kaufpreis, den Sigurd zahlte, wert war, wurden seine Zweifel nur noch stärker.
Es verging einige Zeit, bis Thorkill die Gesuchten gefunden hatte und nun mit ihnen den Strand hinunter lief. Da kam ihm auf halbem Weg ein junger Bursche entgegen gelaufen, der es furchtbar eilig hatte, denn er hatte den Thorfinn beinahe umgestoßen. „He, Dreckskerl! Pass doch auf, wo du hintrittst!", rief der Däne dem Burschen erbost hinterher, doch dieser verschwand bereits durch das Tor in die Stadt. Er hatte auf dem Strand gestanden und die Männer beobachtet, die sich an dem Wellentrotzer zu schaffen machten, ehe er wie von einer Biene gestochen davon rannte. „Es wird Zeit, dass ihr kommt", begrüßte Sigurd die Ankommenden. „Wir sollten hier schnell verschwinden. Also kommt an Bord!" Thorfinn, Ingigrid und auch die anderen sahen sich fragend an, denn Thorkill hatte nicht viel erzählt, doch sie folgten den Worten des Sigurd und kletterten an Bord des Knarrs. Ohne länger zu zögern, machten sie die Leinen los, stießen von dem Anlegesteg ab, senkten die Ruderpinne in die Fluten, und Thorkill steuerte das Knarr aus der Bucht. Der Wellentrotzer hatte das offene Wasser noch nicht ganz erreicht, da liefen im Hafen von Kap Lindesnäs einige Männer auf den Anlegesteg. Sie fluchten, verlangten nach einer Schnigge und schwenkten erbost ihre Schwerter.

Das rote Haar des Thorkill wehte im Wind, als er die Ruderstange fest in Händen hielt, und mit viel Geschick bewies, was er von Björn gelernt hatte. Er ließ das Knarr, mit straff gespanntem Tuch die Küste entlang nach Westen segeln. Und schon bald erreichte das Schiff den kleinen Fjord, in dem sie ihr Lager aufgeschlagen hatten.
Die Männer, die dort zurück geblieben waren, trauten ihren Augen kaum, als der Kiel knarrend auf den Strand rutschte, und sie erkannten, wer sich da an Bord befand.
Björn Gelbhaar staunte nicht schlecht, als er die Geschichte vom Kauf des Knarrs hörte. Hallfred der Däne aber machte sich mit seinem Sklaven schleunigst aus dem Staub. Da trat Sigurd neben den Rögnvald. „Es ist sicher besser, wenn auch wir von hier verschwinden." „Da magst du wohl recht haben, mein Freund. Wenn ich mich nicht täusche, haben wir soeben in Kap Lindesnäs ein Schiff geklaut!" Der Schwede prustete los und begann laut zu lachen. Doch Sigurd sah ihn mit ernster Miene an. „Du irrst, Rögnvald! Der Hallfred war der Dieb, denn ich habe das Schiff ehrlich bezahlt und es gehört mir! Wer etwas anderes behauptet, dem werde ich es zeigen!" Er hob drohend seine Faust, da trat Björn, sein Freund und Ziehvater, neben ihn. Er sah Sigurd grimmig an und fragte: „Bist du ein Wikinger, ein Seeschäumer?" Da nickte Sigurd, verstand aber die Frage nicht. Was sollte das? Natürlich war er ein Raubfahrer, er zählte gerade vierzehn Sommer und Winter, als er zum Wikinger wurde, und Björn war derjenige gewesen, der ihn gelehrt hatte, was er auf See und im Kampf wissen musste. „Natürlich bin ich ein Wikinger! Was soll diese blöde Frage?" Da tippte Björn dem Sigurd gegen seine Brust und rief: „Dann weiß ich nicht, was es dich schert, ob das Knarr gestohlen ist oder nicht. Besser wäre es gewesen, du hättest es selbst gestohlen, wie es sich für einen Raubfahrer geziemt. Wer sein Schiff ohne Wache lässt, hat es nicht

besser verdient!" „Was soll das Gerede?" Thorkill schüttelte sein feuerrotes Haupt. „Das Knarr ist dein, und nun sollten wir unsere Zelte abbauen, damit wir in die Heimat segeln können." Alle stimmten dem jungen Schmied zu. „Morgen, wenn es hell wird, werden wir in See stechen", sagte Sigurd, und alle zeigten sich einverstanden.

Der Morgen graute. Raureif überzog Moose und Gräser. Das Feuer war heruntergebrannt und Thorkill erwachte frierend, denn er kauerte neben der Feuerstelle. Er hatte die letzte Wache, doch irgendwann, nachdem er Ole abgelöst hatte, musste er eingeschlafen sein. Er hatte nicht einmal Holz nachgelegt, denn die Glut war erkaltet. Erschrocken sah sich Thorkill um, doch niemand schien seinen Schlaf, während er eigentlich wachen sollte, bemerkt zu haben. Im Lager herrschte noch Ruhe, bis auf das Schnarchen, das aus den Zelten heraus drang. So erhob er sich, nahm von dem Reisig und dem trockenen Holz, das dicht bei der Feuerstelle lag, suchte in dem Lederbeutel, der an seinem Gürtel hing, nach seinem Feuerstein und entfachte die Flammen erneut. Langsam kam wieder Leben in das Lager des Sigurd Svensson, denn nach und nach kamen auch die anderen aus ihren Zelten ins Freie.
Es war kurz nach dem Morgenmahl, sie hatten gerade damit begonnen, ihre Zelte abzubauen, als ihnen das entfernte Dröhnen von Hufen eine Reiterschar ankündigte. Die Männer erhoben zuerst ihre Köpfe und lauschten, legten dann ihr Wehrgehäng um, und der Schwede Rögnvald schob seine beiden kurzstieligen Äxte, deren Namen Odin und Thor er in die Schäfte geritzt hatte, in seinen Gürtel.
Die junge Ingigrid schickte Sigurd auf den Wogendrachen, und Thorfinn sollte sein künftiges Weib beschützen.
Über den Weg, den Sigurd und seine Begleiter gestern noch nach Kap Lindesnäs gegangen waren, kamen nun die

Fremden auf den Lagerplatz geritten. Es waren fünfzehn Krieger, und alle trugen das lederne Wams mit dem Wappen des Stadthersen darauf, einen Rundschild auf den Rücken geschnallt, und in der Hand eine Lanze. Sigurd, Björn und Rögnvald, sowie weitere zehn Männer stellten sich den Ankommenden entgegen, während die anderen den Befehl erhalten hatten, die Schiffe weiter zu beladen.
Die Berittenen zügelten ihre Pferde dicht vor den Männern, und der Anführer nannte seinen Namen und frug. „Wie ist dein Name, Fremder?" „Man nennt mich Sigurd", antwortete der Schiffseigner gleichgültig lächelnd. „Ihr baut das Lager ab?", fragte der Reiterhauptmann. „Wie du siehst. Es geht in die Heimat, aber ich wüsste nicht, was es dich angeht?", sprach der Tröndner trotzig. „Es geht mich etwas an", erwiderte der Hauptmann des Hersen in strengem Ton. „Im Hafen von Kap Lindesnäs ist ein Knarr gestohlen worden, und die Beschreibung der Diebe trifft ziemlich genau auf einige von euch zu!" Da wurde Rögnvald böse, trat vor den Hauptmann und sprach drohend: „ Du wagst es, uns Diebe zu heißen! Ich rate dir, besser auf deine Worte zu achten, Hauptmann. Man beleidigt mich nur einmal!"
Er strich mit der Hand über das Blatt seiner Axt Odin. Der Hauptmann zeigte auf das Knarr und überhörte die Drohung des Schweden. „Auch die Beschreibung des Schiffes war sehr genau, und dieses da könnte es wohl sein!" „Könnte", sprach Björn nun in scharfem Ton. „Gab es denn keine Schiffswachen auf dem Knarr?", fragte Sigurd und tat verwundert. Da zog der Reiter seine Schultern hoch und schüttelte seinen Kopf. „Wohl nicht."
„Du hättest mehr Männer mitbringen sollen, wenn du uns des Schiffsraubes bezichtigst! Dieses Schiff gehört mir, beim Barte Odins", sprach Sigurd und ließ keinen Zweifel daran, dass er nicht gewillt war, den Befehlen des Hauptmannes zu folgen. Doch der dänische Soldat war ein

mutiger Mann, und die drohenden Worte schreckten ihn nicht, und sie hinderten ihn auch nicht daran, das zu tun, was sein Herr von ihm erwartete. „Der Bart Odins interessiert mich nicht, und ob dies dein Schiff ist, wird sich bald zeigen. Wir bringen das Knarr in den Hafen von Kap Lindesnäs!", befahl er und senkte seine Lanze, sodass die Spitze auf die Brust des Sigurd Svensson zeigte. Dies aber war der letzte Fehler, den der Krieger in seinem Leben begangen hatte, denn dem Rögnvald war nach Streit zumute. Schon hielt er die beiden Äxte in seinen Fäusten und während die in der linken mit einem Schlag den Schaft der Lanze durchtrennte, schlug die Axt in der rechten Faust gegen die Brust des Reiters. Das Pferd bäumte sich auf, der Helm flog in hohem Bogen davon, und der Soldat fiel rücklings aus dem Sattel. Benommen drehte er sich auf die Knie und versuchte sich zu erheben, doch da traf ihn die Axt im Nacken. Es knackte, als zerbräche man einen trockenen Ast, eine Fontäne roten Blutes entströmte der Wunde, und der Anführer der Reiterschar sackte leblos zu Boden. Sein Kopf, nur noch von wenigen Muskeln gehalten, lag unnatürlich verdreht neben dem Rumpf. Das Entsetzen der Berittenen über das Gesehene war groß, und als sie sich endlich zum Angriff entschieden, waren die ersten bereits vom Rücken der Pferde gezogen. Zwei der Krieger suchten ihr Heil in der Flucht, die anderen nahmen den wohl aussichtslosen Kampf auf, und er sollte alle das Leben kosten. Auch die Wikinger des Sigurd, die mit dem Beladen der beiden Schiffe beschäftigt waren, hatten nun auch ihre Schwerter gezogen, und somit war die Überzahl der Wikinger für die Krieger des Stadthersen erdrückend. Gellende, schmerzverzerrte Schreie hallten über den Strand in der kleinen Bucht an der Südküste Norwegens. Blut floss aus unzähligen Wunden, und zerschundene Leiber von Mensch und Tier lagen im Sand. Die meisten Krieger waren

bereits tot, andere erwarteten ihr nahendes Ende mit schmerzverzerrtem Gesicht. Keinem der Reiter des Hersen war mehr der Rückzug gelungen, und die meisten Pferde hatten ohne ihre Reiter die Flucht ergriffen. Ole und Tjörd gingen über den Strand, ihre blutigen Schwerter in Händen, und stachen hier und da in die Körper, in denen sie noch Leben vermuteten. „Lasst das bleiben, Ole!", rief Sigurd erbost, und die beiden Wikinger ließen von ihrem blutigen Tun ab. Der Häuptling wischte sich den roten Lebenssaft aus dem Gesicht, es war zu seinem Glück nicht sein eigenes, sah Björn an und sprach: „Es tut mir leid, mein Freund, dass ich uns diese Unannehmlichkeiten bereitet habe. Ich hätte mir denken können, dass Hallfred ein Spitzbube ist." „Ach was", grinste der Gelbhaar. „Das war doch ein heftiger Spaß, und das Knarr ist und bleibt dein!"
„Wir sollten trotzdem von hier verschwinden, bevor Verstärkung hier anrückt!"
„Pah, sollen sie doch kommen", fuhr Rögnvald dazwischen. „Björn hat doch recht, es war ein Spaß, und die anderen erschlagen wir auch noch!" „Ich weiß nicht, ob es denen wirklich Spaß bereitet hat zu sterben", sagte Thorkill zweifelnd und zeigte auf die vielen Toten. Dann erblickte er den jungen Thorstein, der zwischen den Feinden lag. Er war einer der jungen Burschen aus dem Hinterland des Sigurdfjordes, für den der Hof des Vaters zu klein geworden war, und der sich im letzten Frühjahr der Expedition des Sigurd angeschlossen hatte. Nun ragte die Lanze eines Reiters aus seiner Brust, und seine Seele war längst, geleitet von den Walküren[18], auf dem Weg an die Tafel des Allvaters Odin. „Er hatte sicher keinen Spaß daran.", Thorkill nickte mit dem Kopf dorthin, wo Thorstein lag. „Ach, wer weiß das schon? Vielleicht hat er jetzt seinen

---

[18] Walküren – die Töchter Odins, sie geleiten die gefallenen Krieger an die Festtafel in Walhalla, der Gästehalle des Göttervaters

Spaß mit den Töchtern des Graubarts", mutmaßte Rögnvald grinsend. „Wir nehmen ihn mit uns, damit ihn seine Gesippen nach alter Tradition verbrennen können", befahl Sigurd, und einige Männer verschnürten den Leichnam in einer alten Decke. Dann schoben sie die Schiffe in das tiefere Wasser, sodass kein Land mehr unter den Kielen war, kletterten über die Reling an Bord und verließen die kleine Bucht in Hardanger mit Kurs nach Norden.
Den Wellentrotzer hatte Sigurd mit neun Männern bemannt. Thorkill stand auf dem Heckstand und hielt die Ruderstange in Händen, während die anderen acht Seefahrer auf ihren Seekisten saßen und in gleichmäßigem Rhythmus die Ruderpinne in die See tauchten. Einer von ihnen war Sigurd Svensson selbst, der es sich nicht nehmen lassen wollte, auf seinem neuen Schiff heimzusegeln.
Leichter Regenfall ging auf die Seefahrer nieder, als die beiden Schiffe in den Sigurdfjord hinein segelten. Es war ein kalter Wind, der aus Westen blies und der die Segler schnell vorangetrieben hatte. Nun zogen sie vorbei an steilen, kahlen Felswänden und an Hängen, die mit Wäldern von Kiefern und Fichten bewachsen waren, und die bis hinunter an das Wasser des Fjordes reichten. Schon bald erreichten sie die hohe steile Klippe, die wie die Nase eines Riesen in den Fjord ragte, und die dereinst dem Weib des Sigurd den Tod gebracht hatte. Sie folgten der Biegung, die um die Klippe in die Bucht führte, in der das Dorf lag. Kaum hatten sie sich der Biegung genähert, hallte auch schon der Klang des großen Signalhornes, das oben auf der Spitze der Klippe stand, durch den Fjord. Sie waren daheim, fast ein ganzes Jahr später, als es Sigurd seinen Männern versprochen hatte.

*

2. Wem gehört der Wellentrotzer?

Sigurd Svensson staunte nicht schlecht, als er auf seinen Hof kam, denn sein Knecht Pokas, der ein Sklave aus dem Pommernland war, und schon zu Zeiten seines Vaters Sven auf dem Hof gearbeitet hatte, war das Jahr über nicht untätig gewesen. Er hatte mit dem anderen Knecht namens Lubomir, der etwa achtzehn Sommer zählte, und der Magd Danika, die genau wie Lubomir vor vier Jahren als slawische Sklaven von Sigurd gekauft worden waren, dafür gesorgt, dass das Lager für den Winter gefüllt war.
Der Schweinestall war voller Ferkel, und auch eine der Kühe hatte gekalbt. Der hinkende Knut, Gefolgsmann des Sigurd und dereinst der Besatzung des Wogendrachens angehörend, nun aber der Herr des Drachenhofes, den Sigurd und die Männer nach ihrer Ankunft im Sigurdfjord bewohnt hatten, hatte Pokas und die anderen Sklaven im Auge behalten. Obwohl sich dies als unnötig erwies. Sigurd zeigte sich äußerst zufrieden über das, was er sah, und er nahm sich vor, seine Sklaven für diese Arbeit zu entlohnen. Fackelschein erhellte den Steg, an dem die Schiffe festgemacht waren, und so mancher aus dem Dorf hatte sich über das neue Knarr gewundert, das die Männer mit sich brachten. Es zeigte sich, dass der Wert der Waren, die das Schiff geladen hatte, den Preis des Wellentrotzers fast aufwog. Diese Waren würden nun den Winter über im Lager des Häuptlings verschwinden, um im kommenden Jahr auf einer Handelsfahrt veräußert zu werden.
Es war bereits dunkle Nacht, als endlich die Arbeit getan war und die Männer des Drachenhofes sich zurückzogen, um Ruhe zu finden. Die Gefolgsmänner, die aus dem Hinterland des Sigurdfjordes kamen, blieben Gast in der Halle des Häuptlings. Aber nach einem Gelage war in jener

Nacht keinem mehr zumute. Ingigrid hatte mit Tränen in den Augen die Kammer bezogen, die sie einst mit ihrer Schwester Sigrid bewohnt hatte. Zu der Zeit, als das Leben auf dem Hof noch nicht diese schreckliche Wendung genommen hatte. Nun aber waren die Eltern tot, sowie auch der Bruder Eirik, und die Sigrid war fort. Thorfinn hatte es vorgezogen, diese Nacht auf dem Drachenhof bei den Weggefährten zu verbringen und wollte erst in einigen Tagen auf den Hof des Mannes kommen, der wohl bald sein Schwager werden würde. Sigurd hatte ihm aus diesem Grund seinen Hof als Heimstatt angeboten, denn der Gemahl seiner Schwester gehörte an die Seite seines künftigen Weibes, und der Hof war ja groß genug.
Auch Sigurd zog sich bald darauf in seine Kammer zurück, denn das Langhaus besaß außer der Gästehalle im hinteren Bereich noch einen Raum, in dem gekocht wurde, und mehrere Kammern, die einmal Ställe für das Vieh waren. Eine davon, die die einst seine Eltern bewohnt hatten, gehörte nun Sigurd. Der Raum war nur karg eingerichtet, mit einem Bett, einem Hocker und einer großen Truhe, in der sich seine Habseligkeiten und ein wenig Kleidung befanden. Nun lagen Hose und Kirtel[19] auf der Truhe, und Sigurd hatte sich in sein Bett gelegt. Mit starrem Blick stierte er auf die Balken des Giebels und grübelte darüber nach, ob es nicht doch ein Fehler war, die Sklavin Danika zurückzuweisen, die sich ihm nach der langen Reise zum Beischlaf angeboten hatte. Doch noch bevor er dazu kam, sich über seine voreilige Entscheidung zu ärgern, war er eingeschlafen.
Er hatte sehr lange geschlafen, es war längst ein geschäftiges Treiben auf dem Hof, als er aus seiner Kammer

---

[19] Kirtel – langärmelige Jacke, die oft bis kurz über die Knie reichte und von einem Gürtel zusammen gehalten wurde, daher der heutige Begriff Kittel

trat und sich in die Halle begab. Dabei ging er an dem Hochstuhl vorüber, der am Kopfende der Halle stand, und hinter dem sich der Eingang zu den hinteren Räumen befand. Seine Hand glitt über die reichlich mit Schnitzereien verzierte Armlehne. Es war ein sehr schöner Stuhl, den sich Sven einst hatte von einem Tischler bauen lassen. Eigentlich war der Hochstuhl zu schön für einen einfachen Fjordhäuptling, wie Sven einer gewesen war. Dies war ein Thron, gut genug für einen reichen Jarl oder Gaukönig. Ohne einer Menschenseele zu begegnen, ging er durch die große Gästehalle zur Pforte, zog seinen Kirtel aus und warf diesen auf einen der Podeste, die an den Längswänden angebracht waren, und die als Sitz oder Schlafplatz dienten. Dann öffnete er die große Tür und trat mit nacktem Oberkörper hinaus ins Freie. Der Himmel war grau, von Wolken verhangen, und Regen, vermischt mit einzelnen Schneeflocken, fiel auf den Boden nieder. Sofort stellten sich die Haare auf seinem Arm auf, und Sigurd bekam eine dicke Gänsehaut. Doch er trotzte der Kälte und tauchte seinen Kopf in das große Regenfass, das neben dem mit Schnitzereien verzierten Eingang stand. Kleine Eisschollen schwammen auf dem gut gefüllten Fass und ritzten ein wenig seine Haut beim Eintauchen. So würde der gesamte Fjord bald aussehen, dachte er, tauchte ohne zu zögern ein zweites Mal in das eisige Wasser und begann seinen Körper zu waschen. Eigentlich fror Sigurd nicht so schnell, und Kälte machte ihm wenig aus, doch diese morgendliche Tortur hatte es wahrlich in sich. Sie war äußerst unangenehm, aber sie machte Sigurd wirklich wach.

Es war längst Mittagszeit geworden, als die Besatzung des Wogendrachen zusammentraf, um die Schiffe mit den Schiffsrollen auf den Strand zu ziehen und winterfest zu machen. Obwohl Björn gedrängt hatte, noch einmal auf

Raubfahrt zu gehen, und Sigurd war meist gleicher Meinung mit dem Mann, den er wie einen Ziehvater achtete, zog der junge Häuptling es vor, sich nun um seinen Hof und die Siedlung zu kümmern. „Nein, mein Freund! Wir waren einen ganzen Sommer fort, und die Männer sind müde. Jeder von ihnen wird heute seinen Anteil erhalten, und wir werden feiern", sagte er zu dem Gelbhaar. „Im Frühjahr werden wir dann weitersehen."
Da brummelte sich Björn einige Beleidigungen in seinen Bart, wandte sich ab und ging. Verwundert trat Thorkill neben den Häuptling. „Welche Laus ist denn dem über die Leber gelaufen?" Sigurd zuckte mit den Achseln. „Ich weiß es nicht, doch ich beginne mich um Björn zu sorgen."
„Ach was", mischte sich Rögnvald ein. „Der Kerl wird langsam alt, und das merkt er. Vielleicht ist es ja die Angst, den Strohtod[20] zu sterben, die ihn hinaus auf das Meer treibt!"
„So ein Blödsinn", erwiderte Sigurd und grinste. „Alter Mann! Björn ist nicht viel älter als dreißig Sommer und Winter!" „Ach, was weiß ich denn? Vielleicht juckt es ihn, und er braucht ein Weib", winkte der Schwede ab.

Als es Abend wurde, füllte sich die Gästehalle des Hauses. Tische standen entlang der Podeste, die mit Fellen bedeckt waren, und zu beiden Seiten des Hochstuhles standen zwei Stühle, und auch davor stand ein großer Tisch. In der Mitte der Halle brannte in einer länglichen Feuerstelle, über der ein großer Rauchabzug hing, ein wärmendes Feuer, und darüber briet an einem ehernen Spieß ein großes Schwein, das von Lubomir schon seit einiger Zeit gedreht wurde. Es hatte schon die nötige Bräune, und es roch im ganzen Haus nach der Köstlichkeit, die den Gästen bei dem Fest ihre Bäuche füllen sollte. Auch in dem Küchenraum hatten

---

[20] Strohtod – ein friedlicher Tod im Bett

Ingigrid und die slawische Magd Danika alle Hände voll zu tun gehabt, um weitere Speisen herzurichten. Einige Mägde von umliegenden Höfen waren in das Langhaus gekommen, sie sollten der Schwester des Sigurd zur Hand gehen und später die Männer bedienen.

Es waren allesamt junge Frauen, die Pokas herbeigeholt hatte, und sie waren ausnahmslos Sklavinnen. Sie freuten sich über die Abwechslung von den täglichen Arbeiten auf den Höfen ihrer Herren, denn sie wussten genau, dass sie früher oder später an dem Fest teilnehmen würden. Sollten die Sklavinnen auf Grund des Festes Kinder gebären, so würden diese das Eigentum der Besitzer ihrer Mütter werden, so hatte es Pokas den Bauern von Sigurd ausgerichtet, keiner seiner Gäste hätte das Recht, Anspruch auf sie zu erheben.

Zuerst hatte Sigurd jedem Mann, der ihn begleitet hatte, seinen Anteil gegeben, und die meisten waren zufrieden. Es war zwar nicht viel, aber keiner kam mit leeren Händen von der Fahrt nach Hause. Ein jeder hatte genug, um den nahen Winter gut zu überstehen, und konnte nun den hinkenden Knut, der der Herr des Drachenhofes war, auf dem die meisten Krieger des Sigurd Quartier bezogen hatten, für seine Arbeit entlohnen. Knut hatte von dem Häuptling den Hof als Besitz bekommen, den Sigurd von seinem Vater Sven gekauft hatte, als er in den Sigurdfjord heimgekehrt war. Hier hatte er mit seiner Gefolgschaft gehaust, wenn sie nicht auf See waren. Bald schon war ein richtiger Bauernhof daraus geworden, den Knut bewirtschaftete, sodass genügend Nahrung, vor allem für den Winter, vorhanden war, und die Männer entlohnten ihn dafür.

Auch der hinkende Knut, der gerade einmal zwei Jahre älter war als Sigurd, nahm an dem Fest teil, und mit ihm eine junge Witwe aus dem Dorf, die dem einstigen Seekrieger den Kopf verdreht hatte. Andere Männer hatten ebenfalls ihre Frauen mit auf das Fest gebracht, sowie Gunnar seine Gerda, die die Ziehmutter des kleinen Bjarne, dem Sohn Sigurds war. Nun aber, da Sigurd wieder auf seinem Hof weilte, kümmerte sich die slawische Magd um den zweijährigen Knaben. Auch Thorkill hatte natürlich sein Weib Idun mit sich gebracht. Sie war die Tochter eines Viehzüchters, der seinen Hof in den Bergen hatte, und Thorkill hatte das hübsche Weib vor zwei Wintern in das Dorf geholt, wo er ganz in der Nähe des Häuptlingshofes ein Haus mit einer Schmiede errichtet hatte. Die junge Frau mit dem rötlichbraunen Haar hatte voller Sehnsucht und Liebe auf die Rückkehr ihres Gemahls gewartet, denn eigentlich hatte Sigurd der Häuptling versprochen, schon im Sommer sein Schiff wieder am Steg zu vertäuen. So war Idun anfangs ein wenig verärgert über Sigurd, da sie solange auf Thorkill hatte warten müssen, denn schließlich hatte sich die Hoffnung, dass der Schmied ihr vor seiner Abreise seine Saat eingepflanzt hatte, nicht erfüllt. Ihr Wunsch nach einem Kind war aber groß, und so sehnte sie sich den ganzen Sommer über ihren Ehemann zurück. Dies würde für den Schmied sicher ein anstrengender Winter werden, hatten die Gefährten schon gefeixt.

Alle feierten ausgelassen an diesem Abend. Aßen reichlich und gut, soffen und vergnügten sich mit den Weibern bis zum frühen Morgen.

Als Sigurd erwachte, fiel Licht durch das Windauge in der Giebelwand seiner Kammer. Er öffnete langsam seine Augen und verspürte sofort großen Durst. Auch war ihm, als hätte jemand eine Schaufel voller Mist in seinen Mund geschüttet. Jetzt erst bemerkte Sigurd, dass er nicht allein in dem Bett lag. Es war der nackte Körper der Magd und Konkubine, der ihm wenig Platz ließ. Zwar war es nicht ungewöhnlich, dass er sie hin und wieder in seine Kammer holte, um es mit der Slawin zu treiben. Doch heute konnte er sich beim besten Willen nicht daran erinnern, sich mit ihr vergnügt zu haben. Eigentlich wusste er nicht einmal, wie er es in seine Kammer geschafft hatte, schließlich hatte er dem Bier ordentlich zugesprochen.

Plötzlich wandte sich das Weib um und schmiegte sich mit ihrem warmen Körper an den des Mannes. Nun rührte sich seine Männlichkeit, so wie sie es an jedem Morgen tat, also legte er sich das Weib zurecht und tat, wonach ihm nun der Sinn stand. Erst jetzt erwachte die Sklavin, öffnete kurz ihre Augen, lächelte, und mit einem wohligen Stöhnen drückte sie ihren Leib gegen den seinen.

Längst schon hatten sich die beiden Knechte der Arbeit auf dem Hof gewidmet, hatten das Vieh versorgt und damit begonnen, in der Gästehalle aufzuräumen, obwohl auf den Podesten noch einige Besucher lagen und einen besinnungslosen Schlaf schliefen. Das Fehlen der Magd war ihnen zwar aufgefallen, doch ihnen wäre sicher nicht in den Sinn gekommen, darüber zu murren, dass sie ihre Arbeit zusätzlich erledigen mussten. Eigentlich waren sie es sogar gewohnt, dass ihnen die junge Frau manchmal bei der morgendlichen Arbeit fehlte. Die Augen des Lubomir verrieten aber ab und zu seine Gedanken, wenn die Konkubine in der Kammer des Nordmannes verschwand.

„Nimm es hin, Junge! Du bist nur ein Sklave, sein Sklave", hatte Pokas einmal zu Lubomir gesagt, als dieser mit zornigem Gesicht ansehen musste, wie Sigurd im Übermut das Weib in der Gästehalle nahm. „Er wird dich ohne zu zögern töten, wenn du aufbegehrst, das steht fest!

Doch eines Tages wird er vielleicht ein neues Weib finden, das er zur Gemahlin nimmt. Dann wird Danika nicht mehr so oft auf sein Schlaflager gerufen, und vielleicht hast du sie dann für dich allein."

„Oh, Pokas", jammerte der Slawe. „Ich ertrage es nicht, zu sehen, wie sie sich ihm hingibt!" „Du solltest lieber zu deinen Göttern beten, dass er nicht erfährt, dass sie sich auch dir hingibt", warnte der ältere Sklave. „Bedenke, es geht dir hier gut. Es gibt schlimmere Herren als Sigurd, glaube mir! Du bist hier mehr Knecht als Sklave, und der Herr ist nicht oft auf dem Hof." Fortan hatte Lubomir den Anblick schweigend ertragen.
Die Sklavin hatte sich bereits ihrer Arbeit zugewandt, als Sigurd ins Freie trat, um seinen Kopf in die Wassertonne zu stecken. Ein dringendes Bedürfnis hatte ihn zum Aufstehen gedrängt, denn er war, nachdem er das Weib bestiegen hatte, noch einmal eingeschlafen. Danika hatte den kleinen Bjarne versorgt, und ein Mahl bereitet, für Sigurd und die wenigen Gäste, die noch auf dem Hof verweilten. Die meisten waren nach dem Erwachen mit schwerem Kopf von dannen geschlichen. Die Männer vom Drachenhof hatten allesamt im Morgengrauen fröhlich singend den Hof verlassen, so wie auch Thorkill und sein Weib den Heimweg angetreten hatten. Einer von den Männern aus den Bergen war mit auf den Drachenhof gegangen und wollte auch dort bleiben. Zwei Männer aus dem Hinterland, die noch an diesem Tage aufbrechen wollten, waren in der Halle geblieben und hatten nun an dem großen Tisch Platz genommen, an dem auch Thorfinn und Ingigrid, die sich nun um den kleinen Bjarne kümmerte, saßen. Der Kleine saß lachend auf dem Schoß seiner Tante und klatschte freudig in seine kleinen Hände. Gemeinsam mit seinen beiden Knechten, trat Sigurd in die Gästehalle, hungrig nahmen sie Platz und griffen zu. Nun trat auch die Magd heran, stellte einen großen Topf mit dampfendem Inhalt auf den Tisch und setzte sich neben Thorfinn auf die Bank. Dieser sah Sigurd erstaunt an. „Deine Sklaven sitzen am Tisch ihres Herrn?", fragte er überrascht. „Ja, das tun sie", antwortete Sigurd und schob

sich ein Stück Brot in den Mund. „Meine Sklavin benutzt manchmal sogar dasselbe Bett wie ihr Herr", sagte er kauend und grinste. „So viele sind es nicht, als dass es sich lohnen würde, ein Gesindehaus zu bauen. Außerdem ist Pokas hier ein lieb gewonnener Freund." Er klopfte dem älteren Mann auf die Schulter. „Er war schon auf dem Hof, da war ich noch ein Knabe. Stört es dich vielleicht, wenn du mit Pokas dein Mahl teilen musst?" Die Stimme Sigurds klang jetzt streng, sogar ein wenig herausfordernd. Der Däne war sichtlich verwirrt, doch er schüttelte den Kopf und schwieg. Aber man sah Thorfinn an, dass es ihn wohl störte, mit den Sklaven das Mahl zu teilen.

Dann brach der Winter über das Land am Nordweg herein. In nur einer Nacht hatte sich die Landschaft verändert, zeigte ihr neues, winterliches Gesicht. Weiß und kalt! Schnee fiel. Nächtelang. Wieder und wieder! Doch nach dem Fest zur Wintersonnenwende wurde es so kalt, dass selbst der Schnee ausblieb und bald große Teile des Fjordes zufroren. Der Himmel wurde blau, und die Sonne schickte ihre Strahlen, um das Land zu wärmen. Doch es gelang ihr nicht!
Besonders die Bucht, in der die Siedlung lag, war von Eis bedeckt, und die Fischer des Dorfes mussten ihre Skuder[21] weit über das Eis ziehen, bis sie die Wasserkante erreichten. Genauso erging es den Jägern, die sich aufmachten, um Robben und Wale zu jagen. Meist kamen dann nach erfolgreicher Jagd, die Jäger und boten dem Sigurd die Häute und den überschüssigen Tran der Wale zum Kauf an. Schließlich besaß er ein Knarr, und so mancher glaubte, er wolle nun vermehrt Handel treiben. So füllte sich sein Lager

---

[21] Skuder/Skuta – leichte Boote mit bis zu sechzehn Riemen, wurden zum Fisch-, Wal- und Robbenfang in den Fjorden und nahe der Küste benutzt

mehr und mehr mit Waren. Und irgendwann kam endlich die Zeit, als das Eis zu knacken begann.

Der Frühling kam so schnell wie zuvor der Winter. Man schrieb das Jahr 977 n. Chr., und die Natur erwachte zu neuem Leben. Eines Morgens, das Morgenmahl war beendet und die Knechte sowie auch die Magd hatten sich wieder an die Arbeit begeben, da sagte Thorfinn: „Die Ingigrid geht mit einem Kind unter dem Herzen!" Darüber war Sigurd hocherfreut. „Hast meiner Schwester also einen dicken Bauch gemacht!" Der Häuptling beugte sich dem Weib entgegen und umarmte seine Schwester. „Das ist schön! Ein kleiner Spielgefährte für Bjarne!" Ingigrid richtete kurz ihren Blick auf den Thorfinn, sah dann ihren Bruder mit bedrücktem Blick an. „Wir werden deinen Hof verlassen, Bruder", sprach sie mit ruhiger Stimme, aber man hörte, dass ihr die Worte unangenehm waren. Da sah Sigurd den Dänen erstaunt an. „Es wird nun Zeit für mich, in meine Heimat zurückzukehren. Ich habe jetzt ein Weib an meiner Seite, und mein Kind soll dort aufwachsen, wo auch ich es tat." „Du willst also in das Reich König Haralds zurückkehren?", fragte Sigurd. „Hast du vergessen, warum du dieses verlassen hast, Thorfinn?" „Ach was, Odin wird es mir nachsehen, wenn wir uns taufen lassen, so wie es die Händler auch tun. Dann wird man uns schon unbehelligt Leben lassen."
Sigurd wandte sich schon fast zornig der Ingigrid zu. „Ist es das, was du willst? Eine Heuchlerin[22] werden, die Verrat an unseren Göttern begeht?" Wut stieg in dem Häuptling auf! Dass er seine jüngste Schwester an den Thorfinn verlor, war seine eigene Schuld, das wusste er, denn der Streich auf der Insel der Angelsachsen[23], der sie in die Arme des Dänen

---

[22] Heuchler – Schimpfwort der Nordleute für die Christen
[23] Siehe Band 1 - Das Schwert des Wikingers

getrieben hatte, war ja seine eigene Idee gewesen. Doch dass dieser seine Schwester, nach ihm die letzte seiner Sippe, mit sich in das Reich der Dänen nehmen wollte, gefiel ihm gar nicht. Ingigrid nickte mit dem Kopf. „Dies ist mein Wunsch", sagte sie bestimmt. „Gräme dich nicht, Bruder. Ich liebe Thorfinn, und ich werde ihm folgen, wohin er geht, so wie es sich für ein gutes Weib geziemt!"
Gedanken schossen dem Häuptling durch den Kopf. Gedanken, die von großem Zorn geleitet waren. Er hätte die Vermählung seiner Schwester noch verbieten können, schließlich war er das Sippenoberhaupt. Oder er hätte den Thorfinn mit dem Schwert erschlagen können, doch dieser war ihm immer ein guter Gefolgsmann gewesen und hätte den Tod sicher nicht verdient. „Sigurd!", vernahm er die Stimme seiner Schwester und kehrte aus seinen Gedanken in die Wirklichkeit zurück. „Du willst doch mein Glück, oder?", fragte Ingigrid drängend. Da nickte der Tröndner. „Ich habe eine Bitte an dich, künftiger Schwager", richtete der Däne sein Wort an Sigurd. Doch dieser erahnte bereits, was Thorfinn wollte. „Wenn es dein Wunsch ist, das ich euch ins Dänenreich bringe, so will ich dies tun!"
Der Zorn hatte sich gelegt, und Sigurd sah Thorfinn mit traurigem Blick an. „Ich verliere nicht nur meine Schwester an dich, sondern mit dir auch einen guten und treuen Gefolgsmann!"
„Ach was! Wenn ich geregelt habe, was es zu regeln gibt, wäre ich sicher irgendwann bereit, dir auf eine Raubfahrt zu folgen, mein Schwager. Außerdem wirst du in meinem Haus immer ein gern gesehener Gast sein", versprach Thorfinn, und Sigurd stimmte dem erfreut zu.

Es wurde nun schnell wärmer, das Eis brach, und der Schnee schmolz. Weiter und weiter zog sich der Winter in die Berge zurück und die Bäche quollen zu Flüssen an, die wild zu Tal stürzten und sich in die Fluten des Fjordes ergossen. Die Schiffe, die auf dem Strand lagen, wurden nun von den Männern auf Schäden untersucht, dann wurden sie, wenn dies von Nöten war, repariert und mit Pech kalfatert, sodass sie bald wieder den Wellen der See trotzen konnten. Es dauerte nicht lange, da hatten die Schiffe wieder Wasser unter dem Kiel. An dem Landungssteg des Dorfes vertäut, dümpelten sie nun in den seichten Wellen des Fjordes und warteten darauf, hinaus in die offene See gesegelt zu werden. Es war nun die Zeit angebrochen, in der auch wieder viel Arbeit auf dem Hof anfiel. Der Viehbestand des Sigurd wuchs stetig an, die Lager waren zum Bersten gefüllt, und so beschloss der junge Häuptling, schon bald seinen künftigen Schwager und die Ingigrid in das Dänenreich zu bringen, um diese Fahrt damit zu verbinden, seine Waren in Haithabu feilzubieten.

Einen vollen Monat wartete Sigurd noch, denn er befürchtete, dass der Winter noch einmal zurückkehren könnte. Doch dann, es war April geworden, ließ er den Wellentrotzer mit wohl ausgesuchten Waren beladen und suchte sich eine Mannschaft.

„Wer will mich auf meiner Reise nach Haithabu begleiten?", fragte Sigurd als er in dem großen Raum des Hauses auf dem Drachenhof stand, und fast alle Anwesenden hoben ihre Hand. Björn Gelbhaar aber zögerte und sah seinen Anführer grimmig an. Da fragte ihn Sigurd: „Du willst mich diesmal nicht begleiten, alter Freund?"
„Du versprachst mir eine Raubfahrt! Oder ist dir das entfallen? Ich bin ein Wikinger, kein Krämer!"
Der langjährige Freund, der fast die Stelle eines Ziehvaters in Sigurds Leben eingenommen hatte, war sichtlich erbost über das Ansinnen des Häuptlings, sich nur auf eine Handelsfahrt zu begeben. „Du hast Recht, Björn! Ich versprach es dir, dass unsere nächste Fahrt wieder eine

Raubfahrt sein würde", gab Sigurd zu und fühlte sich unwohl in seiner Haut. „Doch mein Lager ist gefüllt, bis unter das Dach. Ich muss meine Waren veräußern, bevor ich Neues heranschaffe!"
„Dann baue gefälligst ein neues Lagerhaus. Es ist Zeit genug dafür." Fast trotzig, wie die Stimme eines kleinen Kindes, klang die des Seeschäumers. „Ach Björn", seufzte Sigurd. „Es wird doch nicht lang dauern. Vielleicht einen Mond, nicht länger!"
„Auf diese Versprechungen lasse ich mich nicht ein. Das hast du mir bei der letzten Fahrt auch schon gesagt, und dann wurden ein Sommer und fast noch ein Winter daraus!" Nun wurde Sigurd böse. „Wenn du nicht willst, dann lässt du es halt bleiben, beim roten Bart des Schädeltrümmerers. Soll eben Thorkill mein Steuermann sein!"

Der Häuptling hatte zwölf Männer als Besatzung für sein Schiff ausgewählt, und die Vorbereitungen für die Reise begannen. Zwischen Sigurd und Björn aber herrschte fast schon eisige Stille, und die beiden Männer gingen sich fortan aus dem Weg. Man konnte meinen, das Band zwischen Ziehsohn und Vater sei zerrissen.
Ingigrid hatte bittere Tränen geweint, als sie sich von den lieb gewonnenen Menschen des Dorfes verabschiedete. Vor allem, als sie Pokas gegenüber stand, füllten sich ihre Augen mit Tränen, denn sie hatte den Sklaven, den sie ja von Kindesbeinen an kannte, nie als einen Niederen gesehen. Doch die Zeit des Abschiedes war nun einmal gekommen, und sie hatte sich entschieden das Weib des Thorfinn zu werden.
Das Knarr war beladen, und nichts stand einer Abreise mehr im Wege. Leichter Regen fiel fadenartig und fast kerzengerade aus den Wolken, als sie den Wellentrotzer durch den Fjord ruderten. Das Segel hing schlaff von der

Rahe, denn es ging kaum ein Lüftchen zwischen den hohen Klippen und mit sattem Grün bewachsenen Hängen und Felswänden. Erst als sie die offene See erreichten, frischte der Wind auf, das Segel begann sich zu blähen, und die Männer konnten die Riemen einholen.

Der Hof, den die Gesippen des Thorfinn bewirtschafteten, lag im Süden des großen dänischen Sunds, nicht weit der Mündung des Flusses Slien[24], den man befahren musste, um den Handelsplatz Haithabu[25] zu erreichen. Ran hatte sich gütlich gezeigt und die Reisenden in Ruhe ziehen lassen. So war die See ruhig geblieben, und auch das Wetter war für eine Seereise angenehm gewesen, denn der Regen hatte nachgelassen, als sie die Küste Dänemarks erblickten. Die Sonne zeigte bald ihr Antlitz, zwar war es noch kühl, aber es war auch schon und trocken.
Thorfinn führte das Schiff in eine kleine Bucht mit einem langen, im Rund verlaufenden Strand. Keine hohen Klippen, keine Felsen, dafür flaches Land mit leichten Erhebungen, und dazu Wiesen und Wälder. Aber keine Siedlung!
„Wo ist denn nun dein Dorf?", fragte Thorkill, der mit Thorfinn auf dem Heckstand des Wellentrotzers stand und auf das Land sah. „Wo ist der Hof deiner Gesippen?"
Der Däne zeigte in eine bestimmte Richtung und sagte: „Dort lang müssen wir gehen. Einen halben Tag, dann erreichen wir den Hof meiner Eltern!" Der Steuermann sah den Dänen erstaunt an, war er doch immer im Glauben, dass Thorfinn ein Mann des Meeres war. Der Sohn eines erfahrenen Seefahrers, eines Händlers oder Fischers. Aber an einen Bauernsohn, dessen Heim weit vom Wasser entfernt lag, hatte Thorkill nicht gedacht. Er kannte Thorfinn

---

[24] Slien – Schlei, Fluss in Schleswig - Holstein
[25] Haithabu, Heddeby – Handelsplatz an der Schlei, gegenüber der heutigen Stadt Schleswig gelegen

nur als guten Seefahrer. Doch wenn er länger darüber nachdachte, er selbst hatte als junger Lehrbursche eines Schmiedes auch nichts mit der See zu tun gehabt, und jetzt hielt er das Steuer eines Knarrs in seinen Händen und brachte dieses sicher nach Dänemark.

Sigurd gab den Befehl, das Knarr an den Strand zu steuern, da dieses aber voll beladen war, konnten sie das Schiff natürlich nicht auf den Strand ziehen. So steuerte Thorkill den Wellentrotzer so nah heran, bis der Kiel den weichen Sand des Strandes vor sich her schob, sie warfen den Anker über die Reling, und dann sprangen Männer von Bord, die Pfähle in den Sand schlugen, an denen sie die Taue befestigten.

Als das Lager errichtet war, neigte sich die glühende Himmelsscheibe bereits dem Rand der Erde zu. Es war später Nachmittag geworden, bis endlich alle um das Feuer saßen und sich an einer Grütze satt aßen. Ole, der für die Mahlzeiten zuständig war, hatte einige Speckstreifen in den Eintopf hinein geschnitten, so war dieser recht wohlschmeckend geraten.

Als alle gesättigt waren, teilte Sigurd die Wachen für die Nacht ein, sie legten Holz auf das Feuer, und alle sammelten sich an den hochschlagenden Flammen, um den anstrengenden Tag ausklingen zu lassen. Sie besprachen das Vorgehen am nächsten Tag, begannen Geschichten über vergangene Seefahrten und Abenteuer zu erzählen. Es wurde dunkel, und bald verschwanden die ersten Seefahrer in den Zelten. Irgendwann war es dann ruhig in dem Lager.

Der Schrei einer frechen Möwe war es, der Sigurd erwachen ließ, und so bemerkte er, dass längst wieder Leben in dem Lager der Tröndner war. Er befreite sich von seinem Schlafsack und trat aus dem Zelt.

Der neue Tag hatte so begonnen, wie der letzte geendet hatte. Mit Sonnenschein und nur wenigen Wolken an einem blauen Himmel. Und noch bevor die Sonne im Zenit stand, machten sie sich auf den Weg, das Gehöft zu finden, in dem Thorfinn einmal zu Hause war. An Sigurds Seite waren Thorkill, der Schwede Rögnvald und Tjord, sowie natürlich Thorfinn und Ingigrid, als sie das Lager verließen. Da sie keinen Karren bei sich hatten, mussten sie die gesamte Habe der Ingigrid tragen, doch glücklicherweise besaß die junge Frau nicht allzu viel, der größte Teil ihres Besitzes war in einer Truhe verstaut, die nicht größer war als die Seekiste[26] des Thorfinn.

Lange waren sie gelaufen, und es setzte bereits die Dämmerung ein, als sie in der Ferne einige Gebäude erkannten. „Dort ist es", sagte Thorfinn und zeigte in die Richtung, in der das Gehöft lag. „Das ist der Hof, auf dem ich geboren wurde!"

„Wie lang warst du nicht mehr daheim?", fragte Ingigrid neugierig, und Thorfinn überlegte kurz. „Hm! Es sind wohl schon sieben Sommer und Winter vergangen, seit ich mich dem Arnodd[27] anschloss. Und seitdem war ich nicht mehr hier."

„Und was wirst du tun, wenn man dich nicht will?", fragte Sigurd und musste dabei an seine eigene Geschichte denken, denn ihm war es so ergangen. Thorfinn begann zu grinsen und zeigte auf die Seekiste. „Das macht nichts. Ich habe genug, um mir einen eigenen Hof zu bauen oder einen zu kaufen. Ich sagte ja, ich war sieben Sommer auf Wiking aus und habe nicht viel gebraucht!" Lachend schlug er dem Sigurd auf die Schulter. „Ich hatte einen Anführer, der gut

---

[26] Seekiste – Behältnis zum Verstauen der Habseligkeiten an Bord, diente auch als Ruderbank
[27] Arnodd – dänischer Wikinger, siehe Band 1 - Das Schwert des Wikingers

für seine Männer sorgte. Zwar bin ich kein reicher Mann, aber arm bin ich auch nicht heimgekehrt!"
Der Ingigrid sah man an, dass ihr bei diesen Worten ein Stein vom Herzen fiel, denn sie musste an Sigurd denken, schließlich hatte sie die Heimkehr ihres Bruders ja miterlebt. Und nun überkam die junge Frau Zweifel. War dies wirklich der richtige Schritt? Weit fort von der Heimat, ohne die bekannten Gesichter, unter Menschen, die ihr völlig fremd waren. Was, wenn sie sie hassen würden? Hier war sicher alles anders als im Sigurdfjord. Doch die Bedenken der Ingigrid erwiesen sich als unbegründet, denn wider Erwarten wurden sie auf dem Hof mit größter Freude empfangen. Es zeigte sich, dass nur noch zwei jüngere Schwestern des Dänen Thorfinn auf dem Hof der Eltern lebten. Eine Schwester hatte eine Heirat fortgeholt, und den älteren Bruder hatte ein Streit mit dem Bauern vor zwei Sommern vom Hof getrieben. So zeigte sich der Vater hocherfreut darüber, dass Thorfinn nun als Erbe auf den Hof zurückgekehrt war. Auch die Ingigrid nahmen sie mit großer Freude in die Familie auf.
Sigurd gefiel dies gut, und er zeigte sich beruhigt, sodass die Männer nach zwei Tagen an die Küste zurück marschierten. Natürlich flossen Tränen beim Abschied, und es waren nicht nur die Tränen der Ingigrid. Doch die Entscheidung war gefallen.
„Na, Tjord", fragte Sigurd, als sie schon wieder eine Weile gegangen waren. „Wir sind im Dänenreich. Zieht es dich nicht nach Hause?" Auch Tjord war von Geburt ein Däne, doch er schüttelte energisch seinen Kopf. „Ich komme von Jütland, doch es gibt dort kein Zuhause für mich! Mein Heim ist der Drachenhof im Sigurdfjord!" Rögnvald, der ja mit dem Tjord schon lange vor Sigurd unter dem Wikinger Arnodd gesegelt war, kannte dessen Geschichte gut.
„Streit!", sagte er knapp. Da schüttelte Sigurd seinerseits

den Kopf. „Gibt es auch einen anderen Grund für einen Mann, sich den Seekönigen anzuschließen?" „Oh, ich ging nicht wegen des Streites", begann Tjord zu erzählen. „Die See war der Grund für den Streit. Ich war der älteste Sohn auf dem Hof und sollte bleiben. Mein jüngerer Bruder sollte gehen und ein Seeschäumer werden. Doch ich war nicht zum Bauern geschaffen, also ging ich und mein Bruder musste bleiben. Er schwor mir den Tod, sollte ich jemals heimkehren."

*

Langsam segelte der Wellentrotzer die Schlei hinauf, und bald erreichten sie die große Bucht, das Noor, in der der Handelsplatz lag. Etwa die Hälfte der Bucht war durch eine Pallsadenwand mit einem langen Wehrgang und einigen Wachtürmen darauf von einem Ufer hinüber zum anderen abgetrennt. Eine große Durchfahrt in der Wehranlage ermöglichte die Einfahrt in die Bucht. Mehrere Anlegestege führten vom Strand über das Wasser, an denen die Schiffe der Händler vertäut waren. Es war am späten Nachmittag, als der Wellentrotzer an einem der Stege einen Liegeplatz fand. Es war das Ende eines Steges, an dem sie das Knarr vertäuten, und Thorkill sah den breiten Anleger, auf dem zwei Karren nebeneinander Platz fanden, bis zum Strand hinauf. „Das ist ein gutes Stück zu laufen. Willst du die Waren wirklich auf den Markt bringen? Das wird eine schöne Schlepperei!" Die Vorstellung, die gesamte Ladung des Knarrs in die Stadt zu bringen, gefiel auch den anderen nicht besonders.
Nun sah auch Sigurd den Holzsteg entlang. „Hm", er kratzte sich nachdenklich den Bart, „wir könnten uns Karren besorgen und damit…" „Wir könnten aber auch nach einem Händler suchen, der gleich alles kauft, was wir haben",

unterbrach Rögnvald seinen Anführer. „Dann schleppen dessen Sklaven den ganzen Kram!"
„Rögnvald hat recht, Sigurd", pflichtete der rothaarige Schmied dem großen Schweden bei und war von dessen Vorschlag begeistert. „So sollten wir es machen, oder willst du wie ein Krämer auf dem Markt einen Stand errichten?" Sigurd schüttelte energisch seinen Kopf. „Nein, das sicher nicht! Also gut, gehen wir einen Käufer suchen", zeigte sich der Anführer einverstanden.
Bjork, Tjord und Rögnvald sollten Sigurd in die Stadt Haithabu begleiten. Alle anderen Männer blieben als Schiffswache unter dem Befehl des Thorkill im Hafen zurück.
Über hölzerne Wege traten die vier Männer durch das Tor in der Palisade, die den Hafen und die Stadt trennte. Der Weg führte quer durch die Stadt, und zu beiden Seiten gingen Wege ab, die von Hütten gesäumt waren. Hier lebten und arbeiteten die Handwerker und die Fischer. Kleine Abwasserkanäle durchzogen die Stadt, führten aus dem Inneren hinunter zum Hafen. Folgte man dem Hauptweg, so wurden die Gebäude größer, und schließlich erreichte man den Marktplatz, an dem auch das Haus des Hersen stand. Ein großes Langhaus, bei dessen Anblick die Männer staunten. Einige Händler und Krämer hatten ihre Stände bereits auf dem Markt errichtet, doch noch hielt sich die Geschäftigkeit in Grenzen. Erst am nächsten Tag würde der Markttag stattfinden, soviel hatten die Männer schnell in Erfahrung gebracht. Aber irgendwo mussten sich die Kaufleute ja aufhalten, denn ihre Schiffe lagen zur Genüge im Hafen. In einer Schänke erfuhren sie dann von einem Kaufmann, der in Haithabu ansässig und der sogar bis hinein in das deutsche Kaiserreich seinen Handel betrieb. Diesen Mann suchten sie auf.

Als sie den Steg betraten, es dämmerte bereits, sahen sie, dass sich auf dem Anleger vor dem Wellentrotzer eine Menschenmenge versammelt hatte. „Was geht denn da vor sich?", fragte der reiche Kaufmann den Sigurd. „Ich bin genauso unwissend wie du", antwortete der Tröndner und sah Rögnvald fragend an. Doch auch dieser zuckte mit den Schultern.
Als sie den langen Weg über den Steg zurückgelegt hatten, es konnten sechs Schiffe hintereinander an dem Anleger festmachen, sahen sie, dass ein heftiger Streit im Gange war. Ein Mann, groß gewachsen, überschüttete den Thorkill mit Vorwürfen und Beleidigungen. „Was geht hier vor sich?", fragte Sigurd streng, als sie die Menschentraube erreichten. „Misch dich hier nicht ein, Bursche!", blaffte einer der Männer den Sigurdsson an. „Was?", fragte der Anführer erbost. „Geh mir aus dem Weg, du hässliches Wiesel!" Der Kerl hatte wirklich eine große Ähnlichkeit mit dem Tier, sein Gesicht war merkwürdig spitz geformt, und so musste Rögnvald grinsen. „Verschwinde, Kerl, oder ich ersäufe dich im Fjord wie einen räudigen Hund!" Das Grinsen auf dem Gesicht des Schweden war verschwunden. Da wandte sich der Mann um, der bisher den Thorkill beschimpft hatte und fragte böse: „Wer bist du, dass du hier so großmäulig daher kommst?"
„Mein Name ist Sigurd Svensson, und dieses Schiff ist das meine. Ich bin der Anführer dieser Männer! Wer bist du?" Doch Sigurd bekam keine Antwort, stattdessen lachte der Fremde bitter. „Du willst der Eigner dieses Schiffes sein? Dass ich nicht lache!" Die Miene des Tröndners verfinsterte sich zusehends. „Bei Odins Bart, dieses Schiff gehört mir", rief der Mann erzürnt. „Du irrst dich, Kerl", erwiderte nun Sigurd streng. „Dies ist mein Knarr Wellentrotzer!"
„Wellentrotzer! Pah! Es ist mein Schiff, die Gisla!" Die Stimme des Mannes, der sicher das Doppelte an Jahren

zählte wie sein Gegenüber, wurde nun noch lauter und zorniger. „Sie wurde mir im letzten Herbst in Kap Lindesnäs gestohlen, und nun, dem Herrn Christus sei Dank, steht der Dieb vor mir!"

„Ich sagte ihm schon, das Knarr ist das unsere. Aber er hört nicht", mischte sich nun Thorkill ein, und Rögnvald trat verärgert vor den Fremden. „Zügele deine Zunge, Mann, oder ich schneide sie dir heraus", drohte er zornig. Da wandte sich der Kaufmann an den Sigurd, denn ihm gefiel diese Situation, die sich langsam zuspitzte, überhaupt nicht. „Ich will nicht in euren Streit verwickelt werden. Wenn du bereit bist, deine Ware zu veräußern, weißt du ja, wo du mich findest, Tröndner." Er wandte sich um und ging.

Der Anführer der Norweger war nun sichtlich verärgert. Natürlich war der Wellentrotzer gestohlen, das wusste Sigurd auch, aber nicht von ihm. Gestohlen hatte das Schiff ja dieser Hallfred. Sigurd hatte für das Schiff bezahlt, und somit war es auch sein Eigentum, das er sich nicht nehmen lassen wollte.

„Hör mir zu, Däne! Du versaust mir meine Geschäfte, und das mag ich gar nicht. Verschwinde von hier, oder willst du den Handelsfrieden brechen?", fragte Sigurd zornig und sah den Mann, der ihn um mehr als eine Kopfeslänge überragte, herausfordernd an. „Der Stadtherse wird es dir danken, Mann!"

Der große Däne sah den Sigurd böse an, doch er wusste, dass er wenig auszurichten vermochte, wollte er nicht an einem Strick baumeln oder was immer man sich hier ausdachte, um Gesetzesbrecher zu bestrafen. Außerdem hatte er nur vier Männer in seiner Begleitung, die für eine Auseinandersetzung mit den Tröndnern sicherlich zu wenige waren. Auch den Weg zum Hersen konnte er sich sparen, denn wie sollte er beweisen, das dies sein Schiff war? Es war beladen mit den Waren der Norweger, und diese waren mit dem Knarr in den Hafen eingelaufen. Beleidigt wandte er sich ab und gab seinen Männern einen Wink, ihm zu folgen. „Wir werden uns wiedersehen, Dieb! Das schwöre ich beim Herrn Christus!"

Drei Tage waren vergangen, und Sigurd hatte endlich seine Geschäfte mit dem dänischen Kaufmann getätigt. Die Sklaven des Mannes hatten die Ladung gelöscht, und nun standen dort, wo vorher noch der größte Teil der Fracht gestanden hatte, die Seekisten der Männer, die die Riemen in die Fluten tauchten. Der Wellentrotzer befand sich auf dem Weg in die Heimat. Langsam ruderten die Männer das Knarr aus der Bucht, zogen die Rahe am Mast empor und segelten die Schlei hinunter in Richtung des großen dänischen Sundes. Sie waren nicht mehr weit der Mündung, da erblickten sie zwei Knarren, die vom Ufer abstießen und von den Steuermännern in die Fahrrinne des Flusses gesteuert wurden. Sie stellten ihre Schiffe so in die Strömung, dass es nun schwer fiel, diese Stelle zu passieren. Und als der Wellentrotzer näher kam, schoben sich die fremden Schiffe weiter in die Fahrrinne, um diese vollends zu blockieren. Ein aufeinandertreffen der Schiffe war nun nicht mehr zu vermeiden. „Was meinst du?", fragte Thorkill den Sigurd. „Der lange Däne will es wissen!" Der Anführer wandte sich seinen Männern zu. „Holt das Segel ein und ergreift eure Waffen! Der Däne da vorn will ein Tänzchen mit uns wagen!", rief er und bekam sofort die Antwort seiner Männer, die jubelten und freudig lachten. Denn sie scheuten den Kampf keineswegs. Von der Strömung angeschoben, navigierte Throrkill den Wellentrotzer der Blockade entgegen, und im letzten Moment steuerte er das Schiff quer gegen den Strom. Nun war es das Knarr des Sigurd, das den beiden Schiffen die Fahrrinne blockierte. So hatte Thorkill den Angreifern die Möglichkeit genommen,

mit beiden Schiffen längsseits zu kommen und anzugreifen, eines der Schiffe musste den Wellentrotzer erst umfahren, bevor seine Krieger angreifen konnten. Der Vorteil lag plötzlich bei den Kriegern aus dem Land am Nordweg, und diesen wussten die erfahrenen Wikinger für sich zu nutzen. Schnell hatten sie erkannt, dass jedes Schiff nur acht Männer an Bord hatte, und so zögerten sie nicht, sondern gingen sofort zum Angriff über, als sich die Schiffsrümpfe aneinanderrieben. Speere flogen von einem Knarr zum anderen, doch sie richteten keinen Schaden an, steckten in den Planken oder waren in das Wasser gefallen. Nun musste es schnell gehen, denn es galt, den Gegner zu dezimieren, bevor das zweite Schiff zu Hilfe eilen konnte. Doch die Götter waren gnädig, und die Strömung trieb das feindliche Knarr von dem Wellentrotzer fort, sodass der Feind zu den Riemen greifen musste, um sein Schiff längsseits zu bringen.
Der Angriff gelang, denn die Überraschung bei den Dänen war groß. Plötzlich waren sie in die Rolle der Verteidiger gedrängt, da die Norweger auf die Planken ihres Schiffes stürmten. Nur Thorkill war an Bord des Wellentrotzers geblieben und hielt das Steuer, damit das Knarr nicht abtrieb.
Sigurd hatte als Erster seine Füße auf das fremde Schiff gesetzt und wurde auch sofort bestürmt. Doch seine Männer drängten über die ganze Längsseite des Knarrs nach und enterten das Schiff. Die acht Verteidiger auf dem Schiff hatten den Kriegern des Sigurd Svensson wenig entgegen zu setzen, kämpften zwar tapfer, aber glücklos. Der große Däne rief wütend seine Befehle und war der Verzweiflung nah, als er seine Männer fallen sah. Doch er konnte nicht eingreifen, war er doch auf dem Schiff, das immer noch versuchte, an den Wellentrotzer heranzukommen. Sie hatten die Riemen nun eingeholt, denn mit den Rudern im Wasser kamen sie

nicht an den Feind heran, so mussten sie, wie zuvor Thorkill es getan hatte, die Strömung nutzen. Der Däne tobte, er schrie voller Zorn, lief immer wieder vom Heckstand zum Vordersteven und versuchte, eine Möglichkeit zu finden, auf den Wellentrotzer zu gelangen.
Währenddessen hatte ein Hieb mit dem Kehlenbeißer Knochen und Fleisch eines Verteidigers durchschlagen und den Arm auf die Planken fallen lassen. Der Mann schrie vor Entsetzen, doch ein zweiter Hieb des Sigurd beendete sein Leiden schnell. Auch Rögnvald hatte seine kurzstieligen Äxte Odin und Thor mit dem Blut eines Gegners gefüttert, in dessen Kopf nun ein großes Loch klaffte und eine gräuliche, rote Masse erkennen ließ. Einem anderen hatte die Axt das Brustbein zertrümmert, und der Schwede hatte einige Mühe, seine Axtblatt aus dem Körper des Sterbenden zu ziehen. Diese Männer waren keine Krieger, das sahen die Wikinger des Sigurd sofort. Sie waren die Gehilfen eines Kaufmannes, nicht mehr, und sie schienen den Kriegern aus dem Sigurdfjord nicht gewachsen zu sein. Darum rief der Tröndner Sigurd seine Männer auf den Wellentrotzer zurück, als die Verteidiger über die Reling in den Fluss sprangen, um ihr Leben zu retten.
Jetzt hatte es auch das zweite Schiff des Dänen geschafft, an dem Wellentrotzer längsseits zu gehen. Die Schiffe lagen Reling an Reling. Doch es war zu spät! Wieder war die Besatzung des Dänen in der Unterzahl, und wieder wagten die Männer, trotz des lauthals Befehle rufenden Anführers, keinen Angriff auf das Schiff. Und diesmal hielt Sigurd seine Männer zurück. Nur einen konnte er nicht halten! Mit einem mächtigen Satz war Rögnvald auf das fremde Schiff gesprungen, und ohne zu zögern holte er mit der Axt aus. Das Eisen traf den Dänen am Kopf, und da er keinen Helm trug, sackte er sofort auf die Planken nieder. Alle sahen, dass der Anführer noch lebte, denn Rögnvald hatte

darauf geachtet, dass die stumpfe Seite den Kopf traf. Wie angewurzelt standen die Männer da, in der Erwartung, was nun geschehen würde. Alle Augen waren auf den Schweden gerichtet. Keiner aus der Besatzung des Dänen wagte einen Angriff. Keiner dachte mehr daran, seinem Anführer beizustehen, denn sie hatten ihre Gefährten sterben sehen. Langsam schob Rögnvald seine Axt zurück in den Gürtel und zog stattdessen seinen Dolch aus der Scheide. „So, du Großmaul", sprach er zornig. „Ich gedenke meine Versprechen zu halten!" Er öffnete den Mund des benommenen Mannes, ergriff dessen Zunge und zog diese soweit es ging heraus. Kaum hatte Rögnvald die Klinge angesetzt, da schoss auch schon das Blut aus dem Mund des Dänen, und einen Augenblick später lag die blutige Zunge des Händlers auf den Planken deines Knarrs. „Der Wellentrotzer gehört Sigurd Svensson! Merk es dir!"

*

3. Das Mädchen Burga

Björn saß an der wärmenden Feuerstelle in dem Haus auf dem Drachenhof. Neben ihm saß der hinkende Knut und hielt, genau wie der Gelbhaar, einen Becher mit kühlem Bier in seinen Händen. „Du warst in diesem Winter nicht oft auf dem Hof des Sigurd. Dabei bist du doch sein engster Vertrauter. Seid ihr euch immer noch so gram?", fragte der Bauer und sah Björn ohne eine Regung seines Gesichtes an. „Ich fühle mich nicht mehr wohl unter seinem Dach", antwortete der Steuermann nach einer Weile des Schweigens. „Er redet nur noch über seine Geschäfte, die ihn reich machen sollen. Kein Wort verliert er mehr darüber, auf Raubfahrt zu gehen!"
„Also immer noch die alte Geschichte", stellte Knut fest. „Ich müsste es sein, der langsam alt wird und sich nach einem ruhigen Leben sehnt. Doch er ist es, der sich mit der Handelsfahrerei zufrieden gibt!" Björn Gelbhaar war immer noch zutiefst beleidigt. „Versprach er mir nicht, dass wir auf Raubfahrt gehen?" Er sah den Knut eindringlich an. „Los, sag schon!" „Ja, ja. Er hat es dir versprochen", antwortete Knut. „Und doch geschah nichts! Den ganzen Sommer über. Sigurd hat sein Wort gebrochen!"
„Ach, hör doch auf zu jammern wie ein altes Weib. Du bist doch selbst schuld, Björn", wurde der Mann mit dem verkrüppelten Bein nun böse, denn er wäre dem Sigurd liebend gern gefolgt. „Hättest ja mit den anderen auf See gehen können, Steuermann. Stattdessen bist du beleidigt wie eine Jungfrau, die keinen Schwanz findet! Hast die Männer doch reden hören. Oft findet sich ein kleiner Streit von ganz allein, und dein Schwert leckt dann Blut. Wenn es dir nur darum geht! Denn zu wenig Beute kann der Grund nicht sein, da die Männer immer mit gefüllten Geldbeuteln

heimkehren", sprach Knut offene Worte und nahm kein Blatt vor den Mund. „Wäre es dir lieber gewesen, dem Aufruf des Jarl Hakon zu folgen und für diesen Kerl aus Känugard[28] den Kopf in seinem Krieg in Holmgard[29] hinzuhalten?", fragte Knut, der Bauer des Drachenhofes den Björn. „Ich dachte, du willst nicht mehr für andere in den Kampf ziehen? Oder irre ich mich da?" Betreten sah der Steuermann des Wogendrachen auf den staubigen Boden des Hauses und kratzte verlegen mit dem Fuß auf den Dielen. Plötzlich erhob er sich, trat an einen Tisch, auf dem ein Krug stand. Nahm diesen und füllte den Becher des Knut und auch seinen eigenen mit Bier. Dann nahm er wieder am Feuer Platz. Knut sah Björn nun eindringlich an und sprach mit ruhiger Stimme: „Du solltest es dir gut überlegen, ob du dich von Sigurd abwendest. Er ist dir doch wie ein Sohn!"

*

Die christlichen Pfaffen zählten das Jahr 978 nach der Geburt ihres zum Menschen gewordenen Gottes Christus. Und nachdem das Eis und der Schnee auch die Fjorde im Norden des Landes am Nordweg wieder freigegeben hatten, entschied sich Sigurd Svensson, seine Lager zu leeren und die Güter auf einer Handelsfahrt zu veräußern.
Doch diesmal wollte er es wagen, seine Waren bis auf die Märkte in den südlichen Ländern zu bringen. Die Güter, die sich in seinem Lagerhaus befanden, waren allesamt Beute aus der Herbst- und Winterjagd, kein Diebesgut von Wikingerfahrten, wie sie auf den Märkten des Nordens in Birka, Lade oder Haithabu gefragt waren.

---

[28] Känugard - Kiew
[29] Holmgard - Nowgorod

Das Reich des deutschen Kaisers sollte sein Ziel sein. Zu der großen Friesenstadt Hammaburg[30], an einem großen Fluss gelegen, wollte er segeln.

Im Haus des Drachenhofes hatte Sigurd die Männer versammelt, und schnell war die Besatzung für den Wellentrotzer beisammen. Den Björn hatte er allerdings nicht gefragt, woraufhin dieser grimmig das Wort ergriff. „Bin ich es dir nicht mehr wert, dass du mich zu deinen Männern zählst?", fragte der Gelbhaar beleidigt. „Wenn du dich schon nicht an dein Versprechen hältst, das du mir vor nicht allzu langer Zeit gabst, so wäre es doch sicher nicht zuviel verlangt, wenn du mich fragen würdest, ob ich dein Steuermann sein will!"

„Aber du wolltest doch auf keine Handelfahrt gehen", verteidigte sich Sigurd erstaunt gegen die Vorwürfe des Björn. „Natürlich zähle ich dich zu meiner Gefolgschaft, und nichts wäre mir lieber, als dass du wieder das Steuer in deine Hände nimmst." Er sah Thorkill an, und dieser nickte zustimmend. „Es wird keine Raubfahrt sein, auf die wir gehen." „Ja, ja! Das weiß ich doch", grummelte der erfahrene Seekrieger, und Sigurd erkannte, dass Björn trotz seines Einverständnisses immer noch grollte. „Höre", sagte Sigurd, und alle in dem Raum schwiegen. „Ich wollte dir den Wogendrachen geben, damit du in diesem Sommer auf Raubfahrt gehen kannst, Björn. Doch wenn du dich mir anschließen willst, bin ich darüber natürlich sehr erfreut. Ich habe gesehen, dass mir der Handel viel mehr einbringt als das Rauben und Morden! Die weißen Felle der Wintermarder, die Häute der Robben, Zähne vom Walross und der Tran des Wales, all dies ist begehrt im Süden und bringt sicher noch mehr ein, wenn wir es nicht nach Lade oder Kap Lindesnäs, sondern selbst zu den Südländern, den Friesen, Sachsen und Polen bringen."

---

[30] Hammaburg - Hamburg

Ihre Zustimmung bekundeten die Männer mit einem Kopfnicken, denn auch sie hatten die Vorteile erkannt, die sie als Händler hatten. Da wandte sich Sigurd wieder an Björn. „Die Fahrt nach Haithabu im letzten Frühjahr hat mir gezeigt, dass eine starke Mannschaft an Bord des Wellentrotzers sein muss. Denn nun sind wir die Gejagten, und unsere Ladung ist die Beute, doch an uns werden sich die Wikinger und Flusspiraten einen blutigen Schädel holen!" Da musste Björn an seine Unterhaltung mit dem hinkenden Knut denken, die sie hier am Feuer des Drachenhofes geführt hatten. „Ich bin bereit, dir zu folgen, wenn du mich willst", sprach Björn versöhnlich und reichte dem Sigurd seine Hand.

Das breite, fest gewebte Tuch war stramm an die Rahe gebunden, und diese lag nun auf dem hölzernen Gestell, das sich längs des Mastfisches zog, in dem der Mast befestigt war. Mit gleichmäßigen Ruderschlägen trieben die Männer ihr Schiff den breiten Fluss hinauf, den die Friesen Albia[31] nannten, und bald schon erblickten sie ihr Ziel.
Die Wehrtürme und Palisaden der großen Handelsstadt Hammaburg! Sigurd gab dem Björn den Befehl, den Wellentrotzer in den befestigten Teil des Hafens zu steuern, und nach nicht allzu langer Zeit lag das Knarr fest vertäut an einem der Anlegestege in der Bucht des Flusses, die dem Handelsplatz als Hafen diente. Nun waren auch die Riemen, ordentlich zusammengebunden, auf dem Gestell verstaut, und die Seekisten mit den Habseligkeiten der Männer standen jetzt längs der Bordwand, sodass sich der Besatzung auf Deck nun mehr Platz bot.
Die meisten der Männer um Sigurd Svensson und auch der Anführer selbst hatten die Friesenküste und auch das Sachsenland bisher noch nicht in friedlicher Absicht

---

[31] Albia - Elbe

betreten, und den Handelsplatz betraten sie auch zum ersten Male. Die Bastion an der Albia war ein militärischer Vorposten, eine Burg, der sich mit der Zeit, ähnlich der Jomsburg im Pommernland, eine Stadt vorlagerte. Und eine gut geschützte Stadt wurde schnell zum Handelplatz. So wurde Hammaburg zu einer reichen Stadt, mit Mauern und Wehrtürmen aus Stein, mit dem Handelsrecht des Kaisers und dem Schutz des deutschen Adels. Schnell wurde den Nordmännern gewahr, dass sich hier selbst ein großes Heer die Zähne ausbeißen würde, doch sie waren ja nicht gekommen, um Krieg zu führen, sondern um Handel zu treiben. Daran mussten sie sich wohl erst gewöhnen.
„Wir werden uns in der Stadt ein wenig umsehen", schlug Sigurd vor und teilte einige Männer als Schiffswachen ein. „Es wird ja wohl nicht so schwer sein, den Marktplatz dieser Stadt zu finden." „Und vielleicht finden wir ja eine Schanke. Ich habe mir sagen lassen, dass die Friesen und Sachsen wahre Meister im Brauen guten Bieres sind."
Beifälliges Schulterklopfen bestätigte dem Rögnvald, dass sein Vorschlag von allen für gut befunden wurde. Die salzige Seeluft machte die Männer nun mal durstig.

Schnell hatten die Nordmänner den großen Marktplatz gefunden, denn sie brauchten nur den vielen See- und Kaufleuten zu folgen, die vom Hafen in die Stadt gingen. Sie hatten wirklich großes Glück, denn es schien so, als hätten sie genau am Markttag ihr Schiff festgemacht. Auch die vielen Sklaven, die sich, schwere Karren ziehend, den breiten Pfad hinauf quälten, wiesen den Fremden den Weg zu dem Tor, das hinter den steinernen Wehrring von Hammaburg führte. Hier vor der Pforte wurde aus dem Weg, der bei Regenwetter sicherlich im Morast versank, eine mit faustgroßen Steinen gepflasterte Straße, die in die Stadt hinein führte. Standen außerhalb des Walles, zu beiden

Seiten des Pfades, die hölzernen Hütten der Armen, der Bettler und etwas weiter entfernt auch die der Aussätzigen, so zeigte der Handelsplatz hinter dem Tor ein ganz anderes Bild, das die Männer staunen ließ. Hütten aus Stein, Häuser im Fachwerk gebaut, aus Stein und Holz, teils getüncht mit weißer, leuchtender Farbe. Zwei- oder dreistöckig sogar, säumten sie die Straßen und den Marktplatz sowie die Burg im Mittelpunkt der Stadt. Der Platz der Händler, Krämer und Bauern lag zu Füßen der Veste, mit Steinen gepflastert und mit einem großen Brunnen, der in seiner Mitte prangte. Die Menschen erfrischten sich daraus, und die Händler nutzten ihn, um ihr Vieh zu tränken. Am Rande des Platzes hatte man Pferche für das zum Verkauf angebotene Vieh errichtet. Auch neben den vielen Ständen fanden sich kleinere Gatter und Käfige für das Getier. So war der gesamte Platz mit Reihen von Verkaufsständen gefüllt, durch die sich die Besucher schlängelten.

Ein aus Planken grob gezimmertes Podest, einer kleinen Bühne gleich, hinter dem Zelte aus buntem Tuch errichtet waren, stand an einer der wohl beliebtesten Stellen des Marktplatzes und zog dort die Aufmerksamkeit der anderen Händler und Käufer gleichermaßen auf sich. Ein etwa mannshoher hölzerner Verschlag, der zwischen den bunten Zelten stand, glich einem Käfig, der neugierigen Blicken jedoch kaum Einsicht gewährte. Dieser weckte natürlich besonders die Neugier der Menschen.

In diesem Verschlag saß die Ware, die einige kräftig gebaute Kerle nach dem Befehl ihres Herrn auf das Podest führen und an einem eisernen Ring auf dem Boden der Bühne befestigen würde.

Dies war der Stand eines reichen Sklavenhändlers aus dem Sachsenland. Natürlich war er nicht der einzige Händler, der mit gefangenen Menschen seine Geschäfte machte.

Doch im Gegensatz zu den anderen Händlern, deren Sklaven meist Männer, Frauen und auch Kinder waren, die aus den pommerschen Gebieten und aus den wilden, weiten Steppen des Ostens stammten, und die mit Ketten an Pfählen befestigt waren, verkaufte dieser Händler nur Sklavinnen. Beste Ware, wie er den Käufern versicherte, schöne Weiber als Konkubinen und Beischläferinnen, für jeden, der es sich leisten konnte, oder auch als Huren für die vielen Bordelle.

Manche blond und hellhäutig, geraubt von den Stämmen des Nordens. Meist von den Sami oder den Finnen. Andere mit dunklerer Haut, schwarzem glänzenden Haar und braunen, mandelförmigen Augen, gefangen in fernen Ländern an den Ufern des Schwarzen Meeres. Doch alle waren sie von besonderer Schönheit, gut gewachsen, mit üppigen Brüsten, eine wahre Freude für das Männerauge, geeignet für Heim und Bett, wie der Händler sie anpries.

Höchst interessiert besahen sich die Seefahrer aus dem Norden die Ware des sächsischen Händlers, der nun lauthals mit wohl gewählten Worten den Verkauf voranzutreiben versuchte. Und auch Sigurd besah sich die jungen Weiber, die, eine nach der anderen auf die Bühne geführt wurden. Doch er tat dies nicht aus lüsterner Geilheit wie die anderen. „Sag, hast du ein junges Weib aus dem Norden des Tröndelag?", rief Sigurd dem Händler zu, nachdem die Männer sich den Weg zur Bühne gebahnt hatten. Doch dieser verstand wohl die nordische Sprache nicht. So half Björn dem Sigurd aus, denn er beherrschte ein wenig von der Sprache, die an den Küsten des Friesenlandes gesprochen wurde. „Was? Sind dir meine Sklavinnen nicht gut genug?", rief der Sachse und trat zu dem recht üppigen Weib, das ihm am nächsten stand, riss ihr das Kleid herunter und rief dem Sigurd entgegen: „Sieh dir das an, Nordmann! Etwas Besseres wirst du nicht finden, da hat dein Schwanz

seine größte Freude dran!" Sigurd verstand die Worte nicht, die Umstehenden grölten, und Björn schüttelte nur den Kopf.
Sigurd mochte den Handel mit Sklaven nicht, er hatte ja auch seine guten Gründe dafür, denn die Vorstellung, dass seine eigene Schwester, ein Weib von seinem Blut, vielleicht auch auf so einem Podest verschachert wurde, ließ ihn vor Zorn erschaudern. Die Hoffnung, seine Schwester Sigrid doch einmal auf einem Markt zu finden, wollte nicht aus seinen Gedanken weichen.
Der Anführer wandte sich von den Geschehnissen um den Sklavenhändler ab, doch seine Männer mussten natürlich ausgiebig feixend und mit anzüglichen Bemerkungen weiterhin die Ware auf dem Podest begutachten. Plötzlich fiel dem Sigurd ein Stand auf, der etwas abseits des Marktes direkt vor einem großen Gebäude errichtet war. Hinter dem Tisch, auf dem zwar nicht viele, aber dafür besonders gute Waren lagen, saß ein Mann, der ungefähr das Alter des Björn haben musste. Er trug feinste Kleidung und ein kurzgeschorener Bart, bereits von einigen grauen Haaren durchzogen, zierte sein Gesicht. Dieser Mann war jedoch nicht der Grund für die Aufmerksamkeit des norwegischen Seefahrers, sondern es war das junge Mädchen, das neben dem Mann hinter dem Tisch stand und das mit dem Ordnen der Ware beschäftigt war. Sie trug nicht weniger kostbare Kleidung als der Mann, war aber noch sehr jung. Der Tröndner schätzte sie auf etwa sechzehn Sommer und Winter.
„He, Sigurd, die kann dich mit ihren Titten sicher erschlagen", rief Rögnvald lachend und drückte dem Anführer seinen Ellenbogen in die Rippen, als er seine Meinung über dieses üppige orientalische Weib, dem der Sklavenhändler das Kleid herunter gerissen hatte, zum Besten gab. Doch Sigurd reagierte kaum darauf, konnte

seinen Blick nicht von dem jungen Weib hinter dem Stand abwenden. „He, schläfst du oder bist du erblindet? Oder vielleicht noch Schlimmeres?", feixte Tjord. „Vielleicht ist sein Liebesschwert ja doch stumpf geworden in den Jahren ohne Weib", lachte Rögnvald und wandte sich dem Sklavenhändler zu. „Los, sie soll für uns tanzen, und vielleicht sollte ich es ihr richtig besorgen!" „Da musst du sie erst kaufen, du geiler Bock!", entgegnete der Händler in tadelloser nordischer Sprache. Da bedachte ihn Björn Gelbhaar mit einem äußerst bösen Blick.
Sigurd wandte sich von dem Schauspiel, das seine Gefährten so in den Bann gezogen hatte, ab und ging, wie von einem unsichtbaren Band geleitet, auf den Stand mit dem jungen Weib zu. „Wohin gehst du? Soll ich dich begleiten?", fragte Björn, bekam aber keine Antwort. „Natürlich werde ich dich begleiten, schließlich sind wir ja nicht zum Vergnügen hier", sprach er zu sich selbst, wandte sich aber noch einmal dem Rögnvald zu und rief: „Trefft uns am Schiff und macht keinen Ärger, wir sind Handelsfahrer!"
Nach nur wenigen Schritten hatten sie die Traube der Menschen verlassen, die sich vor der Bühne drängten, und standen vor dem Stand des Mannes mit dem kurzgeschorenen Bart. „Seid gegrüßt, Fremde! Gefällt euch, was ihr seht?", fragte der Händler freundlich. „Es ist nur allerbeste Ware, und in meinen Lagerhäusern gibt es noch mehr davon." „Wir sind Händler aus dem Norden, und wir bieten dir eine ganze Schiffsladung bester Güter an. Interessiert?", fragte nun Björn in friesischer Sprache, sodass Sigurd staunte, denn Björn wollte doch kein Händler sein.
„An guter Ware habe ich immer Interesse, Nordmann", antwortete der friesische Kaufmann. „Was hast du für mich, das es wert ist, dir Gehör zu schenken?" Da stieß Björn den

Sigurd an, denn die Ladung kannte er beim besten Willen nicht. Sigurd erschrak ein wenig, denn sein Blick lag schon wieder auf dem Antlitz des jungen Weibes, und er begann die einzelnen Waren aufzuzählen, die sich auf dem Wellentrotzer befanden. In nordischer Sprache!
Da grinste der Kaufmann, und Björn verdrehte sogar seine Augen, doch der Friese antwortete in reinstem Nordisch: „Ich werde mir ansehen, was du verkaufen willst, Freund. Mein Name ist Wigbald!" Er streckte zuerst dem Björn seine Hand entgegen, reichte sie dann auch Sigurd, und die Männer nannten ihre Namen. „Du sprichst unsere Sprache gut?"
„Ich bin wie ihr, lange Zeit mit meinen Waren über das Meer gesegelt. Nach Birka, Haithabu und sogar bis hinauf nach Lade hat es mich verschlagen. Darum ist es besser, als Kaufmann fremde Sprachen zu beherrschen", tadelte der Wigbald den Norweger Sigurd, doch der Blick des jungen Nordmannes lag schon wieder auf der jungen Frau, die bis jetzt noch kein Wort gesprochen hatte. Da schüttelte der Wigbald grinsend seinen Kopf.
Der Tröndner war vom Anblick des jungen Weibes wie gefesselt. Ihre zarte, fast elfenhafte Gestalt, sie reichte dem Sigurd gerade bis zur Brust. Ihr Gesicht, das dem norwegischen Kaufmann von unbeschreiblicher Schönheit erschien. Die kleine Nase, ihre großen blauen Augen und das dunkelbraune, lange, gelockte Haar, das über ihre Schultern den Rücken hinunter fiel. Dieses Weib war ganz anders, als es Gerhild gewesen war. Kopfschüttelnd sah der Friese den Tröndner an. „Dies ist meine Tochter Burga", stellte er das junge Weib den beiden Fremden vor. Björn nickte freundlich mit dem Kopf, doch Sigurd brachte nicht einmal dies zustande. Er glotzte das Mädchen nur schweigend an. „Sag, bist du stumm, Kerl?", fragte sie nun frech. „Oder bist du zu stur, um mich zu begrüßen?"

„Oh nein", sprang Björn seinem Anführer bei. „Wie ich schon sagte, beherrscht mein Freund deine Sprache nur schlecht!"
Doch das junge Weib ließ diese Ausrede nicht gelten, sondern sprach den Seefahrer nun in makelloser nordischer Sprache an. „Verrate mir deinen Namen, Kaufmann", forderte sie und schenkte dem Tröndner ihr schönstes Lächeln, sodass Sigurd sich erst einmal räuspern musste, bevor er ein Wort hervor brachte. Björn verdrehte nur noch belustigt seine Augen, und der Wigbald erklärte ihm, dass seine Tochter auch des Schreibens und Lesens mächtig sei. „Ich bin Sigurd Svensson", sprach der Tröndner, und dies tat er nicht mit der sonst so festen und tiefen Stimme, die er eigentlich besaß. „Sigurd, der Drachentöter! Ein guter Name", lobte sie und bewies mit dem Hinweis auf die nordische Sagengestalt noch einmal, dass sie trotz ihrer Jugend gebildet war und über ein großes Wissen verfügte. „Wer Burga einmal zum Weib nimmt, bekommt eine schlaue Gemahlin an seine Seite", pries Wigbald seine Tochter an, ohne dies eigentlich zu beabsichtigen.
Plötzlich wurde Sigurd von einer strengen Stimme, die keineswegs so freundlich klang wie die des jungen Mädchens, aus der Unterhaltung gerissen.
„Nordmann!"
Drei Soldaten der Stadtwache waren an den Stand des Wigbald heran getreten. Einer von ihnen, im Range eines Hauptmannes, führte die Rede. „Ich hoffe, dass euch der Befehl des Bischofs bekannt ist, der besagt, dass alle Nordmänner, die im Reich des Kaisers Handel treiben wollen, die Taufe empfangen müssen!" Er sah die beiden Seefahrer unverschämt grinsend an, trat einen Schritt vor und griff nach dem Lederriemen, der um Sigurds Hals hing. Sein Blick fiel auf den Thorshammer, der zum Vorschein kam, und es bestätigte sich, dass er mit seiner Vermutung,

hier Götzenanbeter vor sich zu haben, richtig lag.
„Hauptmann, dies sind meine Kunden, und ich verbürge mich für diese Männer", mischte sich Wigbald ein.
„Ich rate dir, Wigbald, sei vorsichtig mit deinen Worten, sonst endest du einmal am Pranger", warnte der Anführer der Wachmänner des Stadthersen. Dann wandte er sich wieder den Fremden zu. „Ihr müsst doch wissen, dass ihr als Heiden nicht hinter die Mauern einer Stadt im Reich des deutschen Kaisers dürft. Bis in den Hafen und nicht weiter!"
„Wir sollten sie in Ketten legen", schlug einer der beiden Soldaten dem Hauptmann vor.
Da aber mischte sich die junge Burga ein. Mit einem Augenaufschlag, der einem Mann das Herz erwärmte, sah sie den Hauptmann an und sprach: „Diese Kaufleute fragten gerade danach, wo sie ein Gotteshaus finden können, um endlich die Taufe des wahren Glaubens zu empfangen."
„So?", tat der Soldat im Wams der Stadtwache erstaunt und wandte sich dem Björn zu. „Ist das die Wahrheit? Ihr wollt euren dämonischen Göttern abschwören und dem einzigen Gott huldigen?", fragte er streng. Von den Vorgängen und den Worten der Burga überrascht, konnte Björn nur zustimmend nicken. Was sollte er auch sonst tun, sie waren nun in einer äußerst misslichen Lage, und würden sie sich nicht fügen, drohte ihnen sicher der Kerker. In diesem Moment stieg Zorn in ihm auf, und Björn wusste nicht, was er sich zuerst zu tun wünschte. Diesen großmäuligen Hauptmann erschlagen oder Sigurd zu erwürgen, der ihn in diese Situation gebracht hatte. Nun ergriff Sigurd, der das Ansinnen des Soldaten erriet, das Wort, und sein Blick, streifte den des Mädchens. Mit sehr holprigen Worten der fremden Sprache wiederholte er den Satz der jungen Burga.
„Gut, gut! Trotzdem werden wir euch jetzt in den Hafen begleiten und dort werdet ihr warten, bis man euch ruft!" Der Befehl des Hauptmannes duldete keinen Widerspruch.

„Ruft eure Männer zusammen, wir gehen! Und wagt es nicht, euch zu widersetzen!" Während Björn die Besatzung herbei holte, wandte sich Sigurd dem Weib zu, dem er wohl nun die christliche Taufe zu verdanken hatte, und sprach zu ihr: „Ich werde wiederkommen und will mir den Lohn für meine Tat holen. Und ich hoffe, du wirst mich erwarten." Und da war es wieder, dieses Lächeln. „Ja, das werde ich, Sigurd."

*

Keinem der Männer gefiel die Vorstellung, ihren Göttern abzuschwören, mit deren Schutz sie aufgewachsen waren, und an dessen Kraft sie uneingeschränkt glaubten.
Wie sollte Odin ihnen diesen Frevel vergeben, auch wenn die Taufe nur ein Mittel zum Zweck und nicht ernst gemeint war, sie diente einzig dazu, in den christlichen Ländern Handel zu treiben. So hatte es Sigurd ihnen erklärt. Ein paar Tropfen Wasser auf den Kopf, das sollte einen standhaften Nordmann doch nicht schrecken. „Bist du wirklich sicher, dass es uns zugute kommt, wenn ein Pfaffe Wasser über unseren Kopf schüttet, vielleicht ist es Hexenwerk?", fragte Tjord skeptisch, denn die meisten Männer der Besatzung fürchteten um ihr Heil. Sie waren sehr erbost, und sie hatten wirklich Angst vor der Rache Odins! „Scheiß dir nicht in die Beinkleider! Du hast doch gehört, wenn wir nicht getauft sind, bleibt uns der Zugang zur Stadt verwehrt", sprach Sigurd eindringlich, und er war sich der Gefahr einer Meuterei wohl bewusst, denn so erzürnt hatte er die Männer, die ihm den Eid der Gefolgschaft geleistet hatten, noch nie erlebt. „Meine Götter werde ich nicht verraten", trotzte nun Björn Gelbhaar. Sigurd schüttelte nur noch den Kopf. „Das sollst du auch nicht! Es ist nur Wasser, wie man mir sagte.

Einfaches Wasser, das keine Zauberkraft besitzt! Es wird dich weder verbrennen, noch wirst du darin ersaufen!"
Wenn Sigurd weiterhin in dem großen Reich des deutschen Kaisers friedlichen Handel treiben wollte, so musste er sich den Gesetzen des Herrschers fügen, es gab keinen anderen Weg. Er hatte einmal davon gehört, dass es Sachsenstämme gab, die immer noch am Glauben an die alten Götter festhielten. Im geheimen feierten sie ihre heidnischen Feste, obwohl sie zu ihrem Schutz alle getauft waren.
Plötzlich sah Björn seinen jungen Freund und Anführer durchdringend an. „Es ist doch nicht dieses junge Weib, das dich zu diesem Schritt treibt?" Er schien von dem Gedanken nicht sehr angetan zu sein. „Ich habe deinen Blick gesehen, als deine Augen die ihren trafen. So hast du bisher nur die Gerhild angesehen, damals, als wir in den Sigurdfjord kamen und du verliebt warst!" Da wollte sich Sigurd empören, doch ihm wurde bewusst, dass einem Mann wie Björn das Interesse des Norwegers an der Friesin natürlich nicht verborgen geblieben war. Dazu kannte er ihn zu gut. „Du hast es also bemerkt?", fragte Sigurd. „Natürlich hast du es bemerkt!" „Ich glaube dir, Sigurd", sagte Björn ruhig, und sein Zorn hatte sich gelegt. „Doch werden es die Männer auch tun?"
Die Zweifel des Steuermannes waren berechtigt. Welcher Nordmann war schon bereit, für einen Anführer den verhassten Christenglauben anzunehmen? Schon gar nicht, wenn es dabei nur um die Freuden seiner Lenden ging. Da nickte Sigurd und wandte sich wieder an die Besatzung seines Schiffes. „Ihr könnt mir glauben, Männer, meine Entscheidung hat nichts mit diesem Weib zu tun!"
Da maulten einige, obwohl sie eigentlich von den Vorfällen am Stand des Wigbald gar nichts mitbekommen hatten, denn ihnen waren die Titten der Sklavin lieber gewesen als das Wohl ihres Anführers. Von der erzwungenen Taufe

hatten sie ja erst erfahren, als sie, geleitet von den Wachsoldaten, wieder an Bord des Wellentrotzers waren. Nun aber begehrten sie auf, doch Rögnvald wandte sich an den Ole, der am lautesten protestierte: „Willst du etwa meutern, Ole? Dann sag es gleich!" Er sah den Dänen böse an. „Ich werde es dir schon austreiben!"
„Du stehst also auf Sigurds Seite! Das dachte ich mir", empörte sich Ole. „Hast du keine Angst um dein Seelenheil?" „Nein, das habe ich nicht. Sigurd weiß schon, was er tut!", erwiderte der Schwede stur.
„Ich werde hier in Hammaburg die Taufe der Christen empfangen, denn ich bin jetzt ein Kaufmann und Handelsfahrer. Ich habe keine Angst vor dem Zorn der Götter, denn Odin kennt meine Beweggründe", sprach Sigurd eindringlich und mit ehrlichen Worten. „Einige von euch haben erlebt, warum ich das tue."
„Ja, wegen des Weibes, das du reiten willst!", hakte Ole spöttisch nach, bekam dafür aber von Rögnvald einen kräftigen Schlag auf den Arm. „Jetzt halt endlich dein Maul, du dämlicher Narr. Sonst reiß ich dir den Arm raus und verprügle dich damit. Lass Sigurd reden!"
„Nein, Rögnvald. Er soll seine Meinung sagen, denn er ist ein freier Seefahrer!", sagte der Tröndnerhäuptling. „Es ist nicht das Weib, wie einige von euch glauben mögen", erwehrte er sich gegen den Vorwurf des Ole. „Wir gehen auf die Jagd, und es zieht uns an die fremden Küsten auf Raubfahrt, um dort Beute zu machen." Die Männer stimmten dem Anführer zu. „Doch müssen wir diese auch veräußern können. Und hier können wir weit bessere Geschäfte machen als in Birka und Haithabu oder sonst wo in Thule[32]. Aber nur, wenn wir getauft sind!"
„Ich bin fest im Glauben an Odin, den Allvater, und Thor ist der Gott, der mir sein Heil gibt und mein Heim beschützt.

---

[32] Thule – Bezeichnung des heutigen Skandinavien

Nur weil mir jetzt ein Pfaffe sein Wasser über das Haupt schüttet, was ich an jedem Morgen selbst auch tue, werde ich nicht von meinen Göttern ablassen", beschwor Sigurd noch einmal sein Gefolge. Da ergriff noch einmal Björn Gelbhaar das Wort, und dieser stand bei den Männern in hohem Ansehen. „Ich denke, Sigurd hat recht! Wir haben so viele Götter in Asgard, da kommt es auf einen mehr oder weniger doch nicht mehr an. Ich hörte, dieser Jesus Christus soll ein Zimmermann sein. Vielleicht kann ihn Odin ja gut gebrauchen."
Die Männer nickten, und einige grinsten sogar, außerdem sollte dieser Christengott ja sehr genügsam sein, denn er verlangte noch nicht einmal, dass sie ihm Opfer darbrachten. Jetzt trat Thorkill Ormsson vor seinen Freund und Anführer. „Ich folge dir, Sigurd. Wohin du gehst, werde auch ich gehen, und sei es in einen neuen Glauben." Sigurd legte dem Freund mit dem langen, roten Haar seine Hand auf die Schulter. „Ich danke dir, Thorkill!"
„Ihr sollt selbst wählen! Doch bedenkt, ein jeder, der sich der Taufe widersetzt, wird das Schiff nicht mehr verlassen können. Die Gefahr ist zu groß, dass er in einem Verlies des Stadthersen endet", sprach nun Björn warnend, und Sigurd nickte ihm zu. „Keine Schänken, keine Hurenhäuser in der Stadt!"
Keiner der Männer widersetzte sich mehr, und als später die Krieger der Stadtwache an den Wellentrotzer traten, waren alle bereit zu folgen. Man führte sie durch die Stadt und brachte sie zu einem großen Gebäude, von einer dicken Mauer umgeben. Hier empfingen sie drei Pfaffen in Kutten aus feinstem Tuch. „Dies sind die Nordmänner, die es nach der Taufe dürstet", sprach der Hauptmann in abfälligem Ton. Er sah sich verächtlich zu den Fremden um. „Obwohl ich diesen Kerlen kein Wort glaube, überlasse ich sie euch. Das ist jetzt deine Angelegenheit, Priester!" „So ist es,

Hauptmann! Der Herr Christus wird ihnen den rechten Weg schon weisen." „Das glaubst du! Doch Wölfe kann man nicht zähmen!" Der Soldat wandte sich ab und ging.

Der Mann, dessen Kutte mit goldenen Nähten versehen war, und in dem die Nordmänner den Anführer dieser Priester vermuteten, lächelte bitter und bat die künftigen Täuflinge mit einer einladenden Handbewegung in das Gebäude. „Seid ihr unserer Sprache mächtig?", fragte der Abt und erhielt von Björn die Antwort, dass die meisten Männer nur wenige friesische Worte sprachen. Da rief der Priester einen jungen Mönch herbei, denn dieser war der Sprache der Fremden mächtig und sollte, wenn dies nötig war, die Worte der Mönche übersetzen, die nun hereilten. Nun erst erfuhren Sigurd Svensson und seine Seefahrer, dass sie volle drei Tage hinter diesen Mauern verbringen würden, um alles nötige über den Herrn Christus zu erfahren. Da empörten sich die Heiden, denn sie wollten keinesfalls in diesem Christenhaus gefangen sein, schon gar nicht drei Tage lang. Sie wollten lieber in die Schankstuben gehen und es mit Hurenweibern treiben, so murrten sie und schimpften über ihren Anführer Sigurd. Laut ging es zu, und die Priester erschraken, sie befürchteten das Schlimmste. Doch sie sahen, dass der Anführer immer noch uneingeschränkt die Befehle gab, und da Sigurd aber niemanden zur Taufe zwingen wollte, schickte er die drei Männer, die am lautesten aufbegehrten, zurück auf den Wellentrotzer. Sie sollten als Schiffswachen an Bord bleiben und das Knarr nicht mehr verlassen. Für sie würde es keine Taufe geben. Die anderen aber sollten nun erfahren, was es heißt, ein Christ zu sein. Sie sollten von der Lehre des Jesus Christus hören, seine Geschichten zu Ohren bekommen, denn die Priester wussten wohl von der Vorliebe der Nordleute für Skaldenlieder, Geschichten und Sagas. Und sie kannten den wahren Grund für die Taufe!

So erzählten sie Geschichten aus der Bibel und lehrten die Heiden christliche Gebete, doch besonders beeindruckt schienen die Männer von den Gesängen der Priester zu sein. Am vierten Tage führten die Mönche die Täuflinge in die Kirche, um ihnen den christlichen Segen zu erteilen. Jeder von ihnen bekam von den Priestern ein kleines ehernes Kreuz um den Hals gelegt, das sie fortan tragen sollten. Die Thorshämmer, die einige der neuen Christen noch als Zeichen ihrer Götter an ledernen Riemen um den Hals trugen, nahmen die Pfaffen kurzerhand an sich. Zwar meckerten die frisch Getauften, doch aufzubegehren oder gar den Mönchen Leid anzutun, das wagten sie dann doch nicht.

Nach der Zeremonie verließen die neuen Christenmenschen den Kirchenbezirk und begaben sich in den Hafen, sodass ihre auf dem Wellentrotzer zurück gebliebenen Gefährten nun auch in den Genuss der Taufe kommen konnten. Es waren aber vier Männer, die sich weiterhin weigerten, was ihnen die Schiffswache einbrachte, da sie die Stadt nicht mehr betreten durften.

Endlich konnte Sigurd seine Geschäfte mit dem Wigbald abschließen. So kam es, dass der friesische Kaufmann die Nordmänner in sein Haus einlud, um mit seinem Besitz vor den Fremden zu prahlen. Auch erwarb er alle Waren, die der Sigurd ihm anbot. Der Anführer und drei seiner Männer blieben sogar mehrere Tage als Gäste unter dem Dach des Friesen, während sich der Rest der Mannschaft in der Stadt vergnügte. Was Wigbald aber nicht bedacht hatte, war die Zuneigung, die der Sigurd seiner Tochter entgegen brachte. Und nun zeigte sich, dass das junge Mädchen nicht ohne Eigennutz gehandelt hatte, als sie den Hauptmann der Stadtwache wegen der Taufe der Fremden belog. Als der Kaufmann erkannte, dass seine Tochter Burga dem Sigurd wirklich zugetan war, war es zu spät. Er hatte den Wolf in sein Haus geholt, dem es wohl nach seinem Lämmlein gelüstete.

Björn hatte es abgelehnt, Sigurd in das Haus des Wigbald zu begleiten. Er zog den Schlafplatz unter der Plane, die sie über das Deck des Wellentrotzers gespannt hatten, dem weichen Bett im Haus des Kaufmannes vor. „Zuviel Christengetue", hatte er nur knapp gesagt. Auch wenn er es sich nicht anmerken ließ, ihm gefiel es nicht mehr in der Gefolgschaft des Sigurd Svensson.

Rögnvald, Thorkill und Tjord allerdings wollten sich auf keinen Fall die gute Bewirtung des reichen Kaufmannes entgehen lassen. Die drei waren auch diejenigen gewesen, die am wenigsten über die Taufe maulten und jammerten, obwohl Tjord ja auch aus diesem Grund das Reich Harald Blauzahns verlassen hatte.

Wigbald behandelte seine Gäste zuvorkommend und freundlich, obwohl es gar nicht so seine Art war, Fremde in sein Haus zu laden. Doch die Versuchung, seinen Reichtum herzuzeigen, war zu groß. Oder waren es doch die Zuredungen der Burga, die ihn zu diesem Schritt bewogen? Sein besonderes Augenmerk fiel auf den Sigurd, den Anführer, und er sah, dass diese Männer nicht die Wilden aus dem Norden waren, die den Städten an den Küsten so zusetzten. Hätte er die Taten des Tröndners gekannt, wäre sein Urteil sicher anders ausgefallen, und er hätte diesen Mann nicht an seinen Tisch gebeten. Doch da sich weder christliches Kirchengut und ähnliche Gegenstände sowie anderes Raubgut unter den Waren des Sigurd befanden, blieb der Wigbald bei seiner Meinung, dass dieser Mann ein Händler war. „Sag mir, Sigurd", fragte die schöne Burga kess, als sie am Abend gemeinsam um den großen Eichentisch in der Halle des Hauses saßen. „Hast du ein Weib, und bist du ein reicher Mann?" Sie hatte sich sogar

neben den Sigurd gesetzt und spielte frech mit dessen langen, blonden Haaren. Rögnvald verschluckte sich und begann zu husten. Tjord und Thorkill grinsten über das ganze Gesicht, und Sigurd wurde rot. „Burga!", mahnte Wigbald seine Tochter, doch diese ließ sich nicht beirren. Der blonde Mann gefiel ihr, und das sollte er auch wissen. Außerdem war ihr nicht entgangen, dass Sigurds Blicke immer wieder auf ihr ruhten. „Ich habe kein Weib", antwortete er. „Aber ich habe einen Sohn, der in meiner Heimat auf die Rückkehr seines Vaters wartet."
„Ist es schön da, wo du herkommst?", fragte sie weiter.
„Ja, ich werde dir davon erzählen, wenn du es wünschst", antwortete Sigurd in friesischer Sprache, und er musste sich sehr anstrengen, denn er wollte nicht, dass Burga über ihn lachte. Doch sie lachte nicht, und sie scheute sich auch nicht, Fragen zu stellen, denn nun wollte sie alles über ihn erfahren. Es war keine kindliche Neugier, denn Burga zählte gerade erst fünfzehn Jahre, obwohl sie auf die fremden Männer wesentlich reifer wirkte. Ihr Körper und auch ihr Geist schienen der einer erwachsenen Frau zu sein, was wohl daran lag, dass sie ohne Mutter aufwuchs, und Wigbald sie schon früh nicht mehr wie ein Kind behandelt hatte.
Dazu kam, dass der friesische Kaufmann sich erhoffte, dass Burga sich einmal einen Mann an ihre Seite nahm, der würdig war, sein Erbe anzutreten und die Geschäfte weiterzuführen.
Auch in dem Haus des Wigbald blieben die Männer volle vier Tage als Gäste. Burga bemühte sich sehr um die Männer, besonders um den, welchen sie sich erwählt hatte. Sie führte die Nordmänner durch die Stadt, und sie lehrte den Sigurd viele friesische Wörter zu sprechen, die, wie er feststellte, den nordischen doch ähnlich waren. Abends sprach er mit dem Wigbald, der ihn viel über den Handel in

dem großen Reich lehrte, und der ihm von den Handelsplätzen im Inneren des Landes erzählte, die gut über die vielen Flüsse zu erreichen waren. Er selbst brachte den größten Teil der Ware, die er hier an der Küste beschaffte, auf die Märkte von Throthmanni, Hlidbecki oder Mimigernaford[33] im Sachsenland, und er machte damit guten Profit.

„Es ist an der Zeit, euch zu verlassen, Wigbald", sagte der Sigurd, als die vier Männer am Morgen des fünften Tages vor ihren Gastgeber traten. „Morgen wollen wir in die Heimat segeln, da gibt es noch viel zu tun an Bord." Da trat die junge Burga vor den Anführer der Gäste, und ihr gefiel es gar nicht, dass Sigurd das Haus schon wieder verließ. Da glaubte der Nordmann zu erkennen, dass ihre Augen feucht glänzten. Sollte sie ihm wirklich so zugetan sein, dass sie der Abschied zum Weinen brachte? Sie trat nah heran an den Nordmann. „Kommst du zurück, Sigurd?", fragte sie mit leiser Stimme, und ohne darüber nachzudenken, nickte der Seefahrer. Da ergriff sie seinen Kopf, zog diesen zu sich herab und küsste den Sigurd. Lang und innig.

Wigbald erschrak, doch er sagte nichts und ließ seine junge Tochter ohne Tadel gewähren. Thorkill, Tjord und der Schwede schwiegen grinsend und wandten sich dann dem Friesen zu, um diesem zum Abschied die Hand zu reichen.

Als die Männer das Kaufmannshaus im Kern der Stadt verlassen hatten, sprach der Friese streng zu seiner Tochter: „Weine nicht, Burga. Dieser Mann wird niemals dein Gemahl! Du weißt, ich habe Hartwig, den Neffen des Stadtthersen, für dich ausgewählt!"

„Der Sohn des Benno ist ein fettes Schwein! Niemals werde ich sein Weib! Ich will Sigurd zum Mann!", trotzte Burga,

---

[33] Thortmanni, Hlidbecki, Mimigernaford – Dortmund, Lübbecke, Münster

und Wigbald wusste, dass er es schwer haben würde, seinen Wunsch durchzusetzen.

*

„Ja, wen haben wir denn da?" Rögnvald hatte die Männer auf dem Wellentrotzer zuerst erkannt. „Das sind ja Sturlar und seine Bande", stellte Sigurd fest. „Da ist Odinger Einauge und auch Thorstein!", erkannte der Thorkill die Freunde. Sie waren Männer der Besatzung des Sturmdonnerpferdes, der Schnigge, die dem Sturlar gehörte, und deren Anführer er war. Die meisten Seemänner, die auf dem Wellentrotzer des Tröndners fuhren, hatten mit diesen drei Kerlen schon viel erlebt. So waren sie an der Seite Sigurds, als es darum ging, die Ingigrid aus der Sklaverei zu befreien. Die Freude des Wiedersehens war groß, die alten Gefährten umarmten sich, und es fiel im Scherz so manche Bemerkung, die bei anderen Männern sicher zu einem Kampf geführt hätte. „Was treibt euch hierher in diese Christenstadt?", fragte nun der Schwede neugierig. „Geschäfte, mein Freund, Geschäfte", antwortete Sturlar grinsend. „Aber ihr wisst schon, dass der Herse nur getaufte Seefahrer und Händler in seine Stadt lässt?", sprach Sigurd warnend, und Tjord meinte lachend dazu: „Das ist die Angst vor den bösen Nordmännern!" Und er hatte damit gar nicht Unrecht, denn die Überfälle herumstreifender Wikingerhorden auf das Umland hatten zugenommen. Sogar einen Angriff auf Hammaburg selbst hatten sie schon gewagt. „Ach, wir machen unsere Geschäfte hier im Hafen, von Schiff zu Schiff. Was wir anzubieten haben, sollte besser kein christlicher Herse und schon gar ein Pfaffe zu Gesicht bekommen!"
„Und ihr, was führt euch hierher?", fragte Thorstein den Tjord. „Auch Geschäfte." Er zog das kleine eherne Kreuz

unter seinem Kirtel hervor. Da begann der rundliche Wikinger lauthals zu lachen. „Sieh dir das an, Odinger. Der Tjord war bei den Pfaffen!" Dann sah er die anderen an. „Sagt bloß, ihr alle habt euch von den Priestern einlullen lassen?" Er hielt sich den Bauch vor Lachen. Nun erzählte Sigurd dem Sturlar, was ihm seine Ladung eingebracht hatte, und dieser staunte nicht schlecht. „Dafür lohnt es sich doch, ein paar Tropfen Wasser zu ertragen, oder?"
Sturlar konnte dem nur zustimmen, und obwohl er sich mit den Preisen für Güter aus dem Norden nicht auskannte, schließlich verkaufte er nur Raubgut, so schien ihm der Gewinn doch recht hoch.
Als sich Thorstein endlich von seinem Lachanfall erholt hatte, fragte er: „Wie geht es deiner Schwester Ingigrid und dem Thorfinn?" Er hatte an der Befreiung der Schwester des Sigurd großen Anteil gehabt[34]. „Ich sehe Thorfinn nicht in deiner Mannschaft, was ist geschehen?" „Oh, der Thorfinn und meine Schwester leben nun auf dem Hof der Sippe des Dänen im Reich Harald Blauzahns", antwortete Sigurd, und Thorstein schüttelte ungläubig seinen Kopf. „Der Thorfinn ein Bauer! Beim Auge Odins, das ist hart!"
Da wandte sich Sturlar dem Sigurd zu und klopfte ihm auf die Schulter: „Na, wie wäre es? Wir wollen dem Lauf der Albia folgen und sehen, was es uns an Beute bringt. Tun wir uns zusammen, Sigurd!"
Der Vorschlag gefiel dem Tröndner überhaupt nicht, denn gerade hatte er Geschmack daran gefunden, in diesem Land Handel zu treiben. Da verlangte man von ihm, dass er mit dem Schwert seine Höfe und Klöster plünderte. Sicher würde sich dies schlecht auf seine Geschäfte auswirken. Eigentlich hätte Sigurd seine Besatzung an solch einer Entscheidung beteiligt, doch er kannte das Ungestüm der Männer, die mehr Krieger waren als friedliche Seefahrer,

---

[34] Siehe Band 1 „Das Schwert des Wikingers"

und darum entschied er diesmal allein. „Das ist ein gutes Angebot von dir, Sturlar. Aber mich zieht es in die Heimat", lehnte Sigurd dankend ab. Doch da begehrte Björn Gelbhaar auf. „Jetzt ist es mir aber genug!", rief er erbost. „Du benimmst dich wie ein alter Mann ohne Mumm in den Knochen. Willst du nun ein Leben als Krämer fristen? Eines Wikingers unwürdig, ohne Ehre und mit verrosteter Klinge?" „Aber Björn", versuchte Sigurd dem Gelbhaar zu antworten, doch dieser redete sich in Rage, ließ seinem aufgestauten Zorn nun freien Lauf. Und die Männer schwiegen betroffen.
„Du gabst mir dein Wort", seine Stimme wurde immer lauter, sodass die Besatzungen anderer Schiffe, die in der Nähe des Wellentrotzers festgemacht waren, bereits aufmerksam wurden. „Hast du mir versprochen, dass wir auf Raubfahrt gehen? Doch du brichst dein Wort! Stattdessen haben wir uns sogar taufen lassen, doch ich bin kein Kaufmann! Ich bin ein Wikinger, und mein Heil gibt mir Odin!" Er riss sich den Lederriemen vom Hals, an dem das Kreuz hing, und warf dieses dem Sigurd vor die Füße. „Ich scheiße auf diesen Christengott! Auf diese Heuchlerbrut, die von Frieden und Liebe predigt und mit dem Schwert bekehrt!" Björn zeigte auf die Stadt. „Wenn ich hinter diese Mauern will, brauche ich dazu kein Kreuz. Ich brauche ein Heer, eine Fackel und eine Axt!"
Nur wenige der Männer nickten zustimmend, doch verwundert und betroffen waren sie alle. War das Band zwischen Björn und seinem Ziehsohn nun zerrissen? Plötzlich wurde Björn ganz ruhig. Er sah den Sigurd streng an und sprach: „Es ist an der Zeit für mich, andere Wege zu gehen. Gib mich frei von meinem Eid!"
Er sah den Sturlar an und fragte: „Nimmst du mich in deine Gefolgschaft auf? Dann will ich mit dir segeln, denn mir ist der Kampf mehr wert als der Reichtum eines Kaufmannes!"

Jeder konnte die Enttäuschung des Anführers sehen. „Gibt es noch andere, die mit meiner Führung unzufrieden sind?", fragte er mit ruhiger, teilnahmsloser Stimme. „Wer ist noch meiner Gefolgschaft überdrüssig?"
Es hoben noch zwei Männer die Hand, zwei junge Burschen aus dem Hinterland des Sigurdfjordes, die dem Häuptling nicht sehr nahe standen. Der Tröndner war enttäuscht und verärgert, doch er entband die Gefährten von ihrem Eid. Noch am selben Tag verließen der Wellentrotzer und das Sturmdonnerpferd den Hafen von Hammaburg, und am Steuer der Schnigge des Sturlar stand nun Björn, den man Gelbhaar nannte.

*

4. Von einer bitteren Niederlage

Der Winter auf das Jahr 979 n. Chr. war ein strenger und lang anhaltender, doch er hatte auch seine schöne Seite. Denn etwa zu der Zeit, da man das Fest der Wintersonnenwende feierte, bis dahin hatte es unaufhörlich geschneit, zeigte sich plötzlich der Himmel für lange Zeit in strahlendem Blau, und die Sonne ließ den Schnee glitzern, dass es in den Augen schmerzte. Die hellen Stunden des Tages nutzten die Männer meist zur Jagd, doch in diesem Winter hatten sie wenig Glück, und die Lager des Sigurd blieben leer. Wahrscheinlich war das Wild nach Süden gewandert, denn auch die Jäger aus dem Hinterland boten dem Sigurd nur wenige Felle zum Kauf an. Einzig die Robbenjäger hatten Glück und brachten gute Beute mit sich, die der Kaufmann ihnen großzügig entlohnte. Das Fleisch ließ Sigurd im Dorf verteilen, und die Häute kamen in sein Lager. Doch würden die Waren für eine Handelsfahrt nicht ausreichen, das wusste Sigurd. So beschlossen die Männer des Fjordes auf einem abendlichen Fest in der Methalle ihres Häuptlings, im Frühjahr auf einen Raubzug zu gehen. Sigurd genoss die ruhige Zeit des Winters, die er auf seinem Hof verbrachte. Tagsüber an seiner Seite der kleine Sohn, und des Nachts auf seinem Schlaflager die slawische Konkubine, die sich willig ihrem Herrn hingab. Doch waren seine Gedanken bei einer anderen, während er am Körper der Danika seine Lust stillte.

Doch dies war auch die Zeit, in der der Sklave Lubomir vor Eifersucht kochte, er für seinen Herrn größten Hass empfand, mehr, als er es sowieso schon tat. Ihn zu töten war der Wunsch des jungen Mannes, doch er wusste, dass dies für ihn unmöglich war. Die Eifersucht nagte und fraß immer mehr an ihm, und so gab er dem Weib die Schuld. Ja, sie warf sich dem Sigurd an den Hals. Es musste so sein, dachte er. Und an einem Abend, als die Danika von dem Sigurd in seine Kammer gerufen wurde, konnte er seine Wut nicht mehr an sich halten. Er lauerte ihr auf, und seine Schläge trafen die Magd in ihr Gesicht, sodass das Blut aus ihrer Lippe floss. Er beschimpfte sie als Hure und ließ erst von ihr ab, als der Knecht Pokas ihn niederschlug. Keinen Moment zu spät, denn die Hände des Blindwütigen lagen schon am Hals der Danika. Benommen war der Sklave zu Boden gesunken, und in die Hand des Knechtes hielt die große eherne Kelle aus dem großen Kessel, der über der Kochstelle hing. Er hatte der Danika das Leben gerettet, und dem Sklaven vor seinen Füßen wohl auch.

Doch der Aufmerksamkeit des Sigurd entging nur wenig von dem, was auf dem Hof geschah, außerdem waren die Male der Schläge im Gesicht der Magd, als sie in die Kammer ihres Herrn trat, nicht zu übersehen.

So erwachte der Lubomir gefesselt und an einen Pfosten gebunden, im Stall, und als Pokas ihn ansprach, sah er beleidigt zur Wand. „Ich habe dich gewarnt, du Narr", vernahm er die Stimme des Knechtes. „Mehr als nur einmal habe ich dich gewarnt!" Nach einem Moment des Schweigens sah der Sklave den Knecht fragend an. „Was wird nun geschehen, Pokas?"

„Hm", der Knecht kratzte sich den Kopf. „Bei einem anderen Herrn würde ich sagen, wäre dein Leben jetzt kein Hirsekorn mehr wert. Aber bei dem Sigurd weiß man nicht", er wog abschätzend seinen Kopf hin und her. „Sigurd achtet sehr auf seinen Besitz! Also bete zu deinen Göttern, vielleicht wirst du leben!" Pokas beugte sich herab, prüfte den Sitz der Fesseln und verließ dann das flache Gebäude. Bald darauf kamen Bork und Tjord in den Stall, ergriffen den Sklaven schweigend und schleppten ihn auf den verschneiten Platz vor dem großen Langhaus. Einige der

Krieger des Sigurd hatten sich hier versammelt, lachten und machten ihre Späße. Auch der große Rögnvald stand da, und Lubomir erkannte sofort die Peitsche, die der Schwede in der Hand hielt. Gunnar schlug dem Sklaven wie einem alten Freund auf die Schulter und rief lachend: „Mann, was hast du für ein Glück, dass unser Anführer ein so weiches Herz besitzt. Wir wollten dich eigentlich langsam im eisigen Wasser ersäufen, doch Sigurd war dagegen. Schade!"
Da trat der Genannte aus dem Haus und gesellte sich zu den Männern. „Willst du es dir nicht noch einmal überlegen, Sigurd?", fragte Gunnar und ergötzte sich an der Angst, die der Sklave ausstand. „Es wäre doch viel spaßiger, die Laus im Fjord zu ersäufen!" Da rief Lubomir in größter Angst, denn er befürchtete, dass der Herr seine Meinung noch einmal ändern könnte. „Oh Herr, tue das nicht! Verzeih mir meine Tat. Ich will fortan dein gehorsamer Diener sein, aber lass mir mein Leben!" Sigurd sah den Sklaven mit strengem Blick an, strich sich mit der Hand über seinen blonden Bart und sagte zu dem Rögnvald: „Gib ihm zwanzig! Das reicht!" Der Schwede schüttelte fast schon enttäuscht seinen Kopf, nickte dem Tjord kurz zu, und dieser band den Lubomir an einem hohen Pfahl des Gatters fest, die Arme empor, sodass die Haut des Rückens gestrafft war. Dann ließ er das Leder pfeifend auf die kalte Haut des jungen Mannes niedersausen.
Die ersten Schläge ließen die Haut nur erröten, und der Sklave versuchte tapfer, dem brennenden Schmerz standzuhalten. Er prustete, stieß nach jedem Schlag die Luft aus seinem Lungen hervor, und er schwieg, was den Männern doch imponierte. Erst beim elften oder zwölften Schlag, der Rögnvald gab keine Gnade und schlug noch genau so hart, wie er es beim ersten Hieb getan hatte, entfuhr dem Sklaven ein markerschütternder Schmerzensschrei. Nun begann sich auch der Rücken blutrot

zu färben, und jeder weitere Hieb ließ die gestraffte Haut aufplatzen. Als der letzte Schlag getan war, banden die Männer den Sklaven vom Gatter los, schleppten ihn vor den Häuptling und warfen ihn in den Schnee, der sich sofort dunkel färbte. Doch die Kälte tat den Wunden auf dem geschundenen Rücken gut, und fast einer Bewusstlosigkeit nahe, vernahm er, wie durch einen Schleier, die drohenden Worte des Sigurd: „Wage es nie wieder, eine Hand an die Magd zu legen, dann ist es um dich geschehen!" Nur ein leichtes Nicken des Kopfes zeigte dem Sigurd, dass der Sklave ihn verstanden hatte. Ab sofort musste er sein Quartier im Stall aufschlagen, durfte das Haus nur betreten, wenn er ausdrücklich dazu aufgefordert wurde.
Seinen Wunsch, die Danika zu besitzen, musste er nun endgültig begraben, denn er konnte sicher sein, das der Sigurd seine Drohung in die Tat umsetzen würde.

Bis weit in das Frühjahr hinein war Sigurd mit der Arbeit auf seinem Hof beschäftigt, so wie auch die anderen Männer seiner Gefolgschaft, die Bauern waren. Auch der hinkende Knut hatte alle Hände voll zu tun und spannte daher die Männer vom Drachenhof zur Arbeit ein. Viele fluchten und begehrten auf, gaben dem Sigurd die Schuld für die Schufterei, denn sie hatten gehofft, längst auf See zu sein. Einige bereuten es jetzt sogar, sich nicht dem Björn Gelbhaar angeschlossen zu haben. Die Forderung, endlich auf Wikingfahrt zu gehen, wurde immer lauter, und auf Grund seiner wenig gefüllten Lager konnte sich Sigurd dem Wunsch seiner Gefolgschaft nicht länger verweigern. Obwohl er doch inzwischen lieber auf eine Handelsfahrt nach Hammaburg aufgebrochen wäre. Und es waren nicht zuletzt die Gedanken an die junge Burga, die ihn in das Saxland[35] zog. Nun aber ging es wohl um nicht weniger als

---

[35] Saxland – altnordische Bezeichnung für das deutsche Kaiserreich

die Führung der Krieger, die bereit waren, sich von ihm abzuwenden. Björn, sein alter Freund und Ziehvater, war der beste Beweis dafür!

Nachdem die Saat auf den Feldern ausgebracht war, rief der Häuptling alle kampffähigen Männer in seine große Methalle, denn er wollte sie wieder gütlich stimmen und auf die anstehende Fahrt vorbereiten. Und wieder kamen auch Männer aus dem Hinterland in die Siedlung im Fjord, die dem Ruf des Häuptlings gefolgt waren. Die Methalle war zum Bersten gefüllt, und alle jubelten, als Sigurd zur Raubfahrt aufrief, denn kaum einer wollte zurückbleiben. Also wählte der Anführer neunundzwanzig Männer aus, die Stammbesatzung des Wogendrachen und noch einige andere kräftige Kerle dazu. Dann bestimmten sie den Tag der Abreise, und er sollte recht bald sein, denn die Männer waren voller Tatendrang.

Idun hatte sich mit ihrem verschwitzten Körper eng an den Leib des Thorkill geschmiegt, denn sie genoss die Umarmung ihres Mannes sehr. Draußen setzte bereits die Dämmerung ein, doch geschlafen hatten die beiden in dieser Nacht nicht viel. Längst war der Idun aufgefallen, dass ihr Gatte in den Tagen, bevor sie in See stachen, besonders große Manneskraft überkam. Er ließ kaum die Finger von ihr, machte anzügliche Bemerkungen und trieb es mit seinem Weib, wann immer sich eine Gelegenheit dazu bot. Und die junge Frau ahnte, dass der rothaarige Schmied die Hoffnung hegte, einen Nachkommen zu hinterlassen, sollte er einmal von einer Wikingfahrt nicht mehr heimkehren. Aber auch Idun sehnte sich nach einem Kind, doch bisher hatte Freya, die Göttin der Fruchtbarkeit, ihnen den Wunsch nach einem Kind nicht erfüllt. Idun verzweifelte längst an der Frage, warum die Göttin ihren Leib veröden ließ, schließlich brachte sie ihr regelmäßig Opfer dar, und

Thorkill war fleißig und tat oft, was zur Zeugung von Nöten war. Als lästige Pflicht sah er es natürlich nicht, er tat es schließlich aus großer Liebe, und das Paar war ja auch noch jung. Insgeheim hegte Thorkill sogar die Hoffnung, dass dieser Christengott vielleicht größere Macht hatte als Freya, Schließlich sagten die Christen, dass er ein Gott der Liebe sei. Da wäre die Taufe, die er im Saxland empfangen hatte, doch zu etwas gut gewesen.

Am Abend vor der Abreise trat Sigurd mit seinem Sohn an der Hand an die Pforte des Hauses auf dem Gehöft des Gunnar. Wie immer sorgte die Gerda, Gunnars Weib, für den kleinen Bjarne während der Abwesenheit des Sigurd. Und der kleine Bjarne zeigte sich immer hoch erfreut, wenn er auf den Hof des Gunnar durfte, denn Gerda liebte der vierjährige Knabe wie eine Mutter.
Gunnar und Sigurd nahmen am Feuer Platz, um noch etwas zu schwatzen. Die Seekiste des Bauern stand längst gepackt neben dem Eingang des Hauses, daran angelehnt der Schild, bemalt mit roter Farbe und mit einem weißen Drachen darauf, sein Schwert Blutsäufer und eine langstielige Axt. Oben auf der Kiste der Helm, den Gunnar einmal einem Dänen im Kampf abgenommen hatte.
Morgen, wenn der Wogendrachen auf die offene See hinaussegeln würde, dann würde der Gatte der Gerda, so wie viele andere auch, nicht mehr der Bauer sein, sondern der Wikinger Gunnar.
Als der Häuptling durch das Dorf seinen Heimweg antrat, atmete er tief ein, sog die Luft in seine Lungen und nahm den Geruch seiner Heimat gierig in sich auf. Doch plötzlich überkam ihn ein ungutes Gefühl, ein beklemmendes, ein Gefühl der Angst. Was, wenn das Heil seiner Götter nicht mehr groß genug war, um sich auf eine Raubfahrt zu wagen? Odin oder auch sein rotbärtiger Sohn Thor konnten

beleidigt sein, schließlich hatte sich Sigurd ja im letzten Sommer taufen lassen. Er hatte es zwar nicht aus Überzeugung getan, sondern einzig aus Berechnung heraus. Doch bei den Göttern von Asgard wusste man nie. Schnell waren sie einem Mann gram und nahmen ihm sein Heil. Und ob das Heil des Christengottes groß genug war, einem Wikinger sein Glück zu bringen, das bezweifelte Sigurd.

*

„Es ist nicht viel, was wir erbeutet haben. Aber der Sommer ist noch jung", sprach Sigurd zu seinen Männern, als sich der Wogendrachen wieder auf See befand. Vor wenigen Tagen hatten sie die Nordküste der Insel Borgundarholm erreicht, hatten ein Lager aufgeschlagen und die Gegend erkundet. Dabei entdeckten sie einen Hof, den sie zum Ziel ihres ersten Angriffs wählten. Das Gehöft lag nahe dem Strand und war somit gut gelegen für einen Strandhögg[36], und der morgendliche Überfall von der Meerseite aus verlief ganz so, wie es sich Sigurd vorgestellt hatte. Überraschend, schnell und erbarmungslos!
Alle Männer kamen unbeschadet zum Schiff zurück, denn der Widerstand der wenigen Knechte des Hofes war nur gering, und wem es von ihnen gelang, der suchte sofort sein Heil in der Flucht. Dennoch waren die Angreifer enttäuscht, denn die Beute dieses Raubzuges war nur gering. Aber sie hatten in Erfahrung gebracht, dass dieser Hof der kleinste von dreien war, die einem reichen Borgundarholmer Jarl Namens Veseti gehörten, und dass dieser auf seinem größten Gehöft, welches er auch selbst bewohnte, nicht wenig an Reichtum gehortet hatte. Dies wäre eine angemessen Beute, befanden die Männer einstimmig, also setzten sie ihr Vorhaben, den Veseti von seinen

---

[36] Strandhögg - Strandhieb, kurzer schnell geführter Wikingerüberfall

Reichtümern zu befreien, in die Tat um. Noch am selben Tage stachen sie wieder in See, um den Hof des Jarls zu finden, denn sie wussten ja auch, wo sie diesen suchen mussten. So steuerte Thorkill den Wogendrachen die Westküste entlang nach Süden, und noch ehe die Sonne im Zenit stand, erblickten sie eine offene Bucht, auf deren hellem Strand drei Schiffe lagen. Über das lange Meeresufer führte ein hölzerner Weg einen kleinen Hügel hinauf, und dahinter sollte der Hof dieses Jarls liegen. Wenn die Worte des Sklaven stimmten, der bei dem Überfall gesungen hatte wie ein Vögelchen, um so sein armseliges Leben zu retten. Drei Schiffe aber zeugten von einer großen Gefolgschaft, und das gefiel Sigurd überhaupt nicht. Also segelten sie den Wogendrachen vorbei an der Bucht und suchten nach einem angemessenen Platz, um an Land zu gehen.
„Es ist ein gewagtes Unterfangen", sagte Sigurd zu den Männern, die mit ihm um ein Feuer saßen. „Mir scheint, dass dieser Jarl nicht wenige Männer auf seinem Hof hat."
„Ach was! Die drei Schiffe beweisen doch noch gar nichts", widersprach Bork, dem die Bedenken seines Anführers nicht gefielen, und da es ihm an Erfahrung nicht mangelte, hatten die Männer für ihn immer ein offenes Ohr. „Du nennst auch zwei Schiffe dein Eigen", sprach der Mann mit dem vernarbten Gesicht, das seinem Namen alle Ehre machte. „Aber es bereitet dir Mühe, beide Schiffe gleichzeitig zu bemannen. Woher willst du wissen, dass es diesem Jarl nicht genauso geht?" Die Männer stimmten dem Bork zu, und auch Sigurd musste sich eingestehen, dass an seinen Worten etwas Wahres war. Trotzdem hatte der Anführer Zweifel und ein ungutes Gefühl bei der Sache. Seine engsten Freunde Rögnvald und Thorkill schwiegen, denn ihnen war es gleich. Sie würden sowieso dorthin gehen, wo Sigurd hin ging, und wenn er sie direkt an Odins Tafel führte, dann war dies nun einmal so!

Und die Götter schienen dem Sigurd wirklich gram zu sein, denn seine Ahnungen sollten sich bewahrheiten. Der Überraschungsangriff der Tröndner im Morgengrauen misslang, denn der Veseti war von einem Knecht des kleinen Hofes im Norden gewarnt worden. Der Mann hatte sein Pferd fast zu Tode gehetzt, und er hatte es geschafft, den Hof des Jarls vor den Wikingern aus dem Land am Nordweg zu erreichen. In der Abenddämmerung des Vortages zügelte er das Tier vor dem prunkvollen Langhaus des Jarl Veseti, um diesen vor den Raubfahrern zu warnen. Nun lag die Überraschung auf Seiten der Wikinger, als diese aus dem morgendlichen Dunst auf den Wiesen gegen den Hof stürmten. Ihr Entsetzen war groß, denn sie wurden bereits erwartet! Erwartet von den Kriegern des dänischen Jarls, die in großer Zahl aus allen Gebäuden des Hofes gestürmt kamen und den Wikingern des Sigurd Svensson an Kampfkraft ebenbürtig, wenn nicht gar überlegen waren. Der Jarl selbst war ein groß gewachsener Mann, dessen Kettenhemd und auch seine Waffen davon zeugten, dass er seinen Reichtum nicht nur als Bauer errungen hatte. Selbst die beiden Söhne des Großbauern, genannt Bui der Dicke und sein jüngerer Bruder Sigurd, beide noch nicht allzu lange dem Knabenalter entwachsen, waren den Angreifern an Kraft, Mut und Geschicklichkeit im Kampf schon gleichwertig.

Sigurd Svensson hatte die Lage sofort erkannt, und an Beutemachen war nicht mehr zu denken, denn hier war für die Wikinger außer einem blutigen Schädel nichts zu holen. Verärgert gab Sigurd den Befehl zum Rückzug, und so war der Kampf schnell beendet. Die Sieger der kurzen Schlacht grölten zuerst ihre Siegesfreude heraus und verschmähten die gescheiterten Angreifer mit lästerlichen Gesängen. Doch dann nahmen sie die Verfolgung der Fremden auf.

Von ihrem Erfolg und dem Blut berauscht, wollten sie die Feinde endgültig niedermachen. Doch der Jarl war kein dummer Mann und rief seine Krieger schon bald zurück, denn es war zu erwarten, dass die Fremden auf ihrem Schiff noch einige Krieger als Wachen zurück gelassen hatten, mit denen sie nun ihre Reihen wieder füllen konnten.
So entschloss sich der Jarl von Borgundarholm, die fremden Wikinger ziehen zu lassen.
Zornig und enttäuscht sammelten sich die Männer an Bord des Wogendrachen. „Drei Schiffe beweisen doch gar nichts", äffte Rögnvald den Bork nach und holte mit der Hand aus, um dem Seebären eine Ohrfeige zu verpassen. Doch Sigurd gebot ihm Einhalt. „Ich würde dir liebend gern auf dein Maul hauen, Alter! Hätten wir gleich auf Sigurd gehört, wäre uns diese Schlappe erspart geblieben", grollte der große Schwede und sah in die geschundenen Gesichter seiner Kameraden. „Lass nur, Freund. Bork kann nichts dafür. Ich bin der Anführer, und ich habe wohl mein Heil verloren", bekannte Sigurd und ließ sich eine tiefe Fleischwunde im Bein verbinden. „Das hast du nicht, denn wir leben", versuchte Thorkill seinen Anführer aufzurichten. Fast alle seine Männer hatten zwar die eine oder andere Schramme davon getragen, große und kleine blutige Wunden, doch keiner hatte Glieder auf dem Schlachtfeld gelassen. Odin hatte sein Verlangen nach Kriegerleibern wohl bereits gestillt, denn sechs Männer waren nicht auf den Wogendrachen zurückgekehrt.
Eilig schoben sie den Kiel in die Wellen des Warägermeeres und steuerten die Schnigge nach Westen. Im großen Sund gingen sie auf einer kleinen Insel erneut an Land und errichteten ihr Lager. Hier blieben sie fast einen vollen Mond, um ihre Wunden zu heilen, und zum Glück wurden die Männer aus dem Sigurdfjord hier nicht behelligt. Es gab einige Höfe in der Nähe, und die Bauern waren, wohl aus

Angst, bereit, die Nordmänner mit Nahrung zu versorgen. Lange hatte Sigurd mit der Niederlage zu kämpfen, doch die Männer trugen sie ihm nicht nach. Im Gegenteil, sie hatten ihren Anführer ja zu dem Überfall gedrängt, hatten ihn überstimmt, ihm keine andere Wahl gelassen, und das wussten sie. Manch einer von ihnen schwor sich, keine Zweifel mehr an Sigurd zu hegen und ihm zu folgen, ohne seine Befehle in Frage zu stellen.

Ziellos segelte der Wogendrachen nun durch den großen Sund. Die Männer hatten ihre Wunden soweit auskuriert, dass sie es gewagt hatten, die kleine Insel zu verlassen. Keinem von ihnen stand noch der Sinn nach einer Wikingfahrt, doch heim wollten sie auch nicht. Also gab Sigurd den Befehl, einen Handelsplatz anzulaufen, denn ihm erschien es am sinnvollsten zu sein, das wenige Raubgut zu veräußern und den Gewinn auch gleich zu versaufen. Aber es sollte keine dänische Stadt sein, und so steuerte der Wogendrachen, nachdem er das Nordmeer erreicht hatte, in die Mündung der Visurgis[37] ein. Bald sahen sie die Wehrtürme von Brimun[38] und Sigurd befahl die Stadt zum Ziel. Schnell fanden sie einen Anlegesteg im Hafen und auch ein Händler, der Interesse für die Waren zeigte, fand sich schon bald. Er stellte keine Fragen und kaufte, was ihm Sigurd anbot. Die Geldkatze des Tröndners war nun gefüllt und wartete darauf, wieder geleert zu werden, von den Männern, deren Durst immer recht groß war. Das Geld würde reichen, um drei, vier oder vielleicht auch fünf Tage zu feiern, und das taten sie, um die Schmach der Niederlage zu vergessen. Sie fanden eine Schänke, deren Wirt nichts gegen die Nordleute einzuwenden hatte, und diesen gefiel es gut in dessen Haus. Besonders der Rögnvald war sehr

---

[37] Visurgis - Weser
[38] Brimun - Bremen

erfreut, denn der Wirt hatte eine junge und äußerst schöne Tochter mit Namen Freyda. Und diese erwiderte schnell die Zuneigung des großen Schweden.

Am dritten Abend, den sie in der Schänke „Zum durstigen Sachsen" verbrachten, denn der Wirt stammte aus dem Sachsenland an den Ufern des Flusses Elera[39] und war vor vielen Wintern die Visurgis herauf nach Brimun gekommen, gestand der Mann dem Sigurd, dass er selbst noch den alten Göttern opferte, und dass es im Sachsenland noch viele gab, die es ihm gleich taten.

Die meiste Zeit des Tages verbrachte die Mannschaft im Hafen, meist in der Nähe des Wogendrachen oder an Bord. Rögnvald aber zog es hinter die Mauern der Stadt, und alle kannten den Grund dafür. Die Männer machten ihre Scherze darüber, foppten den großen Schweden so lange, bis dieser ärgerlich damit drohte, demjenigen, der als nächster sein Maul aufreiße, den Stiel seiner Axt Thor dorthin zu schieben, wo die Sonne niemals schien. Nun war der Spaß vorbei, denn die Männer sahen, dass sie übertrieben hatten, und ließen den Rögnvald fortan in Ruhe.

In den nächsten Tagen wurde der Schwede immer ruhiger und bedächtiger, sodass Sigurd erkannte: Der Freund rang mit schweren Gedanken. Und an dem Tage, an dem der Anführer den Zeitpunkt der Abreise bestimmte, geschah es. „Sigurd, mein Freund", sprach Rögnvald leise, die beiden Männer und auch Thorkill saßen auf der Reling des Wogendrachen und starrten in den wolkenlosen Nachthimmel. Einen Besuch der Schänke gab es an diesem Abend nicht mehr, denn das Geld war versoffen und verfressen. Außerdem sollte die Schnigge in der Frühe des folgenden Tages in See stechen. „Was gibt es, Rögnvald? Bedrückt dich etwas?", fragte der Angesprochene ruhig, obwohl er bereits etwas Unangenehmes erahnte. „Ich habe

---

[39] Elera – Aller, Fluss in Niedersachsen

dir etwas zu sagen, Freund", begann Rögnvald zögerlich. „So, wie es dir in Hammaburg geschah, dass deine Blicke die junge Burga trafen, so ist es mir hier in Brimun geschehen!" „Freyda?", fragte Thorkill knapp und der Schwede nickte. „Ja, es ist Freyda. Sie hat mein Herz gewonnen, und sie wird mein Weib werden!" Verwundert sahen sich Sigurd und Thorkill an, denn solche Worte hatten die Männer aus dem Munde des Rögnvald noch nie gehört. Dieser Mann war immer ein harter, gnadenloser und unerschrockener Wikinger gewesen, anders kannten sie ihn nicht. Weibliche Zuneigung hatte er sich immer bei irgendwelchen Huren oder Sklavinnen gesucht. Dass Rögnvald aber auch ein Herz besaß, das so etwas wie Liebe empfand, das wäre dem Sigurd und seinem Steuermann bei dem Schweden nicht in den Sinn gekommen.

„Es ist für mich nun an der Zeit, euch zu verlassen, Freunde", sprach er traurig. „Wenn morgen der Wogendrachen in die Heimat segelt, werde ich nicht mehr an Bord sein. Ich bleibe in Brimun!"

„Was willst du denn hier tun?", fragte Thorkill betroffen. „Willst du etwa Schankwirt werden?" Der Schwede schlug dem rothaarigen Steuermann auf die Schulter. „Das wäre das Schlechteste nicht!" Thorkill schüttelte ungläubig seinen Kopf. „Du bist ein Wikinger, du musst...", da unterbrach in Sigurd, legte ihm die Hand auf die Schulter, auf dass er schweigen sollte. „Lass es gut sein, Thorkill." Er wandte sich dem Schweden zu. „Es ist deine Entscheidung, mein Waffenbruder", sprach der Anführer leise. „Ich gebe dich von deinem Gefolgschaftseid frei. Aber du sollst wissen, dass es für dich unter meinem Dach immer einen Platz für dich gibt!" Rögnvald nickte, und die drei Männer starrten nun schweigend zum dunklen Sternenhimmel hinauf.

*

Als die Mannschaft am nächsten Morgen davon erfuhr, dass der Schwede die Gefolgschaft des Sigurd Svensson verließ, wurde es unruhig auf dem Schiff. Wieder war es der Bork, der mit seiner Meinung nicht hinter dem Berg halten wollte. Entsetzt schüttelte er seinen Kopf. „Zuerst geht Björn Gelbhaar und jetzt der Schwede. Ihr wisst doch sicher, was das bedeutet, wenn die engsten Vertrauten die Gefolgschaft verlassen."
„Es steht nicht gut um den Anführer", beantwortete Tjord die Frage. „So ist es! Die Götter haben dem Sigurd sein Heil genommen", sprach Bork mit vorwurfsvoller Stimme.
„Ist das wirklich deine Meinung, Bork?" Sigurd war fast unbemerkt zu der Gruppe von Männern getreten, die sich am Vorderdeck versammelt hatte und so stand er nun hinter dem norwegischen Seeschäumer. „Würdest du jetzt noch leben, wenn sich Odin und Thor von mir abgewandt hätten?" Der Krieger zuckte zusammen wie unter dem Hieb einer Peitsche, und er starrte den Anführer nur stumm an. „Wären wir alle nicht längst im Reich der Hel[40]? Der Veseti wäre dem Allvater doch ein gutes Werkzeug gewesen!" Einige der Männer stimmten zu, während Bork glotzte wie ein Fisch. Andere aber schauten zweifelnd drein, denn die Worte des Narbengesichts schienen ihnen doch einleuchtend zu sein.
„Ich will keinen zwingen, zu bleiben. Ihr seid freie Seekrieger, und ich werde jeden, der es wünscht, von seinem Eid entbinden", bot Sigurd seinen Männern an. „Er kann dann gleich hier von Bord gehen, denn auf meinem Schiff kann ich keinen gebrauchen, der nicht unter meinem Befehl steht!" Der Anführer wandte sich ab und ging zum Achterdeck, wo Thorkill stand und breit grinste. Er hatte zwar kein Wort verstanden von dem, was gesprochen wurde, aber er wusste trotzdem, was vor sich ging. „Bork!"

---
[40] Hel – Göttin des Totenreiches

sagte er bestimmt, und Sigurd nickte. „Wir sollten zur tiefsten Stelle des Nordmeeres segeln und ihn dort der Ran zum Opfer darbringen", schlug der Steuermann vor und machte dabei ein ernstes Gesicht. „Ach was", winkte der Tröndner ab. „Er hat nur Angst, dass alles, was war, bald zerfällt. Und bei allen Göttern, er hat recht!"
Betrübt sah er noch einmal zu den Männern, die immer noch lauthals stritten. Wie viele von ihnen vertrauten Sigurd wohl noch, und wer würde als nächster gehen?
„Segeln wir heim und füllen wir das Lager mit allem, was bei einer Handelsfahrt etwas einbringt", schlug der Steuermann vor, und Sigurd stimmte ihm zu. „Los, Männer! Genug gefaulenzt", rief Thorkill laut. „Wir legen ab. An die Ruder, ihr faulen Heringe!"
Kaum hatte der Wogendrachen abgelegt und die Riemen tauchten zum ersten Mal in die dunklen Fluten ein, da ertönte ein Ruf. Auf dem Anlegesteg standen Rögnvald und Freyda mit zum Gruß erhobener Hand. Sigurd sprang auf die Reling am Achtersteven und tat es ihnen gleich.

*

5. Des Sigurds neue Braut

Immer noch betrübte es den Sigurd sehr, dass, nachdem Björn Gelbhaar ihm im letzten Jahr den Rücken kehrte, nun auch Rögnvald der Schwede seine Gefolgschaft verlassen hatte, um an der Seite dieser Freyda in Brimun[41] zu bleiben. Lange waren sie zusammen über die Meere gefahren, hatten Seite an Seite gekämpft und die fremden Küsten unsicher gemacht. Er hatte nicht geglaubt, dass der Tag kommen würde, an dem sich ihre Wege trennen sollten, doch gegen die Verlockungen eines Weibes war Sigurd machtlos. Und je mehr er darüber nachgrübelte, umso mehr wurde bei ihm die Erinnerung an die schöne, junge Burga wieder wach, und sein Verlangen nach dem Weib wuchs. Bei dieser Fahrt hatten die Götter dem Tröndner ihr Heil verweigert, davon war Sigurd nun endgültig überzeugt, denn die Niederlage in Borgundarholm steckte dem Krieger immer noch in den Knochen. Und nun hatte ihn auch noch der Schwede verlassen.
„Wo sind deine Gedanken?", fragte Thorkill Ormsson den Sigurd, als dieser wieder einmal verträumt über das Meer blickte. „Was?", erschrak der Angesprochene.
„Deine Gedanken! Wo bist du mit ihnen?", wiederholte der Steuermann. „Lass mich raten. Deine Gedanken sind in Hammaburg. Genauer gesagt, bei einem bestimmten Weib in Hammaburg!" Thorkill begann zu grinsen, und Sigurd erkannte, dass der rothaarige Schmied ihn inzwischen besser zu kennen schien, als er es vermutete. „Ich bin schon lang allein", sagte er fast entschuldigend. „Und ich hätte gern wieder ein Weib in meinem Haus. Der kleine Bjarne braucht

---

[41] Brimun - Bremen

eine Mutter." „Sie ist ja auch ein schönes Kind, die Burga", nickte Thorkill zustimmend. „Sollen wir sie rauben?"
Sigurd schüttelte den Kopf. „Ich denke nicht, dass das nötig ist. Wenn mein Gefühl mich nicht trügt, wird sie gerne mit uns kommen." „Na, worauf warten wir dann noch? Lass uns nach Hammaburg segeln", rief Thorkill laut, sodass die Männer aufmerksam wurden. Da trat Bork auf das Achterdeck und meldete sich zu Wort. „Höre ich recht, du willst nochmal in eine Christenstadt segeln, ohne zu rauben?" Der Anführer nickte zustimmend. „So ist es! Gefällt dir daran etwas nicht, Bork?"
Doch ehe der narbengesichtige Wikinger antworten konnte, trat ihm Gunnar kräftig in den Arsch. „Halt bloß dein Maul! Du hast uns zum letzten Mal gegen unseren Anführer aufgewiegelt", brüllte er den Norweger an. „Du hast hier gar nichts mehr zu melden, oder ich drehe dir persönlich den Kragen um und ersäufe dich in einem Kübel voller Pisse!"
Mit großen Augen sah der Bork den sehr verärgerten Gunnar an, sah die anderen grinsen und wandte sich kleinlaut ab. „Ist ja schon gut."
Bald schon hatte Thorkill die Mündung der Albia gefunden, in die sie nun hineinsegelten. Die Sonne schien, und langsam zog das Ufer zu beiden Seiten an ihnen vorbei. Über ein Jahr war vergangen, seit sie die große friesische Handelsstadt verlassen hatten, und nun, bei ihrer Wiederkehr, sahen sie schon von weitem, dass die Stadt gewachsen war. Auch waren die Wehranlagen an einigen Stellen verstärkt worden, und kaum hatte der Wogendrachen im Hafen einen Liegeplatz gefunden, kamen auch schon Krieger, die im Wams des Hersen von Hammaburg im Hafen für Ordnung sorgten, auf den Anlegesteg.
Ein Hauptmann und acht Soldaten, mit langen Lanzen bewaffnet, traten an die Reling der Schnigge. „Wer seid ihr?", fragte der Hauptmann unfreundlich. „Dies ist kein

Handelsschiff, wenn ich mich nicht täusche, und es ist sowieso nur Christen erlaubt, die Stadt zu betreten! Wenn ihr keinen Handel treiben wollt, verschwindet ihr besser wieder! Säufer und Raufbolde braucht unsere Stadt nicht!"
Da sprang Sigurd über die Reling auf den breiten Holzsteg. Er griff unter seinen Kirtel und zog sein Kreuz hervor, das er an einem ledernen Riemen um den Hals trug, und welches man ihm bei der Taufe geschenkt hatte. Dies trug er natürlich nur, wenn ihn sein Weg zu den Christen führte, sonst lag auf seiner Brust ein kleiner silberner Thorshammer, zum Zeichen an seinen wahren Glauben.
„Ich bin nicht weniger Christ als du, Hauptmann!", log er frech. „Und ich komme, um meine Braut zu holen."
Der Friese sah den Sigurd abschätzend von oben bis unten an, kratzte seinen stoppeligen Bart und sprach mit grummelnder Stimme: „Dann hol deine Hure, Nordmann, und verschwinde wieder!" Sigurds Faust fuhr an den Griff des Kehlenbeißers, doch die Hand des Thorkill, der seinem Anführer auf den Steg gefolgt war, hinderte den Tröndner daran, die Klinge zu ziehen. Er nickte dem Hauptmann freundlich lächelnd zu, und dieser wandte sich ab, gab seinen Männern den Befehl ihm zu folgen, und ging.
„Ich dachte, wir kamen, die Tochter des Kaufmannes zu holen, und nicht, um den Kerker dieser Stadt zu besichtigen", sprach Thorkill eindringlich, denn der Zorn des Sigurd war groß. „Elender Dreckskerl", meckerte der Tröndner. „Den Schädel sollte man ihm spalten, beim Thor!"
Da trat ein Seefahrer von dem Schiff, das am Steg gegenüber dem Wogendrachen festgemacht war, herüber, grüßte die beiden Nordmänner freundlich und sagte: „Sie sind recht nervös hier in Hammaburg und auf Nordleute wenig gut zu sprechen!" Der Mann kam noch näher. „Im Frühjahr gab es einige Wikingerüberfälle im Umland der

Stadt, nun geht die Angst um, wenn ein nordisches Schiff über die Albia kommt!" „Das ist noch lang kein Grund, uns zu beleidigen, schließlich kommen wir in friedlicher Absicht", ereiferte sich Sigurd. „Ich gebe euch nur den Rat, seid vorsichtig. Der Kerker ist gut gefüllt, und der Herse kennt keine Gnade!" Der Mann tippte seinen Finger an die Schläfe, wandte sich um und begab sich zurück auf das Schiff. „Vielleicht hat er ja recht und es ist besser, nicht zu lang hier zu bleiben", sprach Thorkill, und Sigurd erkannte, dass dem Steuermann die Situation sehr missfiel. Keinen der Männer ließ der Anführer an diesem Abend in die Stadt, alle mussten an Bord bleiben, und einige waren darüber sehr erbost. Am nächsten Morgen wählte der Tröndner neben Thorkill noch drei Männer, die ihn begleiten sollten, der Besatzung gab er den Befehl, den Hafen nicht zu verlassen, und begab sich dann selbst hinter die Mauern der Stadt.

*

Wigbald war nicht wenig überrascht, als er die Männer erkannte, die da durch die Pforte in den Innenhof seines Hauses traten. „Sigurd Svensson", sprach er erstaunt, und es fuhr ihm der Schreck durch die Glieder, als der Nordmann, begleitet von vier Kriegern, ihn freundlich grüßte.
Warum stellte ihn der Herr so auf die Probe? War er doch froh gewesen, als diese Kerle sein Haus verließen. Was würde geschehen, wenn der blonde Nordmann nun vor die Burga träte? Mit großer Anstrengung hatte er seiner Tochter diesen Mann ausgeredet, und nun? Was sollte aus der Vermählung mit dem reichen Hartwig werden? Lange hatte Wigbald mit dem Benno verhandelt, bis sie sich über die Hochzeit ihrer Kinder einig waren. Und Benno, der ein Bruder des Stadthersen war, war ein Fuchs, wenn es um Geld ging. Und nicht weniger lange hatte er seiner Tochter

die Vorzüge einer Ehe mit dem Neffen des Hersen schmackhaft gemacht, hatte ihr eingeredet, dass sie Sigurd nie wiedersehen würde. Es war mehr als ein Jahr vergangen, seit der blonde Nordmann das Haus des Friesen verlassen hatte. Doch in den Gedanken und Träumen der schönen Burga war Sigurd mehr und mehr zu einem Wunschtraum geworden, irgendwann aber war es dem Vater gelungen, seine Tochter umzustimmen. Burga gab ihr Einverständnis zur Vermählung mit dem Hartwig, dem fetten Kerl, den sie nicht mochte. Und jetzt, da es endlich soweit sein sollte, erschien dieser Norweger wie aus dem Nichts in Hammaburg!

Die Freude des Wiedersehens war sehr gedämpft beim Wigbald, als Sigurd ihm die Hand zum Gruß reichte. Er ahnte schon, dass dieser Mann Ärger mit sich brachte. Außerdem erwartete er den Sohn des Benno in seinem Haus. Was würde wohl geschehen, wenn Burga in dessen Anwesenheit den Nordmann Sigurd bemerkte?

„Ich bringe dir diesmal keine Ware, Wigbald", sprach der Tröndner und sah den Friesen freundlich an. „Mein Erscheinen hat einen anderen Grund, von dem ich glaube, dass du ihn dir denken kannst."

„Äh... ich mir denken? Das ...äh, das nicht", stotterte der Wigbald, als plötzlich eine lauter, spitzer Schrei erklang. „Sigurd!", hallte es über den Hof des Hauses. Nun war es also geschehen, und dem Friesen war die Farbe seines Gesichtes entwichen. Kreidebleich stand er da. Burga war an einem der Fenster erschienen und hatte den blonden Mann sofort erkannt. So dauerte es nicht lang, da erschien das Weib auch schon in der Tür und warf sich dem Sigurd um den Hals. Sie küsste ihn, als sei eine Vermählung längst beschlossene Sache und sie habe nur noch sehnsüchtig auf den künftigen Gemahl gewartet. „Du bist gekommen, Sigurd. Der Herr hat mein Bitten erhört." Dann griff sie an

den Hals des Norwegers, zog das eherne Kreuz hervor, und es schien, als fiele ihr ein Stein vom Herzen. Das Weib war überglücklich, und sie war sich sicher, dass ihr dieser Mann vom Herrn geschickt worden war, um die Vermählung mit dem fetten Hartwig zu verhindern. Niemals hätte Sigurd gedacht und gehofft, dass es so einfach sein würde das junge Friesenweib für sich zu gewinnen.
Doch plötzlich wurde der Wigbald laut, er riss die Burga fort vom Hals des Sigund und rief erzürnt aus: „Lass deine Hände von ihr, Kerl! Sie wird das Weib des Hartwig, und schon am Sonntag wird die Hochzeit sein!"
„Niemals", schrie sie wütend in nordischer Sprache dagegen, denn sie wollte, dass Sigurd jedes Wort verstand. „Ich werde niemals das Weib des fetten Hartwig werden! Niemals!"
Da wechselten die Nordmänner strenge Blicke und Sigurd trat dem Wigbald entgegen. „Höre, Wigbald! Ich kam hierher, um deine Tochter zu meinem Weib zu machen", sprach er ruhig, aber mit fester Stimme. Langsam füllte sich der Innenhof des Hauses mit den Knechten des Kaufmannes, die ihrem Herrn wohl zur Seite stehen wollten. Doch Thorkill, Gunnar, Bjork und Tjord waren nicht weniger willens, für ihren Anführer zu kämpfen. „Vater, sei gnädig mit mir", bat Burga nun ruhig, doch der Wigbald schüttelte seinen Kopf. „Ich werde nur den Sigurd zum Gemahl nehmen!", rief sie nun wieder trotzig aus.
„Du wirst das Weib des Hartwig, so, wie es beschlossen ist, und nun gib endlich Ruh!" Der Friese war nun sichtlich erbost. „Los, Jaromir! Bring Burga in ihre Kammer, und wehe dir, du lässt sie wieder heraus!" Der Knecht, der als Sklave vom Volk der Obodriten nach Hammaburg gekommen war, trat vor, doch auf ein Nicken des Sigurd stellte sich ihm der Thorkill in den Weg. „Wage es, sie zu berühren, und Thorkill wird das Pflaster mit deinem Blut

tränken!", drohte Sigurd unverhohlen. Die Hand des Rotschopfes griff nach dem Schwert und zog dieses als Warnung ein Stück aus der ledernen Scheide. Da wich der Knecht erschrocken zurück, denn er war unbewaffnet. Er sah seinen Herrn fragend an, denn erschlagen werden wollte er nicht. „So verstehe doch, Nordmann. Sie ist bereits einem anderen versprochen, und ich stehe im Wort", sprach Wigbald eindringlich. „So ist es!", erschallte da eine tiefe Stimme. Zwei Männer, in feinstes Tuch gekleidet und mit Schwertern der besten Machart, betraten den Innenhof des Hauses. Der ältere der beiden war recht groß gewachsen, hatte breite Schultern, einen kahlen Schädel und ein glattrasiertes Kinn. Der andere Kerl war nicht einmal halb so alt, hatte dunkles, lockiges Haar, das seine Ohren bedeckte, und er war, wie Sigurd vermutete, der Sohn des Kahlkopfes. Doch hatte er nicht viel von seinem Vater geerbt, und Sigurd hätte bei dem Gedanken, wie wohl die Mutter dieses Burschen aussehen möge, laut herauslachen können. Er schätzte den Burschen auf zwanzig Sommer, seine kleinen Schweinsäuglein glotzten aus einem runden Gesicht hervor, und er war von sehr fetter Statur. Sollte dies etwa der Mann sein, den Wigbald für seine Tochter erwählt hatte? Sigurd musste grinsen und empfand doch sofort tiefstes Mitleid mit der Burga, die nun sehr beunruhigt schien. Es bestand kein Zweifel, sie hatte Angst vor diesen Männern!

„Wer sind diese Kerle, Wigbald?", fragte der Ältere streng. Sofort sah man dem Friesen an, dass er großen Respekt oder gar Angst vor diesem Mann hegte. „Oh, Benno, Hartwig! Seid willkommen in meinem Haus", begann der Kaufmann zu katzbuckeln. „Dies sind nur Kaufleute aus dem fernen Thule", log er frech. Da mischte sich der Sigurd ein und nannte dem Fremden seinen Namen, wandte sich dann aber an dessen Sohn. „Du bist der, der die Burga begehrt?", fragte er in friesischer Sprache. „Auch ich begehre das Weib und kam von weit her, um sie zu meiner Gemahlin zu machen!"

„Das wirst du dir aus dem Kopf schlagen müssen, Fremder!", antwortete der Hartwig grinsend. „Burga wird mein Weib werden!"

Da sah der Kahlkopf den Sigurd verächtlich an und sprach: „Du bist nur ein dahergelaufener nordischer Kaufmann, wie ich höre. Mein Sohn aber entstammt der Sippe des Hersen dieser Stadt! Er ist ein Edelmann, von bestem Blut!"

„Was glaubst du wohl, wen die Burga zum Gemahl wählt?"

„Ich will Sigurd!", rief Burga sofort und trat hinter dem Rücken des blonden Norwegers hervor. Da sah der Benno sie mit bösem Blick an, doch an der Seite des Sigurd wagte sie, dem Blick standzuhalten. „Wer fragt dich denn, Weib? Schweig still!", befahl der Hartwig, und sein Vater sah Wigbald streng an. „Stehst du zu deinem Wort?"

Der Kaufmann stand regungslos da und schwieg. Doch bevor er ein Wort hervorbrachte, sprach Sigurd fordernd zum Hartwig: „Wenn du ein Mann bist, so wirst du mit mir um die Gunst der Burga kämpfen!"

„Warum sollte er das tun?", mischte sich Benno ein. „Der Wigbald steht bei mir im Wort!"

„Nun, dein Sohn ist also ein Feigling", begann der Tröndner den Mann zu reizen. „Bist du ein Feigling, Hartwig?"

Der fette Kerl gab keine Antwort, sah nur seinen Vater an, und dieser lachte kehlig auf. „Du willst also um die Burga kämpfen, Nordmann?"

„Wenn dein Sohn ein Edelmann ist, sollte er auch den Mut besitzen, für das Weib zu sterben! Ich bin dazu bereit!"

„Hartwig, tue es nicht", fand Wigbald plötzlich seine Sprache wieder. „Er wird dich töten! Ich gebe dir Burga, wie wir es mit einem Handschlag besiegelt haben!"

„Das wirst du nicht tun, Vater", trotzte die Burga zornig. „Niemals werde ich einen Feigling zum Mann erwählen, der es nicht wagt, um mich zu kämpfen!"
„Nun sei endlich still, Kind", befahl Wigbald, denn er wollte den Benno nicht noch mehr verärgern, doch dieser zeigte sich plötzlich ganz ruhig. „Mein Sohn ist kein Feigling! Und wenn es denn so sein soll, dann wird er gegen dich kämpfen, Nordmann!" Nun sahen sich alle erstaunt an, da keiner damit gerechnet hatte, dass dieser Benno einem Zweikampf seines Sohnes zustimmen würde. Dieser galt in der großen Stadt als Feigling, versteckte sich hinter dem Einfluss seines Vaters, und war eigentlich als Ränkeschmied bekannt und gefürchtet. Die Krieger seines Onkels gaben dem Hartwig die Macht dazu, sich zu nehmen, wonach ihm war. So wie die Burga, denn diese war schön, hatte einen guten Ruf und war vermögend.
„Wenn du die Albia ein wenig hinab ruderst, wirst du an einer Biegung, nicht weit der Stadt, eine große Eiche sehen. Sie ist die einzige Eiche am Ufer, umgeben von vielen Weiden und Birken. Dort wirst du an Land gehen, und zu den Wurzeln dieser Eiche liegt eine Lichtung, auf der ihr kämpfen werdet", erklärte der kahlköpfige Friese, und der Hartwig erschrak, doch er schwieg. Plötzlich sah Benno das junge Weib mit forschendem Blick an. „Bist du noch unbefleckt?", fragte er frei hinaus „Oder war dir der Nordmann schon an der Möse?" Da holte Burga tief Luft, doch ihr Vater ergriff das Wort. „Was fällt dir ein? Sie ist natürlich noch unberührt!", empörte er sich. „Wieso kannst dir da so sicher sein, Wigbald? Schläfst du vor der Tür ihrer Kammer?" Er begann zu kichern. „Aber gut, ich will dir mal glauben! Am Sonntag nach dem Kirchgang, werden wir an diesem Ort zusammentreffen", befahl Benno streng. „Und du, Burga, wirst uns begleiten, denn du sollst stolz sein auf deinen künftigen Gatten!"

„Warum soll sie dem Schauspiel beiwohnen?", begehrte Wigbald auf. „Den Augen eines jungen Weibes sollten solche Grausamkeiten verborgen bleiben!"
Da schrie der Bruder des Hersen mit größter Wut dem Wigbald entgegen: „Sie hat den Kampf gefordert, und sie wird den Nordmann sterben sehen!"
Da glitt die Hand des Sigurd an den Griff des Kehlenbeißers und zog diesen ein Stück aus der ledernen Scheide, als Warnung für den Benno, nicht zu weit zu gehen. Doch dieser schien unbeeindruckt. „Wage es nicht, dein Schwert gegen mich zu ziehen, Nordmann. Ich bin aus der Sippe des Hersen, und du wirst schnell am Galgen enden, wenn du gegen mich aufbegehrst!"
Da grinste ihn Sigurd frech an. „Das würden du und dein fetter Sohn aber nicht mehr erleben!" Da lachten die fünf Wikinger auf, und Sigurd ließ das Schwert zurückgleiten. Da wandte sich der Benno ab, um das Haus des Wigbald zu verlassen, doch bevor er das Tor des Innenhofes erreichte, drehte er sich noch einmal dem Sigurd zu. „Besser gehst du noch einmal zu einer Hure, denn vergiss es nicht, Nordmann: Am Sonntag nach dem Kirchgang wirst du sterben!" Er lachte auf und verschwand mit seinem Sohn um die Häuserecke.

„Du weißt schon, dass er uns in eine Falle lockt", sagte Thorkill ein wenig besorgt. „Natürlich will er das! Du hast doch das fette Schwein von einem Sohn gesehen, und er wird ihn sicher nicht zur Schlachtbank führen wollen", antwortete der Tröndner und sprach nun zu dem Wigbald. „Einen schönen Kerl hast du für deine Tochter ausgesucht, Friese. Hast Angst vor ihm und gibst die Burga als Pfand für deinen Frieden! Doch so geht es nicht! Nie!" Dann wandte er sich dem schönen Weib zu und sprach: „Hab keine Angst,

Burga, er wird nicht dein Gemahl werden. Ich werde derjenige sein, dem du folgen wirst!"
Trotz der Angst, die sie vor all dem Fremden verspürte das sie erwartete, frohlockte doch ihr Herz, und sie warf sich dem blonden Wikinger um den Hals. Sie küsste ihn und hauchte in sein Ohr: „Ja, ich will dir folgen, wohin immer du gehst, Sigurd!"
Nun wurde es dem Wigbald zuviel, er riss seine Tochter von dem Nordmann los und rief erneut nach seinen Knechten und Sklaven, die diesmal zahlreich aus den Lagerräumen auf dem Hof erschienen. Und sie hielten Schwerter, Spieße und Mistgabeln in ihren Händen. Dem Sigurd schien es, als hätte dieser Jaromir nur auf einen erneuten Ruf seines Herrn gewartet. Sofort zogen die vier Begleiter des Norwegers ihre Schwerter und wollten auf die Männer zustürmen, doch ihr Anführer hielt sie zurück. „Du willst deinem künftigen Schwiegersohn doch nicht etwa Gewalt antun?", fragte der Tröndnerhäuptling grinsend und zog Wigbald mit seiner Drohung noch auf. „Sag deinen Männern, sie sollen ihre Waffen sinken lassen. Ich will keinen Streit mit dir, Wigbald." Er trat einige Schritte auf den Knecht Jaromir zu. „Meine Freunde hier sind allesamt erfahrene Krieger, und sie werden deine Knechte und Sklaven niedermachen! Sie töten schnell und ohne Gnade!" Sigurd ging zurück zu dem jungen Weib, strich ihm zärtlich über das Haar. „Wir werden jetzt gehen und uns erst am Tage des Kampfes wiedersehen. Beschütze meine Braut gut, Wigbald!"
Die Wikinger lachten auf, und da stürmte plötzlich der Jaromir vor. Doch Sigurd hatte nicht zuviel versprochen, ein kleiner Schubs des Tjord, und der Spieß des Knechtes verfehlte den Sigurd, dafür traf die Faust des Dänen das Gesicht des Obodriten und fällte diesen wie einen morschen Baum. Und noch ehe der Körper des Knechtes das Pflaster berührte, hatte der Tjord sein Schwert in der Hand, um dem

Kerl sein verdientes Ende zu bereiten. Doch Sigurd hielt ihn zurück. Kopfschüttelnd sah er noch einmal zu dem Wigbald hinüber. „So etwas sollte er nicht tun!"

*

Noch am selben Tag verließ der Wogendrachen den Hafen der Handelsstadt, und bald darauf erreichten sie die Biegung, die der Friese ihnen beschrieben hatte. Und sie sahen die große alte Eiche inmitten der Birken am Ufer der Albia. Nicht weit dieses Ortes machten sie die Schnigge an einer auf der Uferböschung stehenden Weide fest, deren peitschenähnlichen Blattruten dem Schiff gute Deckung boten. Hier schlugen sie ihr Lager auf, um auf den Sonntag zu warten.
„Noch einmal sage ich, dies ist eine Falle, Sigurd!", sprach Thorkill, als sie gemeinsam ihr Zelt errichteten.
„Natürlich ist es eine Falle! Aber dieser hässliche Kahlkopf weiß nicht, dass wir es wissen, und darum wird es unsere Falle sein!"
Zur Besatzung des Wogendrachen zählten mit dem Sigurd noch vierundzwanzig kampferfahrene Krieger. Sechs Männer hatte er ja bei dem unglücklichen Überfall auf Borgundarholm verloren, und dies ärgerte den Anführer immer noch, denn als Handelsfahrer hätte er sicher keine Toten zu beklagen gehabt.
„Die Frage ist, mit wie vielen Gegnern werden wir es zu tun bekommen?", stellte Thorkill fest. „Und werden wir in der Lage sein, ihnen standzuhalten?"
„Das werden wir! Und noch mehr!" Sigurd grinste überlegen. Noch eine Niederlage wollte der Anführer der Wikingerschar sicher nicht hinnehmen, er wollte dem fetten Hartwig die Burga entreißen. Und es war nicht allein das Verlangen nach dem Weib das ihn trieb. Nein, er wollte

einen Sieg für sich und seine Mannschaft. Sie sollten den Kopf aufrecht tragen können, auch wenn sie nur wenig erbeutet hatten auf dieser Raubfahrt.

Es war noch sehr früh an diesem Sonntag, den die Pfaffen als den Tag des Herrn lobten, und an dem der Kampf stattfinden sollte. War dies nicht eigentlich eine große Sünde für einen Christen, am Tag des Herrn zu kämpfen? Dieser Benno war nicht mehr ein richtiger Christ als Sigurd und all seine getauften Krieger. Schnell war das Lager abgebrochen, und der Wogendrachen lag bereit, um die Albia hinunter zu segeln, denn ein rascher Aufbruch gehörte zu Sigurds Plan. Gelangweilt saßen die Männer am Ufer des Flusses, als endlich der helle Klang der Kirchenglocken an die Ohren der Wikinger drang.

„Der Kirchgang beginnt", stellte der rothaarige Steuermann fest. Sigurd nickte und sah die Krieger seiner Gefolgschaft eindringlich an. „Keiner dieser Männer darf den Kampfplatz lebend verlassen! Keine Gnade! Nur dem Wigbald darf kein Haar gekrümmt werden!"

„Da könnte die Liebste böse werden", scherzte Tjord, und die Männer feixten. Sigurd schüttelte nur grinsend seinen Kopf und sprach: „Wer heut an Odins Tafel Platz nimmt, der möge von mir grüßen und einen Platz freihalten, für den Fall, dass ich folgen sollte."

„Du willst den Kaufmann am Leben lassen?", fragte nun Ole mit ernster Stimme. „Ist das nicht gefährlich? Immerhin gedenkst du doch, den Bruder des Hersen zu seinem Gott zu schicken. Wenn davon jemand erfährt, werden wir keinen Fuß mehr in diese Stadt setzen können!"

„Ich soll den Vater meiner Braut töten? Bist du wirr? Das wird mir kein Glück bescheren", empörte sich Sigurd.

„Nein, Ole! Der Wigbald wird schweigen. Schon aus Angst, der Herse würde ihm die Schuld zuweisen!"

Zwei Männer hatte Sigurd auf dem Wogendrachen zurück gelassen, der nur einen Steinwurf von dem künftigen Kampfplatz unter den Weidenruten verborgen lag. Alle anderen hatten sich in vollem Rüstzeug auf den Weg gemacht. Als sie die große Eiche erreichten, betraten sie eine kleine Lichtung, die zum Ufer hin mit Weiden gesäumt und zum Landesinneren von weißstämmigen Birken und hohem Gras umgeben war. So, wie es sich der Sigurd erhofft hatte, kam der Bewuchs der Landschaft seinem Plan entgegen. Hier würden Sigurd und die Männer auf die Gegner warten, so hatten sie die Helme vom Kopf genommen und die Äxte und Schilde beiseite gelegt. Lange konnte es sicher nicht mehr dauern, bis dieser Friese mit seinen Kriegern zum Kampf erschien, denn erneut hallte der Glockenschlag aus der Stadt über das Umland.
Der Kirchgang war beendet!

Die Sonne stand bereits im Zenit, und Sigurd schickte zwölf seiner Krieger fort, damit sie sich in dem hohen Gras verborgen hielten. Die vier Männer, die ihn bereits auf den Hof des Wigbald begleitet hatten, blieben an der Seite ihres Anführers auf der Lichtung.
Würde das Heil des Odin und der Götter von Asgard ausreichen, um den Wikingern den Sieg zu schenken? Was führte dieser Benno gegen die Nordmänner im Schilde?
Bald würden sie es wissen!
Dann kamen sie geritten, über den Uferweg, der sich längs des Flusses schlängelte. Der Benno mit Helm und ledernem, mit kleinen ehernen Platten besetztem Brustpanzer, und sein Sohn Hartwig, ebenfalls im Rüstzeug, vier Soldaten der Stadtwache, der Wigbald und die schöne Burga.
Sie zügelten die Pferde noch auf dem Weg, saßen ab und traten auf die Lichtung. Misstrauisch sah sich der große Friese um, doch konnte er nichts Verdächtiges erblicken.

Der Burga und auch dem Wigbald sah man die Erregung an, und Sigurd war sich sicher, und ihn freute es insgeheim, dass die Sorge des Weibes ihm galt.
Der Bruder des Stadtvogtes schien einen ähnlichen Plan zu verfolgen wie der Wikingerhäuptling, nämlich den der Überraschung. Verstohlen sah sich der Friese immer wieder um, behielt den Uferweg im Auge, der direkt auf die Lichtung führte, und so ahnte Sigurd bereits, was passieren würde.
„Nun, Nordmann", der Kahlköpfige stellte sich breitbeinig vor den blonden Norweger. „Bist du bereit vor den Allmächtigen zu treten?", fragte der Bruder des Hersen. Sigurd grinste frech. „Du kommst vom Kirchgang, um zu töten? Ist dir der Herr Christus da nicht gram? Aber ich bin bereit dazu", antwortete Sigurd herausfordernd. „Ist es dein Sohn auch?" Er richtete nun das Wort an den dicken Hartwig, der dem Sigurd mit seinem Brustpanzer noch unbeweglicher erschien als zuvor. „Bist du bereit, für ein Weib zu sterben? Für ein einziges Weib, wo du als reicher Neffe des Hersen doch sicher alle jungen Weiber der Stadt haben kannst!"
Noch bevor der herausgeforderte Freier antworten konnte, ergriff wieder sein Vater das Wort. „Das wird er gar nicht müssen!", blaffte er den Nordmann an und schrie einen Befehl, woraufhin die Soldaten ihre Lanzen anlegten und auf Sigurd zustürmten. Doch dieser wich geschickt aus, zog sein Schwert Kehlenbeißer aus dem Wehrgehäng und schlug es dem Benno entgegen. Dieser aber sprang zurück, sodass er außer einem Schnitz am Hals keine Wunde davontrug. Nun hatten sich Thorkill und die anderen drei Wikinger den Soldaten entgegen geschmissen, und der erste von ihnen lag auch schon mit eingeschlagenem Haupt auf dem Boden der Lichtung. Die Axt des Thorkill Ormsson hatte einen zweiten Krieger im Wams der Stadtwache zu Fall gebracht.

Der Mann schrie vor Schmerzen, denn der Unterschenkel des rechten Beines hing blutüberströmt herunter, nur noch gehalten von einem Fetzen Fleisch. Die meisten Muskeln und Sehnen waren durchtrennt, und die Knochen ragten aus der klaffenden Wunde hervor.
Die Lanzen der Soldaten waren für den Nahkampf schlecht geeignet, und dies bekamen die Männer auch schnell zu spüren. Der Benno aber hatte sich von dem Schreck rasch erholt und stürmte gemeinsam mit seinem Sohn gegen den blonden Tröndner. Dieser trug nun seinen Helm mit dem breiten Nasenschutz und den Schild, auf dem vier verschlungene Drachen prangten, hatte er auch aufgenommen, um sich zu schützen. Und noch bevor die Klinge des Benno zum ersten Male gegen den Schild schlug, vernahm Sigurd den Hufschlag herannahender Pferde.
„Sie kommen!", rief er laut und wehrte mit dem Kehlenbeißer einen Hieb des Hartwig ab, trat diesem mit aller Kraft gegen die Brustwehr, sodass der fette Kerl nach hinten taumelte und sich auf den Arsch setzte. Nur dem erneuten Angriff seines Vaters hatte es der Nebenbuhler zu verdanken, dass ihn jetzt nicht der Tod ereilte. Von den vier Soldaten ließ in dem Moment, da die Reiterei auf die Lichtung drängte, der letzte sein Leben und sank zu Boden. In den Reihen der Wikinger, hatte nur Tjord eine Stichwunde in die Schulter davongetragen, sonst ging es den Männern gut.
Die Reiter senkten ihre Lanzen zum Angriff, merkten aber schnell, dass der Kampfplatz für zehn berittene Krieger nicht genug Platz bot, wollten sie nicht ihre Kameraden oder gar den Herrn in Bedrängnis bringen. So schwangen sie sich aus den Sätteln und gaben die Überlegenheit hoch zu Ross auf, doch sie begingen den gleichen Fehler wie schon zuvor ihre vier bemitleidenswerten Kameraden. Sie liefen den Wikingern mit gesenkter Lanze entgegen.

Burga schrie auf und weinte, verbarg ihr Gesicht in den Händen, und der Wigbald zog seine Tochter von dem Kampfplatz fort. Hinter einigen eng stehenden Birken fanden sie Schutz, und die junge Frau musste mit ansehen, wie unerbittlich und gnadenlos der Mann kämpfte, mit dem sie sich ein glückliches Dasein erhoffte.

Thorkill Ormsson und Tjord standen nun Rücken an Rücken, ließen Axt und Schwert kreisen und erwehrten sich der Lanzen, die nach ihnen stachen. Da erschallte endlich der vereinbarte Pfiff, den Sigurd während seines Kampfes fast vergessen hätte, und die Gefährten brachen aus dem Unterholz hervor, um den Freunden zur Hilfe zu eilen. Sofort stürzten sich die Wikinger mit markerschütterndem Kriegsgebrüll auf die Krieger der Stadtwache, und plötzlich war die Kampfstärke wieder ausgeglichen.
Hartwig hatte große Mühe auf die Beine zu kommen, denn sein Kettenhemd und der Brustpanzer waren schwer, doch jeder Versuch des Sigurd, den fetten Sohn Bennos mit einem Schwerthieb niederzustrecken, wurde von dessen Vater vereitelt. So blieb dem Wikingerhäuptling nur übrig, sich zuerst den Bruder des Stadthersen vom Leibe zu schaffen. Doch dies war kein leichtes Unterfangen, denn der Kahlkopf war ein harter Gegner, und er war recht geschickt im Umgang mit der Klinge. Schlag um Schlag krachte auf den Schild des Norwegers, doch Sigurd hielt den wütenden Angriffen des Friesen stand. Und in einem günstigen Moment schlug er dem Benno seinen Rundschild mit aller Kraft gegen das Bein. Der Schildrand war auf das Knie des Kahlköpfigen niedergefahren, sodass dieser laut aufjaulte und seinem heftigen Angriff endlich Einhalt geboten war. Jetzt forderte der Kehlenbeißer seinen Tribut von dem Gegner. Ein kräftiger Hieb gegen das bereits lädierte Bein brachte den großen Friesen zu Fall, und der Boden, auf dem

Benno nun kauerte, färbte sich schnell dunkel. Sein Schwert und auch sein Schild waren ihm aus den Händen geglitten, lagen neben dem fluchenden Kerl im Sand, als Sigurd näher trat. Den flehenden Ruf der Burga, den Benno nicht zu töten, überhörte der Wikinger, als beide Hände den Griff des Schwertes umfassten und er die scharfe Waffe dem Gegner mit aller Kraft in die Brust stieß. Das Eisen bohrte sich durch den ledernen Brustpanzer und durchstieß auch das Kettenhemd. Ein letzter Schrei entfuhr dem großen Mann, in den sein Sohn mit einsetzte, dem es endlich gelungen war, auf die Beine zu kommen. Der Hartwig wandte sich zur Flucht, sein Vater und die Männer um ihn herum starben, was konnte er noch tun? Doch Sigurd war nicht willens den fetten Kerl ziehen zu lassen, er griff nach einer der Lanzen, die nun zahlreich zwischen den Toten auf der Lichtung lagen, und schleuderte diesen sicher in sein Ziel. Die Spitze des Speeres drang zwischen den Schulterblättern in den Körper des Mannes ein, und dieser stürzte sterbend auf sein Gesicht. Das Schreien der entsetzten Burga war längst verstummt. Sie starrte nur noch auf die leblosen Körper, das viele Blut, und sie schien völlig in ihre Gedanken versunken. Zweifelte sie plötzlich an ihrer Liebe zu dem Nordmann?
Der Kampf war beendet!
Bork trat von einem leblosen Feind zum nächsten und stach kräftig mit dem Schwert in die geschundenen Körper hinein. Er wollte wirklich ganz sicher sein, dass keiner der friesischen Soldaten überlebt hatte. „Du Scheusal!", rief da Burga, die langsam ihre Sprache und ihre Sinne wiederfand. „Hast du blonder Teufel gar keine Ehrfurcht vor dem Tode? Der Gehörnte soll dich in seine Hölle holen!"
Da hielt Sigurd das Weib, um das er gekämpft hatte, am Arm. „Burga, keiner dieser Männer darf lebend nach Hammaburg zurückkehren."

„Mörder seid ihr, allesamt! Blutrünstige Mörder", sagte der Wigbald vorwurfsvoll und war sich keineswegs sicher, dass ihn nicht als nächsten das Eisen des Bork in den Leib traf. „Ihr Nordleute seid alle gleich. Blutrünstige Wikinger seid ihr!"
Da sah ihn der rothaarige Thorkill böse an, er hatte sich gerade von Gunnar eine Wunde am Arm verbinden lassen und war jetzt neben seinen Anführer getreten. „Wir sind Mörder?", zischte er den Friesen zornig an. „Wenn es nach dem da gegangen wäre", er zeigte auf den toten Benno, „wären wir es, die in ihrem Blut lägen!"
„Aber musstet ihr sie alle töten?", schrie Burga den Rothaarigen an.
„Ja, das mussten wir! Wir taten es für deinen Vater Wigbald", antwortete Sigurd in ruhigem Ton. Da sahen Vater und Tochter den Nordmann erstaunt an. Sigurd stieß dem Friesen gegen die Schulter. „Wenn der Stadtherse erfährt, was hier geschah, wie viel, glaubst du Wigbald, ist dein Leben dann noch wert?"
„Man wird dir die Schuld geben, denn du bist der Einzige, der noch lebt. Vergiss diesen Tag und schweige!", sagte Thorkill. Da schüttelte der Wigbald seinen Kopf und sprach mit fahlem Gesicht: „Der Herse weiß von der Vermählung seines Neffen mit meiner Tochter. Er wird Fragen stellen, und was antworte ich ihm dann?" Die Verzweiflung war dem Kaufmann nun in sein blasses Gesicht geschrieben. „Das wird mein Ende sein! Das Ende meiner Familie!"
„Gehe morgen zum Hersen", sprach Sigurd. „Frage nach dem Benno. Lüge ihm vor, dass er dich aufsuchen wollte, aber nicht erschienen ist, und dann bete zum Herrn Christus, dass er dir glaubt!" Dann sah der junge Häuptling die Burga an. „Es ist nun an der Zeit, dass du dich von deinem Vater verabschiedest, denn wir segeln noch zu dieser Stunde heim nach Norden."

Alles, was geschehen war, erschien dem jungen Weib bisher wie ein böser Traum, doch sie folgte den Worten des Sigurd ohne Widerrede. Mit heißen Tränen in den Augen umarmte sie den Vater, und dieser sprach: „Geh mit ihm, mein Kind. So wirst wenigstens du in Sicherheit sein!"
Da reichte ihm Sigurd seine Hand. „Ich verspreche dir, dass ich gut auf sie achten werde, und es wird ihr an meiner Seite an nichts fehlen. Vielleicht sehen wir uns im nächsten Frühjahr, wenn ich auf Handelsfahrt gehe."
Die Männer des Sigurd hatten bereits damit begonnen, die Waffen und all das, was sie von den Toten noch gebrauchen konnten, auf den Wogendrachen zu schleppen. Und auch die verwundeten und toten Gefährten, es waren zwei Männer, die an Odins Tafel gerufen wurden, brachten sie an Bord. Sigurd ergriff die Burga an ihrem zarten Arm und zog diese mit sich, als er seinen Kriegern folgte.

*

6. Ein Priester im Sigurdfjord

Anfangs tat sich die Burga sehr schwer in ihrer neuen Heimat. Ihr Leben hatte sich bisher in einer großen Stadt abgespielt, doch hier gab es nur die kleine Siedlung, und dazu weit in der Umgebung verstreut, die Höfe der Gefolgschaft des Mannes, den sie sich erwählt hatte. So überkam sie immer wieder größtes Heimweh, doch sie verbarg es gut und weinte nur, wenn sie sich unbeobachtet fühlte. Auch sorgte sie sich um ihr Seelenheil, denn es fehlte ihr ein Mann des Glaubens, der ihr in diesem fremden Land, beherrscht von dem Glauben an grausame und bösartige Gottheiten, die Blut, und nicht nur das von Tieren, als Opfergabe forderten, eine Stütze sein konnte. Schon nach dieser kurzen Zeit, sie war nun seit dem letzten Herbst in Norwegen, und es war, nach diesem kalten und unendlichen Winter, endlich Frühjahr geworden, vermisste sie den Gesang der Priester und Mönche in der großen Kirche von Hammaburg. Es war nicht leicht, unter all diesen Heiden weiter an die Existenz des wahren Gottes zu glauben, denn Sigurd, obwohl getauft, blieb weiterhin ein Asenanbeter. Doch es war nicht nur die Frage des Glaubens, die ihr das Leben erschwerte. Der kleine Bjarne verwehrte der Burga jede Zuneigung. Das Kind des Sigurd verschmähte die Annäherungen der neuen Mutter und zog sich immer wieder in die Arme seiner Amme zurück. Die Arbeit war schwer, und es gab nur wenig Gesinde auf dem Hof, dazu kam, dass die Magd die Gespielin des Sigurd war und ihrer neuen Herrin wenig Respekt zollte. „Gib ihr die Peitsche! Sie ist eine Sklavin", schlug Sigurd vor, als Burga ihm ihr Leid klagte.
Die Tür zur Schlafkammer ihres Herrn blieb zwar nun für die Danika verschlossen, doch ahnte Burga, dass Sigurd sie

doch noch bestieg. Aber die Liebe des Tröndners zu der jungen Friesin war groß, und dies ließ er die Frau auch spüren. Er war äußerst behutsam und zärtlich, wenn er ihr beiwohnte, und er schenkte ihr auch sonst seine größte Aufmerksamkeit. Und so blieb ihm natürlich nicht verborgen, wie unglücklich die Burga war.
Auch die Bewohner der Siedlung waren sehr zurückhaltend und behandelten die friesische Kaufmannstochter wie eine Fremde und nicht wie ihresgleichen oder gar wie das Weib des Häuptlings. Burga hätte auch eine Sklavin sein können, es wäre nicht aufgefallen. Einzig die Idun brachte ihr so etwas wie Freundschaft entgegen, und sie war es auch, die viel Zeit an der Seite der Friesin verbrachte. Immer wieder hatte es die Frau des Schmiedes und natürlich auch den Thorkill selbst in den kalten, langen Winterabenden in das Haus des Sigurd verschlagen. Es zog die Idun an die Seite der Burga, denn diese vermochte es, so schöne Geschichten zu erzählen. Geschichten von Liebe und Barmherzigkeit. Manchmal las sie sogar aus einem kleinen Buch vor, das sie Bibel nannte, und Idun beneidete sie darum, denn dies konnte sie nicht. In dieser Bibel waren all die Geschichten der Christen aufgeschrieben, und nicht viele besaßen so ein Buch. Sigurd hatte diese Heilige Schrift in Kap Lindesnäs von einem Wikinger erstanden. Sicherlich war dieses Buch einmal das Eigentum eines bedauernswerten Priesters gewesen. In der Handelsstadt im Süden des Gaus Hardanger hatten sie ihre Heimfahrt in den Norden unterbrochen, und der Zufall wollte es, dass Sigurd hier diese Bibel fand, die er der Burga als Trost dafür brachte, dass sie all ihre Habe in Hammaburg hatte zurück lassen müssen.
Die Besuche der Idun mehrten sich schnell, und bald schon kam sie an jedem Abend in das Langhaus, saß mit Burga am Feuer und lauschte den Geschichten des Jesus Christus. Manchmal saßen auch die beiden Männer an dem Feuer und

tranken Met, und auch sie hörten die Geschichten, die das friesische Weib so schön zu erzählen vermochte. Bald schon trieb die Neugier auch andere Leute aus dem Dorf, meist waren es Frauen, in das Langhaus ihres Häuptlings.
So mehrte sich die Zahl der Zuhörer. Sogar einige Krieger vom Drachenhof kamen, zum größten Erstaunen des Sigurd, doch viele von ihnen waren ja bereits getauft, und da Odin darüber nicht erbost schien, wagten sie es auch, den Worten der Burga zu lauschen.
Aber nicht alle waren von diesem abendlichen Zeitvertreib begeistert, denn die meisten Männer verabscheuten und mieden diesen Christenglauben immer noch, als sei es eine ansteckende Krankheit. Ole war einer von ihnen! Als Däne war er, wegen der Bekehrungswut des Harald Blauzahn, der als Lehnsmann Kaiser Ottos des Zweiten zum überzeugten Christen geworden war, nicht mehr in die Heimat zurückgekehrt. Nun aber hatte ihn das Unheil eingeholt. Und auch Bork oder Gunnar waren den Asen treu ergeben und verachteten die Heuchlerbrut[42], wie sie die Christen nannten, und ihre verweichlichten Reden von Nächstenliebe. Sie schimpften lautstark darüber, und Gunnar verbot seinem Weib Gerda, in die Halle des Sigurd zu gehen, auch sollte sie sich von der Burga fernhalten. „Bald wird es so kommen, dass Odin und all die Götter von Asgard diese Christenbrut mit Feuer und Schwert aus Midgard vertreiben", prophezeite der Bauer warnend. Niemand würde ihn dazu bringen, an diesen Zimmermann zu glauben, und so erzog er auch den kleinen Bjarne, der sich nun oft in seinem Haus und auf seinem Hof aufhielt. Ihm erzählte er die alten Sagas der Asen- und Vanengötter, die der Knabe so sehr liebte.

---

[42] Heuchler – Schimpfname der Asenanbeter für die Christen

Es war Herbst, heftige Stürme wüteten immer wieder über das Land am Nordweg, und der andauernde Regen verwandelte die Bäche in reißende Flüsse, die aus den Bergen über große Wasserfälle in die Fjorde stürzten. Wiesen wurden zu Sümpfen, und festgetretene Wege verwandelten sich in Morast. Da geschah etwas, das diejenigen Bewohner des Fjordes, die dem Christenglauben nicht abgeneigt waren, als göttliches Wunder sahen. Als Wink des Herrn Jesus Christus!
Ein christlicher Priester, ein Mönch, fand den Weg in die Siedlung im Sigurdfjord. Eines Morgens stand der Mann auf dem Platz vor dem Langhaus des Sigurd Svensson und klopfte an die Pforte. Der Hausherr selbst öffnete die eisenbeschlagene Tür und war nicht wenig erstaunt, als er den Mönch in der vom Regen durchnässten Kutte erblickte. Über der Schulter ein kleines Bündel, in der Hand einen Wanderstab, der ein Kreuz war. Er musterte den Gottesmann und wartete darauf, dass dieser den Mund öffnete, was er auch tat. „Man nennt mich Mamertus", sagte er knapp, und Sigurd erkannte an dem Akzent des Mönches, dass dieser kein Nordmann war. „Seid ihr wohl willens, einem hungrigen Wanderer eine Mahlzeit und ein Ruhelager zu geben? Ich bin seit Tagen auf der Wanderschaft, und nun schwinden meine Kräfte." Da drang plötzlich ein heller, spitzer Schrei an die Ohren des Sigurd, und ehe er sich versah, eilte die Burga an ihm vorbei, fiel vor dem fremden Wanderer auf die Knie und rief in ihrer Muttersprache aus: „Oh, dem Herrn Christus sei dank! Er hat mein Flehen erhört und mir einen Priester geschickt!"
Überrascht sah der Mönch die junge Frau an, denn eine Friesin, eine Christin gar, hatte er hier im Norden nicht erwartet. Nicht als freie Frau!
Erschrocken zog er die Frau vom nassen Boden empor. „Knie nicht vor mir, mein Kind. Ich bin hier der Bittsteller."

Doch als Bittsteller sah Burga diesen Mann nicht, denn er war von Gott gesandt. Ja, nur so konnte es sein!
„Tritt ein, Vater. Komm!" Sie fasste den durchnässten Priester am Ärmel seiner Kutte, wollte ihn mit sich in das Haus ziehen, doch Mamertus blieb stehen, als sei er angewurzelt, sah den Sigurd an und wartete. Dieser begann zu grinsen. „Sie ist die Herrin des Hofes", sprach er in friesischer Sprache, was den Fremden noch mehr beeindruckte, und seine einladende Geste forderte den Mönch auf, einzutreten.
Burga bewirtete den Priester gut, so wie es einem Häuptling oder Jarl angemessen gewesen wäre. Sie ließ die Danika das beste Fleisch auf den Tisch bringen, dazu Brot und Bier. Mamertus nahm an dem großen Tisch Platz und aß, während Sigurd und Burga ihm gegenüber saßen und sahen, dass dieser Mann sicherlich schon seit längerem nicht mehr gegessen hatte. „Was verschlagt dich soweit in den Norden, Gottesmann? Ist dein Bekehrungsdrang so groß, dass dich der Tod nicht schreckt?", fragte Sigurd offen.
„Die Menschen hier sind meist Anhänger Odins!"
Da lächelte der Mönch frech und sah die Burga an. „Oh, ich kam...", er schluckte kräftig, um weiter sprechen zu können. „...ich kam vor fünf Wintern, als der Ottone[43] das Danewerk[44] überwand und den Dänen Blauzahn zu seinem Lehnsmann machte. Dieser rief daraufhin viele Priester in das Reich der Dänen." Er griff nach dem Becher und trank einen beherzten Schluck daraus. Burga nahm den Krug und füllte ihm nach. Den Sigurd, der ihr seinen Becher hinhielt, übersah sie dabei. Dieser schüttelte seinen Kopf, ergriff den Krug und schüttete sich das Bier selbst in den Becher.
„Seitdem ziehst du durch die Gaue von Thule?"

---

[43] Ottonen – deutsches Kaisergeschlecht 962 n. Chr. – 1002 n. Chr.
[44] Danewerk – dänische Befestigungsanlage bei Schleswig gegen das Sachsenreich und die slawischen Stämme

Der Mönch nickte. „Ich komme aus dem westlichen Friesenland, und es verschlug mich in ein Kloster nicht weit von Magdeburg im Reich Kaiser Ottos." „Du kamst, um uns zu bekehren?", fragte Sigurd den Pfaffen noch einmal, und dieser winkte ab. „Ach, Nordmann! Ich habe schnell gelernt, dass man sich hier im Norden als Mann Gottes besser zurückhalten sollte. Ich war in Agde und in Lade, doch im Reich des Jarls Hakon ist es nicht leicht, das Wort des wahren Gottes zu verkünden. Er steht sich nicht mehr gut mit König Harald Blauzahn, der uns hergeschickt hat, und er verachtet die Anhänger des Herrn Jesus Christus."
„Sei ohne Sorge. Hier wird dir kein Leid geschehen, Priester", versprach Burga, und Sigurd sah, wie ihre Augen vor Freude leuchteten.

Nachdem der Priester ausgiebig gegessen hatte, Sigurd war verwundert, dass so viel an Nahrung in den nicht sehr großen Mönch hineinpasste, legte sich der Gottesmann zur Ruhe und schlief bald, leise schnarchend, tief und fest ein. „Oh, Sigurd, bitte ihn doch, er möge in unserem Dorf bleiben", bettelte die junge Frau, und Sigurd befürchtete, dass ihn dies in arge Bedrängnis bringen würde. Zuerst brachte er dieses junge Weib mit heim, das allen die Köpfe mit ihren Geschichten von diesem Jesus verdrehte, und nun auch noch ein christlicher Priester. Es gab nicht wenige Männer in dem Fjordgau, die dies als Beleidigung der Asen ansahen und die bereits glaubten, Sigurd habe seinen Verstand verloren. „Wir werden sehen, was ich da tun kann", versprach der junge Häuptling trotz seiner Bedenken, doch er sollte sich noch wundern. Die Tage vergingen, und Mamertus gewöhnte sich schnell an die Menschen, die ihm gewogen waren. Er sprach viel mit ihnen, scheute auch nicht das Wort an die Asentreuen zu richten, und diese wunderten sich über das große Wissen dieses Pfaffen, der die Götter um Odin gut zu kennen schien. Seinen Bekehrungsdrang hielt der Mönch im Zaum, und dies rechnete ihm der Sigurd hoch an, denn so blieb der Friede im Dorf erst einmal gewahrt.

Nun war es der Mamertus, der oft des Abends am Feuer saß, und dem mehr und mehr Ohren lauschten. Der Mönch kannte natürlich weitaus mehr Geschichten aus dem Buch der Christen, und er malte sie mit seiner Erzählkunst in den schönsten Farben aus. Und Sigurd musste sich eingestehen, dass es auch ihm zusehends gefiel, dem Pfaffen zuzuhören. Doch als der Priester dann auf Drängen der Burga an einem Sonntag auf dem Platz vor dem Langhaus eine Heilige Messe zelebrierte, begann der Herr des Hofes doch darüber zornig zu fluchen. Er wollte schließlich nicht den Zorn Odins auf sich laden.

Es war kein schöner Tag, der Himmel war grau, und der kühle Wind zerrte an der Kleidung, als der Priester mit seiner Predigt begann. Zum größten Erstaunen des Sigurd mehrte sich aber die Zahl der Zuhörer schnell. Waren es am Anfang nur seine Burga und die Sklaven des Hofes, kamen plötzlich immer mehr Menschen auf den Hof, um den Worten des Mamertus zu lauschen und den Segen des Herrn zu empfangen. Es war wohl das, was die Wikinger das Heil der Götter nannten, so zumindest hatte es Sigurd verstanden. Thorkill Ormsson und sein Weib Idun kamen zuerst, und andere waren, teils aus Neugier, teils aus neu gewonnener Überzeugung, oder auch nur, weil es die Hauherrin so wollte, der Einladung der Burga gefolgt. Als aber sogar Krieger seiner Besatzung, von denen er ja wusste dass sie sich mit ihm in Hammaburg hatten taufen lassen, gekommen waren, war das Erstaunen des Häuptlings doch groß. Da standen nun also Männer, denen die Worte der Priester in der großen Christenstadt näher gegangen waren, als sie sich eingestanden hatten. Nun aber, da sich doch

einige Bewohner der Siedlung bekannten, wagten auch sie den Schritt und standen auf dem Hof des Sigurd Svensson, um der Predigt des Mönches Gehör zu schenken.
Seit der Ankunft des Mamertus im Sigurdfjord hatte sich die Laune der Kaufmannstochter zusehends gebessert, und dies bekam der junge Häuptling auch auf dem Schlaflager zu spüren. Unersättlich war sie, wieder und wieder musste er ihr beiwohnen. Meist zog sie ihn in die Kammer, auch am helllichten Tag, und einmal sogar in den Stall, in dem sie das Winterfutter lagerten.
Eigentlich gefiel ihm die Vorstellung gar nicht, den Pfaffen weiterhin im Sigurdfjord zu wissen, da aber das Weib, das er liebte, nun mal eine Christin war, würde er den neuen Glauben wohl oder übel dulden müssen. Also rief er die Männer des Fjordes in seiner Methalle zusammen, um gemeinsam mit ihnen über die Zukunft des Priesters in der Siedlung zu entscheiden. Die Männer folgten dem Ruf ihres Häuptlings und kamen zahlreich, selbst Knut Gandolfsson und sein ältester Sohn hatten den Weg aus dem Hinterland auf den Hof des Sigurd gefunden. Dazu kamen noch die Männer des Drachenhofes und natürlich die des Dorfes. Einige von ihnen kamen allerdings nur in der Hoffnung, einem Saufgelage beiwohnen zu können.
„Ihr wisst alle, dass ein christlicher Priester auf meinem Hof als Gast weilt", begann Sigurd, nachdem er sich auf seinen Hochstuhl gesetzt hatte. Zu seiner linken und rechten Hand saßen an langen Tischen die Männer und hörten was, der Häuptling zu sagen hatte. Frauen waren zu dieser Versammlung, so wie es auch bei einem Thing[45] der Fall war, nicht erwünscht. Trotzdem hatten einige wenige ihre Männer begleitet und saßen nun in dem Nebenraum, der als Küche diente. Ihnen wurde die Ehre zuteil, den Männern die Becher und Hörner mit Bier zu füllen und diese zu

---

[45] Thing – Ratsversammlung der freien Nordmänner

servieren. Später aber würden sie sicherlich doch noch an dem Gelage teilhaben.

„Nun scheint es mir, dass viele unter euch diesem neuen Glauben nicht abgeneigt gegenüberstehen", sprach Sigurd. Sofort ging ein Murren durch die Reihen, und einer rief laut den Namen des einäugigen Allvaters, um seinem Unmut Luft zu machen. Andere begannen diejenigen zu verspotten, von denen sie wussten, dass sie dem Mönch ihr Ohr schenkten. Diese wiederum waren sofort bereit, ihre Ehre wiederherzustellen. Erst als Sigurd lauthals befahl, sie sollten ihr Maul halten. - Alle! -, da kehrte langsam wieder Ruhe ein. „Viele waren in der letzten Zeit oft als Gäste auf meinem Hof", fuhr der Häuptling unbeirrt fort. „Und ihr kamt nicht, um meine herrliche Stimme zu hören, sondern die des Priesters Mamertus!" Rufe der Empörung hallten durch den großen Raum und immer wieder vernahm Sigurd den Satz wegen des Weibes aus Saxland von den Männern, die treue Odinsanhänger waren und dies auch bleiben wollten. Sie fürchteten die Bekehrungswut der „Heuchler" und waren erzürnt darüber, dass Sigurd gedachte, diesen Priester im Dorf zu dulden. Da erhob sich Gunnar und rief: „Du tust dies alles nur wegen des Christenweibes, das du hierher gebracht hast!" Da sah Sigurd den Bauern Gunnar böse an, doch er hielt seinen Zorn im Zaum, denn schließlich war Gunnar ein treuer Gefolgsmann. Nur wenn es um die Frage des Glaubens aus dem Süden ging, der sich nun überall in Thule verbreitete wie eine gefräßige Raupe, verstand er keinen Spaß mehr. Ihm hatte es schon gereicht, die Scheintaufe über sich ergehen zu lassen, doch einen Priester im Dorf dulden, das wollte er keinesfalls.

„Zügele deine Zunge, Gunnar", mischte sich nun Thorkill Ormsson ein. „Das Christenweib, wie du sie nennst, ist die Gemahlin unseres Häuptlings, und du solltest ihr den nötigen Respekt zollen!" „Dass ich nicht lache! Seit wann

ist sie das?", fragte der Bauer hämisch. „Ich weiß von keiner Vermählung, und ich habe auch kein Horn mit Met darauf geleert." Er wandte sich seinem Nachbarn zu und fragte diesen spöttisch: „Hast du auf das Wohl der Brautleute getrunken, Mann? Wann wurde der Freya ein Opfer dargebracht, um eine gute Ehe und Fruchtbarkeit für ihren Schoß zu erbitten?"
„Ich warne dich, Gunnar", drohte der Schmied ärgerlich. „Treibe es nicht zu weit, sonst stopfe ich dir das Maul." Da schnellte der Bauer hoch. „Komm her, du jämmerlicher Zimmermannsanbeter! Ich werde dich Demut lehren! Mich bekommt dieser Pfaffe nicht!"
„Setz dich nieder", brüllte Sigurd zornig, und Gunnar sah ihn erstaunt, aber mit bösem Blick an. Doch er nahm wieder Platz. „Niemand zwingt dich, an diesen Gott zu glauben! Keiner von euch soll sich von Odin abwenden", rief Sigurd den Männern entgegen, da sich nun auch andere empörten und dem Priester sogar Gewalt androhten. „Doch ich verlange, dass dem Mamertus, und allen die sich ihm anschließen wollen, kein Haar gekrümmt wird. Wer es wagt, dem Pfaffen ein Leid anzutun, wird meinen Zorn und die Klinge des Kehlenbeißers zu spüren bekommen!"
„Du drohst uns wegen eines Pfaffen?", rief Bork wütend. Da schlug Knut mit der Faust auf den Tisch. „Es ist genug, ihr Jammerlappen!", brüllte er zornig. „Haltet endlich alle euer Maul!" Da wurde es still in der Halle. „Sigurd ist unser Anführer! Wollt ihr sein Wort in Frage stellen? Ist jemand anwesend, der ihm die Häuptlingswürde streitig machen will?" Etwas betreten sahen sich die Männer an, und der hinkende Knut wartete einen Moment, ließ seine Worte wirken, bevor er weiter sprach. „Wenn ihr soviel Angst vor einem einzigen Mönch habt, dann muss das Heil dieses Christus sehr groß sein. Seid ihr alle so wankelmütig in der Treue zu euren Göttern, dass ihr euch so vor dem Pfaffen

fürchtet, und dass ihr euch weigert, dem Weib des Häuptlings den nötigen Respekt zu zollen?"
Die Worte des hinkenden Knut, des Herrn auf dem Drachenhof, verfehlten ihre Wirkung nicht. „Los, wer dafür ist, dass der Pfaffe bleiben darf, hebe jetzt seine Hand!", forderte er die Anwesenden lautstark auf. Die meisten Männer des Drachenhofes standen sowieso hinter Sigurd, und da sie getauft waren, wussten sie, dass von Odin und den Göttern Asgards keine Gefahr drohte. Einige Männer aus dem Dorf dachten an ihre Weiber, die dem Priester zugetan waren, und da sie eher Angst um ihre Mannesfreuden hatten als um ihre Götter, stimmten auch sie für den Verbleib des Priesters. Thorkill sah grinsend die Reihen hinunter, denn er saß direkt zu Sigurds Rechten. Zuerst zögerlich, dann doch mutig, hoben die Männer ihre Arme, und Sigurd staunte nicht schlecht, da es mehr als die Hälfte der Anwesenden waren. Dies verärgerte die Asenanbeter sehr, dass jetzt der neue Glaube in dem Fjord Einzug hielt, doch sie schwiegen. Anders aber der Gunnar und der Bork, die immer noch wie die Rohrspatzen schimpften. Aber niemand hörte ihnen mehr zu, denn auf den Befehl des Sigurd hin hatten zwei Kerle das große Bierfass in die Gästehalle gebracht, und die Frauen begannen die Becher zu füllen.

*

„Mamertus", sprach Sigurd den Priester am nächsten Morgen an, als dieser das Langhaus betrat. „Auf ein Wort, Mann!" Der Mönch hatte eigentlich seinen Schlafplatz auf einem der Podeste an den Längsseiten der Gästehalle des Hauses. Doch da die Männer dort ihre Versammlung abgehalten hatten, war er zur Nachtruhe in das Lagerhaus

des Sigurd ausgewichen. Hier lagen viele Pelze, auf denen er es sich gemütlich gemacht hatte.
Die große Methalle war bereits von den Sklaven gereinigt worden, von Unrat, Erbrochenem und schlafenden Säufern. Der Hausherr saß schon an einem der Tische, nicht weit seines Hochstuhls, da trat die Burga aus dem Küchenraum, grüßte den Priester mit größter Freundlichkeit und setzte sich ihrem Gemahl gegenüber. „Komm, Mamertus, nimm Platz", forderte sie den Mönch auf, und der Mann in der verschlissenen Kutte folgte der Aufforderung seiner Gastgeber. Ihn beschlich ein ungutes Gefühl, denn die Streitigkeiten der Nordmänner am vergangenen Abend, bei denen sein Name oft gefallen war, waren seinen Ohren nicht verborgen geblieben.
„Höre mir gut zu, Mönch", begann der Häuptling mit ruhiger Stimme. „Meinem Weib fehlt ein Priester für ihr Seelenheil, auch gibt es wohl inzwischen einige Leute im Fjord, die deinem Glauben nicht abgeneigt sind."
Verwundert sah der friesische Mönch den Häuptling an, hatte er doch erwartet, dass nun der Moment gekommen war, an dem man ihn fortschicken würde.
„Bist du gewillt, als Priester in unserem Dorf zu wirken?", fragte Sigurd ohne Umschweife. „Es soll dir hier gut ergehen. Aber ich gebe dir zu bedenken, es werden nicht viele sein, die dir folgen, und vom Versuch die anderen zu bekehren, kann ich dir nur abraten. Meine Möglichkeiten, dich zu schützen, sind begrenzt", warnte Sigurd mit offenen Worten. „Und was ist mit dir, Sigurd Svensson?", fragte der Priester Mamertus dreist. „Welchem Gott willst du folgen, Häuptling?" Da traf den Priester ein böser Blick, doch die Burga sah den Sigurd erwartungsvoll an, die Antwort jedoch gefiel ihr gar nicht. „Ich bin mit eurem heiligen Wasser benetzt worden. Das muss dir reichen, Priester", antwortete er unfreundlich, erhob sich und verließ den großen Raum.

Die Enttäuschung stand der friesischen Kaufmannstochter ins Gesicht geschrieben, und die Antwort sollte dem Sigurd noch schlecht bekommen, denn am Abend in der Kammer ließ sie ihrem Unmut freien Lauf. Sie verweigerte sich ihrem Gemahl und drohte damit, ihre Beine erst wieder zu spreizen, wenn er an den wahren Gott glaube und sie mit dem Segen eines Priesters vor dem Herrn Jesus Christus ein Paar seien.
Verärgert grübelte das Dorfoberhaupt fast die ganze Nacht darüber nach, denn Schlaf konnte er nach dem Streit mit seinem Weib nicht finden. Schon einmal hatte er eine große Liebe verloren, und mit der Erinnerung an Gerhild vor Augen, fasste er einen Entschluss.

Am nächsten Morgen nahm er den Mamertus zur Seite und sprach zu diesem: „Du hast mich in eine böse Lage gebracht, und ich sollte dir gram sein. Aber ich will nachsichtig wallten lassen, denn ich will mir nicht noch mehr Zorn der Burga aufladen." Der Priester fühlte sich sichtlich unwohl in der Gegenwart dieses Mannes. Seine Dreistigkeit hätte ihm den Tod bringen können, das wusste er, und er hätte sich dafür die Zunge abbeißen mögen. Doch bisher war ihm Sigurd immer noch recht freundlich entgegen getreten, und das tat er auch diesmal. „Ich will für mein Weib eine Kapelle bauen, damit sie die Feste ihres Glaubens angemessen feiern kann. Du als Priester wirst doch wissen, was dazu von Nöten ist." Nun begann das Gesicht des Gottesmannes zu strahlen. Das konnte nur eine Fügung des Herrn sein, die ihn an diesen Ort verschlagen hatte. Er fiel vor dem Häuptling auf seine Knie und begann zu beten. „Lass das, Mamertus! Ich rede mit dir und will, dass du mir dein Gehör schenkst", fuhr ihn Sigurd an. „Auf deine Beinen, Kerl!" Der Mönch bekreuzigte sich und erhob sich. „Entschuldige, Sigurd Svensson, es ist nur die Freude."

Sigurd schüttelte seinen Kopf, denn dieses Anbiedern missfiel ihm. Ein Mann sollte nicht vor einem anderen Mann knien müssen, es sei denn, er wäre sein Sklave und ihm drohten Prügel. Eigentlich konnte der Priester aber tun, was er wollte. Sigurd fand immer ein Haar in der Suppe.

Als das Tagwerk vollbracht war, saßen die Männer an einem der Tische. Es war Abend, und Dunkelheit lag über dem Dorf. Thorkill Ormsson, der Schmied war gekommen, und auch ein Mann Namens Ottwar, der der beste Zimmermann des Dorfes war, saß im Haus des Sigurd. Er hatte bereits graues Haar, war aber noch recht gut beisammen, und wenn es darum ging, ein Gebäude zu errichten, führte an Ottwar kein Weg vorbei. Auch Idun und die junge Burga saßen bei den Männern, und die Kaufmannstochter war voller Vorfreude wie ein kleines Kind. Nicht weit des Langhauses, auf seinem Hof, hatte er einen geeigneten Platz gefunden. Hier, auf seinem Grund, konnte kein Dorfbewohner mehr Einwände haben, und da es noch nicht Winter war, sollte der Bau der kleinen Kirche sofort beginnen.
Schnell fanden sich einige Männer, die aus freien Stücken zur Hilfe an dem Bau bereit waren. Sigurd wollte keinen der odinstreuen in seinem Gefolge zur Arbeit an dem Christenhaus zwingen. Dafür legte der Mönch fleißig Hand an, und noch bevor der erste Schnee fiel, stand die Kapelle auf dem Hof des Häuptlings. Nun begann Mamertus damit den Raum auszuschmücken, indem er die Wände mit Bildern aus dem Leben des Jesus Christus bemalte. Was er besonders gut konnte, und seine Bilder sollten in Zukunft noch viele Neugierige in das Gotteshaus locken.
Thorkill dagegen begann nach der Anweisung des Priesters mit seinen geschickten Händen die heiligen Gefäße aus bestem Silber anzufertigen. Dazu schuf er noch ein schönes Kreuz, das auf dem hölzernen Altar seinen Platz finden

sollte. Als die kleine Kirche endlich fertig war und die Burga mit dem Sigurd die Arbeit begutachtete, sprach sie plötzlich: „Jetzt, da wir einen Priester in unserem Dorf haben und ein schönes Gotteshaus dazu, bin ich es leid, vor dem Herrn in Sünde zu leben."
Zuerst konnte Sigurd den Worten seines Weibes nicht folgen, doch dann, nach einigen klärenden Worten des Mamertus, wurde ihm das Begehren der Burga gewahr. „Oh nein!", sträubte er sich sofort wütend und verbrachte die folgenden Nächte allein auf seinem Schlaflager. Obwohl das Herz des Sigurd zweifelsohne für die Friesin schlug, wandte er sich verärgert wieder der Danika zu und rief diese in sein Bett, doch die Sklavin war nun auch fest im Glauben an den Christengott und seinen gekreuzigten Sohn. Außerdem gehörte ihr Herz jetzt dem Lubomir. „Ich bin deine Sklavin, Sigurd Svensson, und es gab eine Zeit, in der ich mich dir liebend gerne hingegeben habe. Du kannst mich nehmen, wann es dir gefällt, doch nun musst du mich zwingen, und du wirst keine Freude daran haben." Wütend und Haare raufend riss er der Sklavin fluchend ihr Kleid vom Leib. Ließ dann aber doch von ihr ab. „Verschwinde!", befahl er zornig, und die Sklavin nahm ihr Kleid vom Boden auf und verließ die Kammer. Verärgert trat er vor die Burga und sprach beleidigt: „Du sollst deinen Willen bekommen, Weib. Lass Mamertus tun, was von Nöten ist!"
Tage und Wochen vergingen, die Sigurd brauchte, um seinen Lagerraum so zu füllen, damit es auf dem Hof ein großes Fest geben konnte. Denn alle, die zu Sigurds Gefolgschaft gehörten, sollten daran teilhaben. Er ging sogar persönlich zu den Männern, die ihm wegen der Sache mit dem Priester immer noch gram waren. So besuchte er auch den Bauern Gunnar und sein Weib Gerda. „Wenn du weiterhin den Beleidigten spielen willst, muss ich annehmen, dass du nicht mehr mein Freund sein willst!"

Sigurd stand vor dem Gunnar, der auf der Schwelle seines Hauses mit verschränkten Armen an dem Türrahmen lehnte. Er hatte den Häuptling nicht in sein Haus gebeten, was Sigurd ein wenig verärgerte, denn dies war schließlich eine Geste der Freundlichkeit. „Der kleine Bjarne wird nie wieder deinen Hof betreten, ich kann das nicht gestatten!", drohte Sigurd dem Gunnar, und er hatte damit die wunde Stelle des Bauern getroffen. Er und Gerda liebten den blonden Knaben wie ihr eigenes Kind, welches sie nicht besaßen. „Das kannst du uns nicht antun, Sigurd", empörte sich Gerda, die hinter ihrem Mann in der Pforte stand.
„Ich soll das Kind euch Heuchlern überlassen? Niemals!", entfuhr es dem Gunnar. „Ich bin kein Christ!", sprach Sigurd mit strengem Blick. „Auch wenn es manchmal so aussieht, bin ich doch immer noch fest im Glauben an die Kraft der Asen", erwehrte er sich des Vorwurfs des Bauern.
„So? Heiratest du das Weib nach den alten Bräuchen? Nein! Du nimmst sie nach dem Brauch der Christen zum Weib. Also bist du einer von ihnen!"
„Ich opfere den Göttern unserer Ahnen, mehr habe ich nicht zu sagen."
„Ich weiß nicht, ob ich dir glauben kann", zweifelte Gunnar fast schon arrogant. Da wehrte Sigurd verächtlich ab, wandte sich um und ging. Er wollte den Streit mit dem Bauern nicht zu weit treiben und mochte ihm Zeit geben, seine Worte zu bedenken.

Es war ein rauschendes Fest, das die Gäste erfreute, und auch von der feierlichen Vermählung des Sigurd und der Burga waren viele tief beeindruckt. Der Mönch Mamertus hatte sich viel Mühe gegeben mit seiner Predigt.
Die Gäste waren zahlreich erschienen, aus dem gesamten Sigurdfjord waren sie gekommen, sogar von den Höfen aus dem Hinterland, denn so ein Fest versprach, dass man sich

einmal so richtig satt essen konnte. Und das Bier, sowie der gute Met, waren natürlich auch nicht zu verachten. Und zu Sigurds größter Überraschung waren auch Gunnar und Gerda gekommen.

Am Abend des zweiten Tages, das Fest sollte ganze drei Tage dauern, so hatte es Sigurd bestimmt, zog sich der Bräutigam mit einigen Leuten zurück, und sie brachten der Frigga und der Freya ihre Opfer dar. Gunnar, der zugegen war, schien endlich besänftigt, und er sah, dass den Sigurd etwas bedrückte. „Nun, welche Gedanken quälen dich? Ich sehe doch, dass dich etwas bedrückt."

„Es sind Björn und auch der Gedanke an Rögnvald", antwortete Sigurd bereitwillig. „Sie fehlen mir, die Freunde!"

Längst saß Burga nicht mehr allein in der kleinen Kirche, wenn der Priester am Sonntag seine Andachten hielt, und als das Weihnachtsfest gefeiert wurde, war das kleine Gotteshaus sogar zum Bersten gefüllt. Fast zur selben Zeit feierten die Asenanbeter das Mittwinterfest, und bei beiden Festen war Sigurd zugegen. So gelang es ihm tatsächlich, dass die Menschen, ob Christen oder auch Asentreue, friedlich nebeneinander lebten. Er war stolz auf sich, denn seine Burga schien nun endlich glücklich zu sein. Als der Schnee zu schmelzen begann, war eine Wölbung ihres Bauches nicht mehr zu übersehen, und Sigurd erkannte, dass sein junges Weib nicht nur gut genährt war.

*

7. Von einer guten Nachricht

Thorgrim saß gemütlich auf seiner Bank vor dem Langhaus in der Abendsonne. „Sigrid, tritt näher", bat der Mann das Weib, das auf der Schwelle des Hauses stand. „Komm und setz dich ein wenig an meine Seite." Die Frau mit den dunkelblonden langen Haaren, die sie zu einem Knoten gebunden am Hinterkopf trug, lächelte den Mann an und setzte sich folgsam neben ihn. Der Bauer griff nach der Hand der Sigrid und streichelte diese zärtlich. Er war mehr als zehn Winter und Sommer älter als die Norwegerin, die die kalte Zeit bereits dreiundzwanzig Mal erlebt hatte. Die letzten vier davon als Sklavin. Anfangs war für sie das Leben unerträglich schwer geworden. Die Leichtigkeit des Daseins einer Häuptlingstochter war entschwunden und ersetzt durch das harte Leben einer Unfreien. Der starke Willen, sich gegen das grässliche Schicksal zu erwehren, war von Schlägen und Peitschenhieben gebrochen worden. Doch vor zwei Wintern kam sie auf den Hof der Familie des Bauern Thorgrim und erfuhr dort zum ersten Male eine gute Behandlung. Bald schon sah man sie mehr als Magd, sie bekam reichlich zu essen, bekam Kleidung, und die Schläge blieben aus. So tat die Sigrid ihre Arbeit auf dem Hof, und kümmerte sich auch liebevoll um die Kinder der Familie. Der Hof des dänischen Bauern Thorgrim lag in dem von König Harald Blauzahn besetzten Pommernland, an den Ufern des großen Oderhaffes, nicht weit der gefürchteten Jomsburg.
Als dann im vergangenen Frühsommer unerwartet das Weib des Thorgrim starb, suchte der Mann bei der Sigrid Trost, und die norwegische Sklavin war der Annäherung des älteren Mannes nicht abgeneigt. Denn obwohl sie eine Sklavin war, hatte er niemals versucht, sie gegen ihren

Willen zu nehmen. Er hatte darauf verzichtet, sie zu seiner Konkubine zu machen, und war deshalb ihrer Bewunderung sicher. So war aus Dankbarkeit eine Liebe erwachsen, darum gab Thorgrim der Sigrid ihre Freiheit zurück, und nahm sie zum Weib. Die Nornen hatten das Schicksal der Norwegerin gewendet, und sie lebte glücklich an der Seite des Bauern. Sie war zu einem liebevollen Weib geworden, denn die vielen Schläge hatten sie ihre aufbrausende Art ablegen lassen, nun war sie den Kindern eine gute Mutter und dem Thorgrim ein gehorsames Weib.
Langsam senkte sich die Abendsonne dem Horizont entgegen, und ein schöner Frühlingstag sollte bald sein Ende finden. „Du hast mir schon oft von dem Schicksal deiner Sippe erzählt und davon, dass du vielleicht noch eine Schwester und einen Bruder hast." Er lächelte sie an, legte seinen Arm um ihre Schulter, und Sigrid schmiegte sich an den Mann, den sie liebte. „Du kennst doch den Händler Björnar aus Jumne[46], mit dem ich oft Geschäfte tätige?", fragte Thorgrim, und Sigrid nickte, verstand aber nicht, worauf ihr Gemahl hinaus wollte. „Diesen Björnar zieht es oft in den Norden, denn dort kauft er gute Pelze ein. Sein Weg führt ihn bei seiner nächsten Fahrt hinauf in das Tröndelag nach Lade." Thorgrim begann zu grinsen. „Nun, ich dachte, ich bitte ihn darum, Erkundigungen über deine Gesippen einzuholen." Da sprang das Weib auf. „Das willst du für mich tun?" Sie umarmte und küsste den Bauern vor Dankbarkeit. „Ich denke, wenn mein Schwager ein starker Wikinger ist, wie du mir schon oft erzähltest, wäre es nicht schlecht, ihn kennenzulernen."
Wie oft hatte Sigrid ihren Gemahl schon auf den großen Markt in der Stadt am Fuße der Jomsburg begleitet. Hatte

---

[46] Jumne, Jomsburg – die von den Polen Jumne genannte Stadt mit der Wikingerfestung, im Oderhaff an der Mündung des Flusses Oder gelegen

gehofft, dort vielleicht ihren Bruder Sigurd zu finden, denn der Bund der Wikinger von Jom war bekannt in ganz Thule und zog Jahr für Jahr viele junge Krieger an.
Oft patrouillierten die Jomswikinger des Jarl Palnatoki von Fünen, der der Anführer des Wikingerbundes war, durch die Gassen und den Markt, um für Ruhe und Ordnung zu sorgen. Kein fremdes Raubgesindel wagte einen Angriff auf die Stadt, und so stieg der Reichtum der Wikinger von Jom, denn diesen Schutz ließ sich der Palnatoki von den Kaufleuten teuer bezahlen. Die Händler aber zahlten gerne, denn sie und all ihre Habe waren hier sicher.
Den Sigurd hätte sie sich gut unter diesen wilden Gesellen vorstellen können, aber es gab nur wenige Norweger in dem Bund, denn Jarl Palnatoki unterstand dem Dänenkönig. So blieb ihre Hoffnung unerfüllt. Jetzt aber, da sie wusste, dass Thorgrim nach ihren Gesippen suchen lassen wollte, erwachte die Hoffnung in ihr aufs Neue.
Sigrid nahm wieder auf der Bank Platz, lehnte sich gegen die starke Schulter ihres Mannes, seufzte leise und sah zufrieden, wie die rotglühende Sonne am Horizont verschwand.

*

Das große Reich des Dänenkönigs Harald Blauzahn war im Jahr 980 n. Chr. weitestgehend ein christliches geworden. Durch den Druck seines Lehnsherrn Otto des Zweiten hatte Harald sich taufen lassen und war nun ein Christ. Und nicht nur im Dänenreich, sondern in ganz Thule verbreitete sich jetzt der neue Glaube, und die Asenanbeter hatten es nun zusehends schwerer, ihren Glauben gegen die Herrscher zu behaupten. Viele Kleinkönige in den Gauen nahmen sich die Reiche im Süden zum Vorbild, sahen mit Neid das große Heil der Könige oder gar des Kaisers im großen Reich der

Deutschen, in dem die vielen Stämme unter dem Kreuz zu einem Volk vereinigt waren. So glaubten sie, dass deren Heil nur von diesem Christengott kommen konnte, und darum begannen sie, im Glauben an die Götter ihrer Väter zu wanken. Doch es gab auch Kleinkönige und Fürsten, die sich strikt weigerten, dem Beispiel ihres Lehnsherrn zu folgen. Dies war auch der Grund, warum sich das Verhältnis des Ladejarls Hakon zu den Dänen nun zusehends verschlechterte, denn an seinen Göttern wollte der Hakon keinesfalls Verrat begehen.

Kleine Kapellen und sogar große hölzerne Kirchen waren nun keine Seltenheit mehr, und Prediger und Mönche zogen durch ganz Thule, um die Bevölkerung zu bekehren. Doch so mancher von ihnen fand ein schnelles Ende an einem Opferbaum. Harald Blauzahn war zwar nun ein überzeugter Christ geworden, sowie es auch der größte Teil seiner königlichen Sippe war, doch ihm missfiel es, den Ottonen als Lehnsherrn anzuerkennen. Da war es sein Sohn Sven, den alle Gabelbart nannten, und der aus einer Beziehung des Dänenkönigs zu einer Magd entsprungen war. Der König hatte den Sohn dem Fünenjarl Palnatoki zur Erziehung überlassen, und dieser hatte Sven nach seinen Vorstellungen geformt. Sven war sehr kriegerisch, und er war es, der darauf drängte, Festungen zu erbauen. Der junge Gabelbart war so wie sein Ziehvater fest im Glauben an Odin, und dies war auch der Grund, dass es immer wieder zu Spannungen mit dem Harald kam.

Der König aber folgte dem Drängen des Sohnes, denn dieser konnte Harald davon überzeugen, dass das Reich wehrfähig bleiben musste gegenüber seinen Feinden. Und so gab er den Befehl zum Bau von mehreren großen Ringfestungen. Im Tröndelag, in dem Gau, das Jarl Hakon von Lade regierte und zu dem auch der Sigurdfjord gehörte, hatten die christlichen Bekehrer und ihre Anhänger einen schweren

Stand. Und wenn ein Opferfest bevorstand, lebten sie gefährlich, denn schon oft hatten die Goden statt der Sklaven christliche Opfer erwählt. Im Norden gab es aber nur wenige von ihnen, und außerhalb der Städte ließ der Jarl sie gewähren. Dies tat er aber nur, um den Lehnsherrn nicht zu reizen, denn einen Einfall der Dänen wollte er nicht provozieren. Seine Armee musste erst wieder zu Kräften kommen, denn es war noch nicht einmal zwei Sommer her, als er mit seinem Wikingerheer dem Fürsten Wladimir von Holmgard[47] zu Hilfe geeilt war, um dessen Reich zurückzuerobern und gegen seinen Bruder Jaropolk zu marschieren.
Nun wieder in der Heimat, musste sein Heer ruhen und die Wunden lecken. Doch der Tag würde sicher kommen, an dem Jarl Hakon sich zum König ausrufen würde, um sich aus dem Lehen des Dänenkönigs zu befreien.

*

„Eines musst du mir verraten, Björn", sagte der rundliche Wikinger mit verständnislosem Blick. „Du hattest den Geirmund vor deiner Klinge. Warum hast du ihn nicht getötet? Soweit ich mich entsinne, waren Sigurd und du doch hinter dem Kerl her." „Du sagst es, Thorstein", sprach Björn Gelbhaar ruhig. „Es ist der Sigurd, der Rache will. Nicht ich! Ich war nur sein Gefolgsmann!"
„Aber er war doch wie ein Ziehsohn für dich", hakte Thorstein nach. „Na und?" Langsam begann die Fragerei den Wikinger mit dem blonden Haar zu ärgern. „Es ist sein Kampf, nicht der meine!"
„Aber du hattest ihn vor dir und hättest nur zustoßen brauchen. Im Gewirr der Schlacht hätte das niemand bemerkt!" Da fuhr Björn hoch und schrie dem Thorstein ins

---

[47] Holmgard - Nowgorod

Gesicht: „Bin ich ein Mörder? Höre doch, du Narr, es ist nicht mehr mein Kampf!" Er wandte sich ab und verließ verärgert den Platz am Feuer.
„Lass ihn mit dieser Geschichte besser in Ruh, sonst ist er ungenießbar", sprach Odinger Einauge, und Thorstein wollte ihm widersprechen. „Ich wollte doch nur …. Weil ich dachte….", stotterte der braunhaarige Krieger mit den zwei Zöpfen. „Überlass das Denken besser den Pferden, die haben einen größeren Kopf als du", neckte ihn nun Sturlar. „Ach, soll er mir doch den Buckel herunterrutschen, der sture Kerl", beendete Thorstein verärgert das Gespräch.

Im Herbst hatten sich Sturlar und die Mannschaft des Sturmdonnerpferdes einem norwegischen Wikingerheer des Tröndnerjarls Hakon von Lade angeschlossen, das nach Osten gezogen war. Dieses Heer sollte dem Fürsten Wladimir von Holmgard, der von seinem Bruder, dem Großfürsten Jaropolk, in die Verbannung getrieben wurde, nun bei der Rückeroberung seines Reiches zur Seite stehen. Jaropolk der Erste wollte das Erbreich seines Vaters wieder vereinen und hatte darum das Reich des Wladimir überfallen und seinen Bruder aus dem Land gejagt. So war der Fürst von Holmgard auf der Suche nach Verbündeten an den Hof des Hakon von Lade gekommen, und dieser hatte ihm zugesagt Hilfe zu schicken, denn das Angebot des Wladimir war zu verlockend. Von den Versprechungen des Fürsten gelockt, stellte Hakon ein Wikingerheer zusammen, und da Sturlar nicht in das Danelag auf die Insel der Angelsachsen zurück wollte, kam ihm, wie vielen anderen Seeschäumern, das Angebot gerade recht.
Über das warägische Meer erreichte die Flotte die Küste des Landes der Rus, wie die schwedischen Wikinger und Siedler in dem Slawenland genannt wurden. Sie hatten dem Fürsten die Treue geschworen, und dafür von diesem Land erhalten.

Über den Fluss Düna fuhr die Wikingerflotte landeinwärts, bis die Führer des Wladimir den Befehl gaben, die Schiffe an das Ufer zu steuern. Dort trafen sie auf einen Boten, der berichtete, dass der Fürst mit der Hilfe eines Warägerheeres sein Reich um Holmgard zurückerobert hatte, und nun mit seiner stark dezimierten Kriegsmacht vor den Toren von Känugard[48], dem Herrschaftssitz seines Bruders Jaropolk stand. Doch um das Reich seines Vaters Swjatoslaw wieder zu vereinen, brauchte er frische Truppen.

Von nun an mussten die Wikinger ihre Schiffe über das Land ziehen und tragen, bis sie die Fluten des Flusses Djepr erreichten. Erschöpft von dem anstrengenden Weg durch das kalte Steppenland, der einigen Kriegern schon den Tod gebracht hatte, errichteten sie ein großes Lager, um für einige Tage auszuruhen. Ein erschöpfter Krieger konnte dem Fürsten sicher wenig von Nutzen sein.

Doch lang währte die Ruhe nicht, denn die Krieger wollten kämpfen und Beute machen, so setzte die Flotte ihren Weg fort und segelte den Djepr flussabwärts, bis sie Känugard erreichten.

Der erste Schnee war bereits gefallen, als sie das große Heerlager des Fürsten Wladimir erblickten. Seit mehreren Wochen belagerte er nun die Stadt seines Bruders, und der Fürst war sichtlich erleichtert, als er von der Ankunft der Flotte des Ladejarls Hakon erfuhr. Sein Heer aus Schweden, aus Rus und den Kriegern aus Holmgard, war mit den Kräften am Ende, und wäre es dem Jaropolk nicht genauso ergangen, hätte dieser sicher einen Angriff gewagt.

Bald schon begann es heftig zu schneien, da wagte Fürst Jaropolk doch noch einen Ausfall, als keiner mehr damit gerechnet hatte. Es kam zu einer Schlacht, in die sich die ausgeruhten Wikinger des Ladejarls Hakon mutig hinein warfen. Die hungrigen und ausgemergelten Krieger des

---

[48] Känugard - Kiew

Fürsten von Känugard waren dabei wenig erfolgreich und mussten sich schon bald wieder hinter die schützenden Mauern der Stadt zurückziehen.

Während des Kampfes mit den Slawen, die Krieger vom Sturmdonnerpferd kämpften in vorderster Reihe, rief plötzlich Thorstein dem Björn Gelbhaar zu: „Sieh mal dort, der Kahlkopf mit dem Zopf! Ist das nicht der hässliche Bruder des Arnodd?" Nachdem die Klinge Björns den Arm eines Angreifers vom Rumpf getrennt hatte und dieser schreiend davon gelaufen war, sah er auf und erkannte tatsächlich den Geirmund, der ohne Kopfbedeckung kämpfte und nur einen Steinwurf entfernt von dem Gelbhaar seine Klinge kreisen ließ. Auch der Geirmund hatte den Mann erkannt, den er immer noch an der Seite des verhassten Sigurd vermutete. Plötzlich stand er an der Seite des gelbhaarigen Norwegers. „Na, was sehen denn meine Augen? Björn Gelbhaar! Die Wege, die uns Odin führt, sind manchmal recht merkwürdig."

„Weise Worte, aus deinem Mund gesprochen, klingen wie eine Narretei, Geirmund", entgegnete Björn und hob seinen Schild, um den Schlag eines Slawen abzuwehren. Noch ehe er mit dem Schwert zuschlagen konnte, hatte aber Geirmund dem Mann seine Klinge in den Bauch gerammt. „Wo ist denn mein Opfer? Wo hat sich der Sigurd versteckt?", fragte der Glatzkopf mit dem dünnen Zopf böse. „Er ist doch sonst immer an deiner Seite. Es ist endlich an der Zeit für ihn, zu sterben!"

„Da muss ich dich enttäuschen, Däne. Der Tröndner ist nicht hier, und ich gehöre auch nicht mehr zu seinem Gefolge!"

„Oh, das ist dein Glück! Es wäre doch ein Jammer, wenn ich auch dich töten müsste. Schließlich bist du ein mutiger Krieger", rief der dänische Wikinger mit gespieltem

Wohlwollen. „Einen wie dich könnte ich auf meinem Schiff gut als Stevenhauptmann brauchen. Wie wäre es?"
Björn schüttelte den Kopf und konnte über soviel Dreistigkeit nur noch lachen. „Du bist wahrlich verrückt, Kahlkopf!" Björn sah den Dänen grinsend an. „Wenn du glaubst, ich würde dir den Gefolgschaftseid schwören, dann bist du wirklich ein Narr!"
Schnell musste sich der Norweger abwenden und einen plötzlichen Angriff eines slawischen Kriegers abwehren. Er hob seinen mit einem gelben Drachen bemalten Rundschild, dessen Rand bereits heftige Kerben aufwies, die die Klingen der Gegner in das Holz gebissen hatten, und ließ sein Schwert kreisen. Wieder und wieder schlug das Eisen des Gegners gegen den Schild, da stach Björn unter der Wehr hindurch und traf den Feind in den Unterleib, auf dass dieser starb. Björn sah sich nach dem Geirmund um, der selbst in einiger Entfernung nach Fleisch und Knochen für seine Klinge suchte, denn er traute dem Kerl nicht über den Weg. Doch unerwartet fochten sie plötzlich wieder Seite an Seite.
„Überlege es dir gut, Björn. Wer nicht mein Freund ist, der ist mein Feind!", rief ihm Geirmund drohend entgegen.
„Niemals würde ich dir folgen, Däne. Du kannst von Glück reden, dass ich die Rache des Sigurd nicht zu meiner mache", rief Björn zornig gegen den Kampflärm an.
Da wandte sich Geirmund erbost dem Björn Gelbhaar zu und hieb mit dem Schwert nach dem Norweger mit dem blondgrauen Bart. Krachend schlug die Klinge gegen den Schildbuckel, denn im letzten Moment hatte Björn den Schild empor gerissen, und noch bevor er zum Gegenschlag ausholen konnte, war Geirmund wirr lachend im Getümmel der Kämpfenden verschwunden. Thorstein sah den Kameraden verwundert an, denn er hatte die Begegnung mit dem Dänen beobachtet und schüttelte erstaunt seinen

helmbewehrten Kopf. „Manchmal könnte man glauben, ihm steckt ein Finger des Loki im Arsch!"
Die Zeit der Belagerung von Känugard verstrich, der Winter verging, und nun, da Björn von der Anwesenheit des Geirmund wusste, hielt er nach dem Kerl Ausschau, obwohl ihm nicht einmal klar war, warum er dies tat. Vielleicht weil der Bruder des Arnodd den Sigurd einst im Zweikampf tötete, ein hinterlistiger Bursche war, und man nie wissen konnte, was dieser gerade im Schilde führte. Doch so sehr er nun auch Acht gab und so sehr er auch darüber nachgrübelte, was er tun würde, sollte der Däne noch einmal vor ihm stehen, fand er keine Antwort, und Geirmund blieb verschwunden. Dem Thorstein war es tatsächlich gelungen, Björn ein schlechtes Gewissen einzureden, und dieser wusste nicht mehr, hatte er recht oder falsch gehandelt. Seine Selbstzweifel aber waren überflüssig, denn er sollte dem Dänen in dem Heerlager nicht mehr begegnen. Geirmund hatte nicht lang nach der Schlacht sein Schiff seeklar gemacht und vom Hakon seinen Anteil gefordert. Erbost musste er erkennen, dass dieser weitaus geringer war, als er es erhofft hatte. So sammelte er seine Besatzung und verließ, nicht ohne dem Ladejarl Rache zu schwören, das Heerlager.

Nachdem der Schnee geschmolzen war und das Land aus dem Winterschlaf erwachte, versuchte der Jaropolk einen weiteren Ausfall aus der Stadt, und wieder kam es zur Schlacht. Doch auch diesmal wurden die Krieger des Fürsten von Känugard zurück in die Stadt gedrängt, in der nun Hunger und Krankheit regierten und die Menschen furchtbares Leid ertragen mussten. So dauerte es nicht mehr lang, da brachten die Spione des Wladimir die Nachricht, dass sein Bruder Jaropolk heimlich und leise geflohen war. Nur eine kleine Gruppe seiner Leibwache hatte er mit sich genommen, als er bei Nacht und Nebel mit seiner engsten Gefolgschaft die Stadt verlassen hatte. Jetzt öffneten die Bewohner die Tore und ergaben sich dem Fürsten Wladimir, der bereit war, Gnade walten zu lassen, würde man ihn zum Großfürsten über das Reich von Holmgard und Känugard ausrufen. Bis weit in den Sommer blieben die Wikinger des Ladejarls Hakon im Reich des Großfürsten, denn es war zu befürchten, dass der Jaropolk, wie sein Bruder zuvor, mit einem Heer zurückkehren würde.

Jarl Hakon hatte sich von dem Großfürsten gut für seine Krieger bezahlen lassen und war längst heimgekehrt. Da aber der Wladimir seinen Verbündeten das Plündern der Dörfer und Städte verbot, begannen die verbliebenen Wikinger zu murren. Die Allianz begann zu bröckeln, und viele der Schiffsführer waren der Meinung, dem Ladejarl in den Trondheimfjord zu folgen und von diesem den Lohn für den Kriegsdienst zu fordern.

Auch das Sturmdonnerpferd machte sich auf den Weg nach Westen.

*

Der Frühling im Jahr 980 n. Chr. war rechtzeitig in das Land gezogen, und so lag zum dritten vollen Mond nach dem Mittwinterfest, welchen die Priester den Monat März nannten, kaum noch Schnee in den Tälern und an den Küsten des Nordens. Nun war die Zeit gekommen, das Fest der Tag- und Nachtgleiche zu Ehren der Göttin Freya[49] zu feiern und von ihr Fruchtbarkeit für die Weiber zu erbitten. Drei Tage lang wurde ausgelassen gefeiert, mit bemalten Eiern, die den Göttern geweiht waren. Rote zu Ehren des

---

[49] Freya – Göttin der Liebe und Fruchtbarkeit aus dem Geschlecht der Vanen. Bei den südlichen Germanenvölkern der Göttin Ostara gleich zu setzen. Germanischer Ursprung des Osterfestes

Thor, gelbe für die Freya und blaue für die Hel, die Göttin des Totenreiches. Große Feuer, die die wärmende Kraft der Sonne symbolisierten, brannten im ganzen Land, es erklang Musik und viele Menschen tanzten dazu. Sogar Mamertus nahm an dem Fest teil, denn er wollte sich nicht ausschließen, da selbst seine Anhänger sich nicht von dem Fest abhalten ließen. Also blieb ihm nichts anderes übrig, als den Herrn Jesus Christus um Vergebung zu bitten und mit den Bewohnern der Siedlung zu feiern. Und zu seiner Verwunderung nahm ihm keiner der heidnischen Männer dies übel, was ihn dazu bewog, fröhlich und ausgiebig dem Bier und Met zu frönen. Als dann die Trunkenheit mehr und mehr von ihm Besitz ergriff, machten sich die jungen Mädchen, Mägde und Sklavinnen einen Spaß daraus, seine Männlichkeit zu testen. Mamertus, der Friese war kein hässlicher Mann.

Das Jahr zog vorüber, die Monde vergingen, und bald schon kam der Brachmonat, der die Männer wieder auf die Felder zog. Sigurd aber hatte den Wellentrotzer seeklar machen lassen, denn ihn zog es auf die See hinaus, außerdem war es an der Zeit, sein Lager zu leeren. Er wollte nach Brimun segeln, um dort seine Waren zu veräußern, dabei hoffte er darauf, dort den Rögnvald wiederzusehen.
Da ertönte an einem sonnigen Nachmittag das Signalhorn von der Anhöhe und schreckte die Menschen der Siedlung auf. Der Häuptling sammelte einige Krieger und zog mit diesen an den Strand, um die ankommenden Fremden zu begrüßen. Und er erkannte sofort, dass jenes Schiff, das auf den Strand zulief, keine Schnigge war, wie sie von Kriegern genutzt wurde, sondern das dies ein Knarr war, das Schiff eines Kaufmannes. Am Vordersteven stand ein Mann, und als sich das Knarr langsam dem Anlegesteg näherte, rief er: „Wir suchen die Siedlung im Sigurdfjord!" Da hob Sigurd

den Arm und winkte das Schiff heran. „Wer sucht die Siedlung?" „Man nennt mich Björnar Thorsson und ich komme aus dem Pommernland!" „Da seid ihr hier genau richtig", rief der Häuptling der Tröndner. „Kommt an Land!"
Das Knarr legte an, wurde mit den Tauen festgemacht, und der Anführer trat vor den Sigurd und seine Männer. „Du bist also Däne", stellte Sigurd fest, denn er wusste, dass das Gebiet der Pommern, an den Ufern des Flusses Oder gelegen, dem Befehl des Harald Blauzahn unterstand, denn dieser hatte es dem Polenkönig Miezko abgerungen. „Wenn ihr in Frieden kommt, seid ihr hier willkommen!" Der Häuptling hatte längst erkannt, dass keiner der Fremden einen kriegerischen Eindruck machte. Niemand trug einen Helm oder Schild, keiner einen Brustpanzer oder ein Kettenhemd. Einzig der Björnar hatte ein Schwert, das in einem Wehrgehäng an seiner linken Hüfte hing. „Das freut uns sehr, denn der Weg war weit und anstrengend."
„Was treibt euch soweit in den Norden?", fragte Thorkill neugierig, denn es musste einen Grund für das Auftauchen der Dänen hier im Norden geben. „Es gibt hier nicht viel von Interesse für einen dänischen Händler."
Der Däne begann zu grinsen. „Ich bin auf der Suche nach einem Mann. Sein Name ist Sigurd Svensson, und in Lade erfuhr ich, dass ich ihn hier im Sigurdfjord finden würde." Fragend sah Björnar die Männer auf dem Steg an, doch keiner rührte sich. „Ich bin der, den du suchst", ergriff der Häuptling das Wort. „Was willst du von mir?"
„Nun, es ist ein Freund, der mich zu dir schickt. Sein Name ist Thorgrim, und er ist ein Bauer aus dem Land an den Ufern der Oder", begann der Däne sein Erscheinen zu erklären, doch da unterbrach ihn der Thorkill. Grinsend sagte er: „Ist es nicht Sitte, seine Gäste auf ein Bier in sein Haus zu laden?" Da begann Sigurd herzlich zu lachen, denn

er hatte verstanden. „So ist es wohl, mein Freund! Also gehen wir auf meinen Hof!"
Björnar nahm die Einladung dankend an, rief einige Befehle, und er sowie drei Männer seiner sechsköpfigen Besatzung folgten den Tröndnern den Strand hinauf auf den Weg, der durch die Dünen führte.
„Wie ich schon sagte", begann Björnar erneut zu berichten, nachdem die Männer an den Tischen im Langhaus des Sigurd Svensson Platz genommen hatten. „Es ist der Bauer Thorgrim, der mich auf die Suche nach dir schickte, Sigurd Svensson." „Ich kenne diesen Mann nicht", entgegnete der Häuptling. „Oh, das glaube ich dir. Aber du kennst sein Weib", behauptete Björnar und wartete einen Moment, bis er fortfuhr, denn einige der Kerle am Tisch begannen schon zu feixen. Sigurd aber sah den Mann erstaunt an.
„Nicht so, wie ihr denkt", sprach der Däne grinsend zu den anderen. „Nein, so sicher nicht. Sein Weib heißt Sigrid, und sie sucht nach ihren Gesippen aus dem Sigurdfjord."
Für einen Moment erstarrte Sigurd, doch dann sprang er auf und rief erfreut: „Willst du damit sagen, dass meine Schwester lebt?" Der Däne nickte nur.
„Sie lebt! Meine Schwester Sigrid lebt!"
„Burga, Burga!", rief Sigurd nach seinem Weib, die sofort aus dem Nebenraum in die Methalle trat. Der Tröndner umarmte seine Gemahlin voller Freude. „Sigrid, meine Schwester lebt!"
Der Häuptling des Fjordes, gestandener Krieger und gefürchteter Wikinger, stand vor seinem schwangeren Weib, und es rannen ihm Tränen der Freude über sein Gesicht.

*

8. Die verlorene Schwester

Es war nicht viel Zeit vergangen seit dem Besuch des dänischen Handelsfahrers Björnar, da hatte Sigurd selbst das Segel des Wellentrotzers gesetzt und war aus dem Fjord nach Süden gesegelt. Überglücklich war Sigurd, als er erfuhr, dass auch seine zweite Schwester noch lebte. Und Sigrid war sogar wieder eine freie Frau, hatte das Joch der Sklaverei abgestoßen und war nun dort eine Bäuerin geworden, wo sie das Schicksal hingeweht hatte.

Die Burga nahm Sigurd das Versprechen ab, zur Geburt des Kindes wieder an ihrer Seite zu sein, denn sie erwartete das Ereignis im Frühherbst, im neunten Monat des Kirchenjahres. Und ihr Gemahl versprach, bis dahin wieder auf den Hof heimzukehren.

Sein Vorhaben, nach Brimun zu segeln, hatte Sigurd natürlich aufgegeben, denn dies hätte wohl doch zuviel Zeit in Anspruch genommen. Außerdem konnte er es nicht erwarten, vor seine Schwester zu treten, sich mit eigenen Augen davon zu überzeugen, dass sie lebte. Also fuhr er nach Süden, herum um die Südspitze Hardangers bis zur großen Handelsstadt Kap Lindesnäs, um hier den größten Teil seiner Ladung zu verkaufen. Einen Teil aber, einige schöne Pelze und auch ein Fass mit Tran, behielt er, denn das wollte er dem Mann der Sigrid als Gastgeschenk überlassen.

Als die Geschäfte getätigt waren, setzte der Wellentrotzer seine Reise fort. Sie segelten nun nach Osten bis an die Küste von Ranrike, und dann nahmen sie wieder Kurs nach Süden in den großen Sund. Und obwohl der Schiffsführer voller Ungeduld zur Eile drängte, musste er sich doch dem Willen seiner Mannschaft beugen und auf einer kleinen dänischen Insel eine zweitägige Rast einlegen. Sie hatten an

einem geeigneten Platz, nicht weit vom Ufer, ihre Zelte aufgeschlagen und von einem Bauern, dessen Hof sich in Sichtweite des Lagers befand, einen Hammel gekauft, der nun über dem Feuer briet und einen köstlichen Duft verströmte. Sigurd zeigte sich äußerst großzügig und war bester Laune in den letzten Tagen, deshalb hatte er auch den Hammel bezahlt und nicht gestohlen. Es wurde bald dunkel, und so saßen die zehn Männer und ließen es sich gut gehen. Die Besatzung des Wellentrotzers war für eine Handelsfahrt recht groß, aber ohne den nötigen Schutz wollte sich Sigurd nicht in die Nähe der Jomsburg begeben.
„Es ist schon ein Wagnis, in das Pommernland zu fahren, das weißt du", hatte Thorkill bemerkt, während er an einem Knochen mit einem Stück Hammelfleisch nagte.
„Ja, ja! Mit den Jomswikingern ist es nunmal nicht gut Kirschen essen", bestätigte Bork, der Mann mit dem vernarbten Gesicht, die Worte des Steuermannes.
„Was stören mich denn die Kerle von der Burg?", fragte Sigurd trotzig, denn er wollte sich die Reise nicht madig machen lassen. Von keinem! „Wir fahren nicht nach Jom. Und selbst wenn wir dies tun würden. Was wäre dabei? Wir sind schließlich friedliche Händler."
„Handelsfahrer ohne Ladung", stellte Thorkill fest. „Aber du hast ja recht, wir wollen nicht nach Jom."
Am Morgen des zweiten Tages, den sie auf der Insel verbracht hatten, nahmen sie wieder Kurs nach Süden und erreichten bald die Küste des Sachsenlandes, dort, wo Otto der Zweite über die Fürsten und das Land regierte. Nun steuerten die Tröndner ihren Wellentrotzer wieder nach Osten und erreichten bald die Insel Usedom. Hier befand sich zwischen den Inseln Usedom und Wollin eine enge Fahrrinne, die in das große Oderhaff führte. Dieses durchfuhren sie, bis sie die Mündung des Flusses erreichten. Sigurd zeigte auf das Westufer des Haffes. „Das dort ist

Saxland!" Dann wandte er sich nach Osten. „Und das ist Pommernland! Es kann also nicht mehr weit sein bis nach Jom." Das Land der Pommern gehörte zum Reich des Polenkönigs Miezko, doch dieser wagte es nicht, die Wikinger von der Jomsburg zu vertreiben, die große Teile des Umlandes von Jumne ihr Eigen nannten. Einen Angriff auf die dänische Burg hätte König Harald Blauzahn sicher unweigerlich zum Anlass genommen, das gesamte Pommernland in sein Reich einzuverleiben.
Und einen Krieg mit den Dänen wollte Miezko vermeiden. So verlangte der Herrscher der Polen also von Jarl Palnatoki, die jährlichen Tribute zu zahlen, und ließ die Wikinger auf der Burg verbleiben.

Von nun an hieß es die Augen offen zu halten, denn Björnar hatte Sigurd einige Landmarken genannt, um den Weg zum Hof des Thorgrim zu finden. Die Männer beobachteten also genau das Ostufer des Flusses, in den sie den Wellentrotzer hinein gesteuert hatten. Und sie waren nicht die Einzigen, die den breiten Fluss befuhren, denn ihnen folgten Schiffe aus dem Haff, und einige kamen ihnen auch flussabwärts entgegen. Meist waren es die Knarren der Händler, aber auch große Schniggen der Jomswikinger fuhren durch das Haff in die offene See hinaus. Wahrscheinlich, um auf Raubfahrt zu gehen, wie Bork vermutete. „Das haben die doch nicht nötig", widersprach ihm Ole, und ein paar der Männer nickten zustimmend. „Die Abgaben, die die Händler in Jom an den Jarl zahlen, sollen nicht gering sein. Wie ich hörte, soll der Palnatoki einen riesigen Schatz in der Jomsburg gehortet haben!"
Langsam zog das Ufer an ihnen vorbei. Bäume, kleine und auch mächtige. Felder, Wiesen, auf denen das Vieh graste, und in der Ferne war manchmal ein Hof oder ein Dorf zu erkennen.

Und dann erreichten sie die Stelle, von der Björnar ihnen erzählt hatte, und die sie suchen sollten. Ja, hier musste es sein!
Der Wellentrotzer fuhr geradewegs auf eine Biegung des Flusses zu, und wenn die Männer geradeaus in die Ferne sahen, blickten sie durch zwei knorrige, alte Bäume wie durch ein Nadelöhr und sahen weit entfernt einen Hof. Irgendwo hier war die Mündung eines kleineren Flusses, in den sie den Wellentrotzer hineinsteuern sollten.
Und tatsächlich tat sich zwischen dem hohen Ufergras und dem mannshohem Schilf eine Flussmündung auf.
„Das soll ein Fluss sein?", empörte sich der rothaarige Steuermann, als er neben den Sigurd am Vordersteven trat. „Das ist nicht mehr als ein Rinnsal!" Der Fluss war gerade einmal so breit, dass sie die Ruderpinne ins Wasser tauchen konnten, um voran zu kommen. „Dies ist aber nun mal der Weg", sagte der Schiffsführer bestimmt. „Also werden wir diesen auch nehmen." Da zuckte Thorkill nur noch beleidigt mit den Schultern. „Wenn du meinst, dass das gut geht, Sigurd."
Das Segel hatten sie eingeholt, und die Rahe lag nun mit dem festgezurrten Tuch auf dem Gestell. Sigurd stand am Vordersteven und gab Thorkill Anweisungen, wie er steuern sollte. Vorsichtig ließen die Männer die Ruderpinne in die dunklen Fluten tauchen, und das Knarr verschwand zwischen dem hohen Schilf, das fast bis an die Bordwände reichte. Von Land aus war nur noch der Mast des Schiffes zu sehen, der wie ein gewaltiger Stock über das Ufergras glitt.
Sie waren schon einige Zeit stromaufwärts gerudert, als die Fahrrinne immer breiter wurde und sie plötzlich in einen kleinen See gelangten. Von diesem See hatte ihnen Björnar berichtet, und hier irgendwo musste die Stelle sein, an der sie das Land betreten sollten. Und tatsächlich, hinter einer

dicht mit Büschen bewachsenen Landzunge entdeckten sie einen Landungssteg, an dem ein kleines Ruderboot festgemacht war. Ein zweites davon lag am Ufer im Schilf. Hinter dem hohen Ufergras sahen sie eine dünne, gräuliche Rauchfahne in den blauen Himmel steigen. Von dem tiefer liegenden See aus konnten sie das Land nicht einsehen, doch Sigurd war sich sicher, dort musste der Hof des Thorgrim liegen.
Eine innere Unruhe überkam den Tröndner, nicht so wie vor einem Kampf. Nein! Es war eine freudige Unruhe, die sein Herz klopfen ließ, die seinen Magen verkrampfte.
Die Männer holten die Ruderpinne ein und ließen den Wellentrotzer auf den, für das Knarr viel zu kleinen Steg zu treiben. Ein leises Knirschen war zu hören, als Tjord mit dem Tau in der Hand auf den Steg sprang. Hier war der See so flach, dass der Kiel schon über den Seeboden rutschte. Tjord machte das Knarr an einem der morschen Pfosten fest, und so konnten die Männer ihr Schiff wenigstens trockenen Fußes verlassen.
Der See war menschenleer, kein anderes Schiff, kein Fischerboot war zu sehen, obwohl der Fluss an anderer Stelle weiter in das Landesinnere führte. Niemand schien diesen Weg zu nutzen.
„Thorkill und Tjord! Ihr werdet mich begleiten. Alle anderen bleiben erst einmal beim Schiff", befahl der Schiffsführer. „Wir wollen den Leuten keine Angst einjagen."
„Dann solltest du den aber besser an Bord lassen." Bork zeigte auf den Kehlenbeißer, der im Wehrgehäng des Sigurd an dessen Hüfte hing. Da sah Sigurd den Narbengesichtigen böse an. „Das sicher niemals!"
Über einen engen Pfad, der durch das hohe Schilf führte, betraten die Nordmänner pommerschen Boden. Hügelloses Land tat sich vor ihnen auf. Eine große Wiese, an deren

Ränder Buschwerk und Bäume standen. Der Pfad führte weiter vom See fort, direkt auf einen Hof zu, der in der Ferne lag. Sie waren noch nicht allzu weit gegangen, da sahen die drei Männer zu beiden Seiten des Pfades zwei große Felder, auch diese umrahmt von Buschwerk. Die Felder des Bauern erstrahlten in hellem Grün, denn die Saat war bereits aufgegangen und das Korn wuchs. Auch eine Weide mit Kühen und Schafen darauf erkannten sie nun nicht weit des Hofes, der von einer kniehohen Steinmauer umgeben war. Ein nordisches Langhaus und einige Wirtschaftsgebäude waren Beweis dafür, dass dieser Bauer Thorgrim, sollte dies wirklich sein Hof sein, kein armer Hungerleider war. So gingen die Seefahrer den Pfad entlang der Wiese, vorbei an den Feldern, und standen nun vor der flachen, mit Moos bewachsenen Mauer.

Da trat plötzlich ein Mann vor sie, erschienen wie aus dem Nichts war er hinter einem der Ställe hervorgetreten. Mit grimmigem Blick sah er die Fremden an. Er war sichtlich älter als alle Männer der Besatzung des Wellentrotzers, doch er war groß und hatte breite Schultern. Sein volles Haar zeigte nur noch an wenigen Stellen, dass es einmal von brauner Farbe war.

„Was treibt ihr euch hier herum? Es gibt hier für euch nichts zu stehlen, also verschwindet! Gesindel!", polterte er mit tiefer Stimme, wollte einen Stein aufheben und diesen nach den Fremden werfen. „Leg sofort den Stein nieder, Ero", rief da eine weibliche Stimme, die dem Sigurd nicht unbekannt erschien. Der Hüne gehorchte sofort und ließ den Stein wieder fallen. Das Weib trat näher, und Sigurd erstarrte. Er sah das Weib an, brachte aber keinen Ton heraus. War das die Sigrid? Die Erinnerung hatte ihm immer ein junges Mädchen, ja ein Kind, vorgegaukelt. Dies aber war eine erwachsene Frau. Ein spitzer Schrei entfuhr dem Mund mit den vollen Lippen. „Sigurd!"

Sie hatte ihren älteren Bruder sofort wiedererkannt. „Oh, ihr Götter von Asgard! Mein Bruder Sigurd ist da!"
Sigrid raffte ihr Kleid und überwand die kleine Mauer wie ein junges Reh, um den Bruder nach all den Jahren in die Arme zu schließen. „Ich wagte es nicht zu hoffen, einmal noch einen meiner Gesippen wiederzusehen!"
Nun rief auch Sigurd freudig aus: „Sigrid! Schwester!"
Lang und innig war die Umarmung der beiden Kinder des Tröndners Sven, die sich totgeglaubt so lange nicht mehr gesehen hatten. Dann begrüßte sie auch den Thorkill und den Tjord freundlich. „Kommt, ihr müsst meine Familie begrüßen. Gehen wir in mein Haus, ihr sollt unsere Gäste sein."
Als die vier Personen über die Schwelle des Langhauses traten, wurden sie bereits von Thorgrim erwartet.
Der Knecht war vorausgeeilt und hatte dem Bauern lauthals von der Ankunft der Fremden berichtet. Und der Däne war darüber hoch erfreut und nahm sich vor, dem Björnar seinen Dank zu zeigen. Mit größter Begeisterung begrüßte er die Gäste in seinem Haus, und seinen neuen Schwager umarmte er gar. „Sigurd Svensson, sei herzlich willkommen unter meinem Dach", sprach der Bauer fast feierlich. „Du und deine Männer sollen meine Gäste sein, solange es euch gefällt."
„Ich danke dir, Schwager", antwortete Sigurd, und es gelang ihm, sein Erstaunen über die Freundlichkeit, die ihm entgegen gebracht wurde, gut zu verbergen. Auch seine Verwunderung über das Alter des Bauern Thorgrim ließ er diesen nicht spüren. Sigrid war eine hübsche junge Frau, zählte gerade einmal dreiundzwanzig Sommer, und dieser Mann hatte nach der Schätzung des Tröndners sicher fast zwanzig Sommer und Winter mehr erlebt als sein Weib. Doch Sigurd besann sich, denn schließlich hatte der Thorgrim ihr Leiden beendet und ihr die Freiheit

zurückgegeben. Also zeigte sich Sigurd mit der Wahl seiner Schwester zufrieden.
Nun traten die Kinder des Bauern vor die Besucher und begrüßten diese freundlich. Ein erwachsener Sohn, nicht sehr viel jünger als die Sigrid, wohnte noch auf dem Hof, und dazu zwei jüngere Töchter. Eine zählte acht, die andere vierzehn Sommer und Winter.
Eigene Kinder mit dem Thorgrim hatte Sigrid noch nicht, aber die Kinder des Bauern schienen die junge Frau tatsächlich zu lieben. Obwohl sie einmal die Sklavin auf dem Hof gewesen war.
Nun begaben sich alle in das Haus des Thorgrim, nur den Tjord hatte Sigurd zurück zum See geschickt. Er sollte die Geschenke für den Bauern auf den Hof schaffen, und dieser war darüber sehr erfreut und dankbar.
„Sigrid erzählte, du bist ein richtiger Wikinger. Doch einen echten Seekrieger und Wikingfahrer habe ich mir anders vorgestellt", sprach die jüngere der beiden Töchter enttäuscht. „Ich sah in Jumne auf dem Markt schon grässlichere Kerle." Sie erntete einen bösen Blick des Vaters, der befürchtete, dass sein Kind die Besucher mit ihren Worten beleidigen könnte. Doch Thorkill lachte vergnügt auf, und auch Sigurd begann zu grinsen. „Ich bin doch kein Seeräuber", sprach er und strich dem Mädchen über den Kopf. „Ich bin ein Kaufmann und Händler, mein Kind. Nur manchmal gehe ich auf Raubfahrt oder kämpfe im Gefolge eines Jarls oder Königs."
„Wenn man seine Gesippen besucht, sollte man dies nicht im Kettenhemd und mit dem Schwert in der Hand tun", fügte Thorkill Ormsson noch hinzu.
Es gab viel zu berichten für die Geschwister, und die Tage vergingen wie im Flug. Hocherfreut war Sigrid über die Rettung der Ingigrid, und sie weinte Tränen der Freude. Sigurd wollte natürlich erfahren, wie es der Sigrid ergangen

und was ihr widerfahren war, dabei fiel oft der Name des Geirmund, der den Tröndner nun wieder an seinen Schwur erinnerte. Doch sollte er nach dem Kerl suchen? Auch wenn der Hass groß war, so vertraute Sigurd lieber auf die Götter. Wenn es den Nornen gefiel, würden sie sich bestimmt noch einmal begegnen. Irgendwann!
Auch der Tröndner musste berichten, wie er Ingigrid heimgeholt hatte, davon, dass er den Hof des Vaters wieder aufgebaut hatte, und dass er nun Häuptling in der Siedlung war, verschwieg er auch nicht. Er sprach auch viel mit seinem neuen Schwager, denn es interessierte den Norweger sehr, wie es sich im Schatten der Jomsburg lebte. Und zum Erstaunen des Sigurd zeigte sich der Bauer Thorgrim äußerst zufrieden. Zwar waren die Abgaben, die Jarl Palnatoki, der Herr über die Jomswikinger, von den Bauern verlangte, nicht gering, doch dafür bot die Nähe der Burg den Höfen und Dörfern Schutz vor Übergriffen. Einmal hatte es eine Horde schwedischer Wikinger aus dem Reich des Fürsten Wladimir gewagt, das Land zu überfallen, doch noch bevor sie großen Schaden anrichten konnten, hatte sie ein Heer der Jomskrieger in die Flucht geschlagen. So hörte Sigurd verwundert, dass der dänische Bauer kein schlechtes Wort über die Männer auf der Burg verlor.
„Vielleicht sollte man sich dort mal umsehen", schlug Thorkill vor, und Bork machte gar den Vorschlag, einen Sommer lang für die Jomswikinger das Segel zu setzen. Doch das wies der Anführer zurück. „Man wird kein Jomswikinger nur für einen Sommer. Soviel weiß ich! Nein, Bork, ich will ein freier Mann bleiben!" Kaum einer der Besatzung war anderer Meinung.
Die Zeit der Abreise rückte näher, und am Abend vor dem Tag, an dem der Wellentrotzer sein Segel setzen sollte, feierten alle ein großes Fest auf dem Hof des Dänen.

Nach einem tränenreichen Abschied, aber beruhigt über das Wissen, dass es seinen beiden Schwestern gut erging, trat Sigurd an einem sonnigen Morgen auf die Planken seines Schiffes Wellentrotzer, um in die Heimat zu segeln.
Als sie den engen Zufluss zur Oder durchruderten und in den großen Strom hinein steuerten, nahmen sie Kurs auf das große Haff. Hätte Sigurd aber gewusst, wem er in Jumne begegnen würde, hätte er sicher die Jomsburg angesteuert.

*

Lange hatte der Kerl auf dem Wehrgang über dem Tor mit dem eisernen Zuggitter den kahlköpfigen Krieger warten lassen. Doch dann erschien der Jarl dieser Burg, Palnatoki von Fünen, persönlich auf dem Wehrgang, gefolgt von einigen anderen Männern. „Was willst du, Kerl? Ich lasse mich nicht gern stören!" Eigentlich kannte der Anführer die Antwort auf seine Frage längst, doch es war die Neugier, die ihn auf das Tor steigen ließ. Die Neugier darauf, wer die Frechheit besaß, ihn persönlich sehen zu wollen. „Wer bist du, Mann?"
Geirmund stand am Vordersteven seiner Schnigge, richtete den Kopf hinauf und rief: „Man nennt mich Geirmund, und ich bin ein Däne wie ihr es seid! Meine Männer und ich sind bereit, eurem Bund beizutreten und dir den Gefolgschaftseid zu schwören." Da brach Gelächter los. „Damit ist es nicht getan, Fremder", rief einer der Männer über die Zinnen hinab. „Es kann nicht jeder dahergelaufene Lump in unsere Reihen treten", rief ein anderer.
Doch der Anführer der gefürchteten Wikinger von Jom widersprach seinen Hauptleuten. „Er soll das Recht erhalten, sich unseren Fragen zu stellen. Er sieht aus, als könnte er ein Schwert führen!"

„Ja, aber kann er auch gehorsam sein?", fragte der Mann zur Rechten des Jarls misstrauisch. „Wird er bereit sein, unseren Regeln zu folgen?"
„Das werden wir ja dann erfahren. Hat er erstmal den Eid geschworen, gehört er uns, und ein Eidbruch wird ihn teuer zu stehen kommen!"
Der Palnatoki selbst gab den Befehl, das Hafentor zu öffnen, und Geirmund staunte nicht schlecht, als sein Schiff in das Innere der Burganlage einfuhr. Der Kriegshafen war durch dicke Mauern geschützt und bot sicher Platz für dreihundert Schiffe. Der Seeschäumer hatte zwar schon davon gehört, aber glauben wollte er es nicht. Es lagen etwa fünfzig Schiffe an den Anlegestegen, und sicher mehr als noch einmal so viele lagen im Hafen vor Anker, und doch war noch viel Platz für weitere Schiffe.
Zwei volle Tage ließen die Herren der Burg den Thorgeir und seine Mannschaft auf dem Schiff schmoren, ehe sie die Männer in eine große Halle riefen.
Dort saßen an einer langen Tischreihe die Hauptmänner der Burg, und vor Kopf stand der Hochstuhl des Jarls, auf dem der Palnatoki saß. Hier mussten die Männer des dänischen Raubfahrers nacheinander vor den Jarl treten und wurden von den Hauptmännern befragt. Auch die Regeln der Jomswikinger wurden ihnen hier unterbreitet, und sie mussten ihre Bereitschaft zeigen, sich diesen zu unterwerfen. Erst wenn alle Fragen beantwortet waren, fällten die führenden Wikinger ihr Urteil.
Fünf Männer aus den Reihen des Geirmund befanden sie für unwürdig, zu jung oder zu alt, und diese mussten die Burg verlassen. Der Geirmund aber durfte bleiben und gehörte fortan zum Bund der Wikinger aus dem Oderhaff. Nun musste er sich für seine Gefährten einsetzen, musste getötete Jomswikinger rächen, und er musste gehorsam sein.

„Sag mal, Mann: Was hat dich zu uns geführt?", fragte ein noch recht junger Kerl, der der Sohn eines dänischen Jarls war, an dem Abend, bevor den Neuankömmlingen der Eid abgenommen wurde. Er hatte sich an den Tisch des Geirmund gesetzt und fragte diesen nun ohne Scheu aus. Und der Kahlkopf mit dem einen Zopf gab widerwillig Antwort. Er erzählte zuerst von dem Heer des Ladejarls, mit dem er in Holmgard und Känugard gekämpft hatte.
„Dann zog es uns nach dem Trondheimfjord an den Hof von Lade, denn der Hakon war uns noch eine Entlohnung schuldig geblieben", berichtete Geirmund und er prahlte nicht wenig mit seinen Taten vor dem Kerl.
Dass er das Heer eigenmächtig verlassen hatte, so wie er es auch schon in Britannien getan hatte, verschwieg er lieber.
„Wir gingen an den Hof Jarl Hakons und forderten mit lauter Stimme, was uns zustand!"
Davon, dass der Ladejarl Hakon, der Herrscher des Tröndelag, ihn aus seiner Halle jagen ließ, dass er ihm den Axthieb auf den Nacken androhte, sollte er es noch einmal wagen, nach Lade oder auch nur in das Tröndelag zu kommen, erzählte er nicht.
„Verschwindet aus meinem Reich, ihr Eidbrecher", hatte der Hakon ihn und seinen Stevenhauptmann Helgi angebrüllt.
„Und verschwindet schnell, Däne!"
Der Herrscher war außer sich vor Wut, denn seine Boten hatten ihm längst von den Schiffsführern berichtet, die ohne Befehl aus Holmgard verschwunden waren. Nun kam ihm der Däne gerade recht, denn dieser hatte nichts vom Wissen des Landesherren ahnen können, und so musste er nun den Zorn des Ladejarls über sich ergehen lassen. „Wage es nicht, dich in meinem Reich herumzutreiben, Geirmund! Es wird dich deinen Kopf kosten, sollten dich meine Krieger ergreifen. Und nun raus aus meiner Halle, ihr Lumpen!"

Wutentbrannt hatte der kahlköpfige Wikinger den großen Hof des Hakon von Lade verlassen und sich eilig in den Hafen begeben. Beleidigt über die Schmähungen, die er hatte über sich ergehen lassen müssen, und zornig über den Verlust seines Anteils an der Kriegsbeute, suchte Geirmund nun einen Sündenbock, der seine Wut zu spüren bekommen sollte. Es gab einen, den er schon lange hoffte vor seine Klinge zu bekommen, und dieser lebte nicht weit entfernt vom Trondheimfjord. Übellaunig rief er, als seine Füße die Planken seines Schiffes betraten: „Lasst uns in den Norden segeln und dem Mörder meines Bruders einen Besuch abstatten. Mein Schwert lechzt nach Blut!"
Da sah der Helgi ihn misstrauisch an. „Verzeih, aber ich hörte die Geschichte vom Arnodd anders."
„Ach, halt dein Maul, Helgi! Was weißt du schon?", zischte der Anführer seinen Stevenhauptmann an. „Setzt Segel und nehmt Kurs nach Norden!"
Da widersprach ihm der rotbärtige Helgi erneut. „Hast du die Worte des Hakon nicht verstanden oder gierst du danach, unsere Köpfe im Tröndelag zu lassen?" Der böse Blick des Stevenhauptmannes hielt dem des Anführers stand, und auch die Männer der Mannschaft blickten zornig drein. Keiner von ihnen war nach dem Kriegszug für den Fürsten Wladimir noch gut auf den Geirmund zu sprechen. Er schien sein Heil verloren zu haben, und das war für einen Anführer gar nicht gut. Kein Krieger folgte gerne einem Mann, dem die Götter nicht gewogen waren.
„Wir sollten das Tröndelag verlassen, so wie es der Hakon befahl, bevor wir kopflos vor die Hel treten", sprach Helgi laut. „Odin wird uns so nicht in seine Methalle einladen!"
„Was seid ihr doch für ein feiges Pack!", empörte sich der Anführer der dänischen Wikinger. Doch er wusste, dass es für ihn besser war, die Mannschaft nicht zum Gehorsam zu zwingen, wollte er nicht am Ende von den eigenen Männern

einen Strick um den Hals bekommen. Schließlich waren sie freie Seekrieger.

Beleidigt hatte er den Befehl gegeben, in das Dänenreich zu segeln. Dort aber herrschte Harald Blauzahn, und dieser war nun Christ, weswegen er auf den König nicht gut zu sprechen war. Liefen sie doch Gefahr, in den neuen Glauben gedrängt zu werden. Und dann war ihm der Gedanke gekommen, sich den Wikingern von Jom anzuschließen, schließlich gab es da das Gerücht über den Schatz des Jomsburgjarls, dass weithin bekannt war, und nach dem auch der kahlköpfige Däne gierte.

All dies hatte der Geirmund dem jungen Sohn eines Jarls wohlweislich verschwiegen. Einen Eidbrecher wollte kein Anführer in seinen Reihen wissen, und Jarl Palnatoki hätte ihn sicher sofort aus der Burg gejagt. Morgen aber würde er den Eid des Bundes leisten, und dann wäre er einer der gefürchteten Wikinger. Er würde seinen Anteil bekommen, und er konnte sich sicher sein, würde man ihn töten, so gäbe es immer jemanden, der seinen Tod rächen würde.

*

9. Vom Ladejarl Hakon

Lange stand Thorkill Ormsson vor dem kleinen, frisch aufgehäuften Grabhügel, und obwohl es ein sonniger Tag war, hatte er sich seinen Umhang um die Schultern gelegt. Ihn fröstelte es, und Tränen der Trauer rannen über sein windgegerbtes Gesicht. Die meisten der Dorfbewohner hatten sich bereits zurückgezogen, so auch der Priester Mamertus, der für die Idun gebetet hatte.
Nur Burga war an seiner Seite geblieben, den kleinen Erik auf dem Arm. Den Sohn, den sie vor zwei Sommern und Wintern unter großen Schmerzen geboren hatte. Natürlich war auch Sigurd an der Seite des Freundes geblieben, denn er kannte den Schmerz des Verlustes nur zu gut und wollte seinem Steuermann in der schweren Zeit beistehen. Gemeinsam sahen sie auf den frisch aufgeschütteten Grabhügel an dem Ort am Rande des Dorfes, im Schatten der Bäume des kleinen Wäldchens, an dem die Christen der Siedlung nun ihre Toten begruben, nieder. Es war Iduns Wunsch gewesen, hier ihre letzte Ruhe zu finden, nicht weit ihres Gatten und des Kindes, für das sie ihr Leben gab. Sigurd würde es sicher nie verstehen, dass die Christen ihre Toten in die kühle, dunkle Erde legten, als Fraß für die Würmer und anderes Getier. Anstatt sie in hellem Flammenschein zu verbrennen, sodass ihre Seelen den Weg in den Himmel antreten konnten. Nein, als Christ wollte Sigurd dereinst sicher nicht sterben, um dann in kalter Erde zu liegen. Er wollte aufrecht vor die Götter treten und Einlass nach Walhalla in die Ruhmeshalle Odins verlangen. Der Knabe, dem Thorkill den Namen Orm gegeben hatte, schien gesund und kräftig zu sein. Ja, er würde leben! Doch Idun hatte ihr Leben dafür geben müssen.

Sehr lange hatte die Geburt des Knaben gedauert. Zu lange!
So hatte Idun völlig entkräftet im Kindbett gelegen und nach
zwei Tagen den Todeskampf verloren.
Die Kräuterweiber gaben dem neuen Glauben der Idun die
Schuld an dem Unglück und sprachen vorwurfsvoll von der
Rache der Götter Asgards.
Thorkill hatte alles in seiner Macht stehende versucht. Er
war zu dem Priester Mamertus gegangen und hatte diesen
angefleht, er möge den Herrn Christus beschwören ihm sein
Weib zu lassen. Doch dieser faselte nur von den Wegen des
Herrn, die unergründlich seien und versuchte, dem Schmied
Trost zu spenden. Da platzte es aus dem Mann mit dem
roten Haar voller Zorn und Wut heraus: „Dein Herr Christus
ist nicht der barmherzige Gott, so wie du es sagst! Er ist
grausam und böse!"
Schnell verließ Thorkill das kleine Gotteshaus, denn er war
willens, den Priester mit dem Schwert zu erschlagen! Dann
war er in den Wald gegangen, an einen heiligen Ort der
Asenanbeter. Hier hatte er der Hel demütig ein Opfer
dargebracht, in der Hoffnung, die Hüterin des Totenreiches
würde von der Idun ablassen.
Doch nichts sollte helfen, denn sein geliebtes Weib starb,
und es erging dem Schmied nun wie einst dem Sigurd. Er
war allein! Allein mit einem Kind!
Die Götter hatten sich gerächt dafür, dass er dem Priester
sein Ohr geliehen und in der Kirche gebetet hatte, dieser
Gedanke hatte Thorkill ergriffen und ließ ihn nicht mehr los.
Und nun, da sie sein Weib Idun zu Grabe getragen hatten,
jetzt, da sie nicht mehr greifbar für ihn war, überkam den
kräftigen, stattlichen Mann größte Angst. Was sollte er nun
tun?
Langsam machten sie sich auf den Weg zurück in das Dorf,
da legte die Burga dem Freund ihre Hand auf den Arm, und
als hätte sie seine Gedanken gelesen, sprach sie: „Ich will

die Amme des kleinen Orm sein, Thorkill. Ich gebe dem Erik zu trinken, so wird die Milch auch für deinen Sohn reichen." Thorkill lächelte verkniffen und nickte dankend. Den anderen Sohn des Sigurd, sein Name war Bjarne, und er zählte fünf Winter, hatte der Häuptling mit seinem ersten Weib Gerhild gezeugt. Der Knabe lebte auf dem Hof seines Ziehvaters Gunnar und dessen Weib Gerda, die seine Amme war, denn der Kleine mochte die Burga nicht. So kümmerte sich das Weib des Sigurd nur um den kleinen Erik, und da sie ihren Sohn immer noch an die Brust legte, lag es nahe, auch den Orm zu stillen. Zwar hatte Sigurd Bedenken, denn die Burga war ein zierliches Weib, kränkelte oft, und so hatte er große Angst, die Kinder könnten ihr die Lebensgeister aus dem Körper saugen. Doch mit Rücksicht auf den Thorkill äußerte er seine Bedenken nicht laut, schließlich hatte die Friesin ihre Entscheidung längst getroffen, und dabei blieb es auch. In der Zeit, die die Burga nun im Sigurdfjord verbracht hatte, hatte sie eine Wandlung durchgemacht. Als der Seefahrer sie in den Norden gebracht hatte, war sie eine verwöhnte friesische Kaufmannstochter gewesen, und Sigurd hatte befürchtet, dass sie sich nach Hammaburg zurück wünschen würde. Doch Burga zeigte einen starken Willen, und nun war sie die Herrin auf einem norwegischen Hof im Tröndelag. Und dafür war ihr Gemahl sehr dankbar und belohnte sie mit seiner Liebe.

Die Zeit verging schnell, und langsam verheilten die Wunden in der Seele des Schmiedes. Orm, der Sohn des Thorkill, gedieh prächtig, und der Vater hatte große Freude an dem Kind. Nun war er oft im Hause des Sigurd. Öfter als in seinem eigenen, denn dort fühlte er sich nicht mehr wohl, und im Langhaus des Freundes war er ein gerngesehener Gast, der schon bald zur Sippe zählte. Seine Schmiede aber betrat er oft, arbeitete viel und fertigte Werkzeug und

allerlei anderes Eisenzeug. Aber vor allem widmete er sich der Herstellung von Waffen.
Axtblätter, Speerspitzen und Schwerter der besten Machart stellte er her. Und die Männer der Siedlung freute es. So war auch Sigurd begeistert, denn dies war eine Ware, die sich gut verkaufen ließ, also fügte er die Eisenwaren zu den Gütern hinzu, die er in den Süden brachte.
Eines hatte sich im Hause des Sigurd auffallend verändert: Beide Männer verloren kaum mehr ein Wort über den neuen Glauben, sie betraten die Kirche nur noch selten, und die Gespräche mit dem Priester endeten nur allzu oft im Streit.
Die Anhänger des Priesters und seines Glaubens hatten zwei Brüder verloren, wenn sie diese überhaupt je wirklich hatten.
Dies gefiel wiederum der Burga nicht, und sie begann, ihrem Gatten und auch dem Thorkill heftige Vorwürfe zu machen. Einmal wurde ein Streit gar so heftig, dass die Friesin ihrem Gemahl drohte, in die große Friesenstadt an der Albia zurückzukehren. Immer wieder drängte sie den Sigurd, von seinem gotteslästerlichen Tun abzusehen. Doch der Häuptling blieb stur. Und um des Hausfriedens wegen ließ Burga endlich von ihrer Forderung ab, schon aus dem Grunde, den Zorn des Tröndners nicht noch weiter zu schüren.
Der Häuptling ließ die Anhänger des Mamertus und dessen geliebten Herrn Christus in der Siedlung weiterhin unbehelligt ihren Glauben ausüben, denn so weit ging sein Gram nicht, dass er diesen ein Leid angetan hätte.
Die Burga gab sich damit zufrieden, hatte der kleine Erik doch längst die Taufe empfangen, wie sie es wollte. Aber die Verehrung der Asengötter nahm wieder zu, und einige Männer folgten ihrem Häuptling nur zu gern, der nun wieder den Göttern in Asgard huldigte.

Es war ein herrlicher Sommertag, die Sonne stand bereits im Zenit und brannte heiß auf die Erde nieder. Da kam ein fremder Reiter auf den Hof des Sigurd Svensson, er zügelte sein Pferd, sah sich kurz um und stieg dann, sichtlich erschöpft, vom Rücken des Braunen. Strähnen seines roten, zerzausten Haares klebten verschwitzt in seiner Stirn. Zielstrebig ging er auf das große Fass zu, das als Regentonne neben dem Eingang des Langhauses stand. Er beugte sich über den Rand, wohl in der Hoffnung, seinen Kopf in das kühle Nass tauchen zu können. Doch er wurde enttäuscht. „Elender Mist", schimpfte er, denn in dem großen, fast brusthohen Fass befand sich nur noch eine kümmerliche Pfütze, die den Boden bedeckte.
„Da wirst du wenig Glück haben, Mann! Es ist schon mehr als einen halben Monat kein Wasser vom Himmel gefallen. Man könnte meinen, es gefällt den Göttern, uns schwitzen und darben zu sehen."
Erst jetzt wandte sich der Fremde dem Mann zu, der in einen alten Kirtel gekleidet auf der Bank saß, die nicht weit von dem Fass stand, und der an einer geborstenen Hacke werkelte. Er legte das Werkzeug zur Seite und erhob sich. „Ist dir vielleicht nach einem kalten Trunk zumute?", fragte Sigurd frech grinsend. „Natürlich ist mir nach einem kalten Trunk", äffte der Fremde Sigurd nach. „Los, Knecht, hol mir Wasser und den Herrn des Hofes! Und kümmere dich um mein Pferd!"
Sigurd nickte stumm und folgte dem Befehl des Fremden, trat in das Haus und grinste. Zuerst rief er den Lubomir und die Danika herbei. Die Magd schickte er mit einem Krug Wasser zu dem rauschebärtigen Fremden. Er hätte ihm natürlich auch Bier anbieten können, doch Sigurd war der Meinung, dass für diesen dreisten Kerl Wasser genügen würde. Den Lubomir schickte er zu dem Pferd, mit dem Befehl, dieses gut zu versorgen, es zu tränken und zu

striegeln. Dann begab er sich in seine Kammer, legte die verschlissene Arbeitskleidung ab, zog seinen besten Kirtel über, nahm Wehrgehäng und Kehlenbeißer, legte noch das Amulett um den Hals, das für seine Häuptlingswürde stand, und setzte sich dann in der Halle auf den Hochstuhl, der schon seinem Vater gehört hatte. Jetzt erst schickte er den Pokas auf den Hof hinaus, um den Fremden herein zu führen. Und dieser staunte nicht schlecht, als er vor den Herrn des Hofes geführt wurde. Er war allerdings in der Lage, seine Überraschung zu verbergen, so sprach er ohne Respekt: „Du bist also Sigurd Svensson!"
„Ja, der bin ich", antwortete Sigurd düster. „Darf ich auch erfahren, wer du bist?" In diesem Moment traten einige Männer in die Halle des Häuptlings.
Thorkill, Tjord, Ole und der hinkende Knut. Alle vier grüssten knapp, sahen den Fremden neugierig an, und nahmen dann schweigend an einer der langen Tischreihen Platz. Nur Thorkill ging in den Nebenraum, um der Magd den Befehl zu erteilen, einen großen Krug Bier an den Tisch zu bringen. Nun trat auch die Burga in die Halle, grüsste den Fremden, der den Gruß aber nicht erwiderte, und setzte sich zu den Männern an den Tisch. Den kleinen Erik trug sie auf dem Arm, und das Kind war bester Laune, gluckste und lachte. Der Sohn des Thorkill schlief in der Kammer im hinteren Teil des Langhauses. Sofort nahm der Schmied den Knaben an sich und begann mit ihm zu spielen. Und auch der Tjord beugte sich herüber und kitzelte dem Kind, mit einem verschrobenen Lächeln, den Bauch.
„Wer ist das?", fragte die Burga leise. Die Männer zuckten nur die Schultern. Da trat die Danika an den Tisch, stellte einen Krug und hölzerne Becher darauf und ging wieder. Der Fremde, dessen neidischer Blick auf der Gesellschaft am Tisch ruhte, wandte sich wieder dem Sigurd zu.

„Ich bin Stykjar der Ire, und ich gehöre zur Gefolgschaft des Hakon von Lade! Dieser befindet sich auf einer Reise durch das Tröndelag und wird bald deinen Hof erreichen."
„Der Ladejarl kommt hierher?", fragte Sigurd höchst erstaunt. „Was will er hier?"
„Das wirst du noch früh genug erfahren, Bauer", antwortete der Stykjar spitz. Da trat der Ole neben den Boten aus Lade, der ihm gerade einmal bis zur Schulter reichte. Er neigte sich dem Ohr des Fremden zu und flüsterte: „Dieser Bauer, wie du ihn nennst, Kerl, ist ein gefürchteter Seeschäumer und noch dazu unser Häuptling. Also zeige Respekt, sonst hat der Hakon einen Gefolgsmann weniger!"
Zornig sah der Bote an dem großen Dänen hinauf, und seine Augen formten sich zu schmalen Schlitzen. Solch eine Ansprache schien er nicht gewohnt, und er hätte die Drohung nur zu gerne sofort gesühnt. Dass dem Sigurd aber Dänen folgten, beeindruckte den Boten aus dem Trondheimfjord schon sehr, denn die beiden Völker standen sich nicht freundlich gegenüber.
Ole sah den Boten drohend an, nickte und begab sich zurück an den Tisch. Der Stykjar versuchte darauf, ein Lächeln hervor zu bringen, was ihm allerdings misslang.
„In nicht einmal zwei Tagen wird der König dir die Ehre seines Besuches erweisen. Also bereite dich gut vor, Sigurd Svensson!"
„Der König?", fragte der Häuptling ein wenig überrascht. „König von was?"
„König des Tröndelag und bald Herrscher über ganz Westnorwegen", erwiderte der Bote des Hakon.
„Lehnsmann und Stiefellecker des Blauzahn meinst du wohl, Mann!" Sigurd war wenig erfreut über den Besuch.
„Sei es, wie es ist! Er wird kommen, und dann solltest du deine Zunge zügeln!"

Entsetzt sah Burga ihren Gatten an, denn sie ahnte Unheil kommen. Nicht nur die scharfen Worte des Sigurd machten ihr Sorge, sondern auch die Angst um die Nahrung in dem großen Vorratshaus. Nahrung, die für den kommenden Winter gedacht war! Und Sigurd schien ihre Gedanken zu teilen, denn er hatte schon davon gehört, dass Könige und Jarle gern durch ihr Land zogen und den Untertanen die Vorratskammern leer fraßen, um die eigenen Kornspeicher zu schonen. Doch hier oben im Norden waren sie bisher sicher, denn meist zog es den Hakon nach Süden.
„Wie groß ist die Gefolgschaft des Hakon?", fragte er besorgt, und man sah in seinem Gesicht, dass ihm die Vorstellung dieses Besuches keineswegs gefiel.
„Fünfzig Krieger begleiten den Jarl auf seiner Reise durch das Tröndelag", antwortete der Mann mit den zerzausten roten Haaren und dem dichten roten Bart. „Und sie sind hungrig. Also bereitet euch vor!"
Er nickte dem Häuptling grinsend zum Gruß zu, sah noch einmal zu dem Tisch hinüber, musterte die Burga von oben bis unten, und verließ dann das Haus. Nun erst erblickte er, was ihm bei seiner Ankunft verborgen geblieben war. Aus dem Augenwinkel, nur für einen kurzen Augenblick, gerade als er dem Lubomir die Zügel aus den Händen nehmen wollte, um auf sein Pferd zu steigen, das gegenüber dem großen Haus stand, da sah er es: Ein Kreuz!
„Gib her", fauchte er den Sklaven an und entriss ihm die Zügel, dann schritt der Stykjar langsam darauf zu, und er konnte es nicht glauben, was er nun sah. Der Bote aus Lade war sichtlich erstaunt, denn eine Kapelle, eine christliche Gebetsstätte, hatte er hier nicht erwartet. Ein böses Grinsen huschte über sein Gesicht. „Da wird sich der Hakon aber freuen", brummte er kaum verständlich, schwang sich auf den Braunen und galoppierte vom Hof.

Einen Moment verharrte Sigurd auf seinem Hochstuhl und starrte nachdenklich auf die Pforte, durch die der Stykjar verschwunden war. Langsam erhob er sich und ging hinüber, um sich an den Tisch zu den anderen zu setzen.
„Hakon von Lade kommt hierher. Was will dieser Kerl bloß von uns?" Sigurd stellte sich selbst die Frage, dachte laut. „Vielleicht sucht er diejenigen auf, die seinem Kriegsruf nach Holmgard nicht gefolgt sind?", vermutete Thorkill, und Tjord nickte zustimmend. „Dann sollten wir auf der Hut sein", warnte Ole. Der Häuptling schüttelte langsam seinen Kopf. „Wir sind freie Nordmänner! Es ist unser Entschluss, ob wir in den Krieg ziehen oder nicht!"
„Sieht das der Hakon auch so?", fragte Tjord misstrauisch. „Oder er will hier Bande knüpfen", sprach nun Knut.
Der hinkende Knut, der der Herr des Drachenhofes war, kam viel in der Gegend herum. Fuhr mit seinem Karren von Hof zu Hof und tauschte mit den anderen Bauern seine Güter, denn auf einen Markt zu gehen kam für den einstigen Seeschäumer nicht in Frage. Er war schließlich keine Krämerseele. „Nun, es geht schon seit einiger Zeit das Gerücht umher, dass es zwischen dem Hakon und seinem Lehnsherrn nicht mehr zum Besten bestellt ist."
„So?" Erstaunt sah Sigurd den Knut an, denn er hatte von den Gerüchten um den Herrscher des Tröndelag noch nichts gehört. „Ich hörte davon nichts!"
„Das wundert mich nicht! Du verkaufst deine Waren im Süden. In Kap Lindesnäs oder im Saxland, weit fort von hier", sagte Knut, und es klang ein wenig Neid in seiner Stimme. „Aber ich bin hier und komme herum im Fjord, zu den Bauern, die ihre Ware nach Lade oder Agde bringen." Er nahm einen Schluck aus seinem Becher, wischte den Schaum aus seinem Bart und fuhr fort. „Es ist ein Streit um den Glauben entfacht, der einen Keil zwischen den Vasall und seinen Herrn in Roskilde treibt." Mit strengem Blick

sah er die Burga an, denn er gehörte zu denen, die den alten Göttern opferten. „Der Blauzahn verlangt wohl immer wieder vom Ladejarl, dass dieser sich taufen lasse, bei Hel und allen Kreaturen der Unterwelt!"
„Und der will nicht", sprach Ole dazwischen. „Natürlich will er nicht, beim Allvater!", rief Knut.
Nachdenklich sah Sigurd in die Runde. „Daher auch die Bemerkung über den König des Tröndelag", mutmaßte er.
Noch lange saßen sie gemeinsam an dem Tisch, redeten und tranken. Und sie waren sich einig, den Hakon nicht unvorbereitet zu empfangen.

*

Tatsächlich waren gerade einmal zwei Tage vergangen, da kam eine große Reiterschar auf den Hof des Häuptlings im Sigurdfjord. Allen voran ritt der Ladejarl Hakon persönlich. Vor dem Langhaus zügelte er sein Pferd, schwang sich aus dem Sattel seines Apfelschimmels und rief Befehle. Sofort sammelten sich die Krieger seiner Leibwache um ihn, während die anderen sich auf die große Wiese hinter den Stallungen begaben, um das Lager zu errichten.
Sigurd, sein Weib Burga und der Thorkill waren auf den Platz vor dem Haus getreten, um den Herrscher des Tröndelag zu begrüßen. Einige Kinder aus dem Dorf saßen auf der flachen Mauer, die den Hof umgab, und sahen mit bewundernden Blicken nach den Kriegern des Jarls. Dass sich in dem nahen Wäldchen, das den Hof vom Dorf trennte, etwa sechs Handvoll Männer verborgen hielten, um dem Sigurd im Notfall beizustehen, bemerkte keiner.
Der Hakon von Lade war ein stattlicher Mann, und der Sigurd war ihm noch nie begegnet, nur einmal hatte er den Mann aus der Ferne gesehen, als er durch Zufall einem Thing in Lade beigewohnt hatte. Der Tröndnerjarl, von

König Harald Blauzahn geduldeter Herrscher über das Tröndelag und Vasall des Dänen, war etwa zwanzig Sommer und Winter älter als Sigurd. Sein Haar, das ihm auf die Schulter reichte, war bereits von vielen grauen Strähnen durchzogen, so wie der Schnauz- und der lange Kinnbart, den er trug.
„Sei gegrüßt, Hakon von Lade", sprach Sigurd freundlich und trat auf den Mann zu, der, wie er vermutete, die Königswürde anstrebte. Sofort trat ihm einer der Krieger mit der Hand am Griff seines Schwertes in den Weg, sodass der Jarl diesen zurückbefehlen musste. Mit abschätzendem Blick überflogen den Herrn des Hofes die wachen blauen Augen des Hakon. Doch dann lächelte er.
„Du siehst mich verwundert über deinen Besuch, doch du bist mir deshalb nicht weniger willkommen", sagte Sigurd ruhig.
„Sei auch du gegrüßt, und verzeih den Übereifer meines Kriegers, Sigurd Svensson", erwiderte der Jarl mit freundlicher Stimme. „Es war Odin selbst, der mir riet, in den Norden des Tröndelag zu reiten, um nach den Jarlen und Häuptlingen zu sehen!" Mit prüfendem Blick sah er den jungen Häuptling der Siedlung an, doch dieser verstand die Anspielung sofort und erwiderte ohne zu zögern: „Dann muss ich dem Allvater zum Dank einen Hammel opfern, dafür, dass er mir solch hohen Besuch schickte."
Sigurd stellte nun dem Ladejarl sein Weib Burga vor, und auch den Thorkill benannte er mit Namen. Dann bat er den Herrscher in sein Haus.
Dem Thorkill war der gierige Blick des Hakon, als dieser die Burga betrachtete nicht entgangen und er fürchtete, dass dieser Besuch böse enden würde. Schließlich war der Jarl im ganzen Gau als Weiberheld verschrien, und es sollte sogar schon vorgekommen sein, dass dieser das Weib oder die Töchter des Hausherrn für sein Bett forderte. In diesem

Falle würde ganz sicher Blut fließen! Verstohlen wanderte der Blick des rothaarigen Schmiedes auf das kleine Wäldchen.

Die Männer der Siedlung waren schon in Alarmbereitschaft und hätten im Falle einer Auseinandersetzung schnell Schwert und Axt bei der Hand gehabt. Und allein die Männer, die sich in der Nähe des Hofes verbargen, waren der Horde an Krieger des Hakon schon überlegen.

Der Jarl selbst, sowie sein Sklave Tormod Kark und drei Hauptmänner, folgten dem Sigurd in die Methalle. Dazu kamen sechs Krieger seiner Leibwache.

Neben dem Hochstuhl standen nun zu beiden Seiten jeweils drei Stühle, davor stand ein großer Tisch. Die anderen beiden Tischreihen standen wie gewohnt an den Längsseiten der Halle. Der Herr des Hofes bot dem Tröndnerjarl als Ranghöchsten in dem Raum den Platz in der Mitte des Tisches an, und der Herrscher setzte sich auf den Hochstuhl. Dann nahmen auch Sigurd, Thorkill und die Hauptmänner ihre Plätze ein. Und Tormod saß dem Jarl zur Rechten. Nun trug die Burga, unter den Blicken des Hakon, mit der Magd das Begrüßungsmahl auf, und die Männer bedienten sich. Mit vollem Mund plauderten sie über das eine oder andere Ereignis der letzten Zeit, bis Sigurd fragte: „Sage mir, Jarl von Lade, gibt es einen Grund, der dich auf meinen Hof führt?"

Da begann Jarl Hakon zu grinsen, sah den Sklaven Tormod an, der nach vielen Jahren nicht nur Sklave war, sondern Freund wurde. „Er will wissen, ob es einen Grund gibt, treuer Tormod. Ja, es gibt einen Grund!"

Er griff nach seinem Becher, um ein trockenes Stück Brot hinunterzuspülen, denn Hakon sprach mit vollem Mund. „Bist du ein landestreuer Mann, Sigurd?", fragte er, und der Häuptling des Sigurdfjordes ahnte, was nun kommen sollte.

„Ja, das bin ich", antwortete er nickend. „Ich bin ein stolzer Tröndner!"
„Das ist gut, mein junger Freund!" Er sah den Tormod an. „Das ist gut!" Und dieser nickte zustimmend. „Ja, mein Jarl. Es ist gut!"
Dann sah der Herrscher aus dem Trondheimfjord den Sigurd mit ernstem und eindringlichem Blick an. Beugte sich dem Sigurd entgegen und sprach: „Mir kam zu Ohren, du seiest einer dieser Zimmermannsanbeter. Sogar ein christliches Gotteshaus sollst du gebaut haben. Ist das wahr?"
Sigurds Blick traf den Thorkill, doch ehe er antworten konnte, fuhr der Tröndnerfürst fort: „Ich gedenke dem Harald Blauzahn die Stirn zu bieten. Die Tributzahlungen an den Dänen habe ich satt, und ich will keine Pfaffen mehr in meinem Reich sehen, die für Harald spionieren!" Er sah nun recht böse drein. „Also sag schon, paktierst du mit den Heuchlern?"
Der Häuptling zögerte ein wenig mit seiner Antwort, denn nun war auch er erbost, über die Dreistigkeit seines Gastes.
„Na, was ist?", drängte Hakon ungeduldig.
„Ich bin den Göttern von Asgard ein treuer Gefolgsmann, wenn du das meinst." Sigurd war heilfroh, dass Burga seine Antwort nicht gehört hatte, denn sie hatte sich mit der Danika längst wieder zurückgezogen. Dem Hakon reichte diese Antwort aber nicht, und so bohrte er misstrauisch weiter. „Lüge mich nicht an, Mann!", rief er zornig und schlug mit der Faust auf den Tisch. „Glaubst du etwa, ich habe die Kirche hinter deinem Langhaus nicht gesehen?" Jetzt wurde auch Sigurd laut, und es drohte ein Streit auszubrechen. „Du magst ein hoher Jarl sein in Lade. Doch hier bist du Gast. Gast auf meinem Hof! Willst du einen Streit vom Zaun brechen, so musst du es nur sagen. Doch du kannst mir glauben, dass dir das einen blutigen Schädel einbringen wird!"

Soviel Dreistigkeit und auch Kühnheit hatte der Mann aus dem großen Trondheimfjord nicht erwartet. „Ich bin dein Herr!", rief er erbost. „Wie wagst du mit mir zu sprechen?" „Du bist nicht mein Herr! Ich bin ein freier Mann und Wiking, und ich bin der Häuptling über viele Schwerter!", drohte Sigurd nun offen. Gerade wollte Hakon etwas erwidern, da beugte sich der Tormod an sein Ohr und flüsterte ihm lange etwas zu. Die Zornesfalte auf der Stirn des Mannes verschwand, und sein Gesicht hellte sich auf. Er atmete tief ein. „Lass uns nicht streiten", sagte er mit jetzt ruhiger Stimme. „Ich kam nicht mit feindlicher Absicht auf deinen Hof."
Da nickte Sigurd zustimmend, er war zwar über den schnellen Sinneswandel des Hakon überrascht, hob aber trotzdem seinen Becher dem Jarl entgegen. Dieser stieß an, und die Männer tranken.
„Mein Weib Burga stammt aus der großen Friesenstadt Hammaburg und sie ist eine Christin. Darum erbaute ich für sie und ihren Priester diese kleine Kirche", ergriff Sigurd das Wort. „Einen Pfaffen hast du auch?", empörte sich der Tröndnerfürst und wandte sich seinen Hauptmännern zu. „Mir scheint, wir haben hier in ein Christennest gestochen. Wie viele von der Brut tummeln sich noch in deiner Siedlung, Mann?"
Seine Stimme klang nun hämisch und wie das Zischen einer Schlange, doch bevor der Streit erneut entfachte, legte ihm Tormod Kark seine Hand auf die Schulter, damit er sich besinnen sollte.
„Die meisten Menschen in diesem Fjord sind, wie ich, treue Anhänger Odins und der Götter unserer Ahnen", sprach Sigurd ruhig.
„Na gut", sprach Hakon von Lade nun wieder ruhiger. „Lassen wir es gut sein!"

Nach einer längeren Zeit des Schweigens, die Männer aßen die dargereichten Speisen, ergriff der Hakon plötzlich wieder das Wort. „Das Land am Nordweg muss wieder frei sein! Frei von einem fremden König, der uns das Fleisch von den Knochen nagt", sprach er mit eindringlichen Worten. „Stark muss unser Volk wieder werden, geführt von einem starken König!"

„Und der wirst du sein, Hakon von Lade?", fragte Thorkill und fuhr sich mit der Hand durch sein langes, glattes Haar.

„Ja, mein Freund. Dieser König werde ich sein. Ich werde es sein, der unser Volk aus den Krallen des Dänen reißt!"

Die Männer in seinem Gefolge nickten zustimmend, und Tormod schlug dem Hakon gar auf die Schulter. „Doch dazu brauche ich Krieger! Viele Krieger! Ein König, der etwas erreichen will, braucht eine starke Gefolgschaft."

Nun nickte auch Thorkill, aber Sigurd vernahm die Worte mit nachdenklichem Blick. Er konnte nicht sagen, dass er diesen Hakon von Lade mochte, denn die Art des Tröndnerjarls gefiel ihm keineswegs. Er war aufbrausend und wenig vertrauenserweckend. Allerdings musste Sigurd sich eingestehen, dass seine Worte Sinn ergaben, denn nur wenn das Volk hinter seinem Anführer stand, konnte er sich gegen die Unterdrücker erheben. Ein jeder Mann in Norwegen, abgesehen von einigen Günstlingen im Süden, wollte das Joch der Dänen abstoßen. Dies war bei dem Sigurd Svensson nicht anders. Aber mit einem Ladejarl Hakon als König?

„Also sag schon, Sigurd. Bist du bereit, mir die Gefolgschaft zu schwören, wenn ich König bin? Und willst du an meiner Seite kämpfen, wenn die Nornen mir den rechten Zeitpunkt für einen Aufstand bestimmen?", fragte der Ladejarl nun gerade heraus.

Jetzt hatte er den Grund seines Besuches ausgesprochen.

Sigurd zögerte mit der Antwort, doch dann sprach er ruhig: „Wenn der Tag kommt, werde ich dir den Eid der Gefolgschaft schwören, doch bis dahin bleibe ich ein freier Häuptling! Es gibt hier keinen Jarl, der mich zur Ader lässt, und so soll es bleiben!"
Hakon sah ein wenig verärgert drein, und er spürte wie die Wut in ihm wuchs, doch diesmal beherrschte er sich.
„Keiner meiner Steuereintreiber hatte bisher Schlechtes von dir zu berichten, Sigurd Svensson", sprach der Tröndnerjarl gönnerhaft. „Daher bin ich bereit, deine Worte zu billigen. Wenn dereinst der Tag kommt, wirst du mir als deinem König die Gefolgschaft schwören!"
Mit ernstem Gesichtsausdruck nickte der Häuptling des Sigurdfjordes, während Thorkill gegen ein breites Grinsen ankämpfte, denn ein Steuereintreiber des Vasallen König Haralds war schon lang nicht mehr in der Siedlung gewesen.

Am Abend war die Methalle bis zum Bersten gefüllt, denn der Sigurd hatte geladen und der Ladejarl war mit einem Teil seiner Männer erschienen. Dazu kamen noch die engsten Vertrauten des Häuptlings und Männer aus dem Dorf. Nur wenige Besucher hatten ihre Frauen mitgebracht, so war es gerade einmal eine Handvoll, die sich meist um die Burga scharten. Einige Mägde und Sklavinnen aus dem Dorf sorgten für das leibliche Wohl der Gäste.
Die Zeit war schon fortgeschritten, die Sonne längst hinter dem Horizont versunken, und doch lag noch immer eine brütende Hitze über dem Fjord. Kein Luftzug wehte über das Land, der Kühlung gebracht hätte. Auch in dem großen Raum stand die Wärme, sodass allen der Schweiß vom Körper rann. Viele Männer hatten bereits ihre Kirtel abgelegt, und den Weibern klebten die Kleider am Körper fest, sodass auch einige von ihnen sich entblößt hatten. Doch so warm es auch war, den Spaß ließen sie sich nicht

verderben, und es wurde ausgelassen gefeiert. Das Bier lief in die Kehlen, Becher für Becher, Horn für Horn, und die Spiele wurden immer ungestümer, sodass es auch schon zu Streitereien kam. Doch bis auf einen abgeschnittenen Finger, bei einem schnellen Messerspiel, war noch kein Blut geflossen. Die beiden Anführer hatten ein wachsames Auge darauf, dass jeder Streit sofort beendet wurde, und einige Krieger waren sogar dazu abgestellt, für Frieden zu sorgen. Thorkill war einer derjenigen, der sich beim Saufen freiwillig zurückhielt, denn während Sigurd bereits betrunken war, wollte er einen klaren Kopf behalten.
Er traute dem Hakon nicht über den Weg.
Obwohl die Pforte des Langhauses weit geöffnet war, stank es inzwischen bestialisch in der Halle. Der Duft von gebratenem Fleisch und würziger Grütze mischte sich mit dem beißenden Gestank von Schweiß und Erbrochenem. Jetzt lagen auch schon völlig betrunkene Kerle schlafend auf dem Boden, oder andere trieben es hemmungslos mit den Sklavinnen auf den Podesten an den Längswänden. Und keiner nahm daran Anstoß.
Dann kam, was Thorkill befürchtet hatte, denn die Augen des Hakon hatten den ganzen Abend auf der schönen Burga geruht. Seine gierigen Blicke hatten an dem verschwitzen Kleid, den kleinen, aber prallen Brüsten geklebt, und dem Thorkill war es nicht schwer gefallen, die Gedanken des Mannes zu lesen. Kaum hatte er sich, betrunken wie er war, in sein Zelt begeben, befahl der Hakon seinem Sklaven Tormod, das Weib auf sein Schlaflager zu führen.
Sigurd bekam von all dem nichts mehr mit! Sein Kopf lag auf dem Tisch, und ein lautes Schnarchen verriet, dass ihm ein Widerstand nicht mehr möglich gewesen wäre.
So gingen auch die Worte des Tormod Kark in ein Ohr des Häuptlings hinein und unverstanden aus dem anderen wieder hinaus. Nur ein viehisches Grunzen und ein kräftiger

Furz entfuhren dem Sigurd, nachdem der Sklave an ihm gerüttelt hatte.
Dies nahm der Tormod als Einverständnis, ergriff die Burga, die auch nicht mehr Herrin ihrer Sinne war, am Arm und wollte diese mit sich ziehen. Da trat der Thorkill von hinten an ihn heran und zischte böse: „Willst du einen Kampf heraufbeschwören, Tormod Kark?"
Der Stiefellecker des Jarl Hakon sah über seine Schulter. „Was wird wohl geschehen, wenn Sigurd davon erfährt?"
„Aber der Hakon hat es befohlen", erwiderte der Leibsklave des Ladejarls.
„Hast du nicht gehört, was Sigurd sagte? Der Hakon hat hier nichts zu befehlen!"
Da erkannte die betrunkene Burga den Thorkill und lallte kichernd: „Oh, mein lieber Freund! Thorkill, wo sind denn unsere Kinder?"
„Sie schlafen, Burga. Mach dir keine Sorgen, sie sind doch auf dem Hof des Gunnar!"
„Schluss jetzt", befahl der Tormod. „Ich muss das Weib jetzt zu meinem Herrn bringen." Da trat Thorkill noch einen Schritt näher heran und hauchte dem Sklaven in sein Ohr: „Das wirst du schön bleiben lassen, Freundchen." Erst jetzt, nachdem er dem Blick des Thorkill folgte, sah er das spitze Messer, das drohte, seine Innereien zu durchbohren.
„Du wirst kaum noch in der Lage sein, das Weib zu deinem Herrn zu führen", drohte der Schmied böse und ließ keinen Zweifel daran, dass er bereit war, zuzustoßen.
„Aber so höre doch, Mann", stammelte der Tormod. „Der Hakon hat nach dem Weib verlangt!"
„Das stört mich nicht!" Der Schmied überlegte kurz. „Bleib hier stehen und rühr dich nicht vom Fleck!" Er ergriff den Arm der Burga und führte das Weib unter dem zornigen Blick des Tormod in ihre Kammer. Dann kam er in die Halle zurück und zog die Danika hinter sich her. „Aber das

ist nicht die Burga, nach der Hakon verlangte", stöhnte der Leibsklave.

„Na und! Sie hat Titten und eine Möse. Was willst du mehr?", raunzte Thorkill sein Gegenüber an. „Nimm sie oder lass es. Dein Herr ist besoffen und merkt den Unterschied sowieso nicht mehr!" Dann wandte er sich der Sklavin zu. „Du kommst sofort zurück, wenn der alte Bussard sich entleert hat."

Mit einem mulmigen Gefühl im Magen, welches sicher nicht vom Bier herstammte, begab sich der Tormod in das Lager des Hakon von Lade, wo dieser völlig betrunken auf das Weib des Sigurd wartete.

*

Die Sonne stand bereits hoch am Himmel und brannte heiß, so wie sie es schon am Vortag getan hatte, als Thorkill in das Langhaus trat. Auf dem Arm trug er seinen Sohn, den kleinen Orm, an seiner Hand führte er den kleinen Erik, und der Bjarne lief vorweg. Die Kinder hatte er vom Hof des Gunnar geholt.

Der Gestank der nächtlichen Feier war aus der Methalle gewichen, und es lagen auch keine Betrunkenen mehr herum. Pokas hatte, wie immer nach Feierlichkeiten, ganze Arbeit geleistet. Er hasste Dreck im Haus!

Der Hausherr saß mit gesenktem Kopf, nur mit Beinkleidern aus einem dünnen Leinenstoff bekleidet, an einem Tisch und glotzte auf einen Teller Grütze, der vor ihm stand. Die Fettaugen auf dem Teller stierten ihn an, was dazu führte, dass es ihm den Magen umdrehte. Nein, nach einem sättigenden, fetten Mahl stand dem Sigurd nicht der Sinn.

So fiel die Begrüßung seiner Kinder auch sehr verhalten aus, und er musste sich sogar von Bjarne, der nun sieben Sommer zählte, foppen und necken lassen.

Burga kam an den Tisch, begrüßte den Schmied wie gewohnt freundlich, doch auch sie hatte tiefe Ränder unter den Augen und hatte nach der Meinung des Thorkill schon besser ausgesehen. Sie nahm ihm den kleinen Orm ab, der erfreut gluckste und lachte. Die beiden anderen Knaben tollten bereits laut um den Tisch. „So, jetzt ist es aber genug", mahnte der Schmied die Kinder, denn er sah, wie sehr Sigurd litt. „Hinaus auf den Hof mit euch!"
Thorkill setzte sich neben den Häuptling und grinste, als dieser den Krug ergriff und das Wasser in seine Kehle schüttete. Er hatte Durst. Großen Durst!
„Was ist geschehen?", fragte er leise. „Es war etwas mit meinem Weib. Ich erinnere mich vage, doch ich weiß nicht, was es war."
„Ach, mach dir darüber keine Sorgen, Freund", beruhigte Thorkill. „Nichts ist geschehen, das dir Kopfzerbrechen bereiten würde."
Allerdings überkam den Mann mit dem langen roten Haar nun doch die Neugier. Er wandte sich um und rief laut nach der Magd Danika. Sofort legte ihm der Sigurd bittend die Hand auf den Arm. „Entschuldige", sprach Thorkill mitfühlend, konnte sich ein weiteres Grinsen aber nicht verkneifen. Da erschien die slawische Magd in dem großen Raum. Thorkill traf ein ernster Blick, denn die Magd war dem Tormod nur widerwillig gefolgt. „Rede!", befahl der Schmied und musterte das Weib, als würde man ihr den Verkehr mit dem Hakon von Weitem ansehen.
„Was?", fragte sie kühl. „Na, wie es dir ergangen ist, will ich wissen, dummes Weib?", fragte der Rothaarige. „Du hast uns hoffentlich keine Schande bereitet. Oder müssen wir dem Ladejarl gleich mit dem Schwert in der Hand gegenübertreten?"
„Hat er die List erkannt?"

„Sei unbesorgt", sprach die Sklavin ruhig. „Er hat mich nicht erkannt, wenn du das meinst. Der Kerl war so besoffen, dass du ihm ein junges Schwein auf das Schlaflager hättest bringen können."
Sie schickte sich zu gehen, doch wandte sie sich noch einmal um, bevor sie den Raum verließ, und rief keck: „Der alte Sack ist vorher eingeschlafen, mit seinem eigenen Schwanz in der Hand!" Sie grinste und ging.

Noch ganze drei Tage blieb der Hakon mit seinem Gefolge im Sigurdfjord, doch den Tag nach dem Fest hatte er in seinem Zelt verbracht. Und wenn ihm später die Burga über den Weg lief, vermied er es, sie anzusprechen. Ja, er schien sogar verschämt ihren Blicken auszuweichen.

*

10. Der Aufstand

Der christliche Kalender schrieb das Jahr 983 n. Chr., und es war ein warmer Sommer, als sich die heidnischen Slawenstämme in den Gebieten östlich der Albia gegen den christlichen Kaiser des Reiches erhoben. Otto der Zweite weilte in Rom, der Erzbischof von Magdeburg war gestorben, und es gab noch keinen Nachfolger. So befand sich das Reich im Zustand eines zügellosen Pferdes. Dies nahmen die heidnischen Wenden, die in den Ostmarken des Saxlandes lebten, zum Anlass, und sammelten die Krieger ihrer Stämme, bis in das Pommernland hinein. Nun riefen ihre Anführer zum Aufstand gegen die Herrschaft der Christenfürsten. Die Stämme der Liutzen, der Obodriten, der Heveller und einiger anderer, griffen zu den Waffen und verheerten zuerst das brandenburgische Land. Sie überfielen die Bischofsitze in Brandenburg und Havelberg, und brandschatzten das Kloster von Kalbe. Immer weiter drangen sie auch nach Westen vor, und verbreiteten dort Angst und Schrecken. Und dies kam dem Sven Gabelbart gerade recht. Der Sohn des Dänenkönigs Harald Blauzahn, den dieser einst mit einer Magd zeugte, hatte lange schon ein Auge auf das Pommernland geworfen, und ein Bündnis mit den Wenden sollte ihm das Land östlich der Oder in die Hände spielen. Und dabei hatte er einzig das Ziel, die widerspenstigen Wikinger von Jom, die sein Ziehvater Jarl Palnatoki befehligte, unter seine Befehlsgewalt zu bringen. Denn die Jomswikinger unter dem Befehl des Polenkönigs zu wissen, gefiel ihm keineswegs, und ein Bündnis mit den aufständischen Wenden sollte ihm diesen Erfolg bescheren. Doch das war dem Gabelbart noch nicht genug!

Die Hörigkeit seines Vaters gegenüber dem Kaiser, der in der Magdeburg residierte, und der sogar den christlichen Glauben im dänischen Reich eingeführt hatte, war dem odinstreuen Sven ein Dorn im Auge. Er setzte alles daran, dass sich der Blauzahn gegen seinen Lehnsherrn erhob, und so ließ sich der Dänenkönig darauf ein, alle Friesen und Sachsen aus dem Grenzgebiet zu vertreiben. Doch dies tat Harald mit schlechtem Gewissen und nur halbherzig, denn er ahnte, dass ihm das schlecht bekommen konnte. War doch zu erwarten, dass Kaiser Otto dies sicher nicht auf sich beruhen lassen würde.
Bis es dann einem Sachsenherzog namens Bernhard und seinem eilig zusammengestellten Heer gelingen sollte, die Aufständischen für kurze Zeit hinter die Albia zurückzutreiben, würde noch einige Zeit vergehen. Und zur Gänze niederschlagen konnte er den Aufstand auch nicht.

Die Dämmerung war bereits angebrochen, als Thorkill den Wellentrotzer in den Hafen der Handelsstadt hineinsteuerte. Schnell fanden sie einen Anlegeplatz, an dem sie das Knarr festmachten. „Hat dir die Burga lange in den Ohren gelegen?", fragte der Steuermann seinen Freund, der neben ihm auf der Reling des Heckstandes saß. „Nun ja, ich verstehe gut, dass sie uns begleiten wollte. Sie will ihren Vater wiedersehen", antwortete Sigurd und hatte schon ein wenig ein schlechtes Gewissen. „Aber sie soll sich um die Knaben kümmern. Ich habe Bjarne fast verloren, das soll mir mit Erik nicht geschehen!" Thorkill nickte verständnisvoll, war mit seinen Augen und Gedanken aber bereits in dem großen Hafenbecken. „Verstehst du das?" Thorkill sah den Sigurd erstaunt an. Der Hafen war nicht einmal zur Hälfte mit Schiffen besetzt, der Strand war wie leergefegt, und auch an den Anlegern waren noch genügend Plätze frei. „Wo sind all die Händler und fahrenden

Kaufleute?" Sie hatten den Hafen von Hammaburg nur zum Bersten gefüllt in ihrer Erinnerung. Sigurd zuckte die Achseln. „Ich weiß es nicht! Man könnte meinen, es sei Krieg!"

„So ist es auch, Freunde", mischte sich ein Mann in das Gespräch, der mit einigen anderen zwischen Fässern auf dem Steg stand.

„Man erzählt sich in der Stadt, dass die Obodriten unter ihrem Anführer Mistui vor den Toren stehen. Sie führen mit den Wenden einen Aufstand gegen den Kaiser!"

Die Männer sahen sich erstaunt an, denn von einem Aufstand im Nordosten des Saxlandes hatten sie bisher auf ihrer Reise kein Wort gehört. Schnell machte die Nachricht auf dem Schiff die Runde, alle Besatzungsmitglieder kamen nun an die Reling, um von den Ereignissen zu hören.

„Der Aufstand begann im Osten, doch inzwischen hat sich auch der Däne Sven Gabelbart in den Streit eingemischt und paktiert mit den Aufständischen!" „Das bedeutet Krieg!", stellte Ole besorgt fest. „Ich denke, wir sind am falschen Ort", sprach Thorkill, und Ole pflichtete ihm bei, denn ihm und auch dem Tjord war nun nicht mehr wohl in ihrer Haut, denn sie waren Dänen.

„Was weißt du noch, Mann?", drängte der Sigurd den Fremden. „Dem Gabelbart ist das Anliegen der Slawen sicher einerlei. Man erzählt sich, dass er das Grenzgebiet bis weit hinter den Dänenwall besetzt hält, dort aber schwer von dem Heer eines Sachsenherzogs bedrängt wird. Er wird es kaum weiter in das Reich des Ottonen wagen, aber die Obodriten stehen bereits vor der Ostmauer." Er kratzte sich seinen Bart und schaute nachdenklich drein. „Sie sammeln dort ihre Kräfte, um dann in die Stadt einzufallen. Es ist also ratsam, in der Nähe des Hafens zu bleiben."

„Das gefällt mir gar nicht", sagte Thorkill besorgt. „Mir auch nicht, das kannst du glauben. Doch ich muss zu dem

Wigbald gehen", entschied Sigurd. Es waren, wie bei einer Handelsfahrt üblich, nur wenige Männer an Bord. „Du wirst auf dem Wellentrotzer das Kommando führen, bis ich zurückkehre", befahl der Anführer dem Ole. „Bleibt beim Schiff!"

Sigurd dankte dem Fremden und begab sich mit Thorkill und Bork in das Innere der Stadt. Da sie den Weg ja gut kannten, erreichten sie bald den großen Marktplatz, an dem das Kontor des Wigbald lag. Die Menschen in der Stadt schienen den drei Norwegern nicht aufgeregter als bei ihrem letzten Besuch. Ob sie die Gefahr nicht erkennen wollten, die vor den Toren lauerte?

Sie gingen durch die mit Katzensteinen gepflasterten Gassen, und bald erreichten sie den großen Marktplatz im Schatten der Burg, auf dem an diesem Tage nur wenige Stände aufgebaut waren, denn es war kein Markttag.

Und endlich standen sie vor dem weit geöffneten, eisenbeschlagenen Tor, das in den Innenhof des Hauses des Wigbald führte. Sie blickten sich kurz an und traten dann in den Durchgang ein.

Was würde sie nun erwarten? Hatte Wigbald sie vielleicht als Mörder des Benno und seines Sohnes bei dem Stadthersen verraten, um seinen eigenen Kopf aus der Schlinge zu ziehen? Würde der Schwiegervater die Stadtwache benachrichtigen, während sie an seinem Tisch saßen?

Das Tor des Lagers war geöffnet, und ein Mann trat heraus. Es war der Verwalter des Lagers, der Sklave, der sich ihnen schon einmal mutig entgegen gestellt hatte, und dieser erkannte den Sigurd sofort, bedachte den Nordmann mit einem wenig freundlichen Blick und verschwand zurück in den großen Lagerraum.

„Welch ein netter Empfang", brummelte Bork böse. Doch da erschien der Herr des Hauses im Innenhof des Kontors.

„Sigurd Svensson! Was, beim Gehörnten, willst du hier?",
fragte er fast ungläubig, beim Anblick des Mannes, der ihm die Tochter genommen hatte. Mit starrem Gesicht sah er die drei Männer an. „Bist du von Sinnen, dass du dich noch einmal hierher wagst?"
„Warum? Gibt es etwa einen Grund, dies nicht zu tun, Wigbald?"
Da trat Thorkill auf den Kaufmann zu, grinste frech und schlug ihm freundschaftlich gegen die Schulter. „Hast du Angst vor dem Stadthersen? Sei nicht so feig, Wigbald. Oder wurdest du nach unserer Abreise etwa behelligt?"
Zaghaft schüttelte der Mann seinen Kopf. Sigurd wusste, wenn dies so gewesen wäre, hätten sie den Wigbald sicher hier nicht mehr angetroffen.
„Das nicht", antwortete der Friese. „Es schien den Hersen nicht einmal zu stören, dass man seinen Bruder und dessen Sohn erschlagen am Ufer der Albia fand. Niemand stellte Fragen, es gingen nur einige Gerüchte um in der Stadt."
Nachdenklich kratzte er sich sein Kinn.
„Na also! Wahrscheinlich war ihm der Schmarotzer selbst ein Dorn im Auge. Warum dann so ängstlich, Friese?",
fragte der Sigurd grinsend.
„Kommt ins Haus", forderte Wigbald die Männer nun widerwillig auf und ging voraus. Und endlich kam auch die Frage, die Sigurd eigentlich längst erwartet hatte. „Wie geht es meiner Tochter? Warum brachtest du sie nicht mit dir?"
Die Enttäuschung in den Worten war nicht zu überhören.
„Ihr Platz ist jetzt bei den Kindern. Außerdem bin ich froh darüber, dass ich sie nicht mit mir nahm, denn die Lage in eurer Stadt halte ich doch für recht bedenklich!"
„Welche Lage denn?", empörte sich der Wigbald da. „Nach meinem Wissen begehren einige Heiden im Osten auf. Also nichts, das ein schlagkräftiges Heer nicht zu beheben wüsste!"

„Im Osten?", stutzte da Thorkill. „Man erzählte uns, dass die Obodriten und die Wenden bereits vor den Toren der Stadt stehen."

„Ach was", widersprach der Kaufmann trotzig und wandte sich dem Sigurd zu. „Du sprachst von Kindern?"

„Ja, so ist es! Du bist ein Großvater geworden. Schon vor zwei Wintern! Es ist ein Knabe, und wir gaben ihm den Namen Erik. Dazu kommt noch der Sohn des Thorkill", er klopfte seinem Freund auf die Schulter, „dessen Amme die Burga ist, denn das Weib des Thorkill starb im Kindbett."

„So etwas passiert nun mal", sprach der Wigbald mitleidlos, denn auch er hatte sein Weib früh verloren. Außerdem haderte er immer noch mit der Tatsache, seine Tochter friste nun ein Leben als Bäuerin und Amme im kalten Norden. Allein dafür hasste er den Nordmann!

Lieber hätte er sie als Weib des reichen Hartwig gewusst, doch diesen Wunsch hatte der Sigurd ja gewaltsam zu verhindern gewusst. Und nun, da Sigurd wieder vor ihm stand, dachte er tatsächlich daran, die Nordmänner dem Stadthersen zu verraten. Doch diesen Gedanken verwarf er ganz schnell wieder, denn dann würde er seine Tochter sicher wohl nie wiedersehen, außerdem drohte dann auch ihm selbst der Galgen. Also verwarf er den Gedanken wieder.

„Warum bist du eigentlich hier, Mann? Bringst du mir neue Ware?", fragte der Wigbald unfreundlich, und dachte nicht im Traum daran, seinen Gästen einen Trunk anzubieten.

Verärgert nickte Sigurd. „Natürlich bringe ich dir Waren mit, du bist schließlich mein Gesippe! Doch wenn du nicht willst, kann ich meine Ladung auch einem anderen Händler anbieten!"

„Das musst du nicht", brummte Wigbald, denn er wusste, dass die Waren des Sigurd von guter Qualität waren. „Lass uns nicht schwatzen wie die Weiber, sondern zeig, was du hast."

Dieser Mann hasste seinen Schwiegersohn, da war sich Thorkill Ormsson ganz sicher. Er hatte Sigurd den Streich mit dem Benno und dem Hartwig nicht verziehen und auch nicht den Raub seiner Tochter, denn so sah es der Wigbald. Als Mädchenraub!

Nachdem der Friese die Ladung auf dem Wellentrotzer begutachtet und diese für gut befunden hatte, machten sich die Nordmänner und seine Sklaven daran, das Knarr zu entladen. Bis zum Abend war alles im Lager des Kontors verstaut. Während man aber im Kern der Stadt und am Hafen noch in aller Ruhe seine Arbeit verrichtete, wüteten im Osten der Stadt bereits die Obodriten. Das Tor im Wall war unter dem Druck der Angreifer gefallen.

Der Widerstand, den die Krieger des Hersen leisteten, war zwar groß, doch die Horden der Slawen drängten mit einer Übermacht unaufhaltsam gegen die Reihen der Verteidiger. Die heidnischen Angreifer waren gegen die Stadtmauern gestürmt, und vielen Kriegern des Obodritenhäuptlings Mistui war es gelungen, in die Stadt vorzudringen.

Bald schon standen Teile der Oststadt in Flammen, und die Menschen flohen dem Stadtkern entgegen.

Nun sprach sich die Kunde vom Angriff der Slawen schnell herum, und endlich griffen viele Männer zu den Waffen, um sich den Eindringlingen entgegenzustellen.

„Du solltest mit uns kommen, Wigbald", beschwor der Sigurd seinen Schwiegervater, „an meinem Feuer wird immer ein Platz für dich frei sein." Doch dieser wies den Vorschlag entsetzt zurück. „Bist du verrückt, Wikinger? Meine Lager sind gefüllt. Soll ich all mein Hab und Gut diesen elenden Heiden lassen? Niemals!" Er trat an eine große hölzerne Truhe, öffnete diese und nahm ein

Wehrgehäng sowie ein Schwert heraus. Auch ein ledernes Wams holte er hervor, und während er dieses anlegte, rief er nach seinem Leibsklaven. Er gab ihm den Befehl, dass die anderen Männer auf dem Hof zu bewaffnen seien.
„Du siehst, Nordmann, ich bin wohl in der Lage, mein Eigentum zu verteidigen!" Da sah Thorkill den Wigbald abfällig an. „Du solltest einen Feind niemals unterschätzen, Mann!"
Da trat Bork neben den Sigurd. „Wenn du nicht willst, dass dies dein Kampf wird, dann sollten wir jetzt besser gehen. Unsere Waren sind doch verkauft, und der Krieg der Sachsen ist nicht der unsere!"
„Der Mann ist meines Weibes Vater", widersprach Sigurd gereizt, denn ihn ärgerte die Unvernunft des Wigbald. „Was glaubst du wohl, was mein Weib von mir hält, wenn ich ihrem Vater nicht beistehe? Aber du wirst zu unserem Schiff gehen, Bork. Warne die Männer! Sollte der Feind auch in den Hafen eindringen, rudert ihr in die Albia hinaus und bringt den Wellentrotzer in Sicherheit."
Der Narbengesichtige nickte nur. „Sucht dort am Ufer einen Platz und wartet ab, was geschieht. Wir werden euch dann schon finden!" Der Norweger nickte, sah den Wigbald streng an und ging. Sigurd und Thorkill aber blieben im Kontor des Kaufmannes, obwohl dies dem Friesen gar nicht zu gefallen schien.

Die Angriffsfront der Slawenstämme hatte sich weitestgehend aufgelöst, und nun verteilten sich die plündernden Horden in der gesamten Stadt. So verging nicht viel Zeit, da näherten sie sich auch dem Stadtkern mit dem großen Marktplatz. Überall in den Gassen und Straßen wurde nun verbissen gekämpft. Und dort, wo die Angreifer die Übermacht behielten, drangen sie in die Häuser ein und suchten nach den Weibern, über die sie sich ohne Gnade hermachten. Gellende Schreie und Rufe nach Hilfe von den Alten, den Kindern und den vergewaltigten Frauen und Mädchen hallten durch die Stadt am Fluss Albia.

Häuser brannten, Menschen flohen in größter Angst. Doch es gab auch viele Männer, die sich den mordenden, plündernden Horden der Obodriten und Wenden entgegen stellten. Sie verteidigten ihr Haus, ihre Familien und ihr Hab und Gut. Doch meist ohne Erfolg!

Ein junger Wendenkrieger war der erste Angreifer, der in das Kontor des Wigbald eindrang. Sein Mut und seine Kampfeslust, von einem Siegesrausch getragen, ließen ihn die Vorsicht vergessen, denn noch schien er allein. Verschwitzte Strähnen seines langen, braunen Haares klebten an seinem blutverschmierten Gesicht, und sein weißes Leinenhemd war vom Blut der Opfer beschmutzt. Nun aber sollte es sein eigener Lebenssaft sein, der den Stoff tränkte. Drei der Leibeigenen des Wigbald, darunter auch der Verwalter des Hofes, stellten sich dem Eindringling zum Kampf. Mit erhobenem Schwert stürmte dieser auf die Männer zu und endete in den Spitzen ihrer Lanzen. Aber kaum war der Kerl zu Boden gesunken, erschallte der alarmierende Ruf eines Obodriten, der seinen Kampfgefährten sterben sah. Und sofort stürmten mehr als eine Handvoll Slawen durch das Tor.

„Hier lässt es sich nicht ordentlich kämpfen", rief Thorkill und stürmte mit dem Schwert in der Hand aus dem Haus, hinaus auf den Hof. Sigurd und Wigbald folgten ihm mit erhobenen Schwertern. Auch in das Haus des Kaufmannes waren nun zwei Krieger eingedrungen, und während die Klinge des rothaarigen Wikingers das unbehelmte Haupt eines Slawenkriegers wie einen Kohlkopf zerteilte, mussten die beiden Mägde des Wigbald, die sich noch in dem Haus in Sicherheit wähnten, unter den fremden Kriegern größte Qualen erleiden. Ihre entsetzlichen Schreie hallten über den

Hof, doch sie konnten keine Hilfe erwarten, denn mehr und mehr Angreifer stürmten in das Kontor des friesischen Kaufmannes. Die Männer verteidigten sich tapfer, ließen keinen Angriff unvergolten, und nun zeigte sich, dass Sigurd kein gewöhnlicher Handelsfahrer war, sondern dass echtes Wikingerblut in seinen Adern floss.

Der Kehlenbeißer riss gnadenlos und äußerst geschickt seine Beute, verstümmelte und tötete gnadenlos die Feinde. Und auch Thorkill hatte wenig Mühe mit den Angreifern. Die Leibeigenen des Wigbald jedoch und auch der Hausherr selbst hatten einen schweren Stand, denn sie schienen im Umgang mit Waffen wenig geübt. Einer der Sklaven lag bereits erschlagen, in einer Lache seines Blutes, auf dem Pflaster des Hofes.

Der Tröndnerhäuptling hatte gerade einen Feind zu seinen Göttern geschickt, indem er ihm sein Eisen in die Brust gestoßen hatte, da sah er den Wigbald zu Boden sinken. Das scharfe Blatt einer Axt war ihm in die Schulter gefahren und hatte sein Schlüsselbein zertrümmert. Das Blut floss in Strömen aus der klaffenden Wunde, und Sigurd wollte ihm gerade zu Hilfe eilen. Doch er kam zu spät!

Erneut war die Klinge auf den Friesen niedergefahren und hatte sich tief in sein Haupt gefressen. Dass seinen Mörder kurz darauf ein ähnliches Schicksal ereilte, erlebte der Kaufmann natürlich nicht mehr.

Jetzt kämpfte sich der rothaarige Schmied und Steuermann an die Seite seines Freundes. „Was wollen wir noch hier?", rief er und wehrte gleichzeitig einen Hieb ab. Er zeigte kurz auf den Toten und schlug dann mit dem Schwert heftig gegen seinen Widersacher, sodass die Klingen aufeinander schlugen und eines der Eisen zerbrach. Sofort folgte ein zweiter Hieb und trennte die Hand vom Arm des Mannes, der entsetzt aufschrie und das Weite suchte. „Los, komm", rief Sigurd und stürmte an der Seite des Thorkill in das Haus des Wigbald. Der Anblick, der sich ihnen bot, als sie den großen Wohnraum betraten, war wenig schön. Eine Magd lag mit entblößten Brüsten und blutigem Unterleib leblos auf dem Boden, während die andere Magd weinend, mit gespreizten Beinen rücklings auf dem Tisch lag. Über ihr ein Kerl, der sie rammelte wie ein Karnickelbock.

Ein anderer stürmte sofort wütend auf die beiden Tröndner zu, was ihm aber schlecht bekam, denn der Kehlenbeißer traf ihn so in seinem Gesicht, dass ein Teil seiner Nase in hohem Bogen durch den Raum flog. Ein weiterer Schlag durchtrennte zur Hälfte seinen Hals, sodass sein Kopf nach hinten klappte, wie der Deckel einer Schatulle.

Sigurd sah sich kurz um, nickte dem Thorkill zu, worauf dieser sein Messer zog und auf den Rammler zutrat, der den beiden Wikingern noch gar keine Beachtung geschenkt hatte, weil er so mit dem Weib beschäftigt war. Von hinten fasste er kurzerhand den Kopf des Slawen, riss diesen nach hinten und ließ die scharfe Klinge seines Messers durch dessen Kehle gleiten. Das Blut spritzte dem Weib in das Gesicht, sie begann zu schreien und stieß den Vergewaltiger von sich. Röchelnd und mit steifem Schwanz, wälzte er sich auf dem Boden. Das Weib aber, griff nach dem Dolch des Kriegers, und schnitt ihm wütend schreiend seine Männlichkeit ab.

Sigurd hatte sich währenddessen suchend umgesehen, lief dann aber geradewegs auf die große Truhe zu und hob den Deckel nach oben. Und seine Vermutung schien sich zu bestätigen. Er rief den Thorkill herbei, und gemeinsam hoben sie einen großen, mit Eisenbeschlägen verzierten Kasten aus der Truhe, und als Sigurd diesen öffnete, staunten sie nicht schlecht. Randvoll mit silbernen und goldenen Talern war der Kasten, den Sigurd wieder verschloss, um ihn fortzutragen. Dann griff er noch einmal in die Truhe und entnahm ihr eine kleine Puppe.

„Los, wir verschwinden von hier", sagte der ungeliebte Schwiegersohn des toten Wigbald, und die beiden Männer verließen das Haus.

Der Kampf im Hof war inzwischen zum Nachteil der Männer des Wigbald beendet. Nun plünderten die Angreifer die Lagerräume des Kaufmannes, wodurch Sigurd und Thorkill unbehelligt die Straße erreichten. Ohne weitere Kämpfe gelangten sie in den Hafen, doch auch hier hatte es kleinere Scharmützel mit den Horden des Mistui gegeben, aber die Männer des Wellentrotzers hatten ihr Schiff erfolgreich verteidigt und die Angreifer schnell in die Flucht geschlagen. Trotzdem hatte ein Mann der Besatzung fast sein Leben verloren.

„Macht seeklar!", rief Sigurd schon von Weitem. Einige Schiffe im Hafen standen in Flammen, und die Besatzungen hatten alle Hände voll mit den Löscharbeiten zu tun. Auf dem Steg lagen noch einige Tote, doch die meisten waren bereits in den Wellen versunken. Es war also nicht schwer für den Anführer, zu erkennen, was hier geschehen war. Das Interesse der fremden Krieger an einem entladenen Knarr schien nicht groß gewesen zu sein, denn der Wellentrotzer war unversehrt. Auch gefiel ihnen die Gegenwehr der erfahrenen Wikinger nicht, und die Kost, die sie von ihnen zu schmecken bekamen, drängte die Obodritenkrieger zum Rückzug.

Kaum waren Thorkill und Sigurd an Bord, stießen die Männer das Knarr auch schon vom Steg ab, und mit kräftigen Ruderschlägen fuhr der Wellentrotzer hinaus in die Fluten der Albia.

*

Sigurd Svensson war immer noch sehr verärgert, als er neben dem Thorkill auf dem Achterdeck seines Schiffes stand und das Knarr die Albia hinunter segelte. Sie sahen die grauschwarzen Rauchschwaden, die über der großen Stadt in den Himmel zogen, und wussten, dass sie so bald nicht mehr hierher kommen würden. Einer seiner Männer war schwer verwundet, und dass er seinem Weib nun die Nachricht vom Tode des Wigbald überbringen musste, gefiel Sigurd auch nicht. Hatte Burga doch gehofft, den Vater eines Tages wiederzusehen. Allerdings war der Tröndner glücklich darüber, dass er sein Weib nicht auf diese Reise mit sich genommen hatte.

Noch bevor sie den Ort erreichten, an dem die Albia sich in die Fluten des Nordmeeres ergoss, steuerte Thorkill das Knarr an das Ufer. Zwischen mannshohem Schilf machten sie das Schiff fest und schoben eine Planke auf die Böschung. Das Land war hier flach und weit einsehbar, so hatte Ole in einiger Entfernung den Turm einer Kirche entdeckt, und Sigurd hatte den Befehl zum Anlanden gegeben. Hier hofften sie, einen Medicus für den verletzten Bork zu finden, denn er war es gewesen, den ein heftig geführter Schwertstreich niedergestreckt hatte. Die Wunde war klaffend und tief, und es war ihnen nicht gelungen, die Blutung zum Stillstand zu bringen.

So wurde der Narbengesichtige zusehends schwächer! Außerdem war ihnen in Hammaburg keine Zeit geblieben, um Proviant an Bord zu nehmen. Also beschloss Sigurd, hier in einer Siedlung oder auf einem Hof Nahrung an Bord zu nehmen. Und das Glück war ihnen hold, denn die Siedlung erwies sich als ein Kloster, und da war der Anführer guter Dinge, denn die Klosterbrüder waren meist sehr hilfsbereit. Das silberne Kreuz, das Sigurd am Hals trug, den kleinen Thorshammer verbarg er unter seinem Kirtel, legte er meist dann um, wenn ihn eine Handelfahrt in ein christliches Land führte. Lügen brauchte er ja nicht, denn die Taufe hatte er empfangen, und das Kreuz öffnete ihm die Pforten.

Langsam trat er an die große Tür in der dicken Mauer, die das Kloster umgab. Er zog an dem Strick der kleinen Glocke, die darauf mit hellem Geläut erklang, und Sigurd staunte nicht schlecht, als ihm die Tür geöffnet wurde, denn zu seiner Überraschung stand ihm ein Weib gegenüber. Sie war in der Tracht der christlichen Nonnen gekleidet und erschrak ein wenig, als sie den Nordmann als solchen erkannte. Es war anzunehmen, dass dieses Kloster schon böse Erfahrungen mit den rauen Gesellen aus dem Norden gemacht hatte. Doch schnell fasste sich das Weib, lächelte und fragte nach dem Begehr des Fremden. Der Tröndner antwortete in der Sprache der Friesen und Sachsen der gläubigen Frau, deren Gesicht dem Sigurd wohl gefiel, denn sie war jung und schien ihm nicht älter zu sein als er selbst. Die Nonne nickte nur, schloss die Tür und ging. Bald darauf wurde ihm und den drei Männern in seiner Begleitung, denn Thorkill und Tjord schleppten den Bork, Einlass gewährt, und man führte sie in das große, steinerne Gebäude.

Die Äbtissin begrüßte die Nordmänner freundlich, erzählte aber besorgt von Übergriffen der Heiden. Vor dem Sigurd aber, sagte sie, hätte sie keine Angst, denn er sei schließlich ein Kind Christi, und sie sei gerne zur Hilfe bereit.

So verschwand der Bork in einem der Gänge des Klosters, während die anderen sich in ihr gerade errichtetes Lager am Ufer der Albia zurückzogen.

Es machte sich zwar eine Unruhe im Lager bemerkbar, denn die Männer befürchteten, dass der Aufstand der Slawen aus dem Osten sie einholen könnte, aber Sigurd blieb standhaft gegenüber den Zweiflern, die zur Heimfahrt drängten, denn zurücklassen wollte der Anführer keinen Mann.

Der Vormarsch der Obodriten aber schien in der Handelsstadt zum Erliegen gekommen zu sein, denn in den Gebieten westlich von der Hammaburg blieb es ruhig.

Die Zeit, in der sie auf die Genesung des Bork warteten, nutzten die Männer mit der Suche nach Verpflegung. Doch dies zeigte sich in Notzeiten wie dieser als ein äußerst schwieriges Unterfangen. Einen Teil kauften sie von den Nonnen, oder sie begaben sich auf die Höfe, bis weit in das Landesinnere, um dort Nahrung einzukaufen. Mit einem Karren, den die Klosterfrauen den Nordmännern überlassen hatten, schafften sie all den Proviant in ihr Lager und auf das Schiff.
Sie blieben die ganze Zeit, die sie in ihrem Lager am Ufer der Albia verbrachten, unbehelligt, und dies verdankten sie wohl auch den wohlwollenden Worten der Äbtissin. Außerdem hatte der Kaiser des Reiches die meisten wehrfähigen Männer zur Befreiung der Städte im Osten gerufen, sodass die Grafen und Hersen der Friesen kaum mehr genug Krieger zur Verfügung hatten, um ihre Ländereien und Städte in Sicherheit zu wissen. Sie mussten darauf hoffen, selbst unbehelligt zu bleiben. Eigentlich wäre dies ja die rechte Gelegenheit für einen Raubzug gewesen, doch Sigurd wies den Vorschlag des Ole ärgerlich zurück. Sie waren nur noch sieben kampffähige Männer, und Sigurd wollte die Genesung des Bork nicht gefährden, obwohl er diesen nicht wirklich mochte. Nein, er wollte unbehelligt bleiben, denn er wusste ja auch von dem Schatz in der Kiste, die im Laderaum unter dem Heckstand verborgen lag. Er hatte genug Geld, um allen Männern ihren Anteil an der Reise zu bezahlen!

Mehr als ein halber Mond war vergangen, als eine der Nonnen in das Lager kam, um den Sigurd in das Kloster zu

rufen. „Nimm diesen schamlosen Halunken mit dir!", schimpfte die Klostervorsteherin, und Sigurd war sichtlich erstaunt über die strengen Worte, der sonst doch freundlichen Frau. Bork stand in der Ecke des Raumes und sah drein wie ein Knabe, der die Schelte seines Vaters hatte über sich ergehen lassen müssen.
„Kaum war er wieder zu Kräften gekommen und es ging ihm besser, begann er den Frauen nachzusteigen. Besonders die jüngeren Schwestern waren nicht mehr sicher vor dem Kerl", rief die Äbtissin und zeigte auf den Missetäter. „Gestern haben wir ihn erwischt, als er es mit einer unserer Schwestern trieb!" Sie trat energisch auf den Sigurd zu, und dieser sah den Bork tadelnd an. Doch der grinste nur frech und zuckte mit den Schultern. „Sie war ein schönes Weib, und mich hat es halt gejuckt!"
„Wir haben sie bereits für ihre lüsterne Gier bestraft, wie es unsere Regeln fordern. Gepeitscht und geschoren haben wir sie, und nackt, wie der Herr sie schuf, von diesem Hause fortgejagt", rief die Oberin böse und mit vorwurfsvoller Stimme. Sie wandte sich um und nahm wieder auf ihrem Stuhl Platz. „Nun nimm diesen Teufel, der unsere Gutmütigkeit schamlos ausnutzte, und geh", befahl sie aufgeregt und ohne Angst vor den Nordmännern.
„Los, komm", forderte der Sigurd den Bork auf, doch dieser wandte sich noch einmal um und sprach in nordischer Sprache: „Du bist doch nur neidisch, alte Hexe, dass es nicht deine Möse war, die mein Schwanz gestopft hat!"
Sigurd hatte große Mühe, sein Lachen zu verbergen, und verließ mit dem Bork, wie es die Äbtissin gefordert hatte, das Kloster. Auf dem Weg zum Lager sah er den Mann mit dem pockenvernarbten Gesicht lange an, bis dieser verärgert fragte: „Was?" Der Anführer sah böse drein.
„Mir geht es gut. Danke", brummelte Bork.

Sigurd schüttelte belustigt seinen Kopf. „Ich frage mich nur, wie lange muss ein Weib unberührt gewesen sein, dass sie einwilligt, es mit dir hässlichem Bock zu treiben?"
Dann brach er in schallendes Gelächter aus. „Lach du nur! Wir sollten zurückgehen und sie alle nehmen. Glaube mir, sie wären uns nicht böse!"

In dem Lager der Nordmänner wurde Bork freudig empfangen, und auch hier hatten die Männer ihre Freude, als sie den Grund für die frühe Rückkehr des Norwegers erfuhren. Am nächsten Morgen setzten sie ihr Segel und verließen das Reich des Ottonen, um in die Heimat zurückzukehren.

*

11. Der König des Tröndelag

Es war August geworden, als Thorkill Ormsson den Kiel des Wellentrotzers in den Sigurdfjord steuerte. Die Freude der nordischen Seefahrer darüber, dass sie den Wirren des Kampfes um Hammaburg entrinnen konnten, war groß. Es war nun mal nicht ihr Krieg!
Der Ährenmonat war angebrochen, und sie waren zur rechten Zeit heimgekehrt, auf dass sie dabei helfen konnten, die Ernte einzufahren. Das Korn stand hoch auf den Feldern, und das Wetter war trocken und warm.
Die Sonne zeigte ihr strahlendes Antlitz, und viele Leute aus der Siedlung liefen an den Strand, als das Hornsignal hoch oben auf der Anhöhe die Ankunft eines Schiffes ankündigte. Es war der Klang, die Melodie des Hornes, die durch den Fjord hallte, an der die Bewohner erkannten, dass dies kein Feind war, der da kam. Wäre es das Signal für ein fremdes Schiff gewesen, so würden es nicht Frauen und Kinder sein, die an den Strand liefen, sondern es wären bewaffnete Krieger, die das Schiff empfingen.
Langsam trieb das Knarr an den Anlegesteg, das Segel und die Rahe waren eingeholt und lagen gut verschnürt auf dem hölzernen Gerüst, und auch die Ruder wurden nun von den Männern sorgsam an dem Gerüst befestigt. Die Menschen freuten sich, es wurde in die Hände geklatscht, gescherzt und gelacht. Männer vom Drachenhof des hinkenden Knut waren gekommen, um ihre Gefährten zu begrüßen, und auch die Leute vom Hof des Sigurd hatten sich an den Strand begeben. Allen voran die Burga, die ihren geliebten Sigurd liebevoll in ihre Arme schloss. Dieser gab den Befehl, das Knarr zu entladen und die mitgebrachten Waren in die Lagerhäuser zu bringen. Die Kiste aber sollten sie in das

Haus des Sigurd schaffen. Dorthin begab er sich mit seinem Weib und den Knaben Bjarne und Erik.
Erst nachdem sich der Seefahrer mit einem guten Mahl und einem Becher Bier gestärkt hatte, begann er seinem Weib von der Reise zu berichten. Auch Thorkill saß nun mit an dem Tisch, er hatte zuvor in seiner Schmiede nach dem Rechten gesehen und wollte nun seinen kleinen Sohn in die Arme schließen, denn diesen hatte die Burga in der Obhut der Magd gelassen, als sie sich aufmachte, ihren Gemahl zu begrüßen.

Groß war die Trauer der Burga, als sie vom gewaltsamen Tode ihres Vaters Wigbald erfuhr. Auch der Schatz in dem hölzernen Kasten, den Sigurd als das Erbe seines Weibes ansah, vermochte die junge Friesin nicht zu trösten. Einzig der Anblick der Puppe, die Sigurd in der Truhe des Kaufmannes Wigbald gefunden hatte, vermochte es, ein zögerliches Lächeln auf das Gesicht der Burga zu zaubern. Denn es war, so wie es der Tröndner vermutet hatte, die Puppe, mit der sein Weib als Kind gespielt hatte.
Bittere Tränen vergoss sie an diesem Tage, und es gelang nicht einmal dem kleinen Erik, seiner Mutter Trost zu spenden. Noch am Abend dieses Tages hatte sie sich mit dem Priester Mamertus in die kleine Kirche zurückgezogen, um dort für ihren Vater zu beten und um ihn zu trauern.
Bei solchen christlichen Riten hielt sich der Häuptling stets zurück, und die Burga ließ ihn gewähren, denn sie hatte den Priester, der ihr zur Seite stand.
Obwohl Sigurd mit solch schlechten Nachrichten heimgekehrt war, so war er doch mit dem Verlauf der Reise äußerst zufrieden. Er konnte es nicht laut sagen, des Hausfriedens wegen, doch der Tod des Wigbald ging ihm nicht wirklich nahe. Zwar hatte er in der Friesenstadt einen Abnehmer seiner Waren verloren, doch darüber machte er

sich keine Sorgen, und außerdem hatte ihm das Ableben seines Schwiegervaters zu einem bescheidenen Reichtum verholfen. In der Geldkiste des friesischen Kaufmannes war ein kleiner Schatz, eine Ausbeute, für die Sigurd sicher mehrere Sommer auf Wikingfahrt hätte gehen müssen. Und all das Silber und Gold gehörte nun ihm.

Für den Häuptling der Siedlung im Sigurdfjord begann eine gute Zeit. Die Götter schienen mit ihm zufrieden zu sein und schenkten ihm großes Heil, obwohl er nun kaum mehr als Wikinger hinaus segelte, um Ruhm und Ehre zu erkämpfen. Die Kornkammern und Lagerräume des Händlers, aber auch die der anderen Bewohner der Siedlung und der Bauern in der Umgebung füllten sich und ließen erhoffen, dass man den nächsten Winter gut überstehen würde. Alle waren mit der Führung des Sigurd Svensson zufrieden und lobten ihn als besseren Anführer, als es sein Vater war.

Einmal begab er sich sogar noch nach Agde, um dort eine Schiffsladung mit Pelzen zu verkaufen, die er im Hinterland bei einem Jäger namens Erling erstanden hatte. Es waren gute Felle, und er erzielte noch einmal einen schönen Gewinn. So war das Jahr für den Kaufmann Sigurd Svensson ein sehr erfolgreiches gewesen.

Dann aber drang das Gerücht in den Norden des Tröndelag, dass Hakon von Lade und auch seine Söhne Erik und Sven im Süden des Tröndelag und in großen Teilen von Hardanger umherzogen und den Jarlen, sowie den Häuptlingen den Gefolgschaftseid abverlangten. Wer sich weigerte, bekam den Zorn des Regenten der Westgaue zu spüren. Doch dies geschah nur in wenigen Fällen, und so wuchsen der Einfluss und die Macht des Ladejarls Hakon.

Besonders überrascht war Sigurd über diese Nachrichten allerdings nicht, denn der Fürst hatte ihm dies ja schon vor einiger Zeit angekündigt. „Es könnte uns große Probleme

bereiten", sprach er zu Thorkill und Tjord, mit denen er gemeinsam auf einem der dicken Stämme saß, die am Rande seines Hofes lagen. „Probleme?", fragte Tjord.
„Aber natürlich! Es wird sicher zu Auseinandersetzungen kommen, denn der Dänenkönig wird das Land am Nordweg kaum kampflos freigeben. Doch das ist es, was der Ladejarl will", erklärte ihm der Thorkill, und Sigurd nickte zustimmend. Tjord schwieg einen Moment, und man sah ihm an, dass ihn die Worte des Thorkill beschäftigten. Da lächelte der Häuptling und sprach: „Keiner der Dänen in meiner Gefolgschaft wird gegen seinen König ziehen, wenn er es nicht will. Ihr seid freie Männer, und sollte es zu einem Krieg kommen, gebe ich euch aus eurem Eid frei!"
Sofort wich die Besorgnis aus dem Gesicht des dänischen Kriegers. Er starrte auf den staubigen Boden, schüttelte sein Haupt und sah dann den Sigurd an. „Es interessiert mich nicht, was der Blauzahn treibt! Ich habe keine Familie mehr, der er mit einer Rachetat schaden könnte. Eher sorgte mich der Gedanke, dass du uns Dänen fortschicken würdest. Der Harald hat mir noch nie den Rücken gekratzt, wenn es mich juckte." Er begann zu grinsen. „Ich gehöre zu deinem Gefolge, und so soll es bleiben!"
Wie es sich später zeigen sollte, dachten auch die anderen Dänen in der Gefolgschaft des Sigurd nicht daran, den Sigurdfjord zu verlassen. Keiner von ihnen wollte den Anführer, mit dem sie nun schon so lange umherzogen, den Rücken kehren und sich vielleicht in einem Kriegsheer des Harald Blauzahn oder dessen Sohn Sven Gabelbart verdingen.

Schon bald verschlechterte sich das Wetter im Norden, und heftige Stürme, die das bunte Laub der Bäume durch die Luft wirbelten und die die Wellen des Fjordes in die Höhe peitschten, kündigten den nahen Herbst an. In diesen Tagen kamen zwei Reiter in das Dorf und verlangten den Sigurd zu sehen. Sie waren Boten des Ladejarls Hakon, und Gunnar wies ihnen den Weg zum Hof des Häuptlings.

Als sie ihre Pferde vor dem Langhaus zügelten, wurden sie freundlich empfangen, und der Hausherr selbst lud die vor Nässe triefenden Männer in seine Methalle und an sein Feuer. Man reichte ihnen zuerst ein sättigendes Mahl, und erst nachdem sie dieses vertilgt hatten, fragte Sigurd nach dem Grund ihres Erscheinens.

Es war schon weit über die Mittagszeit hinaus, und Sigurd war trotz des miesen Wetters bester Laune. Was wohl nicht zuletzt an den mit heißem Met gefüllten Bechern gelegen hatte, die er sich schon seit dem Morgen genehmigte. Seine Wangen glühten rot von der Wärme des Feuers und auch von dem würzigen Getränk. Die Burga hatte sich über ihren redseligen Gatten köstlich amüsiert, doch nun, da Besuch in der Halle weilte, hielt sie sich zurück.

„Es ist die Zeit für das Tröndelag gekommen, um das alljährliche Thing abzuhalten", begann der eine der Boten zu sprechen. „Und warum erzählst du mir das?", fragte Sigurd höchst interessiert, konnte sich ein albernes Kichern aber kaum verkneifen.

„Nicht jeder Mann kam in der Vergangenheit zu dieser Versammlung." Er sah den Häuptling vorwurfsvoll an. „Darüber waren die Goden sehr erzürnt! Doch in diesem Jahr verlangen sie, um nicht noch einmal den Zorn der Götter heraufzubeschwören, dass alle Jarle und Häuptlinge des Tröndelag anwesend sind!"

Der Sigurd begann breit zu grinsen, wusste er doch nur zu genau, wer tatsächlich darüber erzürnt war, und er ahnte auch, warum der Ladejarl so großen Wert darauf legte, dass die führenden Männer des Tröndelag recht zahlreich erscheinen würden. Es war also soweit, der Hakon wollte es wirklich wagen, sich die Krone auf sein Haupt zu setzen.

Doch bevor er es wagte, sich und das Land am Nordweg aus der Knechtschaft des Königs Harald Blauzahn zu befreien, musste er sich der Treue seiner Landsleute vergewissern. Trotz des Trunkes, war der Kopf des Tröndners plötzlich wieder frei, und seine Gedanken waren wieder scharf und klug. Er musste sich eingestehen, dass der Zeitpunkt gut gewählt war, denn die Dänen waren geschwächt. Der Aufstand im Grenzland zum Reich der Deutschen hatte sicher viele Krieger das Leben gekostet, und auch die Kriegskasse des Dänenkönigs war bestimmt geleert. Harald hatte längst bereut, sich den drängenden Worten seines Sohnes Sven gebeugt und gegen seinen Lehnsherrn Otto II. das Schwert erhoben zu haben. Nun dürfte der Däne kaum noch in der Lage sein, einen Kriegszug gegen das Tröndelag zu rüsten.

Erst jetzt, wo er darüber nachdachte, überkam Sigurd große Sorge, denn lag nicht der Hof seines Schwagers Thorfinn und seiner Schwester Ingigrid in diesem Teil des Dänenreiches? Was, wenn die Sachsen und Friesen die Armee des Sven Gabelbart zurückwarfen? Er mochte sich nicht ausmalen, was dann mit der Bevölkerung geschehen konnte. Doch er musste seine Gedanken sammeln und sich wieder seinen Gästen widmen, schließlich war er sowieso nicht in der Lage, ihnen zu Hilfe zu eilen.

„Nun? Wirst du dem Ruf folgen, Sigurd Svensson?", fragte der eine Krieger. Sigurd musste das Versprechen halten, das er dem Ladejarl Hakon gegeben hatte. Es galt nun einzig, das Land am Nordweg aus der dänischen Besatzung zu befreien. Und würde der Mann, den Harald Blauzahn als Regenten über das Tröndelag eingesetzt hatte, nun wahrlich diesen Schritt wagen, so wollte der Sigurd an seiner Seite kämpfen. Schließlich wollte er sich nicht den Zorn der Götter auf sich ziehen. Und auch nicht den des Ladejarls,

was sicher die größere Gefahr für ihn und seine Gefolgschaft bedeuten würde.
„Ihr könnt dem Jarl ausrichten, dass ich auf dem Thing erscheinen werde und dass ich zu meinem Wort stehe!" Zufrieden setzten die beiden Reiter ihren Weg fort und begaben sich weiter nach Norden in das Helgeland.

*

„Da", stammelte die Sigrid erschrocken und drängte sich dicht an den Rücken des Thorgrim. „Was ist dir, Weib?", fragte dieser verwundert, wandte sich dem Weib zu und schob die Sigrid langsam von sich. Auf dem Markt hatte er für derartige Annäherungen seines Weibes keinen Sinn. Es kam auch nicht wirklich oft vor, dass Thorgrim sein Weib mit sich auf den Markt von Jomsburg nahm, aber nun hatte er der Bitte wieder einmal nachgegeben. Doch jetzt ahnte er, dass dies wohl ein Fehler gewesen war.
„Siehst du den Kerl dort drüben?" Sie wies in die Richtung einer Gruppe von Männern, die wohl zu den Wikingern der Burg gehörten, und die der Jarl zur Einhaltung des Handelsfriedens überall auf dem Markt Wache stehen ließ. Die Krieger standen gelangweilt herum und schwatzten.
„Das sind die Krieger des Palnatoki von Fünen! Sie sorgen für Ruhe und Ordnung", sagte Thorgrim und verstand nicht, worauf sein Weib hinaus wollte.
„Siehst du den mit dem kahlgeschorenen Haupt, dem ein Zopf herabhängt?", fragte die Sigrid sichtlich aufgeregt.
„Der ohne Helm!" Thorgrim nickte, verstand aber trotzdem nicht. „Ja, ich sehe den Mann, aber was soll das?"
„Das ist Geirmund, der Kerl, der mich in die Sklaverei verschleppte."
„Du meinst, er tat dir dies Schicksal an?" Musternd beobachtete Thorgrim den fremden Wikinger, und er musste

zugeben, dass diesem Mann sicherlich der Raub von Weibern zuzutrauen war. „Ja, dieses Scheusal raubte mich und meine Schwester vom Hof meines Vaters, und er tötete auch meine Eltern. Dies tat er, um Rache an meinem Bruder zu nehmen!"

Thorgrim fuhr sich nachdenklich mit der Hand durch den Bart. „Du glaubst, es ist besser, wir verschwinden von hier?"

Er schüttelte energisch seinen Kopf und führte seine Hand zum Griff des Schwertes. „Nein, Weib! Hab keine Angst!" Doch kaum hatte der Bauer dies ausgesprochen, da grollte die tiefe Stimme des Wikingers herüber: „Bei allen Göttern von Asgard! He, du, Bauer, bleib stehen!", rief der Kahlkopf herüber und kam auch gleich, von einem rotbärtigen Krieger begleitet, mit schweren Schritten heran gelaufen. Zwar war Thorgrim kein Feigling, aber mit einem Jomswikinger in Streit geraten, das gefiel ihm keineswegs. Wenn es aber um das Leben seines Weibes ging, war er zum Kampf bereit. „Was willst du, Mann?", fragte er mit fester Stimme, doch der Geirmund sah an ihm vorbei. „Dich kenne ich doch!", zischte der Jomswikinger.

„Du musst dich irren", gab Thorgrim zur Antwort. „Ich kenne dich nicht!"

„Dich meine ich nicht, Bauer", sprach er abfällig und zeigte an Thorgrim vorbei auf dessen Weib. „Dich meine ich! Du bist die Schwester des Tröndners Sigurd!"

„Du irrst schon wieder, denn dies ist mein Weib!"

Mit festem Blick sah der Thorgrim dem Kahlgeschorenen in sein Gesicht, doch dieser erwiderte böse: „Rede nicht, du Narr! Ich habe doch Augen im Kopf, sie ist die Sigrid!" Langsam schob sich die Hand des Jomswikingers an den Griff seines Schwertes. „Sie ist eine Sklavin, und sie wird es bis an ihr Ende bleiben." Er sah Thorgrim herausfordernd an

und sagte mit strenger Stimme: „Gib sie heraus, und du wirst leben! Wenn nicht, wirst du sterben, Bauer!"
Jetzt stellte sich auch der breitschultrige Sklave Ero schützend vor die Sigrid. Wie sein Herr, so war auch der Sachse bereit, das Weib des Thorgrim zu schützen. Er zog seine Axt aus dem dicken Gürtel, den er um den Bauch trug, und hielt diese fest in Händen. Da wandte sich der Rotbart dem Geirmund zu und sprach leise: „Halte an dich. Dort drüben stehen der dicke Bui und sein Neffe Vagn. Du weißt, er mag es nicht, wenn wir die Bauern angehen, und er sah schon herüber."

„Ach, halt dein Maul, Helgi", brummte Geirmund zornig und zog sein Schwert. „Dein Weib werde ich auf dem Markt verkaufen. Weit fort, bis hin nach Miklagard[50] oder noch weiter", drohte der Wikinger böse, doch da ertönte plötzlich die Stimme des Mannes, vor dem der Helgi gewarnt hatte. Eine Hand, groß wie die Pranke eines Bären, legte sich schwer auf die Schulter des Kahlkopfes. „Was geht hier vor sich?", fragte Bui der Dicke und sah dabei den Thorgrim an, der ebenfalls sein Schwert gezogen hatte.

„Nichts, das dich interessieren könnte", antwortete der Geirmund frech. Doch der Mann, der der Sohn eines Jarls von der Insel Borgundarholm[51] war und zu den führenden Kriegern der Jomswikinger zählte, ranzte den Geirmund böse an: „Dich habe ich nicht gemeint, also halt dein Maul!"
„Er will mein Weib in die Sklaverei schicken", sprach Thorgrim erbost. „Doch bevor dies geschieht, wird er sterben!" Da wandte sich der junge Vagn, er war der Schwestersohn des Bui und galt als äußerst wilder Bursche, an den Geirmund. Grinsend boxte er dem ärgerlich dreinschauenden Dänen auf die Brust. „Hast wohl wieder eine Schweinerei ausgebrütet, alter Halunke! „Man wird

---

[50] Miklagard - Konstantinopel
[51] Borgundarholm - Bornholm

dich noch von der Burg jagen, wenn nicht gar schlimmeres!" Vagn schüttelte verständnislos seinen Kopf.
„Misch dich nicht in Dinge, die dich nichts angehen, Junge", blaffte der Glatzkopf mit dem Zopf den wesentlich jüngeren Wikinger an, und dessen Hand fuhr sofort voller Jähzorn an den Griff seines Schwertes nieder. Doch Bui legte schnell seine Pranke auf die Schwerthand seines Neffen, um einen Kampf zu verhindern. Nur der Jarlssohn vermochte es, den ungestümen Vagn zu zügeln. Langsam schüttelte der große Wikinger seinen Kopf, und die Hand des Vagn Akisson löste sich vom Griff des Schwertes. Böse grinsend zeigte der junge Krieger mit dem Finger auf den Geirmund.
„Du bist ein mutiger Mann, Geirmund Zweifinger", sprach Bui der Dicke und gab dem Dänen sogar noch einen neuen Namen. „Ich hoffe, du bist es auch noch, wenn wir auf Kriegsfahrt gehen!"
„Nun sage endlich, was hat dir der Bauer und vor allem sein Weib angetan, dass du ihnen so böse mitspielst?", fragte nun Vagn ungeduldig. Da mischte sich der Helgi ein. „Sie war einmal seine Sklavin, bis er sie verkaufte."
„Kannst dein Maul nicht halten, dämlicher Kerl", fuhr der Geirmund seinen Stevenhauptmann an. „Irgendwann werde ich dich in der See ersäufen!"
„Nun?" Vagn wurde ungeduldig. „Sie gehört zur Sippe des Sigurd Svensson, der mein Feind ist", sprach Geirmund zornig. „Sie ist seine Schwester, und das ist Grund genug, um zu sterben!"
Da ergriff Thorgrim wütend das Wort. „Sie ist keine Sklavin. Sie ist ein freies Weib. Mein Weib! Und es wird dich mehr als ein paar Finger kosten, wenn du sie anrührst!"
Bui sah den Geirmund verärgert an. Er war ein harter Mann, ein Wikinger! Doch er hasste Ungerechtigkeit. „Nimm deine Rache gefälligst an dem, der dir übel mitspielte und nicht an seiner Schwester, einem harmlosen Weib!"

Zähneknirschend stand der Geirmund mit dem Schwert in der Hand vor dem Bauern Thorgrim, und er hatte größte Mühe, seine Wut zu bändigen. Doch mit dem Bui war nicht gut Kirschen essen, und der Vagn war ebenfalls ein gleichwertiger Gegner. Außerdem war er der Enkel des Jarls Palnatoki, und würde er dem Jüngling ein Haar krümmen, wäre sein Ende sicher besiegelt. Langsam ließ Geirmund sein Schwert in das Wehrgehäng gleiten und wandte sich beleidigt ab.
„Nimm dein Weib und gehe deines Weges", sagte der dicke Bui gönnerhaft zu dem Thorgrim, und auch dieser ließ sein Schwert in der Scheide verschwinden. Der Bauer dankte den beiden Borgundarholmern und ging, gefolgt von seinem Weib und dem großen Knecht.
Dann wandte sich der Dicke noch einmal dem Geirmund zu und sprach mit drohender Stimme: „Zügele besser deine Rachegelüste und lass dir gesagt sein, Kahlkopf, es ist besser, du lässt die Bauern und Kaufleute unbehelligt, sonst bekommst du Ärger mit Jarl Palnatoki!"
Kaum hatten sich die beiden Jomswikinger wieder von dem Geirmund und seinem Gefolgsmann entfernt, zischte dieser dem Rotbart zu. „Finde heraus, wo der Hof dieses Thorgrim liegt, und schicke einen Mann dorthin, der die Sigrid tötet!"

Es waren einige Tage seit dem Vorfall auf dem Markt von Jomsburg vergangen, und die Männer des Geirmund saßen beim Mahl in ihrem Quartier, einem dieser großen Räume, in denen fast eine ganze Schiffsbesatzung Platz fand, und die von der Stammbelegung der Burg bewohnt wurden.
Da wurde die Tür des großen Raumes geöffnet, und einer der Gefolgsmänner trat an den Tisch neben seinen Anführer. Mit vor Stolz geschwellter Brust verkündete er: „Nicht weit der Burg, flussabwärts, an einem kleinen Seitenarm des Flusses, liegt der Hof dieses Thorgrim und seiner Sippe.

Es wäre mir sicher ein leichtes, deinen Wunsch zu erfüllen, Geirmund. Gib mir zwei oder drei Männer, und ich schicke die ganze Brut zur Hel!"

Der dänische Wikinger musterte seinen Gefolgsmann und begann zu grinsen. „Du bist ein mutiger Mann, Arnorr. Aber glaubst du, dein Heil ist groß genug, um eine Meucheltat zu begehen?"

„Meucheltat?", fragte der Krieger erbost, der nicht besonders groß und auch eigentlich eher schmächtig geraten war. „Ich bin ein aufrechter Krieger!"

Da mischte sich der Helgi ein, denn er hatte die Worte des Arnorr mit angehört. „Willst du einen Streit mit dem Jomsburgjarl vom Zaun brechen?", fragte der rotbärtige Stevenhauptmann vorwurfsvoll seinen Anführer, doch dieser würdigte den Helgi nur eines abfälligen Blickes, sah den Arnorr an und sprach: „Darum muss es eine Meucheltat sein. Keiner auf der Burg darf erfahren, wer dahinter steckt."

Mit scharfem Blick starrte er seinen hageren Gefolgsmann an. „Hast du das verstanden?" Der Mann nickte. „Vielleicht sollte ich wirklich dich mit der Aufgabe betrauen, Arnorr!"

„Denk an die Worte des Bui", mahnte Helgi erneut. „Die Bauern der Umgebung stehen unter dem Schutz des Jarls!"

„Ach, was quakst du schon wieder herum wie ein Weib?", erwiderte der Geirmund herablassend und kniff die Augen zu schmalen Schlitzen zusammen. „Was ist los mit dir, Helgi? Seit wir auf dieser elenden Burg sind, widersprichst du mir. Denk daran, ich bin dein Anführer!"

„Oh, da irrst du dich, alter Freund", sprach der Rotbart mit ruhiger Stimme, und keiner der Männer an dem Tisch verlor mehr ein Wort. Niemand wollte verpassen, was nun geschehen würde.

„Seit du uns hierher zur Jomsburg führtest, sind wir die Gefolgschaft des Jarls Palnatoki. Hast du das etwa

vergessen, Geirmund?" Helgi ließ die Worte langsam auf seiner Zunge zergehen, und er genoss es wahrlich, den Anführer, dem er schon so lange folgte, die Zornesröte ins Gesicht zu treiben. „Uns alle hat man in den Bund der Krieger von Jom aufgenommen", er grinste, dass sich sein Schnauzbart empor kräuselte, „alle schworen wir den Eid! Auch wenn es dir nicht gefällt, aber du bist nur noch unser Anführer, wenn es der Jarl befiehlt!" Ein paar der Männer am Tisch nickten zustimmend mit dem Kopf, doch diese Worte wollte der Geirmund nicht auf sich sitzen lassen. „Du bist immer noch der Stevenhauptmann auf meinem Schiff, also unterstehst du meinem Befehl", schnauzte der Kahlkopf beleidigt und schlug wütend mit der Hand, an der ihm drei Finger fehlten, auf den Tisch.
Nun nickten wiederum einige Männer, denn ihnen war die Gefolgschaft des Geirmund wichtiger als der Eid der Wikinger von Jom. Helgi schüttelte nur noch mit dem Kopf, denn eigentlich wollten sie alle das Gleiche wie er. Fort von dieser Burg, in der sie fast wie Gefangene hausten, hinaus auf See, um als freie Wikinger auf Raubfahrt zu gehen. Er erhob sich und verließ den Raum.

Es waren schon einige Tage vergangen, und der Bauer Thorgrim sowie sein Weib Sigrid und der Knecht Ero waren längst vom Markt der Jomsburg heimgekehrt. Noch auf dem Heimweg hatte Sigrid ihrem Mann berichtet, wer dieser Geirmund eigentlich war, und sie sprach auch von dem Hass des Mannes auf ihren Bruder Sigurd.
„Wenn dein Bruder der Grund für diese Fehde ist, so soll er sie auch austragen!" Thorgrim war wirklich verärgert, doch er sah auch ein, dass Sigurd in weiter Ferne war und diesen Kampf kaum ausfechten konnte. So hoffte der Bauer darauf, dass die Befehle des dicken Bui seine Wirkung zeigen würden.

So verstrich die Zeit, die Tage wurden kürzer und spürbar kälter. Das Laub der Bäume färbte sich in gelben, orangen, roten und braunen Farben, die Sonne zeigte immer seltener ihr Antlitz, und des Öfteren zogen nun vom Meer her heftige Winde über das flache Land.

Es war schon zur Mittagszeit, als Sigrid mit einem Kübel das Langhaus verließ, um Wasser zu holen. Leichter Regen benetzte ihr Gesicht, und ein kräftiger Wind zerrte an ihrem dunkelblonden Haar sowie dem Kleid aus derber Wolle, das sie trug. Langsam schritt sie über den Hof und bemerkte die Blicke nicht, die auf jeder ihrer Bewegungen ruhten. Schon seit dem frühen Morgen beobachteten fremde Augen alles, was auf dem Hof geschah. Sie sahen den Thorgrim und seinen Sohn, die sich schon früh am Morgen auf den Fluss begeben hatten, um zu fischen. Auch den sächsischen Sklaven Ero hatten sie gesehen, der immer wieder geschäftig zwischen den Gebäuden hin und her lief, um dies und jenes zu tun. Und nun klebten sie auf der Sigrid!

„Endlich ist sie allein", dachte der Kerl, dem das Augenpaar gehörte. Verborgen hinter einem breiten Himbeerbusch, hatte er sich in einer Erdmulde so ruhig verhalten, wie es ihm möglich war. Doch nun war es an der Zeit, tätig zu werden. Anfangs war Arnorr noch erbost gewesen, als ihn der Anführer allein fortschickte. Aber er hatte schnell erkannt, dass es für solch eine Tat nur einen guten Mann brauchte. Und dieser Mann war er selbst!

Vorsichtig, jedes überflüssige Geräusch vermeidend, verließ er sein Versteck. Doch plötzlich hielt er inne. Irgendetwas hielt ihn, und ein leiser Fluch entfuhr seinem Mund.

Es waren die Dornen des Himbeerbusches, die sich in seiner Tunika verhakt hatten, und ärgerlich biss sich Arnorr auf die Lippen. Langsam folgte er der Bäuerin, immer darauf bedacht, eine gute Deckung zu finden.

Plötzlich war der rechte Moment gekommen, als sich die Sigrid mit ihrem Kübel über den Rand des Brunnens beugte, um diesen an den Haken der Winde zu hängen, da trat der Mann auf leisen Sohlen heran.

Mit festem Griff zogen kräftige Hände sie zurück, und Sigrid spürte plötzlich das kalte Eisen, das man an ihren Hals gelegt hatte. Den Moment der Macht auskostend, sagte er: „Nun stirbst du, Schwester des Sigurd Svensson! Dies sind die Worte, die ich dir überbringen soll, denn der Geirmund will es so!"

Der Schreck war ihr in die Glieder gefahren, und stocksteif stand sie da. Zu keinem klaren Gedanken fähig, wartete sie auf den Schmerz, den die scharfe Klinge ihr bringen würde. Doch die Zeit verstrich, und langsam kam Sigrid wieder zu sich, erwachte aus der Starre und vernahm nun ein heftiges Glucksen und Röcheln. Der Schmerz, den sie erwartet hatte, war ausgeblieben, und das Messer senkte sich herab. Erst jetzt wagte sie einen Blick über ihre Schulter. Die Stimme des Ero vernahm sie nicht, als sie in die weit geöffneten Augen eines Fremden blickte. Aus dem Mund des Mannes floss ein rotes Rinnsal über sein Kinn, und wie von Geisterhand bewegt, entfernte sich der Kerl von ihrem Körper. Nun sah sie den großen Knecht Ero. In seinen starken Händen hielt er den Stiel einer Forke, deren drei spitze Zacken aus der Brust des Angreifers ragten. Ein Lächeln huschte über das sonst so ernst dreinschauende Gesicht des Sklaven, als er den Meuchelmörder in weitem Bogen, einem Heuballen gleich, von dem Dreizack schleuderte.

Der Arnorr hatte versagt, und als vier Tage vergangen waren, wusste dies auch der Däne Geirmund.

*

Zehn Männer hatte Sigurd mit sich genommen, als er bei heftigem Wind und peitschendem Schneeregen zu Pferd die Siedlung in Richtung Süden verlassen hatte. Die Zeit drängte, und die Reiter mussten sich sputen, denn noch vor dem Vollmond wollten sie in Lade sein, sonst wäre Jarl Hakon sicher über Sigurds Wortbruch äußerst verärgert gewesen.
Auf dem langen Weg, der über schmale Pfade durch das Gebirge führte, schlossen sich noch andere Häuptlinge mit ihrem Gefolge der Reitergruppe an, sodass diese stetig wuchs. Kaum ein Häuptling aus dem Norden fuhr jetzt noch mit dem Schiff in den Trondheimfjord. Dazu war einfach das Wetter schon zu unberechenbar, keiner von ihnen wollte sein kostbares Schiff verlieren oder sehnte sich danach, im Netz der Ran zu enden.
Nach drei beschwerlichen Tagen im Sattel blickten sie endlich von einem Felsen auf die Stadt Lade und die weit verstreut liegenden Höfe des Tales am Ufer des Trondheimfjordes hinab. Nicht weit der Stadt, im Schatten hoher Felswände, befand sich der große Thingplatz, auf dem die Nordleute des Gaus ihre Versammlungen abhielten, und hier war nun ein großes Lager errichtet worden, das von Tag zu Tag weiter anwuchs. Jarle und andere Anführer nebst ihrem Gefolge hatten ihre Zelte an dem Ort errichtet, von dem sie glaubten, dort ihren Göttern am nächsten zu sein. Um die kalten Nächte nicht allein auf dem Schlaflager verbringen zu müssen, schleppten sogar einige Jarle ihre Weiber und Konkubinen mit sich, obwohl diese dem Thing fern bleiben mussten.

Als die Männer in das Lager ritten, um nach einem geeigneten Platz für die eigenen Zelte zu suchen, wurden sie oft gegrüßt, denn viele Krieger kannten sich meist von gemeinsamen Kriegs- und Beutefahrten.

Natürlich trafen hier auch Krieger aufeinander, die in Fehde lagen, jedoch wagten sie nicht, gegen die Regeln des Things zu handeln. Eine Gewalttat hätte für den Angreifer böse Folgen gehabt. Alle Ankommenden sollten ihre Ankunft schnellstmöglich dem Ladejarl melden. Zu diesem Zweck schickte dieser auch Boten durch das Lager, denn er wollte wissen, wer seinem Ruf gefolgt war und wer nicht.
Nachdem noch einige Tage vergangen waren und der Mond endlich seine volle Rundung erreicht hatte, sollte die Versammlung beginnen.
Zuerst wurde ausgiebig den Göttern des Nordens geopfert, auch wenn dies den wenigen christlichen Jarlen, die auch weiterhin an dem neuen Glauben aus dem Süden festhalten wollten, nicht gefiel. Doch sie mussten sich fügen, um nicht den Zorn der anderen auf sich zu ziehen.
Einige befürchteten sogar, dass sich die Stimmung nach diesem Thing noch heftiger gegen sie wenden könnte.
Nun saßen die führenden Männer des Rates vor den Wartenden, und der Thingsprecher sprach zu der Menge. Dann traten nach und nach diejenigen Männer vor, die etwas vorzutragen hatten und vom Rat einen Urteilsspruch erwarteten. Dies zog sich über einen vollen und einen halben Tag. Streitigkeiten um Landbesitz, Vieh oder Sklaven und auch ein Totschlag verlangten nach der Rechtsprechung, doch noch vor dem Sonnenuntergang des zweiten Tages begann der Hakon von Lade, sein Anliegen vorzutragen.
Er hielt eine glühende Rede, packend und mitreißend, sodass viele Männer ihm zujubelten. Und am Abend begab sich der Ladejarl persönlich in die Zelte derer, von denen er wusste, dass sie sich schwer damit taten, ihm die Gefolgschaft zu schwören. Schließlich hatte er sich während seiner Regentschaft über das Tröndelag als Vasall des Dänenkönigs viele Feinde gemacht.

Aber seine Zunge war nicht weniger kraftvoll als sein Schwert, und sein Verstand war genauso scharf. So gelang es ihm schließlich auch, die Jarle und Häuptlinge auf seine Seite zu ziehen, die offen das Wort gegen den Ladejarl führten.
Der Wunsch nach der Freiheit des eigenen Landes und der Liebe zu den Göttern der Ahnen, die König Harald zu verbieten versuchte, schien die Männer davon zu überzeugen, dass sie dem Hakon folgen mussten, obwohl sie ihn nicht mochten.

Am Nachmittag des folgenden Tages trafen alle wieder auf dem Thingplatz zusammen, und noch einmal führte der Jarl aus dem Trondheimfjord das Wort, mit kräftiger, bebender Stimme. Noch eindringlicher, gewaltiger und fordernder als am Tag zuvor gelang es ihm mit jedem Wort, die Männer mehr und mehr an sich zu binden. Und als die Anwesenden seinen Worten jubelnd zustimmten, tat er das, worauf er schon so lange gewartet hatte. Jarl Hakon rief sich zum neuen König über Westnorwegen aus und sagte sich endgültig von König Harald Blauzahn frei.
Nicht alle waren von dieser Tat erfreut, denn sie waren es gewohnt, einen König aus ihren Reihen zu wählen. Da aber der größte Teil der Anwesenden in Jubel ausgebrochen war, schien es besiegelt zu sein. Widerspruch war zwecklos und wäre sicherlich von dem Hakon und seinen Kriegern auch unterbunden worden.
Fortan wollte man den Dänen die Steuergelder schuldig bleiben, wenn sie diese im Herbst forderten, und die Jarle waren auch dazu bereit, wenn dies vonnöten sein würde, sich dem Kampf mit den Dänen zu stellen.
Bald darauf scharte der neue König ein kleines Heer um sich und begab sich erneut auf die Reise durch den Gau. Er zog mit seinem Gefolge bis in den Gau Hardanger, um auch dort

die Treueschwüre der Jarle und Häuptlinge einzufordern. Und als es Winter wurde, war der Ladejarl der alleinige Herrscher. Vom Helgeland im Norden bis zur südlichsten Spitze Hardangers hatten ihm die Anführer der Gaue und ihre Sippen den Gefolgschaftseid geschworen. Nur die südlichen Gaue, ein Teil Hardangers, Vestfold und Ranrike blieben weiterhin in dänischer Herrschaft, doch dies sollte nicht so bleiben.

Für das Frühjahr des folgenden Jahres wurden nun Angriffe der Dänen auf das Königreich des Hakon von Lade erwartet, denn kaum ein Mensch in Westnorwegen mochte daran glauben, dass König Harald seinen Lehnsmann so einfach ziehen lassen würde.
Doch bis auf einige kleinere Grenzstreitigkeiten im Süden des Landes verhielten sich die Dänen ruhig. Zu viele Krieger hatten der Dänenkönig und sein Sohn im Kampf während des Slawenaufstandes gegen die Sachsen verloren, als dass sie es wagen konnten, nach Norwegen zu marschieren. Der Kampf um die Gebiete an den Ufern der Schlei war verloren gegangen, und nun hieß es, einen weiteren Vormarsch der sächsischen Fürsten mit aller Macht zu unterbinden.
Nein, an einen Einfall in das Reich des Hakon war nicht zu denken, zumal nun auch die Spannungen zwischen Harald Blauzahn und seinem Sohn Sveyn immer größer wurden. Dem Kleinkönig Hakon aber blieb dadurch genügend Zeit seine Position zu festigen. Seinen Hof in Lade baute er mehr und mehr zu einer Festung aus, und die Zahl der Getreuen wuchs, die, wenn er rief, an seine Seite eilten.

*

12. Harald Gormsson und der Gabelbart

Ein Sommer und ein Winter waren vergangen, seitdem sich der Hakon zum König über Westnorwegen ausgerufen hatte, und die Pfaffen sprachen davon, dass es das Jahr 985 nach der Geburt des Herrn Jesus sei. Und auch in diesem Jahr kamen die Steuereintreiber des Dänenkönigs Harald vergebens in den Trondheimfjord, um die Abgaben zu fordern. Der neue König der Norweger weigerte sich störrisch wie ein Esel, so wie schon im Jahr zuvor, den Tribut an seinen Lehnsherrn zu entrichten und unter der Androhung, am Ast eines Baumes ihr Ende zu finden, zogen die dänischen Vögte von dannen.

Dem Sigurd hatte das vergangene Jahr viel Glück gebracht, denn er war auf Raubfahrt an die Küste Irlands gesegelt und hatte gute Beute gemacht. So war seine Gefolgschaft zufrieden, lobte sein großes Heil, denn auch sie konnten so ihren Wohlstand mehren. Dazu kam, dass Sigurd in den Besitz einer neuen Schnigge gekommen war. Einer der überfallenen irischen Bauern war, wie es an den Küsten des Landes nicht selten vorkam, von nordischer Abstammung und ein Wikinger, so wie Sigurd selbst.
Zu der Zeit, da die Wikinger seinen Hof überfielen, war er selbst auf Raubfahrt gewesen, und traf nur wenige Tage später ein. Sofort nahm er auch die Verfolgung der Übeltäter auf, denn er wollte Rache nehmen, und an der Südküste des Schottenlandes hatte er den Wogendrachen eingeholt und die Fremden zum Kampf gezwungen. So hatte Sigurd den Wogendrachen an die Küste steuern lassen, und der irische Wikinger war ihnen gefolgt.
Nun war es wohl so, dass sich die Götter einen Spaß erlaubten, oder vielleicht hatte auch Loki seine Finger im

Spiel, denn um die Führerschaft des rotschöpfigen Wikingers schien es schlecht bestellt. Es lag wohl daran, dass seine Männer an seinem Heil zweifelten, war doch seine Raubfahrt recht glücklos verlaufen.
Zur allgemeinen Belustigung auf dem Wogendrachen kam es, als die Männer des Iren begannen, sich untereinander zu streiten. Doch dann besannen sie sich und widmeten ihre Aufmerksamkeit der Mannschaft des Wogendrachen, sodass ein heftiger Kampf entbrannte. Obwohl die Verfolger an Zahl der Männer denen des Sigurd überlegen waren, gelang es ihnen nicht, die Mannschaft des Wogendrachen zu besiegen.
Es kam sogar so, dass einige der Krieger von der irischen Insel schon zu Beginn des Kampfes die Flucht ergriffen. Sie schienen nicht mehr bereit zu sein, für ihren Anführer sterben zu wollen. Wutentbrannt stürzte sich der irische Nordmann auf den Thorkill, doch dieser wich ihm geschickt aus, und der Hieb mit der zweischneidigen Axt verfehlte sein Opfer. Allerdings verfehlten auch die Axthiebe des Steuermannes des Wogendrachen den anstürmenden Feind. Doch plötzlich schlugen die Axtblätter der beiden Kämpfenden so hart aufeinander, dass der Schlag der Waffe schmerzhaft in den Arm des Iren fuhr und die Axt der Hand entglitt. Krachend grub sich die Schneide in einen an den Strand gespülten Baumstamm. Der fremde Wikinger aber zögerte nicht und zog sein Schwert, um weiterhin auf den Thorkill einzuschlagen.

Sigurd und die anderen Männer hatten mit dem Feind weniger Mühe, denn die Zahl der angreifenden Krieger war sichtlich geschrumpft. Auf einen gefallenen Verteidiger kamen drei der irischen Nordleute. Die Lustlosigkeit, mit der die Angreifer zu Werke gingen, rächte sich schnell.

Alle Krieger befanden sich nun auf dem Strand, und die Besatzung des Wogendrachen kämpfte mit Vorsicht und Verstand. Rücken an Rücken gaben sie sich Schutz, schlugen abwechselnd gegen den einen oder anderen Feind und gewannen so die Oberhand in dem Kampf.

Und plötzlich endete der Kampf, genau so schnell, wie er begonnen hatte. Thorkill Ormsson hatte sich seiner Axt entledigt und ebenfalls sein Schwert ergriffen. Mit Schwert und Schild schlugen die beiden Männer nun aufeinander ein, doch ihre Arme waren bereits müde, sie schmerzten, brannten bis in die Schulter hinauf, so verloren die Schläge an Kraft und wurden langsamer. Es schien aber, als hätte der irische Seekrieger das größere Heil, denn seine Hiebe fuhren immer noch heftiger auf den Thorkill nieder. Da wendete sich das Glück, und Thorkill gelang es, sich mit einem kräftigen Tritt gegen die Brust seines Gegners aus der Bedrängnis zu befreien.

Der Mann strauchelte und fiel rücklings auf den Boden. Unnatürlich gekrümmt war sein Leib, und seine Augen starrten weit geöffnet in den blauen Himmel. Schwert und Schild sanken kraftlos nieder. Das scharfe Blatt seiner eigenen Axt hatte sich tief in seinen Rücken gegraben, als er auf den Baumstamm gefallen war, und trieb das Leben aus seinem Körper. Bald schon erstarb das leise Röcheln des Mannes, und als seine Männer des Verlusts ihres Anführers gewahr wurden, flohen sie den Strand hinauf und verschwanden hinter der hohen, mit Buschwerk und kleinen Nadelbäumen bewachsenen Düne.

Auch Sigurd hatte einige Männer verloren, das Gelächter und die Freude über den Sieg waren trotzdem groß. Thorkill Ormsson trat schwer atmend neben seinen Freund Sigurd, klopfte diesem auf die Schulter und sprach grinsend: „Hast du jemals gegen solch eine feige Bande gekämpft?"

„Einzig dieser Mann da bewies großen Mut", sagte Sigurd und wies auf den Toten. „Doch war er wohl kein guter Anführer. Darum verweigerten ihm die Götter ihr Heil!"
„Das gab es noch nie, dass uns jemand die Beute hinterher trägt. Ihm schien es nicht genug, dass wir seinen Hof plünderten!" Thorkill schüttelte seinen Kopf und zeigte auf das Schiff, eine schöne Schnigge, größer sogar als der Wogendrachen. Nun war sie der Besitz des Sigurd Svensson, und er nannte das Schiff Sturmross.

Noch bevor es Abend wurde, verbrannten sie die Toten auf einem großen Scheiterhaufen, und Sigurd war sich sicher, dass sie dies nicht unbeobachtet taten. Irgendwo dort oben hinter der Düne würden die irischen Seekrieger darauf warten, dass die Norweger in See stachen, um dann das Schiff zu besteigen und heimzusegeln. Doch ihre Feigheit wurde bestraft, denn noch während die Flammen des Scheiterhaufens hoch in den Himmel loderten und die Seelen der gefallenen Krieger sich auf den Weg nach Walhalla machten, teilte Sigurd seine Mannschaft auf die beiden Schiffe auf. Die Anzahl der Männer würde gerade ausreichen, um die beiden Schiffe unversehrt in die Heimat zu bringen, und so übernahm Sigurd selbst die Ruderstange des Sturmrosses.
So hatten es die Götter in dem zurückliegenden Sommer und auch dem vergangenen Jahr mit dem Häuptling gut gemeint, hatten ihn mit großem Heil beschenkt und ihm jeden Fehltritt verziehen. Dies sprach sich im ganzen Tröndelag herum, und so stieg auch sein Ansehen bei den Jarlen des Landes.

*

Im darauf folgenden Frühsommer geschah es, dass der ungeliebte Sohn des Harald Blauzahn vor seinen Vater trat und dreist einen Anteil an der dänischen Herrschaft forderte. Doch der König dachte nicht im Traum daran, sein Reich aufzuteilen. Da begann der verachtete Abkömmling gegen seinen Vater zu wirken und einige Jarle des Landes hinter sich zu scharren. Und da der junge Gabelbart, wie er nun genannt wurde, ein glühender Verehrer der alten Götter des Nordens war und viele Jarle den vom Herrscher aufgezwungenen Christenglauben hassten, zeigten sich schnell einige Anführer bereit, ihm die Gefolgschaft zu schwören.

In so manchem Gau im Norden des Dänenreiches gingen die Jarle in diesem Sommer sogar soweit, sich offen gegen den König aufzulehnen und bekannten sich zum Gabelbart, dem sie den Gefolgschaftseid leisteten.

Nun kam es zum offenen Streit zwischen dem ergrauten Vater und dem ungewollten Sohn, auf dass der Jüngere damit begann Schiffe und Mannschaften zusammeln, um dem ungeliebten Harald Blauzahn, der jetzt bereits über fünfzig Jahre zählte, die Stirn zu bieten. Und so kam es, dass ein heftiger Bürgerkrieg im Reich der Dänen entbrannte. Der junge Seeschäumer begann das Reich seines Vaters zu verheeren, ließ die Menschen an den Küsten des Landes erzittern, plünderte, vergewaltigte und mordete, während die königstreuen Jarle vergeblich versuchten, diesem Treiben Einhalt zu gebieten.

Immer wieder kam es zu Auseinandersetzungen zwischen den Männern der königlichen Gesippen, zwischen christlichen Kriegern und asenanbetenden Wikingern.

Bald wurde es Herbst, und der aufrührerische Sohn wurde ungeduldig. Er wollte endlich eine Entscheidung herbeiführen, und da Harald seine Herrschaft nicht teilen wollte, strebte er nun nach der alleinigen Macht und danach, den dänischen Thron zu besteigen.

So kam es, dass seine Spione ihm die Nachricht brachten, die Schiffsmacht des Harald läge im Isefjord auf Seeland vor Anker. Da sammelte er eine große Kriegsflotte, um gegen die Streitmacht zu ziehen, diese zu überfallen und in den Fluten zu versenken. So wäre die Schwächung des Königs gewaltig gewesen, und es zeigte sich, dass Allvater Odin ihm gewogen war, denn der Palnatoki, sein Pflegevater und Herr über die Wikinger der Jomsburg, ließ ihn wissen, dass er bereit dazu war, seinem Ziehsohn die Hilfe aus dem Pommernland zukommen zu lassen.
Schon bald machte sich eine Flotte auf und segelte durch das Oderhaff hinaus in die warägische See, um sich im Süden der Insel Seeland mit der Kriegsmacht des Gabelbarts zu vereinen. Der Jarl selbst befehligte die Flotte, um seine Männer in den Kampf zu führen, und es waren klangvolle Namen unter ihnen. Männer, die im ganzen Dänenreich keine Unbekannten waren. So waren unter den Kämpfern die Söhne des Stutz-Harald, der als Jarl über Teile von Borgundarholm und Schonen herrschte. Ihre Namen waren Sigwaldi, Heming und Thorkel, den man den Hohen nannte. Und auch die Söhne des Jarl Veseti von Borgundarholm, die ebenso zu den Hauptleuten der Jomswikinger zählten, waren dabei. Sie hießen Sigurd und Bui der Dicke, sowie auch Vagn Akisson, der der Sohn ihrer Schwester Thorgunna und ihres Gemahls Aki war. Dieser Aki war der Sohn des Fünenjarls Palnatoki, und somit war der Vagn der Enkel des Jomsburgjarls.
Der junge Bursche galt als wild und ungestüm, und man erzählte sich, dass nur der dicke Bui in der Lage war, seinen Neffen zu bändigen.

Mit einem kräftigen Ostwind in den Segeln erreichte die Flotte der Jomswikinger die Gestade von Seeland und nahm Kurs auf den Isefjord, um die Herrschaft des Harald Blauzahn zu beenden. Dieser hatte aber längst Kunde vom Vorhaben seines ungeliebten Sohnes erhalten und war für den Kampf gewappnet. Aus dem gesamten Reich hatte er von den treuen Jarlen Krieger gefordert, und diese waren dem Befehl des Königs nachgekommen und hatten Schiffe und Mannschaften geschickt. Und die Streitmacht des Harald wuchs und wuchs, denn da die Ernte eingebracht war, fanden sich nun auch die Bauern mit ihren Söhnen und Knechten in dem Fjord ein.
Viele waren mit der Herrschaft des Königs recht zufrieden, hatten sie sich doch an den neuen, von König Harald Blauzahn aufgezwungenen Glauben, der von ihnen keine Opfergaben verlangte, gewöhnt. Oder sie waren auch nur der Meinung, dass der Haraldsson als Kind einer Magd keinen Anspruch auf den Thron hatte.

Es waren die letzten Tage des Ährenmonats[52], als die Angreifer in den großen Isefjord hineinsegelten. Dunkelheit hatte sich über den Fjord gelegt, sodass es wenig ratsam erschien, die Schiffe noch in die Schlacht zu führen. Doch als der Morgen graute und es endlich hell wurde, schickte der Gabelbart seine Flotte in den Kampf.
Der König hatte die fünfzig Schiffe seiner Flotte so geschickt vor Anker gelegt, dass dem Sveyn ein Angriff auf den Gegner äußerst schwer fiel, so gelang es meist nicht, mehr als vier oder fünf seiner Schniggen gleichzeitig gegen den Feind zu fahren. Die Schiffe legten sich Seite an Seite, und die Schwerter begannen ihren tödlichen Reigen.
Die Krieger des Gabelbarts waren denen seines Vaters Harald ebenbürtig, und so währte die Schlacht lang, wild

---

[52] Ährenmonat, Erntemonat - August

und gnadenlos, bis weit in den Abend hinein. Viele Schiffe des Königs und noch mehr seines verfeindeten Sohnes waren längst ohne Mannschaft, als die Nacht einbrach.
Nun geschah es, dass der Gabelbart seine Flotte aus der Schlacht zurückzog und diese in eine nahe gelegen Bucht des Isefjordes befahl, um dort an Land zu gehen und die Zelte aufzuschlagen. Hier kümmerten sie sich um die Verletzten und versuchten, zu ruhen.
Jetzt aber erkannte der Blauzahn die Gelegenheit, jene Feindesflotte in der Bucht einsperren zu können, und so wähnte er sich im Vorteil. Für den König war es an der Zeit, den ungeliebten Sohn, der es wagte, im Reich seines Vaters auf Raubzug zu gehen, zu plündern und zu morden, endlich zur Rechenschaft zu ziehen. Nun sollte dieser dahergelaufene Kerl für seine Schandtaten Buße tun.
Den größten Teil seines Heeres sammelte Harald Gormsson an Land, und als der Morgen graute, marschierten sie gegen das Lager der aufständischen Dänen. So wie bereits vorher auf See, entbrannte wieder eine lange, erbarmungslose Schlacht, die von vielen Kriegern ihr Leben forderte. Und bald schon musste der Gabelbart erkennen, dass der König in diesem Kampf die Oberhand gewinnen würde. Seine Schlachtreihen begannen sich schnell zu lichten, denn einige Hauptleute zogen sich mit ihren Mannen auf die Schiffe zurück und versuchten, die Reihen der feindlichen Schniggen zu durchbrechen, um die freie See zu erreichen. Doch noch gab sich der junge Wikinger, der die Übernahme der Macht im Lande anstrebte nicht geschlagen. Immer wieder ließ er die Hörner erschallen, um sein Heer aufs Neue zu sammeln und die Horden seiner Krieger in den Kampf zu schicken.
Doch es schien nun, als hätten sich die Götter gegen den Sohn der Magd gewandt, und seine Berater drängten bereits darauf, die Flucht anzutreten. Hier in dieser Bucht saß seine

Streitmacht in der Falle, das wusste der Gabelbart, doch noch hatte er die Hoffnung auf das Heil der Götter und die Hilfe seines Ziehvaters nicht aufgegeben.

Und endlich kam die Dunkelheit und beendete diesen Schlachttag, auf dass sich die Männer in ihre Lager zurückzogen. Doch am gleichen Abend, es war schon spät, erreichte die Flotte der Jomswikinger mit vierundzwanzig Schiffen den Fjord und ging nicht weit der Königsflotte vor Anker. Die Krieger gingen an Land und errichteten ihre Zelte, und Boten brachten die Nachricht von der Ankunft noch in derselben Nacht in das Zelt des Anführers der Aufständischen.

Da geschah es, dass der König der Dänen sich mit zwölf Begleitern aufmachte, den Feind auszukundschaften. Wähnte der Harald doch den jungen Gabelbart auf dem Rückzug, und nun wollte er dies mit eigenen Augen sehen. Mit größten Bedenken versuchten die Berater, den König von diesem Vorhaben abzubringen. Es sei doch besser, er würde im Lager bleiben und Kundschafter schicken, baten sie ihn eindringlich. Aber der König war sich siegessicher und schimpfte die Männer, Feiglinge zu sein.

Es war recht kalt in dieser Nacht, und der König fror auf das Übelste, da entschieden sie zu lagern, um ein Feuer zu entfachen, an dem sich der Harald wärmen konnte. Der König entledigte sich seines Rüstzeuges, des klammen Kirtels, den er über seiner Tunika trug, und setzte sich an den flammenzüngelnden Brand.

Auch den Jarl von Fünen hatte es in dieser Nacht aus dem Lager der Jomswikinger gezogen. Der Schlaf blieb ihm versagt, und ein innerer Drang zwang ihn dazu, Pfeil und Bogen zu nehmen und damit im Unterholz des Waldes zu verschwinden. Kaum einer seiner Krieger hatte sein Fortgehen bemerkt, denn die meisten schliefen, um für die anstehende Schlacht ihre Kräfte zusammeln. Nur einer der Wachmänner bemerkte den Jarl, und diesen verpflichtete der Palnatoki zum Schweigen.

Waren es die Nornen des Schicksals, die ihn leiteten und immer tiefer in den Wald gingen ließen? Er wusste es nicht, konnte es nicht erklären!

Weiter und weiter entfernte er sich von seinem Lager, und er konnte nicht sagen, wie lange er schon durch den nächtlichen Wald gelaufen war, als er den hellen Schein eines Feuers erkannte. War dies das Ziel, an das ihn die Schicksalsgöttinnen führen wollten?

Langsam und jedes laute Geräusch vermeidend, schlich der Jarl der Jomsburg auf das Licht zu, und bald schon erkannte er die Männer, die um die Flammen saßen. Da fiel ihm einer der Männer ins Auge. Es war König Harald Gormsson!

„Was bei allen Göttern tut der Kerl um diese Zeit hier?", dachte der Jomsburgjarl bei sich. Sollte er etwa der Grund seiner Anwesenheit sein? Ja, nur er konnte der Anlass dafür sein, dass die Götter den Palnatoki in den Wald geführt hatten. Langsam zog er einen Pfeil aus dem Köcher und legte diesen an die Sehne. Nun schritt er leise und geduckt voran, näher und näher. Erst als er sicher war, sein Ziel nicht zu verfehlen, ließ er die Wundbiene fliegen.

Ein leises Pfeifen durchschnitt die Stille der Nacht. Dann ein kurzer Aufschrei und ein Röcheln. Der Pfeil hatte sein Ziel gefunden!

Tödlich verwundet sank der König der Dänen zu Boden, und wie aufgeschreckte Hühner liefen nun einige der Begleiter umher. Andere aber griffen zu den Waffen und stürmten in den Wald, um nach dem Täter zu suchen, doch dieser hatte sich dreist an das Feuer seiner Feinde gewagt und den einzigen Mann, der zurückgeblieben war, zu Tode gebracht. Hätte man den Fünenjarl gefragt warum er dies tat, so hätte er in diesem Moment keine Antwort parat

gehabt, doch wie von einer Kraft getrieben, legte er sich den König über die Schulter und verschwand im Unterholz, um den Weg in sein Lager einzuschlagen. Die Suchenden blieben erfolglos zurück.
Einer der Männer an der Seite des Königs war Fjölnir, der ein enger Berater des Harald war. Dieser Mann hatte den Pfeil aus dem Körper seines Herrn gezogen, und nun, da er an das Feuer zurückgekehrt war, wiegte er das Geschoss in seiner Hand. Das aufgeregte Geschrei seiner Gefährten schien ihn wenig zu stören. Er betastete den Pfeil und untersuchte ihn genau. Zarte Goldfäden umwanden die Kiele der schwarzen Federn am Ende des Bogengeschosses. Und Fjölnir kannte den Besitzer dieser Wundbiene! Sorgsam verwahrte er den Pfeil, der Harald, den König der Dänen tötete, denn ihm war, als würde er ihn eines Tages noch gebrauchen können.
Als sich die Aufregung unter den Männer langsam gelegt hatte und diese wieder zur Vernunft kamen, ergriff Fjölnir das Wort. „Den Tod des Königs könnte man uns schnell übel anrechnen", sprach er leise. „Vielleicht wäre es für uns besser zu sagen, der Harald wäre im Kampf gefallen?"
Da stimmten die anderen Begleiter dem Fjölnir zu, denn ihnen oblag die Sicherheit des Herrschers, und so ersannen sie eine Geschichte, die fortan die Wahrheit sein sollte.

Schon am nächsten Morgen machte sich der Palnatoki mit einer Abordnung seiner Krieger auf den Weg in das Lager seines Pflegesohnes, um dort mit diesem Kriegsrat zu halten. Noch war der erwartete Angriff der Königstreuen ausgeblieben, und es lag auch eine unheimliche Ruhe über der Bucht. So aber konnte der Gabelbart in aller Ruhe den Jomsburgjarl Palnatoki empfangen, um mit diesem zu bereden, wie nun weiter vorzugehen sei.

Der Anführer der Aufständischen versprach, großen Wert auf den Rat seines Ziehvaters zu legen, wohl auch aus dem Grund, da er wusste, dass er auf die Hilfe der Jomswikinger angewiesen war. Da sprach der Jarl von Fünen mit ruhiger Stimme zu den Männern, die mit ihm um ein Feuer saßen: „Was sollen wir uns hier lang mit den Bauern herumschlagen? In dieser Bucht eingepfercht, sitzt du in der Falle, mein Sohn. Lasst uns die Schiffe besteigen und gegen die Flotte des Harald ziehen!" Vom Tode des Harald Blauzahn schwieg er aber.

So gingen sie an Bord und ruderten gegen die Schiffe des Königs, die immer noch die Einfahrt zur Bucht blockierten, und schlugen eine Bresche in die Reihen der feindlichen Schniggen, sodass mehrere von ihnen in den Fluten versanken. Viel Mannschaft verlor dabei ihr Leben im kalten Nass.

Durch die entstandene Lücke segelte die Flotte des jungen Haraldsson hinaus in den Fjord und vereinte sich mit der des Jomswikingers Palnatoki. Gemeinsam lagen sie nun vor Anker und überdauerten die Nacht, um am nächsten Morgen die Krieger des Königs zum Kampf zu fordern.

Da aber verbreitete sich die Nachricht vom Tode König Harald Blauzahns auf allen Schiffen, und die Krieger waren sich uneins über den Fortgang der Schlacht. Da gebot der Fünenjarl, die Waffen sinken zu lassen. Er berief eine Volksversammlung ein, zu der auch die Anhänger des toten Königs geladen waren. Und so kam es, dass der Jarl die Krieger vor die Wahl stellte. Kämpfen und untergehen oder den Sohn des Harald Gormsson zum König erwählen!

Für viele königstreue Jarle und Häuptlinge hatte sich die Situation nun wesentlich verändert. Der König war tot, und es war legitim, dass sein Sohn an seine Stelle trat.

So begab es sich, dass noch am selben Abend der junge Sveyn Haraldsson, den alle den Gabelbart nannten, zum neuen Herrscher des dänischen Reiches ausgerufen wurde.

*

Auch in den Norden wurde die Nachricht von dem Bürgerkrieg im Dänenreich getragen, so erreichte sie Sigurd, als er zu Geschäften in Lade weilte. „Das große Reich der Dänen gerät ins Wanken", sprach er zu Thorkill und Ole, mit denen er auf dem Heckstand saß. „Wer hätte das gedacht."
„Ach, so verwunderlich ist das nicht", erwiderte Ole der Däne. „Es ist doch kein Geheimnis, dass König Harald an seinem Sohn wenig Freude hat. Dass er ihn gar verabscheut und sein Herkunft bis zum heutigen Tage anzweifelt."
Er schüttelte den Kopf. „Nun aber dürstet es den Sohn nach der Macht!"
„Und hat er ein Anrecht auf den Thron?", fragte Thorkill sein Gegenüber. Der Däne zuckte mit den Schultern, dann begann er die Geschichte um die Geburt des Gabelbart zu erzählen. „Als ich zum letzten Male den Hof meines Vaters besuchte, es ist vielleicht fünf Sommer her, da erzählte mir ein alter Knecht, der von Fünen auf den Hof meines Vaters gekommen war, von dem Sveyn Haraldsson oder Sven, wie man ihn auch nannte. Es gab eine Zeit, mehr als zwanzig Winter ist das her, da hatte Harald Blauzahn große Freude daran, mit seinem Gefolge durch das Land zu reisen. Oft luden ihn die Jarle auf ihre Höfe, denn es war gut für ihr Ansehen, wenn der König bei ihnen zu Gast war."
Sigurd und Thorkill nickten, denn dies war ihnen nicht unbekannt. „So lud ihn der Jarl Palnatoki von Fünen zu einem großen Gelage, und der König kam der Einladung gerne nach. Harald und die Seinen hielten sich wenig

zurück, und bald schon waren seine Sinne benebelt. Nun gab es unter den Mägden des Jarls ein Weib, das man Näh-Aesa nannte, und an dieser schien der Harald großen Gefallen zu finden. Vielleicht juckte es ihn aber auch nur."
Thorkill begann zu grinsen und machte eine obszöne Handbewegung, woraufhin auch Sigurd wissend nickte.
„Ja, ihr habt recht. Schon einige Monde später zeigte sich, dass diese Aesa mit einem Kind unter dem Herzen ging. Der Jarl behandelte die Magd gut, und im folgenden Sommer gebar sie einen Sohn. Der Knabe erhielt den Namen Sveyn. Da trat ihr der Palnatoki zur Seite und wollte wissen, wer denn der Erzeuger des Kindes sei. Nachdem die Aesa einige Zeit gezögert hatte, sprach sie zu dem Jarl: „Es ist kein geringerer als der König selbst, der den Samen säte."
Da nahm der Palnatoki den Knaben als Ziehsohn auf, und ließ ihm eine gute Kindheit zukommen.

Drei Winter waren über das Land gezogen, bis König Harald erneut auf dem Hof des Jarl Palnatoki weilte, und dieser hatte es sich geschworen, da die Aesa ein armes, aber gutes Weib war, dem hochgeborenen Vater nun seinen Knaben vorzuführen. Einige Tage ließ der Jarl verstreichen, denn er hatte mit dem Harald über dies und jenes Rede zu führen, außerdem wollte er den König nicht schon am ersten Tag seines Besuches erzürnen. Doch dann, die Männer saßen des Abends zu Tisch und labten sich am köstlichen Mahl, das der Jarl auftischen ließ, führte das Weib Aesa den Knaben vor den König. Ihr war nicht wohl zumute, doch Palnatoki nickte wohlwollend, und so nahm sie allen Mut zusammen und sprach zu dem Harald: „Oh hoher Herr, dieser Knabe hier ist mein Sohn, und kein anderer ist sein Vater als Ihr selbst!"
Da war der König überrascht und auch entsetzt, denn solche Worte hörte der Blauzahn gar nicht gern. „Wer bist du,

Weib, dass du es wagst, mir deinen Balg unterschieben zu wollen?", rief er erzürnt. Da nannte die Näh-Aesa ihren Namen und berichtete auch davon, wann und wo der König sie genommen hatte. „Was bist du für ein freches und verlogenes Weib", schimpfte der König. „Wage es nicht noch einmal, solche Worte zu führen, oder es wird dich teuer zu stehen kommen!"

Da aber wandte der Palnatoki ein: „Sie ist ein gutes Weib und wird so etwas nicht behaupten, wenn nicht die Wahrheit dahinter steckt, König Harald. Um deinetwillen nahm ich sie unter meinen Schutz, Freund."

Da wurde der König noch zorniger, sah den Jarl an und keifte böse. „Freund? Ein schöner Freund bist du! Was versuchst du mir da einzubrocken, Fünenjarl?"

„Einzubrocken? Diese Suppe hast du dir selbst eingebrockt, und es ist nur recht, wenn du sie endlich auch auslöffelst", entgegnete der Jarl seinem König in aller Ruhe. „Ich habe den Knaben behandelt, als wäre er von deinem Blute."

„Und nun erwartest du Dank dafür? Du hast mir einen Bärendienst erwiesen, für den ich dir sicher nicht dankbar bin, Jarl Palnatoki!" Beleidigt verließ der König das Gastmahl, und am nächsten Tag zog er mit seinem Gefolge von dannen. So war die Freundschaft zwischen Harald Gormsson, dem Herrscher über das Dänenreich, und dem Jarl von Fünen zerbrochen, und der Sohn des Königs blieb als Pflegesohn auf dem Hof des Palnatoki.

„Und als der Haraldsson fünfzehn Sommer zählte", fuhr Ole mit seiner Saga fort, „da rief ihn der Jarl zu sich und sagte, dass es nun endlich an der Zeit für ihn wäre, nach Roskilde zu segeln, um von dem König, seinem Vater, Schiffe und Mannschaft zu fordern, auf dass er sich Reichtum erkämpfen könne."

Der Palnatoki selbst stellte ihm drei Schiffe, und der Sohn der Näh-Aesa machte sich auf den Weg an den Hof des Dänenkönigs. Als er dann endlich vor dem Vater stand, gab er sich als dessen Sohn zu erkennen, und der Blauzahn erinnerte sich an die Auseinandersetzung, die einst die Freundschaft mit dem Jarl von Fünen beendete.
„Was bist du nur für ein Narr, dies ist wohl der niederen Herkunft deiner Mutter zu verdanken."
„Ich hätte wohl gern eine vornehmere Mutter gehabt, doch du hast sie ausgewählt", entgegnete der Sohn frech.
Da antwortete der König verärgert: „Wenn du so beharrlich an der Geschichte festhältst, wird wohl etwas Wahres daran sein!" Er kratzte sich nachdenklich den Bart und sah den jungen Gabelbart forschend an. „Wenn ich dir gebe, was du verlangst, kann ich dann sicher sein, dass ich dich loswerde?"
Dies versprach der Junge Sveyn. Zähneknirschend gab der Harald also, was der junge Kerl von ihm forderte und ließ ihn ziehen, in der Hoffnung er würde nicht mehr zurückkehren.

„Und erfüllte sich der Wunsch des Harald Blauzahn?", fragte Thorkill, und Ole schüttelte sein Haupt. „Wo denkst du hin? Der Gabelbart war dem Harald Gormsson fortan eine Laus im Bart."

*

13. Das Erbmahl zu Roskilde

Dann verbreitete sich die Nachricht vom Tode des Dänenkönigs in ganz Thule, dies brachte große Unruhe an den Hof des Tröndners Hakon und sprach sich schnell in Westnorwegen herum. So wurde die Botschaft auch hoch in den Norden auf den Hof des Sigurd Svensson getragen. Viele Jarle und Häuptlinge, vom Helgeland bis nach Hardanger, glaubten daran, dass der dänische Asenanbeter für sie keine Gefahr bedeutete. Sie hatten sich eher durch Harald bedrängt gefühlt, wollte dieser sie doch zum Christentum zwingen. Sein Sohn dagegen war fest im Glauben an die alten Götter!
Außerdem hatte der Gabelbart mit der Bedrohung aus dem Süden zu kämpfen. Der deutsche Kaiser Otto der Dritte oder besser seine Regentin, denn der Kaiser zählte gerade einmal sechs Jahre, seine Mutter Theophanu, war bemüht, das Reich für ihren Sohn zu stärken und die Dänen wieder hinter das Danewerk zu drängen. So war der Däne doch selbst in Bedrängnis, daher fühlten sich die Norweger und auch ihr König Hakon von Lade sicher vor Übergriffen des Feindes. Sigurd dagegen witterte den Ärger, der zu erwarten war, und befürchtete das Schlimmste.
Auch hier war Ole derjenige gewesen, der seinem Häuptling die Augen öffnete. „Dieser Gabelbart ist kein freundlicher Mensch, das kannst du mir glauben. Er ist habgierig und grausam. Der Palnatoki hätte ihn im Fjord ersäufen sollen, als es ihm noch möglich war", sprach er abfällig von dem neuen König der Dänen. „Von diesem Kerl haben wir sicher nichts Gutes zu erwarten. Er wird zurückholen wollen, was Harald an den Hakon verlor!"

„Du glaubst also, dass es Krieg geben wird?", fragte Thorkill zweifelnd, und Ole nickte mit dem Kopf. „Ja, das glaube ich!"
„Er wird jeden abtrünnigen Gau wieder unter seine Knute zwingen wollen, denn er braucht die norwegischen Krieger im Kampf gegen die Sachsenfürsten", stimmte der Sigurd dem Ole zu.
„Und Hakon von Lade wird sich mit aller Gewalt zur Wehr setzen", mutmaßte Thorkill, und man sah ihm an, dass er wenig erfreut war. Er wandte sich seinem Freund und Anführer zu. „Er wird auch uns in sein Heer rufen. Und wir werden ihm folgen müssen, denn du gabst ihm dein Wort!"
„Wenn die Götter es so wollen, dann werden wir kämpfen", sprach Sigurd und ließ keinen Zweifel daran, dass er sein gegebenes Wort halten würde.
Sein Name hatte inzwischen einen guten Klang im Norden, bis in den Trondheimfjord hinein und noch weiter.
Und Sigurd Svensson wollte, dass es so blieb, denn nur ein Häuptling, der vor den Jarlen bestehen konnte, war seiner Macht als Anführer sicher.
„Noch ist es nicht soweit. Thor hat seinen Hammer längst noch nicht erhoben, um uns zum Kampf zu rufen", sprach Thorkill beschwichtigend, und Sigurd stimmte ihm zu.
„Außerdem hörte ich, dass dieser Gabelbart sein Augenmerk auf die Insel der Angelsachsen gerichtet haben soll. Dorthin war er vor zwei Wintern geflohen, als er in einer Schlacht gegen den Harald sein Heil verlor", verkündete Ole grinsend. „Das Reich des König Ethelred schien ihm nicht wenig gefallen zu haben, so erzählt man sich."
Da trat Mamertus an den Tisch, an dem die drei Männer saßen. Der Priester hatte zuvor mit der Burga ein Gespräch geführt, hatte mit den beiden Söhnen des Sigurd das Zählen geübt, denn die junge Friesin wollte, dass die beiden Knaben das Rechnen erlernten. Da hatte der Gottesmann die

Worte der drei Männer mit angehört. „Der Herr Jesus Christus wird uns vor dem Krieg bewahren", sprach er voller Zuversicht.

„Du redest Unsinn, Pfaffe", erwiderte Ole wenig freundlich. „Wie will uns dein Zimmermann vor einem Krieg bewahren? Wenn Thor den Hammer schwingt und Odin uns zum Kampf ruft, werden sie deinen Gott zerschmettern, Mamertus!"

„Oh, Ole, du ungläubiger Heide", sprach der Priester beleidigt und erbost. „Wenn ich mich recht entsinne, bist du ein getaufter Christ! Doch nun höre ich aus deinem Mund, dass du alles nur vorgetäuscht hast und immer noch an diesen einäugigen Dämonen und seinen rotbärtigen Sohn glaubst!" Da begann der Däne zu grinsen. „Tröste dich, Pfaffe. Ich bin nicht der Einzige in diesem Fjord!"

Da mischte sich der Knabe Bjarne ein, sah den Priester mit festem, unerschrockenem Blick an und sprach mit Hass in seiner Stimme: „Dein Gott, Mamertus, ist ein Gott für Weiber und Sklaven. Du lehrst uns das Rechnen von Zahlen und das Lesen von Schriften, aber nicht, wie man ein Schwert führt, so wie es sich für einen Nordmann geziemt!"

Ole begann zu grinsen und sah den Sigurd an. „Die Worte eines Mannes!" Dieser schüttelte seinen Kopf. „Es sind die Worte des Gunnar, die er herausplappert. Schon zu lang ist er auf dessen Hof gewesen!"

Der Däne legte dem Blondschopf seine Hand auf das Haupt und sagte zu dem Priester gewandt: „Du siehst, selbst unsere Knaben wissen, dass ein Mann sein Heil bei einem Gott für Krieger suchen sollte!"

„Niemals werde ich den Heuchlergott anbeten", sprach der junge Bjarne mit vor Stolz geschwellter Brust, doch nun schritt die Burga ein.

„Du lässt es zu, dass der Knabe so mit dem Priester spricht? Ich glaubte, du seiest ein Christ, wie ich es bin, Sigurd", rief

das Weib und sah ihren Gatten böse an. „Wenn du den Burschen nicht züchtigen willst, so werde ich dies tun!" Und schon schlug sie dem Bjarne eine schallende Ohrfeige ins Gesicht. Doch der Knabe verzog keine Miene, nur eine Träne rann über seine Wange. Ohne ein Wort zu verlieren, lief er zur Pforte des Hauses, dort wandte er sich noch einmal um und rief voller Wut und Zorn: „Ich hasse dich, Friesenweib! Soll Thors Hammer dich erschlagen und die Hel dich in ihr Reich zerren!" Dann lief er hinaus auf den Hof und verschwand auf dem Weg, der hinunter zur Siedlung führte. „Jetzt läuft er wieder auf den Hof des Gunnar, um sich bei der Gerda auszuheulen", klagte Burga nun vorwurfsvoll dem Sigurd. „Dein Sohn Bjarne hasst mich. Du hast es aus seinem Mund gehört. Und doch tust du nichts dagegen!"
Die junge Frau begann zu weinen. So einsam wie in diesem Moment hatte sie sich noch nie gefühlt, seit sie hier im Norden war. Sie war enttäuscht und sichtlich erbost auf ihren Gatten. Da trat der kleine Erik neben sie und ergriff ihre Hand. In der Rechten hielt er sein hölzernes Schwert, und mit seiner kindlichen Stimme versprach er der Mutter, sie vor dem Bruder zu beschützen. Der traurige Blick der jungen Frau erhellte sich und wurde zu einem gequälten Lächeln. Sanft strich sie dem Knaben über sein dunkelblondes Haar und sprach mit leiser Stimme: „Ja, mein Erik. Du wirst mich beschützen. Du und der Herr Christus!"

Thorkill und Ole sahen sich erstaunt an, und ihr ungläubiger Blick fiel dann auf den Sigurd, denn von ihm erwarteten sie nun tröstende Worte für sein Weib. Doch es dauerte eine Weile, bis er sprach. „Er wird langsam zum Mann!"
„Er wird langsam zum Mann", äffte Thorkill seinen Freund und Anführer nach. „Wie kannst du die Worte des Knaben entschuldigen? Burga ist die Herrin auf dem Hof, und er hat

ihr zu gehorchen!" Ole nickte zustimmend, denn auch er hätte den Bjarne einer kräftigen Züchtigung unterzogen. Tief enttäuscht traf der Blick der Burga den des Priesters, und beide wandten sich ab und verließen gemeinsam die Halle in den Nebenraum.
„Das war nicht recht, Bruder", sprach nun der Schmied mit dem langen roten Haar vorwurfsvoll, wandte sich dem kleinen Erik zu und zog diesen neben sich auf die Bank.
„Vielleicht sollten wir im Dänenreich auf Raubfahrt gehen", schlug plötzlich Ole vor, denn er wollte einen Streit zwischen den beiden Freunden vermeiden und dieses unschöne Thema beenden. „Es herrscht viel Aufruhr in den Dänenlanden seit dem Tode des Harald. Noch ist die Herrschaft des Sveyn nicht sicher!"
Der Vorschlag des Ole fand sofort Zuspruch, und keiner der beiden Gefährten wunderte sich darüber, dass ausgerechnet der Däne diesen Gedanken vortrug. Er war mehr ein Gotländer und Wikinger als ein königstreuer dänischer Landsmann. Und es dauerte nicht lang, da war die Wikingfahrt beschlossene Sache. Kaum einer der Männer des Drachenhofes verweigerte sich, als an einem der nächsten Abende der Anführer die Männer der Siedlung in seine Halle gerufen hatte. Und auch viele Bauern von den Höfen waren bereit, dem Häuptling zu folgen. So zählte die Mannschaft des Sturmrosses mehr als vierzig, und die des Wogendrachen gut dreißig Krieger.

Einige Tage später fuhren die beiden Schniggen bei schönstem Sonnenschein in die offene See und nahmen Kurs nach Süden. Vorher aber hatte sich Sigurd den Knaben Bjarne zur Brust genommen, denn die Worte der Freunde hatten den Sigurd ins Grübeln gebracht.
„Nicht noch einmal werde ich dir beleidigende Worte gegen deine Mutter gestatten, Sohn", sprach er sehr ernst und mit

drohender Stimme, als er den Knaben zur Seite genommen hatte.
„Burga ist nicht meine Mutter", trotzte der Knabe Bjarne mit grimmiger Miene.
„Sie ist mein Weib, und sie hat dich an Mutterstatt angenommen", sprach Sigurd zornig.
„Sie ist Eriks Mutter, nicht die meine. Gerda ist meine Amme, und der Gunnar mein Ziehvater!" Größte Wut hatte den Bjarne diese Worte hinausschreien lassen, doch nun wurde der Vater wütend. „Du wirst ihr fortan den nötigen Respekt und Gehorsam entgegenbringen, das verlange ich von dir, Bursche! Sonst wirst du den Hof des Gunnar nicht wiedersehen, und selbst Odin wird dich nicht vor meiner Züchtigung zu schützen vermögen!"
Nun füllten sich die Augen des Knaben mit Tränen, und er sprach voller Wut: „Sie ist keine von uns, und ich werde niemals diesen Sklavengott anbeten, so wie es die Burga verlangt", rief er starrsinnig. „Ich werde ihr nicht gehorchen, denn ich bin ein Mann Odins!"
Da lachte der Sigurd schallend auf. „Dann höre mir nun gut zu, Mann Odins! Als dein Vater und Häuptling dieser Siedlung sage ich dir: Packe dein Bündel und verlass mein Haus!"
Die Augen des Knaben starrten den Vater ungläubig an, und er wollte etwas erwidern. Doch Sigurd fuhr ihm über den Mund. „Schweig, Sohn! Du wirst auf den Drachenhof gehen, um von Knut das Arbeiten zu erlernen. Das ist mein Befehl, und du solltest besser gehorchen!"
Noch zur gleichen Stunde geleitete Sigurd den jungen Bjarne zur Pforte des Drachenhofes und übergab ihn in die Obhut des hinkenden Knut.

*

Fast ein ganzes Jahr war vergangen, seit der Gabelbart, zum König über das Volk der Dänen geworden war. Doch noch immer hatte er es nicht geschafft, alle Jarle und Häuptlinge zu treuen Gefolgsmännern zu machen. Viele hielten noch an dem neuen Glauben fest und waren der Meinung, dass mit dem Christenhasser Sveyn ein unrechtmäßiger König auf dem Thron von Roskilde saß. Auch hatten sie es ihm übel genommen, dass er viele Priester des Landes verwiesen und auch die Kirchen den Flammen übergeben hatte.

Über den Verbleib des Leichnams Harald Gormssons gab es nur Gerüchte, die den jungen König jedoch wenig interessierten. Dass der Pflegevater Palnatoki seinen einstigen Freund mit christlichem Ritual zu Grabe getragen hatte, wusste der Gabelbart nicht.

Die Erben des Kaisers im Süden, einst der Lehnsherr des Harald Gormsson und somit nun auch der des Gabelbarts, sollten wenig erfreut sein über die Wendung im Nachbarland, und so wuchs die Gefahr eines Einfalles des kaiserlichen Heeres. Da drängten die Berater den König, doch wenigstens die Glaubensfreiheit zu gestatten, wozu sich Sveyn Gabelbart zähneknirschend durchrang.

Noch mehr ärgerte er sich aber über den Verlust der norwegischen Gaue, deren Steuergelder er zur Festigung der Landesgrenze im Süden hätte gut gebrauchen können.

Da erfuhr er vom Tode des Schonenjarls Stutz-Harald und auch von dem des Jarl Veseti von Borgundarholm, deren Söhne Hauptmänner in den Reihen der Jomswikinger waren. Und da kam ihm ein Einfall, der seine Probleme lösen sollte. Er dachte dabei an die Wikinger von Jom!

Schon einmal hatte ihm der Jomsburgjarl Palnatoki, sein Ziehvater, im Kampf beigestanden. Warum sollte er es nicht wieder tun? Schließlich waren die Jomswikinger zumeist Dänen und ihm als König Gehorsam schuldig. Dies war

jedenfalls die Meinung des Gabelbart. Die Wikinger vom Ufer der Oder sahen das anders, denn sie wähnten sich als freie Seekrieger.
Wie aber sollte er es anstellen, diese Krieger waren stur und eigenwillig. Doch schnell fand der junge Fuchs eine Lösung. Eine, die es ihm erlaubte, zwei Fliegen mit einer Klatsche zu schlagen, so dachte er. Es kam ihm der Gedanke, dass er für seinen Vater, den alten König, bisher noch kein Erbmahl gehalten hatte. Dies würde sicher die Anhänger des alten Herrschers besänftigen. Dazu würde er den Söhnen der Borgundarholmer Jarle anbieten, auch für ihre verstorbenen Väter das Erbmahl auszurichten. Dieses Fest wäre für die Männer sicher eine große Ehre gewesen, und der Gabelbart hätte es geschafft, die Jomswikinger an seine Tafel zu locken. Und so geschah es!

Die Zeit des Festes rückte schnell näher, und schon bald strömten die Gäste in Scharen nach Roskilde an den Hof des Königs. Viele Jarle aus den Gauen und auch die Häuptlinge mit ihrem Gefolge waren eingetroffen. Und auch die Schiffe der Jomswikinger, sowie drei Schiffe des Jarl Palnatoki und eines Mannes, den man Björn den Waliser nannte, lagen im Hafen vor Anker. Nicht weniger als hundert Männer hatte der Fünenjarl mit sich gebracht, denn er kam direkt aus Wales, wo er nun das Reich seines Schwiegervaters sein Eigentum nannte.
Groß war seine Freude, als ihm sein Sohn Aki entgegen trat, der seit einiger Zeit schon am Hof seines Ziehbruders Sveyn weilte. Auch die Krieger der Jomsburg begrüßten ihren Jarl und Anführer freudig. Jeder von ihnen war mit einem oder mehreren Schiffen nach Seeland gekommen und hatte eine treue Mannschaft an seiner Seite.
Bui der Dicke, der Sohn des Jarls Veseti und sein jüngerer Bruder Sigurd, sowie auch Jarl Sigwaldi, Heming und

Thorkel der Hohe, die Söhne des Stutz-Harald, waren der Einladung des Königs von Dänemark gerne gefolgt. Auch der junge Vagn Akisson, der Enkel des Palnatoki, war zugegen, denn er fuhr im Gefolge seines Oheims[53], des dicken Bui, auf dessen Schnigge. Man erzählte sich, dass dieser der einzige Mann war, dem der Vagn Gehorsam zollte. Aki und sein Weib Thorgunn hatten den Knaben schon früh zu seinem Großvater nach Borgundarholm geschickt. Doch auch dort fehlte es ihm an Respekt vor Mensch und Tier, bis ihn der Bui mit der Faust Ehrfurcht lehrte. Fortan folgte ihm der Neffe treu und ohne Tadel.

Der erste Tag des Festes war den Sitten und Gebräuchen eines Erbmahles gewidmet. Die große Methalle war gefüllt mit den Oberen des Landes, und nur deren beste Krieger durften an der großen Tafel Platz nehmen.
An der Tafel der Niederen wies man dem Fünenjarl Palnatoki den Hochstuhl zu, denn als Ziehvater des Königs sollte auch ihm eine besondere Ehre zuteilwerden.
Zu seiner Linken saßen die Männer aus der Jomsburg, geführt von Jarl Sigwaldi, der nun als die rechte Hand und Nachfolger des Jarl Palnatoki galt, und der die Befehlsgewalt inne gehabt hatte, während der alte Jarl in Wales weilte.
Für die Besatzungen der Schiffe und das Gefolge der Jarle und Häuptlinge aus den Gauen des Landes sollte das Fest auf einem großen Platz nicht weit der Methalle stattfinden. Auch hier hatte man zahlreiche Tischreihen und Bänke aufgestellt, hatte Zelte errichtet, in die sich die Männer mit den Mägden und Sklavinnen zurückziehen konnten. Und es waren mehrere Feuer entfacht worden, über denen nun das Fleisch briet und welches einen köstlichen Duft verströmte.

---

[53] Oheim – Bruder der Mutter

Doch noch hatte das Fest nicht begonnen, denn erst, wenn der König den ersten Becher getrunken hatte, durften die Festivitäten beginnen. Als der Gabelbart die Halle betrat, begannen die Männer mit ihren Bechern auf die Tischplatten zu klopfen, einige jubelten ihm gar zu, und erst als der neue König vor dem Hochstuhl des Harald Gormsson stand, hielten sie damit inne. Der Herrscher begann damit, die Gäste zu begrüßen, hochgestellte Persönlichkeiten nannte er sogar beim Namen. Dann wartete er, bis ein jeder der anwesenden Männer einen gefüllten Becher in der Hand hielt und rief dann: „Diesen ersten Becher wollen wir trinken zum Gedenken an König Harald Gormsson, den man den Blauzahn nannte, und der mein Vater war!"
Da sah der Waliser den Palnatoki an, zog die Augenbrauen empor, und es entfuhr ihm ein verächtliches Grunzen. Auch Jarl Sigwaldi sah den alten Jomsburgjarl an und begann amüsiert zu grinsen, so wie sich auch die anderen Wikinger von Jom erheitert ansahen.
Die christlichen Anhänger und Weggefährten des toten Königs brachen in großen Jubel aus, und man erkannte, dass sie noch keine wahren Gefolgsleute des neuen Herrschers waren. Dies war dem König nicht entgangen, und als sich die Menge beruhigt hatte, rief der Gabelbart: „Ich will keinen Streit in meinen Reihen, darum soll es fortan den Christen gestattet sein, ihrem Gott zu huldigen!" Da jubelten die Männer erneut, und alle leerten ihre Becher in einem Zug, um das Versprechen zu besiegeln.
„Ihr alle sollt die Zeugen meiner Worte sein", rief der König, „wenn ich vor euch mein Gelübde ablege!"
Nun wurde es wieder ruhig in der Halle.
„Noch bevor drei Sommer und Winter vergehen, werde ich mit einem großen Heer gen Britannien ziehen, um König Ethelred von seinem Thron zu stürzen! Auch wenn mich dies davon abhält, nach Norwegen zu segeln, um den

abtrünnigen Ladejarl Hakon zu töten!" Nun jubelten die treuen Gefolgsmänner des neuen Königs des Dänenreiches und tranken auf sein Wohl und den Schwur.

Um die treuen Krieger Haralds wohl zu stimmen, sollte nun jeder seinen Becher zu Ehren des Christus leeren, und auch dies nahmen die Jarle wohlwollend auf.

Als dieses Ritual beendet war, reichte man auf Befehl des Gabelbart den Jarlen und Hauptmännern von der Jomsburg die größten Hörner und füllten diese mit dem stärksten Met. Und über soviel Ehre zeigten sich die Männer aus dem Pommernland sehr zufrieden mit dieser bevorzugten Behandlung durch den König.

Noch einmal ließ der Gastgeber den Christen huldigen und erhob seinen silbernen Becher auf den heiligen Michael, denn der Erzengel galt als Schutzpatron der Krieger und Soldaten. Und alle tranken, was wohl auch ein Beweis dafür war, wie tief der neue Glaube bereits im Volk verwurzelt war. Kaum einer nahm mehr Anstoß an dem Ritual. Allerdings kosteten diese Zugeständnisse an die Christen den asentreuen Gabelbart selbst viel Überwindung.

Dann ergriff der Jomsburgjarl Sigwaldi das Wort, und neben ihm hatte sich Bui der Dicke erhoben. Beide Männer sprachen lobende Worte für ihre Väter, den Stutz-Harald und den Jarl Veseti. Da erhoben sich auch Thorkel der Hohe, der Heming Haraldsson und Sigurd, der der jüngere der Veseti-Söhne war.

Auch für die verstorbenen Jarle von Borgundarholm und Schonen wurden nun die Ehrenbecher geleert und lobende Worte gesprochen. Nun sprach auch der Jarl Sigwaldi ein Gelübde aus, und wohl, um dem Sveyn zu gefallen, versprach er, in das Tröndelag zu segeln, um den Jarl Hakon von Lade zu erschlagen, noch bevor drei Winter vergangen seien. Dem schlossen sich seine Brüder Heming und Thorkel an.

Da versprach auch der dicke Bui, mit den Jomswikingern nach Norden zu ziehen, denn schließlich hatten sie der Bruderschaft die Treue geschworen. So gab nun auch Sigurd, der jüngere Sohn des Veseti, sein Wort.

Und auch Aki, der Sohn des Palnatoki und Ziehbruder des Königs, sprach nicht ohne Stolz: „Auch ich will nach Norwegen fahren und nicht eher heimkehren, bis ich den Thorkel Leira, den treuen Gefolgsmann des Hakon, getötet habe. Er hat es gewagt, meiner Tochter Ingibjörg beizuschlafen. Soll sein Schwanz im Dreck verrotten!"

Er hob seinen Becher und trank. Und alle taten es ihm gleich!

Und noch immer war kein Ende der Gelöbnisse, denn der Palnatoki wollte seinen Kriegern in nichts nachstehen, und viele Anwesende feixten schon, da man an der lallenden Zunge des Jarls erkannte, das es der würzige Met war, der aus ihm sprach. „Wenn es denn der Wille der Götter ist, dann soll es so sein! Du, Sohn, ziehe gen Britannien, um Ethelred sein Reich zu entreißen. Die Wikinger der Jomsburg aber werden den Jarl von Lade für seine Frechheit bestrafen!"

Bis tief in die Nacht wurde auf die Toten gesoffen, und als die Krieger aus dem Pommernland am nächsten Morgen wieder bei Verstand waren, machte sich unter ihnen der Gedanke breit, den Mund zu voll genommen zu haben. Schließlich sahen sie sich nicht als Gefolgsmänner des Gabelbart, auch wenn sie Dänen waren, und sie wollten auch keinen Streit mit dem Polenkönig Miezko heraufbeschwören, der ein Feind des Gabelbart war.

So verließen die Jomswikinger unter dem Vorwand, ihren Kriegszug vorbereiten zu wollen, schon zur Mittagszeit das Fest in Roskilde.

Und darüber zeigten sich einige Krieger, die auf dem Platz feierten, soffen, fraßen und mit den Weibern rumhurten, wenig erfreut. Besonders tat sich dabei einer hervor, der auch sofort mit dem jungen Vagn in Streit geriet, als dieser die Befehle des dicken Bui überbrachte.

„Wir brechen auf", rief der Sohn des Aki. „Ruf deine Männer zusammen und mach dein Schiff seeklar!"

„Von dir lass ich mir gar nichts befehlen, Junge!", entgegnete der Geirmund Zweifinger, und seine Zunge überschlug sich dabei, denn er war betrunken.

„Das solltest du aber besser, du störrischer Ochse! Es sind die Befehle des Bui und nicht die meinen!"

Der Vagn sah den älteren Krieger zornig an und zeigte auch keinen Respekt vor dem Glatzkopf mit dem Zopf.

„Das Fest ist noch nicht beendet, und wir wollen den König doch nicht beleidigen, in dem wir sein schönes Gelage verschmähen", sprach dieser frech grinsend zu seinem Stevenhauptmann, der an seiner Seite saß.

„Lass es doch gut sein, Geirmund", versuchte dieser aber den Schiffsführer versöhnlich zu stimmen. „Du weißt doch, was geschieht, wenn du dich den Befehlen der Jarle widersetzt!"

Er sprach die Worte voller Vorwurf, denn er war einer der Männer, die dem Geirmund aus Treue gefolgt waren, obwohl er ein freier Wiking bleiben wollte. Doch nun hieß es, sich den Befehlen der Jomsburgjarle zu unterwerfen.

„Höre auf deinen Stevenhauptmann! Er ist ein wesentlich schlauerer Kerl als du", schlug der Vagn dem Geirmund vor, doch dieser griff unversöhnlich und beleidigt nach seinem Schwert. Ehe er sich aber versah, lag die scharfe Klinge eines Messers an seinem Hals.

„Nur einen Wimpernschlag, und ich schlachte dich wie ein Schwein!" Da drängte sich hastig der Helgi dazwischen.

„Lass es gut sein, Vagn Akisson!"

Dieser nickte und ließ das Messer zurück in die lederne Scheide an seinem Gürtel gleiten. „Und jetzt begebt euch auf euer Schiff und macht seeklar!"
Betrunken und verärgert zog sich Geirmund mit seinen Männern in den Hafen zurück, und bald darauf verließ die Flotte der Wikinger von Jom die Insel Seeland.

Nur Jarl Palnatoki und Björn der Waliser blieben mit ihren Männern auf dem Fest des Königs. Und sie sollten es bereuen!
Schon zur Mittagszeit des dritten Tages fanden sich die Gäste wieder in der großen Methalle des Königs ein, und auch diesmal wurden sie gut und mit allen Ehren bewirtet. Als das erste gemeinsame Mahl beendet war, trat ein Mann an die Seite des Königs. Er beugte sich an des Herrschers Ohr und redete auf den Gabelbart ein. Dabei zeigte er ihm einen Gegenstand. Es war ein Pfeil! Ein Pfeil, mit goldenen Fäden umwunden!
Der Mann war Fjölnir, der einstige Berater des Harald Gormsson. Da wurde das Gesicht des Königs fahl, und er sah nun wenig freundlich drein. Aber er blieb ruhig, obwohl man ihm den Zorn ansah, und sich viele Männer, die in seiner Nähe saßen, die Frage stellten, was wohl geschehen sein konnte.
Da rief der König einen seiner Lakaien heran, flüsterte ihm etwas ins Ohr, und der Fjölnir übergab ihm den Pfeil. Der König erhob sich und rief laut, sodass es Ruhe wurde. Dann fragte er mit gedämpfter Stimme: „Wer von euch kennt diesen Pfeil?"
Den Grund für die Frage nannte er nicht!
Der junge Mann mit dem Geschoss in seiner Hand schritt nun alle Tischreihen ab und zeigte den Pfeil jedem, der ihn sehen wollte. Bis er auch den Tisch der Niederen erreichte, dort trat er zuerst an den Hochstuhl am Kopfende der Tafel

und reichte den Pfeil dem Jarl Palnatoki. „Herr, kennst du diesen Pfeil?"

Der Jarl blickte nur kurz auf das Geschoss mit den schwarzen Federn und dem goldenen Faden.

„Aber natürlich", rief der Jarl von Fünen erstaunt. „Warum sollte ich meinen eigenen Pfeil nicht erkennen? Sprich! Woher hast du ihn?"

Es war ruhig geworden in der Halle, und kaum einer der Anwesenden sprach ein Wort, denn niemand wollte sich entgehen lassen, was nun geschehen würde.

Da erhob sich der König langsam von seinem Thron, und der Ausdruck seines Gesichtes ließ nichts Gutes erahnen.

„Wo trenntest du dich von ihm? Weißt du es noch, Palnatoki?"

Nun ahnte der Jomsburgjarl, was kommen würde, sah seinen walisischen Begleiter Björn und die Krieger seiner Leibwache eindringlich an. „Mir ist, als hörte ich den Klang des Mjölnir, der uns zum Kampf ruft", flüsterte er ihnen warnend zu und erhob sich dann von dem Hochstuhl, um sich dem König zuzuwenden. „Du weißt, Sohn, schon oft habe ich in deinem Sinne gehandelt. So auch in dieser Nacht! Ich sah den Pfeil zuletzt, als er von meiner Sehne schnellte, um König Harald, deinen Feind, zu töten!"

Da ging ein Raunen durch die Methalle, und der Gabelbart entgegnete voller Entrüstung: „Meinen Feind Harald? Er war mein Vater, der Mann, der mir das Leben gab!"

Nun brach große Empörung unter den Anhängern des alten Königs aus und sie forderten lauthals den Kopf des Fünenjarls.

„Du warst es also, der meinen Vater tötete", rief der Gabelbart erbost in die Halle, und nun war der Moment für ihn gekommen, auch den letzten Zweifler auf seine Seite zu ziehen, denn ein jeder wusste, wie nah ihm einst der Palnatoki stand. „Schlagt ihn tot!", rief er zornig. „Schlagt sie alle tot! Lasst keinen entkommen!", befahl der neue König in größter Wut. Da rissen die Bedrängten ihre Schwerter aus den Wehrgehängen und versuchten, die Pforte der Halle zu erreichen. Dabei mussten sie sich heftig gegen die Angreifer erwehren, doch den meisten Männern gelang unbeschadet der Rückzug in den Hafen von Roskilde.

*

14. Angriff der Wikinger von Jom

Es war in den letzten Tagen des Winters, als die Nachricht in den tief verschneiten Norden getragen wurde, dass der König des deutschen Reiches, der zu einem Besuch in Romaburg[54] weilte, gestorben war.
Viele Jarle und Häuptlinge Norwegens, sowie auch der König selbst, stellten sich nun die Frage, wie der dänische Hof auf diese Nachricht regieren würde. Wohin würden sie mit dem Schwert schlagen? Nach Norden in das Reich des Hakon oder doch nach Süden in das Sachsenreich, um das Danewerk zu festigen? Was würde nun geschehen?
Doch es geschah nichts!
Den Sommer über blieb es ruhig im Land am Nordweg, denn der Gabelbart musste seine Kräfte erst neu sammeln. Es schien ihm wichtiger, sein Reich gegen die Christen aus dem Süden zu stärken und auch seinen Schwur gegen König Ethelred und Britannien einzulösen. Doch auch was den Ladejarl Hakon anging, sann der Dänenkönig danach, den Schwur der Jomswikinger einzufordern.
So sandte er im Spätsommer einen Boten zur Jomsburg, der die Bruderschaft an den Schwur erinnern sollte. Doch war dieser Bote recht ungeschickt im Umgang mit den Worten des Königs. Er wurde vor die Jarle der Burg gerufen, die in der großen Halle vor dem Kaminfeuer Platz genommen hatten, und man erteilte ihm das Wort.
„Ihr Herren von Jom, es ruft euch der König der Dänen zum Heerzug gegen den abtrünnigen Jarl von Lade! Noch in diesem Jahr soll das Land am Nordweg wieder dem Gabelbart die Steuern bringen. Also rüstet euch zum Kriegszug!", sprach der Mann ohne Respekt vor dem

---

[54] Romaburg - Rom

Palnatoki zu zeigen, denn er selbst hatte auch den Titel eines Jarls inne. Nach den Vorfällen auf der Erbmahlfeier des Königs Harald war der Jarl von Fünen und Herr über die Jomsburg gar nicht mehr gut auf den jungen Dänenkönig zu sprechen. „Hoho, zügele dein hohes Ross, Mann!", rief der Fürst wenig freundlich. Langsam lehnte sich der Sigwaldi vor und stützte sich mit dem Ellenbogen auf sein Knie. „Sag mir, was springt dabei für uns heraus?" Da nickten die Männer in der Runde und stimmten ihrem Bundesgenossen zu. „Ja, was haben wir davon, dass wir für den Gabelbart streiten?"

Da sprach der Bote noch eindringlicher und ohne Respekt vor den Jarlen der pommerschen Burg. „Dies wird eine Kriegsfahrt werden, und sie wird euch nicht zu eurem Vergnügen dienen. Ihr kämpft für den König!"

Da fuhr der Palnatoki hoch. „Einst, wenn der Sveyn ungehorsam war, da habe ich ihm den Knüppel auf dem Arsch tanzen lassen, denn er war mein Sohn. Und ich war es, der ihm auf den Thron des Dänenreiches half, und doch wollte mich dieser König dafür erschlagen lassen. Obwohl ich sein Gastrecht genoss! Sage mir also nicht, was ich diesem Kerl schuldig bin!"

Doch der Bote gab nicht nach und sprach drohend weiter: „Ihr Jomswikinger scheint freie Männer zu sein, keinem König hörig, wenn ihr es nicht wollt. Doch gebe ich euch zu bedenken, er ist der König des Reiches, in dem eure Sippen leben und in dem ihr so manch schönes Stück Boden euer Eigentum nennt!"

Da begehrten einige der Männer zornig auf, doch andere kehrten in sich. „Was wagst du dich, hier Drohungen auszustoßen? Wir sollten dich in den Fluten des Haffes ersäufen!", rief der junge Vagn voller Ungestüm, und ein paar Männer stimmten in seinen Ruf mit ein. Da sah der Bote den Palnatoki grimmig an und fragte frech: „Ist es auf eurer Burg so Brauch, dass die Welpen lauter kläffen als der Hofhund?"

„Einen Welpen nennst du mich, du elender Kirtelzieher eines Königs?" Der junge Vagn war außer sich vor Wut und wollte sein Schwert gegen den Boten des Königs ziehen, doch der Bui hielt ihm die Hand fest, und ein Blick des Sigwaldi ließ ihn schweigen.

„Dein Ruf ist weit bekannt in Thule, junger Vagn", sprach der Bote, „doch du hast noch in die Beinkleider geschissen, da war ich schon ein gefürchteter Krieger. Also fordere es nicht heraus, dass ich dich züchtige!"

Zähneknirschend saß der junge Kämpfer auf seiner Bank und schmollte.

„Nun ist es genug", rief der Palnatoki aus und sah den Vagn Akisson böse an. „Und du", er wandte sich dem Boten zu, „du kannst nach Seeland segeln und dem Gabelbart meine Worte übermitteln. Keiner der Jomswikinger wird für ihn das Schwert heben!"

So verließ schon am nächsten Tag das Schiff des Königs den großen Hafen der Jomsburg, um in das Haff hinauszusegeln.

Der König war mit der Nachricht seines Boten ganz und gar nicht zufrieden. Verhöhnte ihn gar als Versager und Nichtsnutz, sodass sich der Jarl beleidigt von dem König abwandte. Es blieb dem Gabelbart nun nichts anderes übrig, als sofort eine Flotte auszurüsten, um persönlich zur Jomsburg zu reisen. Dies war für ihn kein ungefährliches Unterfangen, denn Jarl Palnatoki hatte ja bereits keinen Zweifel daran gelassen, dass er dem Ziehsohn nur noch mit Feindseligkeit gegenüber stand. Und dies aus gutem Grund, wie sich sogar der König eingestehen musste. Er war zu weit gegangen im Bestreben die christlichen Jarle auf seine Seite zu ziehen. Doch an seinen heimlich geschmiedeten

Plänen, wollte der junge Gabelbart mit aller Kraft festhalten. Koste es, was es wolle!
Bald schon erreichte eine Flotte von fünfzehn Großseglern die Inseln Usedom und Wollin, zwischen denen eine enge Fahrrinne in das große Haff der Oder führte.
Von hier schickte der Dänenherrscher einen Boten voraus, während er auf der Insel Wollin das Lager aufschlagen ließ. Er würde den Boden der Stadt Jumne nicht betreten, solange ihm der Palnatoki nicht Gastrecht und freien Abzug gewähren würde.
Lange rang der Herr über die Jomsburg mit sich und den führenden Männern an seiner Seite, und es war der Jarl Sigwaldi, der aussprach, was viele dachten. „Er ist der Herrscher unseres Heimatlandes, und auch wenn wir ihm den Treueschwur verweigern, so wird er doch unser König bleiben!"
„Wir sind niemandem hörig", rief der Palnatoki wütend aus, „denn wir sind Jomswikinger, keine Stiefelknechte irgendeines Königs!"
„So ist es, Palnatoki! Wir sind freie Männer, und darum werden wir darüber abstimmen, ob wir verhandeln oder nicht!" Die Männer stimmten dem Sigwaldi zu, und der Jarl von Fünen musste verärgert nachgeben.
Einige Tage waren vergangen, als die Flotte des Sveyn Gabelbart das Hafentor der Burganlage passierte und die meisten Schiffe nicht weit der Anleger Anker warfen. Nur das Königsschiff, ein großes Drachenboot und zwei Schniggen als Geleit legten an den Stegen an. Mit allen Ehren wurde der König in der großen Halle empfangen. Von Jarl Sigwaldi!
Die Gäste wurden gut bewirtet, und es begann ein kleines Fest zur Begrüßung, das bis spät in die Nacht hinein dauerte. Der Dänenkönig aber hatte die Festlichkeit schon früh verlassen, denn er wollte die Verhandlungen am

kommenden Tage mit klarem Kopf führen. Einzig eine Konkubine hatte er sich auf seine Kammer gerufen, um an ihr seine Fleischeslust zu stillen.

Am Nachmittag des nächsten Tages waren die Spuren des Festes verschwunden. Bänke und Tische standen in Reihen vor dem Hochstuhl des höchsten Mannes auf der Burg.
An den Tisch, in der Reihe direkt vor dem mit feinen Schnitzereien verzierten Thron, hatte man einen weiteren Stuhl mit hoher Lehne gestellt. Hier sollte der König seinen Platz finden, und dieser sollte ihm zeigen, dass er auf dieser Burg nicht König, sondern Gast war. Außerdem war dies die Rache des Palnatoki an seinem Ziehsohn für den Platz am Tisch der Niederen beim Erbmahl für den Harald.
Wohlwollend sah der König über diese Beleidigung seiner Person hinweg. Um eine freundliche Stimmung zu schaffen, schmeichelte der junge Däne sogar dem alten Fünenjarl, nannte ihn Ziehvater und pochte auf alte Familienbande. Doch es blieb nicht so freundlich, denn die Verhandlungen zogen sich über den ganzen Abend.
Dann, nach heftigem Ringen mit dem Jarl, sprach der König der Dänen aus, was geschehen könnte, würden sich die Jomswikinger gegen seinen Wunsch entscheiden.
„Alle, die ihr hier vor mir sitzt, seid vom Volke der Dänen! Und ich könnte euch nun drohen, denn ein jeder von euch weiß seine Gesippen in dem Reich, das ich regiere! Aber das tue ich nicht! Doch ich frage euch hier und jetzt, werdet ihr für mich nach Norwegen segeln und das Reich des Hakon von Lade zurückerobern, auf dass der Tröndnerjarl zur Hel geht?"
Die Männer begannen zu murren, doch noch einmal erhob der junge Gabelbart seine Stimme. „Erinnert euch! Alle hohen Herren des Reiches waren auf dem Erbmahl zugegen, als du, Jarl Sigwaldi, deinen Schwur leistetest. Und du, Bui,

du, Thorkel, du, Heming und auch du, Sigurd! Und vor allen anderen, du, Jarl Palnatoki! Wollt ihr ihn nun brechen?"
Keiner der Männer zweifelte auch nur einen Moment daran, dass der König sich in der Verbreitung dieser Neuigkeit nicht zurückhalten würde, und so gaben sie nach, denn keiner von ihnen wollte den Makel eines Schwurbrechers, eines Feiglings, mit sich tragen.
Höchst erfreut zog der König von dannen, und diesmal konnte er sich sicher sein, dass die Jomswikinger zum Kampf aufbrechen würden.

*

Es begab sich, dass im Herbst Händler nach Lade kamen, die vor den Sven, den zweitgeborenen Sohn des Jarls Hakon traten und behaupteten, dass sich eine große Flotte der Jomswikinger auf dem Weg in das Tröndelag befände.
Doch dieser verwies diese Nachrichten in das Reich der Fabeln und blieb tatenlos.
Jarl Erik Hakonsson, der älteste der Söhne des Ladejarls, weilte zu dieser Zeit in Romerike, in einem Gau im Süden Norwegens, als er vom Einfall der Jomswikinger in das Land erfuhr. Und Erik blieb nicht tatenlos, sondern schickte noch zur selben Stunde Boten durch den Gau, die mutiges Kriegsvolk sammeln sollten. Und es waren nicht wenige, die zum Kämpfen bereit waren, denn sie hofften, dass der König von Westnorwegen auch die südlichen Gaue aus der Besatzung der Dänen befreien würde.
Es war etwa zur selben Zeit, als auch der Kleinkönig Hakon, der es sich als Gast eines Jarls auf einem Gelage in Hardanger gut gehen ließ, die Nachricht vom Überfall der pommerschen Wikinger erhielt. Trinkfreudig saß der König auf dem Hochstuhl, als ein Mann vor den Hakon trat, und dieser staunte nicht schlecht. Der Kerl in der zerschlissenen

Kleidung, dem von Schwerthieben zerschlagenen ledernen Rüstzeug, war Geirmund der Weiße.
Dieser war dem Hakon im Eid und verwaltete die Stadt Thunsberg[55], die aber unter dem Joch der Dänen stand und diesen steuerpflichtig war.
Der König von Westnorwegen besah den Mann und fragte, ein wenig vom Met belustigt: „Was treibt dich hierher, Geirmund? Und dann noch in diesem Aufzug?"
Doch dem Hersen war es ganz und gar nicht nach Scherzen zumute. „Die Wikinger von Jom sind in meine Stadt eingefallen und haben gewütet wie der Fuchs im Hühnerstall. Viel Volk ist tot, und reiche Beute machten sie auch! Oh ja! Der Weg führt sie nach Norden, das habe ich mit meinen eigenen Ohren gehört!"
Jarl Hakon sah den Geirmund erstaunt, an und plötzlich war der Metrausch wie verflogen. Mit ernster Stimme fragte er: „Du bringst mir eine Kriegsnachricht?"
„Ob es ein Raubzug oder ein Krieg ist, das vermag ich nicht zu sagen. Aber ich weiß, dass es einer werden könnte, denn die Jomswikinger suchen Streit", antwortete der Mann aus Thunsberg. „Sieh her!"
Er hob seinen Arm und zeigte dem König den Stumpf, dort, wo sich einst seine Schwerthand befand. „Dieses Geschenk haben sie mir gemacht."
„Weißt du, wer dir dies antat?", fragte der Ladejarl Hakon verärgert.
„Ja, sie nannten ihn Vagn. Ein junger Bursche! Er stand vor mir, als ich aus dem Haus auf den Platz floh, und ohne zu zögern schlug er mir die Hand vom Arm. Der Lump stahl mir sogar meinen goldenen Ring von der abgeschlagenen Hand."

---

[55] Thunsberg – späteres Tönsberg

Der Thunsberger nahm einen Schluck aus einem Becher, den man ihm gereicht hatte. „Da hörte ich sie seinen Namen rufen und dass er sich den Ring redlich verdient habe."
Der Ladejarl und auch sein Gastgeber hatten die Worte des Mannes aufmerksam und mit wachsender Sorge verfolgt. Langsam lehnte sich der Hakon vor, kratzte nachdenklich seinen Bart und sprach leise: „Sie plünderten also Thunsberg! Wahrscheinlich gab ihnen der Gabelbart sogar seine Zustimmung dazu."
„Und auch das Umland wurde arg gefleddert. Weder Mann noch Maus sind noch sicher im großen Fjord von Vestfold", sprach der Herse aus dem Süden des Landes.
„Es sind wirklich die Jomswikinger? Weißt du, wer sie anführt?", fragte der König der Tröndner bohrend. „Ist es der Palnatoki selbst?"
„Das kann ich nicht sagen, aber der Anführer dieser Krieger, die meine Stadt überfielen, war der Jarl Sigwaldi. Auch vernahm ich den Namen Bui! Noch mehr habe ich zu sagen, mein König! Auf der Flucht hierher hörte ich von deinem Sohn Erik, der bereits in Romerike Kriegsvolk sammelt. Wohl hat er die Gefahr erkannt!"
Nun wusste der Hakon Sigurdsson, dass die Lage ernst war, denn sein Sohn Erik war ein verlässlicher, mutiger Mann und kein Dummkopf.
Noch zur selben Stunde ritten die Boten des Hakon aus, um dessen Befehle nach Lade zu bringen, auf dass auch sein anderer Sohn Sven die Männer des Landes zum Kampf rufen sollte. Da schickte Sven den Kriegspfeil nach Nordmöre und auf die Inseln im Norden, bis hinauf ins Helgeland. Auch sammelte er die Männer aus dem großen Trondheimfjord. Der Hakon selbst brachte eine Flotte von Kriegsschiffen aus Hardanger mit in das Tröndelag.
Denn so wie es aussah, ging es darum, seine Herrschaft gegen den Machthunger der Dänen zu schützen. Denn der

Verdacht, dass nur der Gabelbart hinter all dem stecken konnte, war dem Tröndnerkönig längst gekommen.

Und so kam an einem regnerischen Tag im Herbst auch die Nachricht in den Sigurdfjord. Ein berittener Bote fand den Weg durch Wind und Regen auf den Hof des Sigurd Svensson.
„Der König ruft zu den Waffen", sprach der Gesandte, als er vor dem Hochstuhl stand, auf dem der Häuptling saß. Er zog seinen Helm mit dem Nasenschutz vom Kopf und klemmte diesen unter seinen Arm. „Sammle deine Krieger, Häuptling, und besteigt eure Schiffe, um nach Lade zu segeln."
Da trat die Burga heran und reichte dem Mann einen Becher mit heißem Met. Der süßliche Duft zog dem Boten in seine Nase, er nickte lächelnd und trank. „Eine Flotte der Jomswikinger befindet sich auf dem Weg in den Norden, und es scheint, ihr Ziel ist Lade", sprach er, nachdem er schnalzend der Burga den leeren Becher gereicht hatte. Besonders erstaunt war der Sigurd über diese Nachricht nicht, bestätigte sie doch nur seine bösen Ahnungen, dass der Gabelbart sich zurückholen würde, was er als sein Eigen wähnte. „Wie ist dein Name, Mann?", fragte Sigurd und der Bote gab zur Antwort: „Ich bin Astrad, Sohn des Thorgil!"
„Reiche dem Astrad ein stärkendes Mahl, Weib. Er hat sicher noch einen weiten Weg vor sich." Die Burga stimmte ihrem Gatten zu und rief nach der Magd. Da erhob sich der Sigurd und geleitete den Fremden an den Tisch, wo er ihm gegenüber Platz nahm. Bald schon brachte die Danika das Mahl für den Boten, und dieser aß mit großem Genuss.
„Es sind also die Jomswikinger, die der Dänenkönig schickt!"

„Nun, das mag wohl möglich sein, dass der Gabelbart dahinter steckt. Die Götter werden es wissen", sagte der Bote grinsend. „Wirst du kämpfen, Häuptling Sigurd?"
Da kam dem Tröndner der Gedanke an seinen Schwur in den Sinn, den er dem Ladejarl einmal gegeben hatte. „Ja, ich will dem Ruf des Königs folgen, so, wie ich es ihm einmal versprach!"
„So ist es recht gesprochen, und so wird unser Kampf Wohlwollen finden in den Augen der Götter von Asgard", lobte Astrad und sah den Sigurd nun ernst an. „Es ist unser aller Pflicht, das Land zu verteidigen, also sei nicht wählerisch in der Auswahl der Krieger."
„Nein, es müssen gute und mutige Krieger sein, die gegen die pommerschen Wikinger zu den Waffen greifen", widersprach Sigurd. „Wir sind Tröndner, und an uns sollen sich die Dänen ihre Zähne ausbeißen."
„Komm zum Halbmond mit deinen Schiffen nach Lade. Dort erwartet Sven Hakonsson die Krieger, um sie zu seinem Vater zu führen!"
Gut gestärkt und mit trockener Kleidung beschenkt, verließ der Bote wenig später den Hof und ritt weiter nach Norden.

„Was wird nun geschehen?", fragte Burga leise und stockte in ihren Worten, denn ein Hüsteln unterbrach ihren Redefluss. „Der König ruft zu den Waffen. Also werde ich gehen und meinen Schwur einlösen", antwortete Sigurd stolz. „Dann wird es einen Krieg geben?", fuhr sie fort, nachdem sie ihren Hals wieder frei geräuspert hatte. Ohne zu zögern bejahte ihr Gemahl die Frage. „Doch das Dorf wird sicher sein", versprach Sigurd mit beruhigenden Worten und strich dem kleinen Erik über das Haar. „Hierher werden sie nicht kommen!"
Von der Burga kam kein Wort der Angst oder auch der Verzweiflung. Sie hätte gegen die Entscheidung des

Häuptlings keine Worte gefunden, um diesen von der Kriegsfahrt abzubringen, und sie hätte es auch nicht gewollt. Nein, das hätte sie niemals gewagt, denn Sigurd hatte schließlich sein Wort gegeben!
Nun schickte auch der Häuptling einen Mann von Hof zu Hof, und nach sieben Tagen kamen sie alle in der Methalle des Hauses zusammen. Die Halle war zum Bersten gefüllt, und so mancher hatte keinen Platz gefunden. Sie wurden gut bewirtet, aßen und tranken viel, bevor sie der Sigurd aufrief, sich ihm im Kampf gegen die Jomswikinger anzuschließen. Es hatte kein Bier und keinen Met gebraucht, um die meisten der Männer dazu zu bringen, dem Häuptling den Gefolgschaftseid zu leisten, der sie zum Gehorsam verpflichtete. Den Kehlenbeißer über das Haupt gereckt, rief der Häuptling in die Halle: „Lasst uns auf Kriegsfahrt gehen!" Und die Männer jubelten ihm zu.

Es waren kaum drei Tage vergangen, da lagen die beiden Schniggen des Sigurd Svensson fest vertäut an dem Anlegesteg, der dicht über den dunklen Fluten in die Bucht hinausragte. Der Strand war mit vielen Menschen gefüllt. Von den Kriegern, die es in die Schlacht zog, und denen, die diese verabschieden wollten. Einige hatten den Priester Mamertus um seinen Segen gebeten, andere hatten den nordischen Göttern geopfert, um deren Heil zu erlangen.
Es ging laut zu, Schultern wurden geklopft, es wurde gelacht, und es wurden deftige Scherze gemacht. Aber es wurde auch geweint und umarmt, denn niemand konnte wissen, ob er seine Gesippen wiedersehen würde.
Dann trat Sigurd, gefolgt von Thorkill Ormsson, dem jungen Bjarne und seinem Weib, mit den Knaben Erik und Orm an Händen auf den Strand. Über dem dicken Kirtel trug er sein, mit kleinen ehernen Platten besetztes ledernes Rüstzeug. Um seine Schultern hing ein wollener Umhang mit einem

dichten Pelzkragen. In der linken Faust trug er seinen Schild, schwarz und mit dem Bildnis eines weißen Drachen bemalt, sowie in seinem Wehrgehäng das Messer und sein Schwert Kehlenbeißer. So trat er auf den Steg und kletterte über die Reling an Bord des Sturmrosses. Dann erklang der dunkle Ton eines Signalhornes, und alle Krieger begaben sich auf die Schiffe.
Der Wogendrachen und auch das Sturmross waren voll bemannt mit den Kriegern des Gaus im Norden. Borg hatte den Befehl über den Wogendrachen erhalten, und Sigurd selbst stand als Führer des Sturmrosses neben dem Steuermann Thorkill auf dem Achterdeck. Einige Männer stießen die Schiffe vom Steg ab, und langsam senkten sich die Ruderpinnen in die Wellen des Fjordes.

*

Viele Kriegsschniggen und Drachenboote lagen in der Bucht vor Anker, andere hatte man auf den Strand gezogen, und auch die Anlegestege des Hafens der Königsstadt Lade waren bis auf den letzten Platz mit Schiffen belegt. Scharen von Kriegern aus dem Hinterland hatten sich in den Trondheimfjord aufgemacht und wurden nun von den Hauptleuten des Sven Hakonsson auf die Schiffe verteilt. Morgens erschallten die Signalhörner, denn es war die Zeit des Aufbruchs gekommen. Die Kriegsflotte verließ den Trondheimfjord und segelte zur Insel Höd, wo in einer Bucht des Hjörungafjordes der Ladejarl mit seinen Schiffen ankerte. Bald erreichte auch Erik das Lager seines Vaters, und so wuchs die Streitmacht des Tröndnerkönigs noch einmal an.
Ein großes Heer an Fußvolk lagerte nun auf der Insel, nicht weit jener Bucht, in der sich die große Flotte befand.

Die Anführer zogen sich zurück, um ihr weiteres Vorgehen zu besprechen, denn noch schien der Feind fern zu sein. Doch schon bald brachten die Späher des Hakon die Nachricht, dass die Flotte der Jomswikinger im Süden von Hardanger vor Anker lag, und dass sie dort auf das Heftigste Strandhögg[56] trieben, sodass viel Volk in das Landesinnere fliehen musste. Trotzdem hatten unzählige Bewohner unter den scharfen Klingen ihr Leben gelassen. Besonders der junge Vagn Akisson tat sich beim Strandraub als besonders hartherzig und brutal hervor und entfernte sich dabei am weitesten vom Lager der Jomswikinger. So erreichte er mit seinem Schiff eines Morgens die Ufer der Insel Höd. Sofort strömten die Krieger des jungen Anführers aus, um nach Beute Ausschau zu halten, und fanden dabei einen kleinen Kotten, auf dessen Wiesen einige Kühe und auch Ziegen und Schafe grasten. „Los, treibt das Vieh an den Strand!", befahl Vagn Akisson lautstark. Da trat ein Mann aus dem Schatten des Hauses, der bisher das Treiben der Fremden schweigend mit angesehen hatte. Scheinbar furchtlos trat er vor den Vagn. „Wer bist du, dass du die Frechheit besitzt, mein Vieh zu stehlen?", fragte er ohne Scheu und Angst. Da hob einer der Krieger sein Schwert und wollte den Mann erschlagen, doch Vagn hielt ihn zurück. „Bist du des Lebens überdrüssig?", fragte er grinsend, denn der Bauer imponierte ihm. Vagn hasste Feiglinge!

„Das sicher nicht, Mann! Aber sollte heute der Tag sein, so soll kein Hasenfuß vor Odins Antlitz treten!", antwortete er frech.

„Ich bin Vagn Akisson, und ich komme von der Burg Jom!"

„Ihr seid die gefürchteten Jomswikinger", stellte der Mann fest und begann nun mitleidig mit dem Kopf zu schütteln.

„Was wackelst du so dämlich mit dem Schädel, bist du

---

[56] Strandhögg – Strandhieb, kurzer schnell geführter Wikingerüberfall

seiner überdrüssig?", fluchte der Stevenhauptmann des Vagn da.

„Ach, es wundert mich nur, dass ihr euch mit dem bisschen Schlachtvieh zufrieden gebt, wenn doch nicht weit von hier eine viel fettere Beute wartet."

„Was redest du da, Kerl?"

„Nun, vielleicht wäre ein Jarl oder ein König für euch angemessen", sprach der Bauer mit einem listigen Grinsen auf dem Gesicht. Da wurde der Vagn hellhörig und sah den Mann eindringlich an. „Wenn du vom Ladejarl Hakon sprichst, so spuck aus, was du weißt!"

Doch der Bauer schwieg. „Du und dein Vieh sollen ungeschoren davonkommen, also mach dein Maul auf, bevor ich es mir anders überlege und mein Messer deine Zunge herausschneidet!"

Da nickte der Mann zufrieden und zeigte nach Westen. „Dort ist die Mündung des Hjörungafjordes, und gestern noch lag dort ein großes Schiff vor Anker. Es war ein prachtvoller Drachen und sicher der des Hakon persönlich!"

„Allein?", fragte der Stevenhauptmann ungläubig, und der Bauer nickte zustimmend.

Oh, wie groß wäre doch sein Ruhm, wenn er, Vagn Akisson, allein den Trönderkönig zur Strecke bringen würde, dachte der junge Schiffsführer bei sich. „Du wirst mit uns kommen und uns den Weg weisen, Mann!", befahl er streng.

Dies gefiel dem Bauern in keiner Weise, denn er ahnte Böses. „Der Weg ist leicht zu finden, da bedürft ihr meiner Hilfe nicht."

„Rede nicht! Du fährst mit uns!" Somit schien das Schicksal des Bauern besiegelt. Vagn Akisson gab seine Befehle, auf dass sie sich zum Schiff aufmachten. Da sprach der Stevenhauptmann: „Lass uns dem Sigwaldi berichten, bevor wir zum Kampf übergehen. Denn wenn es misslingt, werde wir in Ungnade fallen."

Doch der Vagn blieb stur, und so segelte sein Schiff zur Mündung des Hjörungafjordes. Sie waren nicht weit in die große Bucht hinein gefahren, da gingen sie an einer flachen Böschung vor Anker, und der junge Anführer schickte seine Kundschafter aus, denn er blieb misstrauisch. Vagn Akisson war zwar jung, aber nicht dumm.
Als die Männer zum Schiff zurückkamen, wurde es dem Bauern mulmig. Er ahnte das drohende Unheil, sprang mit einem mächtigen Satz auf die Reling und stürzte sich in die Fluten, um fortzuschwimmen. Doch Vagn ergriff einen Speer und ließ diesen fliegen. Der Wurfspieß verfehlte sein Ziel nicht, bohrte sich tief in den Rücken des Flüchtenden, und dieser starb. Verwundert sah der junge Schiffsführer auf den im Wasser treibenden Leichnam, denn er verstand den Grund für die Flucht nicht.
„Dieser elende Kuhtreiber wollte uns in eine üble Falle locken", sprach der Kundschafter erbost, als er vor den Anführer trat. „Ein Schiff mit dem Hakon drauf sollte in der Bucht liegen! Pah! Bei Odins Bart! In der Bucht liegen Hunderte vor Anker. Eine große Kriegsflotte!"
Nun kannte der Akisson den Grund für die plötzliche Flucht des Bauern, denn dieser hatte genau gewusst, dass sein Ende besiegelt war. Also wählte er diesen Weg!
Sofort ließ Vagn sein Schiff wenden und in den Wind bringen, um zum Lager des Sigwaldi zurückzusegeln. Sie hatten den Hakon mitsamt seiner Flotte in der Falle, und lebend sollte der König diese nicht mehr verlassen.
Diese Nachricht erfreute den Jarl Sigwaldi und auch den Jomsburgfürsten Palatoki sehr, doch da noch nicht alle Raubfahrer in das Lager zurückgekehrt waren, blieb ihnen nur, die Geduld zu bewahren und zu warten.
Nach einigen Tagen zog bei schönstem Sonnenschein die Flotte der Jomswikinger weiter nach Norden und erreichte die Insel Höd und die Mündung des Hjörungafjordes.

In Schlachtordnung fuhren sie in die Bucht hinein, und das Schiff des Sigwaldi führte eine Gruppe von Schniggen in der Mitte der Fahrrinne, unter denen sich auch sein Bruder Thorkel der Hohe befand. Zu seiner rechten Flanke ruderten die Schiffe des Bui und des Sigurd, zur linken die des Vagn und Björn des Walisers. Der Palnatoki bildete mit einigen Schiffen die Nachhut und wollte mit seinen Kriegern erst eingreifen, wenn dies wirklich von nöten wäre.
Es dauerte nicht lang, da kamen die Späher des Hakon in das Lager und verkündeten von der Ankunft der Jomswikinger in dem großen Fjord. Bald darauf erschallte der Ruf der Kriegshörner, und die Besatzungen der Schiffe begaben sich in vollem Rüstzeug an Bord.

Sigurd und Thorkill standen am Ruderstand und sahen schweigend auf die Männer mit den Ruderpinnen in ihren Händen. Der Wogendrache hatte schon abgelegt und ruderte in die Schlachtformation des Erik Hakonsson.
Das Sturmross lag noch am Steg.
Der Rotschopf legte dem Sigurd seine Hand auf die Schulter und sagte grinsend: „Dann wollen wir mal den Schwertreigen beginnen! Auf dass uns der Herr Christus beschütze!" Da schüttelte Sigurd seinen Kopf und lächelte. „Das kann er von mir aus zuhause auf dem Hof tun. Hier aber, in der Schlacht, verlasse ich mich auf das Heil der Asen! Möge uns Odin Mut und Stärke verleihen!"
„Und einen guten Platz in Walhalla", entgegnete Thorkill und sah mit Freuden, dass sein Freund den Glauben an die alten Götter noch nicht gänzlich verloren hatte, wie es die Burga wollte.
Jetzt rief Sigurd seine Befehle, die Schnigge löste sich vom Steg, die Riemen senkten sich ins Wasser, und der Großsegler reihte sich in die Schlachtordnung der Flotte ein.

Die Flotte des Sven Hakonsson fuhr gegen die Reihen des Jarl Sigwaldi, die seines Bruders und Geirmund des Weißen zog gegen den Vagn Akisson und Björn den Waliser, sowie auch die anderen Schiffsverbände der Jomswikinger ihre Gegner fanden.
Schnell ruderten die großen Schniggen und Drachenschiffe gegeneinander, legten sich Seite an Seite, auf dass die Krieger mit ihrem blutigen Handwerk beginnen konnten. Pfeile und Speere flogen, suchten sich ein Ziel, und einige fanden es auch. Das Sturmross hatte sich einer Schnigge genähert, die Sigurd zum Gegner erwählt hatte, und so flogen nun die Enterhaken von einem Schiff zum anderen, krallten sich in das Holz der Bordwände und verbanden die Schiffe fest miteinander. Riemen, die noch im Wasser gehangen hatten, waren an den Schiffswänden zerborsten, als die Rümpfe gegeneinander stießen.
Sigurd war einer der ersten, der über die Reling sprang, und der Schlag mit dem Kehlenbeißer traf einen Feind im Gesicht. Nur der Nasenschutz seines Helmes verhinderte den Verlust seines Riechorgans, trotzdem fiel er benommen zu Boden. Sigurd stürmte weiter über das Deck, und mit großer Kampfeswut ließ er sein Schwert kreisen.
Hier ein Hieb gegen den Arm, dort ein Stich in den Wanst. Erst als er sich zum Achterdeck durchgekämpft hatte, sah der Tröndner, dass ihm seine Männer gefolgt waren und das Deck des Schiffes von den Feinden fast völlig geleert war. Nur eine Handvoll Krieger verteidigte noch den Ruderstand der Schnigge. Dies aber taten sie, ohne dabei Rücksicht auf ihre Gesundheit oder ihr Leben zu nehmen. Sie waren in der Unterzahl, stellten sich den Angreifern aber mit einer Wand aus Rundschilden entgegen, denn das Schiff preiszugeben war für sie undenkbar.
Die Männer des Sigurd trugen keine Schilde zum Schutz, denn diese behinderten die Angreifer nur in ihren

Bewegungen. Schließlich war auf einem Schiff nicht allzu viel Platz zum Kämpfen. Hartnäckig rannten sie gegen den Schildwall der Jomswikinger an, doch plötzlich legte sich ein weiteres Schiff längsseits der Schnigge, und Krieger stürmten auf das Schiff, um den Bedrängten zur Hilfe zu eilen. Plötzlich hatte sich das Blatt gewendet, und nun wurde die Lage für die Männer des Sigurd brenzlig.

Als der Tröndnerhäuptling dann noch sah, dass Thorkill verwundet an der Reling lehnte, gab er den Befehl zum Rückzug. Die Äxte zerschlugen die Taue, doch nur widerwillig löste sich das Sturmross von dem Schiff der Jomswikinger.

Langsam trieben die beiden Schniggen auseinander, und wieder flogen Pfeile und Speere. Sigurd ließ seine Schnigge zum Strand rudern, und der Kiel rutschte nicht weit des Lagers auf den Kies. Hier lagen bereits einige Schiffe, die aus der Schlacht zurückgekehrt waren, und deren Krieger sich nun die Wunden leckten. Doch viele Schiffe würden nicht zurückkehren, das wusste Sigurd, und unzählige Krieger würden heute die große Halle des Odin füllen.

Noch bevor die Dunkelheit das Licht des Tages verdrängte, lief die Flotte des Hakon in die Bucht ein. Und sofort erkannten die Männer, die sich an den Strand begeben hatten, dass viele Schiffe fehlten!

Auf einer Böschung stand Sigurd, den verwundeten Thorkill an seiner Seite, und sie sahen in die Bucht hinaus, als sie endlich in der Dämmerung des Abends das Schiff erspähten, dessen Ankunft sie so sehnlichst erwarteten. Der Wogendrachen näherte sich mit kräftigen Ruderschlägen dem Ufer. Es zeigte sich, dass der größte Teil der Besatzung noch lebte und dass die Beschädigungen an der Schnigge reparabel waren.

Spät am Abend wurde dem Hakon von Lade gewahr, dass er diese Schlacht verloren hatte und dass ein großer Teil der Flotte auf dem Grund des Fjordes lag.

Die Heere der verfeindeten Wikinger hatten sich in ihre Lager zurückgezogen, und die Anführer hatten nun ihre Kundschafter ausgeschickt, um zu erfahren, was der Feind im Schilde führte. Die Krieger aber suchten nach Schlaf und Ruhe, denn schon am nächsten Morgen sollten die Feinde wieder aufeinander treffen. Dieses Mal aber auf dem Land! Die Kriegsmacht der Jomswikinger teilte sich auf und begann in losen Heerscharen ohne Gnade, das Umland zu verheeren. Die Krieger des Hakon und seiner beiden Söhne stellten sich ihnen ohne zu zögern zum Kampf, und so begegneten sich die beiden Heere des Sigwaldi und Thorkel des Hohen mit einer großen Abordnung aus den Reihen des Tröndnerkönigs. Sofort kam es zur Schlacht, in der die Krieger zwei volle Tage fochten, und an dessen Ende sich das Tröndnerheer geschlagen geben musste.

Doch sie errangen auch Siege!

So unterlagen die beiden grausam plündernd über die Insel ziehenden Heere des Vagn Akkisson und Björn des Walisers einer Übermacht des Erik Hakonsson, und der Waliser ging dabei in Gefangenschaft.

Dann aber stellte sich das Kriegsglück vollends auf die Seite der dänischen Wikinger vom Ufer der Oder, und viele Gefolgsleute des Hakon ließen ihr Leben auf dem Schlachtfeld. Doch irgendwann zog es die Krieger zurück in ihre Lager.

*

15. Die Krieger Odins

Bald schon zogen die Flotten bei schönstem Sonnenschein in den Fjord hinaus, denn der Hakon von Lade und seine Söhne wollten ein Vordringen der Jomswikinger mit allen Mitteln verhindern. Die Macht der Sippe, ja die Königsherrschaft über das Land am Nordweg, hing davon ab. Schnell kamen sich die Schlachtreihen der Widersacher nahe, und es flogen die Wundbienen von Schiff zu Schiff.
Die Kriegsschiffe des Hakon und die seines Sohnes Sven stellten sich erneut gegen die Flotten des Jarls Sigwaldi und der des Thorkel zum Kampf, und die Schlacht tobte wild, denn keines der Schiffe wollte weichen. Und genau so war es zwischen dem Jarl Erik und dem Vagn Akisson, der seine Schiffe gnadenlos vorantrieb, bis diese mit dem Feind Reling an Reling standen.
Plötzlich erschallten die Hornsignale, und die Schniggen der Brüder Sigurd und Bui hielten auf die sich in der Schlacht befindenden Schniggen zu. Besonders Bui der Dicke hatte schon großes Unheil über die Tröndner gebracht, und er wagte auch diesmal ohne zu zögern den Vorstoß.
Unter dem Klang seines Signalhornes ließ er geradewegs in die Schlachtreihen rudern, doch Jarl Erik Hakonsson gab sofort den Befehl, einige Schniggen gegen den Dicken zu stellen.
So entbrannte auch dort sofort die Seeschlacht, da geschah es plötzlich, dass der junge Vagn die Schlachtreihe des Jarl Erik sprengte und es ihm gelang die Schiffe von den Enterhaken der Tröndner zu trennen. Als der Erik dies sah, legte er seinen Eisenwidder, wie er seine große Schnigge nannte, an die Bordwand der Skaid des Vagn Akisson. Doch es waren die Jomswikinger, die auf den Eisenwidder

übersetzten und wild entschlossen den Kampf begannen. An der Seite des jungen Anführers kämpfte ein Krieger namens Aslak Holmglatze, er war ein mutiger Mann und hatte schon viele Feinde erschlagen. Und auch an Bord des Eisenwidders bewies er, dass er ein harter Gegner für jeden Kämpfer war. Er schlug mit kräftigen Hieben auf einen Krieger Namens Vigfus ein, als aber ein anderes Schwert diesem Vigfus, der ein Skalde im Dienste des Erik Hakonsson war, zu Hilfe kam und diesen aus der Bedrängnis des Aslak befreite, ergriff jener Vigfus einen Schnabelamboss, der an Deck lag, und schlug diesen dem Aslak in den Schädel. Der spitze Schnabel des schweren Eisens bohrte sich tief in das Haupt des Dänen, und unter seinem ledernen Helm quoll sofort das Blut hervor. Aslak verdrehte seine Augen zum Himmel und starb!

Als Vagn Akisson dies sah, entfachte eine noch größere Kampfeswut in ihm, denn der Aslak war ihm ein treuer Gefährte gewesen. Er schlug nun wie besessen auf jeden ein, der sich ihm in den Weg stellte. Dabei zahlten viele mit ihrer Gesundheit oder gar mit dem Leben. Doch von der Wut getrieben, wurde er leichtsinnig, und in einem Moment der Unachtsamkeit traf ihn der Hieb einer Eichenkeule. Der Helm war ihm über die Augen gerutscht, und der Heißsporn taumelte gegen die Bordwand. Noch im rechten Moment stellten sich seine Krieger den Angreifern in den Weg, so dass dem Vagn die Flucht auf seine Skaid gelang.

Da ließ Jarl Erik die Taue kappen, denn er sah viele seiner Krieger in ihrem Blute liegen. Schnell entfernten sich die Schiffe voneinander, und der Tröndnerjarl ließ an das Ufer steuern.

Als die Dämmerung das Licht nahm, zogen sich die feindlichen Flotten zurück, und der Hakon sah, dass es nicht gut bestellt war um seine Streitmacht.

„Nicht mehr lange werden wir dem Feind standhalten können, mein König", sprach der Erik, und sein Bruder Sven pflichtete ihm bei.
Jarl Hakon starrte abwesend in die Glut des Feuers, das vor seinem großen Zelt brannte. Er saß auf seinem mit Schnitzereien verzierten Hocker und hielt einen Becher mit dampfendem Met in seiner Hand. „Ja, auch mir scheint es, dass sich die Götter von uns abwenden. Darum habe ich beschlossen, die Götter anzurufen und um ihr Heil zu bitten. Die Thorgerd Hölgabrud und ihre Schwester Irpa sollen mir ihre Gunst erweisen!"
Schon am nächsten Morgen begab sich Hakon von Lade auf die Reise. Nicht ohne seinen Söhnen den Befehl zu erteilen, weiterhin tapfer das Land zu verteidigen. Das Drachenschiff des Königs segelte zu der Insel Primsignd, und dort ging er auf den Hof eines Bauern, der in der Gegend für seine seherischen Fähigkeiten bekannt war. Diesem sagte man nach, dass er in seinen Träumen mit den Göttern sprechen könnte.
Da trug der König des Tröndelag sein Begehr dem Seher vor, und dieser sprach: „Errichte dein Lager, denn du musst warten, bis mir die Götter sagen, was zu tun ist!"
Und so dauerte es drei volle Tage, bis der Bauer vor das Zelt des Königs trat. „Komm, König Hakon! Wir müssen in den Wald gehen, um die Schwestern Thorgerd und Irpa um Beistand zu bitten." Da sah der Hakon den Mann erstaunt an, nicht nur aus dem Grunde, dass die Göttin Thorgerd Hölgabrud seine göttliche Beschützerin war, sondern weil er sich nicht vorstellen konnte, wie ihm die Wettergöttinnen bei seinem Anliegen helfen sollten. „Woher weißt du…?", wollte er fragen, doch der Bauer schüttelte nur seinen Kopf, so schwieg der König.

Ein kleines Feuer hatte der Mann entfacht, als sie an einer bestimmten Stelle des Waldes angekommen waren. Es war ein Quellstein, in den eine Runeninschrift geritzt war und an dem ein Bach entsprang.
Sofort begann der Bauer nach den Göttinnen zu rufen, dabei sank der Hakon demütig auf die Knie. Nun begann der Bauer einige für den König unverständliche Worte zu murmeln und nickte dann dem Hakon zu, auf dass dieser sein Begehr vorbringen sollte.
Nachdem der Ladejarl geendet hatte, sah er den Bauern fragend an, doch dieser schüttelte nur seinen Kopf, zum Zeichen dafür, dass die Göttinnen schwiegen. Da bot der Jarl von Lade der Thorgerd Hölgabrud so manches Opfer an, doch wieder schüttelte der Seher sein Haupt. Da bot der Tröndnerkönig ein Menschenopfer, doch auch dies wiesen die Wettergöttinnen zurück. Was sollte der Hakon nun noch bieten?
Doch es stand viel auf dem Spiel, denn es ging um nicht weniger als die Herrschaft über Westnorwegen, und so bot der Hakon in seiner Verzweiflung den Göttinnen das Leben seines siebenjährigen Sohnes Erling als Gabe an.
Und diesmal nickte der Bauer!
Da begab sich der Hakon auf sein Schiff und segelte nach Lade, wo er sich auf seinen großen Hof begab. Anfangs war die Freude groß, als der Hakon lebend und unversehrt vor seine Gesippen trat. Doch die Laune des Hausherrn war sehr schlecht, und so blieb die Stimmung gedrückt.
Es war der zweite Abend, den der Hakon nun an seinem heimischen Feuer verbrachte, da rief er nach seinem Knecht Skopti. Dieser war neben dem Sklaven Tormod Kark, den der Hakon wie einen Freund behandelte, der treueste und zuverlässigste Knecht auf dem Hof. Er zog den Knecht beiseite, redete lange auf diesen ein, und alle in der Halle des Hauses sahen, dass dem Skopti gar nicht wohl war in

seiner Haut. Doch er musste den Befehl seines Herrn ausführen, und so nahm er den Erling bei der Hand und verließ mit dem Knaben das Langhaus.
Böse Blicke trafen den Hakon, denn sein Weib und die anderen Frauen im Haus schienen zu ahnen, was geschehen würde. Nun bestürmte die Mutter des Knaben ihren Gemahl, doch alles Bitten und Betteln war vergebens, schließlich stand der König bei den Göttinnen im Wort.
In derselben Nacht errichteten die Sklaven einen Scheiterhaufen, auf den sie den toten Knaben betteten. Noch einmal wiederholte der Ladejarl seine Bitte und entzündete dann den Holzstoß, um das Opfer zu den Göttinnen zu schicken.

Am nächsten Morgen bestieg der König der Tröndner unter den bösen Blicken seiner Gesippen das Schiff und segelte zur Insel Höd. Mit viel Glück und dem Heil der Götter gelang es ihm, in der Nacht unbehelligt sein Kriegslager zu erreichen. Dort rief er alle Schiffsführer und Hauptleute zusammen und verkündete mit lauter Stimme:
„Das Kriegsglück wird sich fortan uns zuwenden! Denn nun werden die Göttinnen Thorgerd und Irpa mit uns kämpfen und den Niedergang abkehren! Ich gab ihnen ein Opfer, das sie nicht ausschlagen konnten!"
Groß war der Jubel unter den Männern, denn kaum einer hegte nun noch Zweifel an dem Sieg über die Wikinger, die ihnen der Dänenkönig geschickt hatte.
Es verging gar nicht viel Zeit, da kam einer der Späher zum Zelt des Hakon. Er war völlig außer Atem und berichtete:
„Ich vermag es dir nicht zu sagen, warum, aber draußen im Fjord, und nur dort, wütet ein fürchterliches Unwetter! Es tobt ein heftiger Schneesturm, und Thor lässt Blitze aus dem Himmel fahren!"

Doch zum Erstaunen des Spähers schien der Hakon wenig überrascht zu sein, obwohl hier in der Bucht die Sonne schien und es auch noch längst nicht die Zeit für Schneestürme war.
„Die Wellen schlagen hoch über die Bordwände, und so manches Schiff versank auf den Grund des Fjordes. Andere standen in lodernden Flammen, getroffen von den Blitzen des Rotbartes. Die Verluste des Feindes sind nicht gering, ohne dass es auch nur eines Pfeils bedurfte, mein König!"
Da erhob sich Hakon von seinem Stuhl, grinste zufrieden und rief: „Dann ist es nun an der Zeit, den Feind zu schlagen!"

Es dauerte nicht lange und die Kriegsflotte des Tröndnerkönigs begab sich hinaus in den großen Fjord, um die Gunst der Stunde zu nutzen. Vorbei an grünen Ufern und hohen grauen Felswänden segelten sie dem Sturm entgegen, um erneut gegen die Jomswikinger zu kämpfen. Als sie die feindliche Flotte erreichten, flaute der Sturm bereits wieder ab, und die Schiffe der Jomswikingerflotte sammelten sich bereits wieder in Schlachtordnung.
Und die Schiffe legten sich erneut Seite an Seite, und die Kriegsscharen schlugen aufeinander ein, sodass es bald kaum noch einen Krieger gab, der nicht sein Blut in der Schlacht gelassen hatte.
Doch trotz der Verluste im Sturm wandte sich das Kriegsglück wieder den Jomswikingern zu, und sie behielten im Kampf die Oberhand. Als der Tröndnerkönig dies sah, geriet er in höchste Wut. Er begab sich zum Vordersteven, erklomm die Reling und rief zum Himmel hinauf: „Ihr Göttinnen, ich gab euch viel! Den eigenen Sohn gab ich euch, für den Sieg und für mein Königreich! Warum versagt ihr mir euer Heil?"

Da zogen erneut Unheil verheißende, dunkle Wolken von Norden her über den Fjord, es wurde wieder kalt und begann zu schneien. Das Licht der Sonne verschwand, und der Wind frischte kräftig auf. Wieder entfuhren den grauen Riesen, die den Himmel nun bedeckten, grell aufleuchtende Blitze, und ein ohrenbetäubender Donner ließ selbst die hart gesottenen Krieger aus der Jomsburg erschauern.

Da trat Havard der Schläger, der einer der treuesten Männer des Sigwaldi war, und dem man seherische Fähigkeiten nachsagte, neben den Jarl der Jomswikinger und sprach: „Ich sah die Thorgerd Hölgabrud und auch deren Schwester Irpa an Bord des Drachen Hakons. So wird es uns nun schwer, hier noch den Sieg zu erringen, Jarl!"
„Gegen zwei Hexen zu kämpfen, das haben wir dem Gabelbart nicht gelobt", rief der Sigwaldi böse aus. „Ich denke, unser Schwur ist erfüllt!"

*

Der Sturm hatte nun an Heftigkeit zugenommen, und der Schnee peitschte den Wikingern von Jom in ihre Gesichter. Die Pfeile und Speere, die sie dem Gegner gesandt hatten, fanden ihre Ziele nicht mehr.
„Gegen zwei Hexenweiber zu kämpfen haben wir dem Gabelbart nicht gelobt", rief der Sigwaldi immer wieder empört aus. „So wird es besser sein, von hier zu entfliehen!" Er ließ die Taue zu der Skaid des Vagn kappen, neben die er seine Schnigge gelegt hatte. „Wir segeln heim nach Pommernland, und ihr solltet das Gleiche tun", rief der Jarl dem Bui zu.
Da entgegnete der Bui, der sich auf der Skaid des Vagn befand, da seine Schnigge bereits in den Wellen versunken war, dem Jarl Sigwaldi beleidigende Worte, und auch der

Vagn ließ sich mit Lästereien nicht lumpen. „Was bist du für eine Memme, Jarl Sigwaldi! Deine Schuld wird es sein, wenn wir die Schlacht verlieren! Du erbärmlicher Hasenfuß! Möge Odin dir deine Feigheit vergelten!"
Da sprang einer der Männer des Sigwaldi, sein Name war Thorkel Midlang. von seinem Schiff auf die Skaid des Vagn und schlug dem Bui sein Schwert gegen den Kopf. Die Unterlippe sowie das Kinn und einige Zähne des Dicken flogen durch die Luft, und unter den gestammelten Worten, dass dies den Mädchen auf Borgundarholm das Küssen wohl verleiden werde, hieb der Dicke nach dem Krieger Sigwaldis und schlug ihm seine Klinge in die Seite, sodass diese den Körper bis an den Bauchnabel entzweite, und der Thorkel Midlang starb. Da erklomm einer der kräftigsten und mutigsten Männer aus den Reihen des Sigwaldi die Skaid.
Es war Sigmund, ein Mann von den Färöern, und auch er wollte die Schande nicht auf dem Sigwaldi sitzen lassen. Wild bestürmte er den Dicken von Borgundarholm und sein Schwert traf den Gegner übel in die Schulter und die Seite. Mit einem mächtigen Hieb schlug er dem Bui beide Hände ab. Sterbend hob dieser seine Armstümpfe, rief mit letzter Kraft seinen Männern etwas zu und stürzte sich dann in die Fluten des Fjordes.
Voller Jähzorn ergriff da der Vagn einen Speer und ließ diesen dem Schiff des Sigwaldi hinterher fliegen, doch der Sigwaldi, dem der todbringende Gruß galt, saß auf einer der Ruderbänke. So traf der Speer den Mann am Achtersteven und durchbohrte diesen!
Nun, da Thorkel der Hohe, Sigurd Mantel und auch die anderen Jarle von der Jomsburg den Sigwaldi fortsegeln sahen, glaubten sie ihren Schwur erfüllt, folgten mit ihren Schiffen und nahmen Kurs nach Dänemark. Nur Vagn und Björn der Waliser waren noch geblieben und wollten den

Kampf fortsetzen. Und so stellten sie sich mit ihren Schiffen erneut gegen den Feind.

Sigurd und seine Krieger gehörten zur Heerschar des Erik Hakonsson, und die Gefolgschaft des Sigurd Svensson zählte noch gut sechzig Männer.
Seite an Seite dicht gedrängt waren die Krieger auf die Schiffe des Feindes gestürmt. Krachend schlugen die Schilde gegeneinander, Klingen klirrten, und Todesschreie hallten. Lanzen stachen in Leiber, Äxte schlugen gegen Rüstzeug und Helm, auf dass das Blut in Strömen über die Planken floss und diese mit dem roten Lebenssaft tränkten. Nach und nach lösten sich die Reihen der Kämpfenden auf, und es wurde Mann gegen Mann gefochten. So kämpften sie bald auf den Leibern der Gefallenen.
Plötzlich geschah, was Sigurd Svensson nicht mehr für möglich gehalten hatte. Sie hatten die Bordwand einer weiteren Schnigge überwunden und stürmten gegen den Feind, als jemand mit größter Verachtung seinen Namen rief, und Sigurd erkannte den Rufer sofort. Vor ihm, nicht einmal mehr als vier Schwertlängen, stand sein verhasster Feind Geirmund Zweifinger. „Hatte es dieser Schweineschiss tatsächlich irgendwie geschafft, zu überleben", dachte Sigurd. Er wäre doch jede Wette eingegangen, dass dieser Kerl längst sein verdientes Ende gefunden hätte. Doch solch eine Kreatur wollte wohl nicht einmal die Hel in ihrem Reich.
Ohne zu zögern oder auch nur ein Wort zu verlieren, hob er den Kehlenbeißer und stürmte gegen den Mörder seiner Eltern. „Odin! Schenk mir meine Rache", schrie er heraus und schlug zu. Doch der Hieb verfehlte den Geirmund um eine halbe Armeslänge, und dieser versuchte nun seinerseits sein Glück. Doch auch sein Schlag war wenig kraftvoll und

prallte vom Schild des Tröndners ab, ohne auch nur einen Kratzer zu hinterlassen.

„Heute schenke ich dem Allvater deinen Kopf, dann ist der Tod meines Bruders gerächt!"

„Dein Bruder starb in einem Zweikampf, du aber hast meine Eltern geschlachtet wie Vieh", rief Sigurd wütend und unterstrich seinen Zorn mit einem weiteren Hieb. Und dieser traf die Klinge des Schwertes seines Gegners so heftig, dass die Waffe zitternd zurückschlug und der Geirmund schmerzverzerrt sein Gesicht verzog. Da ließ Sigurd die Schläge auf den Dänen niedersausen, und dieser hatte größte Mühe, sich zu schützen. Plötzlich griff dieser den Kirtel eines Mannes, der mit dem Rücken zum Geirmund gegen den Ole kämpfte, zog kräftig an, und der Kerl stolperte dem Sigurd in die Klinge. Der Mann schrie auf, denn der Kehlenbeißer hatte sich tief in seine Schulter gegraben. Eine klaffende Wunde ließ das Blut emporsprudeln, er sah den Geirmund verwundert an und sank dann zu Boden, denn in seinem Rücken steckte das Schwert des Ole. Geirmund aber stürmte nun vor, seine Klinge schwingend, sodass Sigurd eilends zurückweichen musste. Ihm blieb nur noch, den Schild hochzureißen, um nicht erschlagen zu werden, und schon flogen die Splitter des Schildrandes umher. Da stieß Sigurd den Schild nach vorne und rammte diesen dem Geirmund gegen die Brust, dass dieser zurückwich und verärgert fluchte. Sofort folgte der Kehlenbeißer hinterher und ließ den verhassten Widersacher aufjaulen, denn die Spitze war ihm in den Schenkel gedrungen.

Gedankenfetzen schossen Sigurd durch den Kopf, und die Gesichter seiner geschändeten Schwestern, des Bruders, der Mutter und auch die des Sven spornten ihn an, den Dänen zu töten. Er hob sein Schwert zum Schlag, da hörte er in seinem Rücken einen markerschütternden Schrei.

Er wandte sich um und sah in die weit aufgerissenen Augen des Helgi, des rotbärtigen Stevenhauptmanns des Geirmund. Der obere Teil seines Helmes war fort, und nicht nur dieser, denn ihm fehlte auch die gesamte Schädeldecke, sodass man die gräuliche Masse in seinem Kopf erkannte. Knut hatte den Versuch des Helgi, Sigurd hinterrücks zu meucheln, mit der breiten zweischneidigen Axt vereitelt.
Dieser grinste nur frech und rief: „Nun töte diesen räudigen Köter endlich! Er hat es schon lange verdient!"
Da nickte der Häuptling und stürzte sich wie ein Berserker auf den Glatzkopf. Der Kehlenbeißer traf den Schild des Dänen, dieser zersprang in zwei Teile und fiel auf die Planken. Beim nächsten Schlag riss der Geirmund sein Schwert empor, und dieses fing den Schlag des Sigurd ab, doch ein schneller zweiter Hieb durchschlug dem Geirmund den Handschuh und ließ diesen mit den darin befindlichen Resten seiner Hand, gefolgt vom entsetzten Blick des Geschundenen, durch die Luft fliegen. Da stach Sigurd mit aller Kraft zu, und noch bevor der Handschuh den Boden berührt hatte, fuhr die scharfe Klinge durch den Augenschutz des Brillenhelmes, den Geirmund trug, und trat auf der Hinterseite des Hauptes durch die Brünne wieder heraus. Starr und völlig bewegungslos stand der kahlköpfige Däne vor Sigurd, das Blut hatte die eine Hälfte seines hässlichen Gesichtes rot gefärbt, und erst als Sigurd die Klinge aus dem Kopf zog, fiel der Pirat nach vorn über.
Nun legte sich der Wogendrachen längsseits des Sturmrosses und die Männer setzten über, um sich an dem Kampf ihres Anführers zu beteiligen. So dauerte es nicht mehr lange, und die Schnigge war vom Feind gesäubert. Doch plötzlich setzte sich eine Skaid[57] neben die feindliche Schnigge, und der Kampf entbrannte aufs Neue.

---

[57] Skaid – Langschiff mit bis zu 60 Riemen

Sigurd bekam es mit einem jungen Burschen zu tun, der sehr zäh war und im Umgang mit dem Schwert dem Sigurd in nichts nachstand. Einzig die Qualität der Waffe machte einen Unterschied, denn der Kehlenbeißer war gegen die Waffe des Dänen federleicht und ließ den Arm seines Herrn nicht so schnell ermüden. Doch die Angriffe des jungen Kriegers kamen schnell und mit großer Kraft, sodass er den Sigurd bereits zweimal erwischt hatte. Die Götter schienen dem Tröndner aber weiterhin gnädig zu sein, denn es waren nur leichte Wunden, die er davontrug. Nun war es dem Häuptling aber genug, und er ließ den Kehlenbeißer zischend seine Kreise ziehen und brachte seinen Gegner so in arge Bedrängnis. Eine Kerbe nach der anderen schnitt die Klinge des Sigurd in die des Gegners, und plötzlich war es geschehen. Ein kräftiger Schlag gegen den Helm ließ den Krieger straucheln, er stolperte über einen der herumliegenden Körper und blieb benommen liegen.
„Warte!", rief da einer der Männer, denn Sigurd hatte bereits zum tödlichen Schlag ausgeholt. Der Gefolgsmann, den Sigurd nicht einmal mit Namen kannte, trat heran und sah sich den Mann mit der blutenden Nase genau an.
„Weißt du, wer das ist?", fragte er den Tröndnerhäuptling. Sigurd sah den Mann erstaunt an und schüttelte seinen Kopf.
„Das ist Vagn Akisson! Der Enkel des Palnatoki! Beim Odin, der Kerl ist Gold wert!"
Der Tröndner begriff sofort, welch wertvoller Fang ihm da ins Netz gegangen war, und sofort rief er Männer herbei, die nun alle Hände voll zu tun hatten, die anstürmenden Jomswikinger, die ihren Anführer in Bedrängnis sahen, abzuwehren. Während zwei Krieger den Sohn des Aki auf das Sturmross schleppten, drängten sie die Angreifer erfolgreich zurück.
Als es Abend wurde, waren Bui der Dicke und viele Krieger in eine andere Welt gegangen. Andere hatten die Masten

und Rahen ihrer Schiffe in den Fjord geworfen und waren über Bord gegangen. Sie klammerten sich daran und versuchten, so in der Dunkelheit zu entkommen. Der Vagn Akisson, Björn der Waliser und dreißig ihrer Männer waren in Gefangenschaft geraten.

*

Nachdem die norwegischen Krieger die zurückgelassenen Schiffe der Jomswikinger geplündert und die Habseligkeiten der Feinde unter sich verteilt hatten, setzten sie sich nieder und aßen. Dann ruhten sie, und als die Jarle zum Strafgericht riefen, folgten sie dem Ruf auf den Platz vor dem Zelt des Hakon von Lade.
Doch keinem der Jarle stand der Sinn nach langem Gerede. „Du, Thorkel Leira, sollst derjenige sein, der die Kerle enthauptet", befahl der Erik Hakonsson, und der Thorkel zeigte sich erfreut. Mit Stricken aneinander gebunden wurden die Gefangenen vor die Jarle des Tröndelag und den König geführt, und Thorkel sollte mit dem blutigen Handwerk beginnen.
Zuerst führte man einen schwerverwundeten Mann vor den Henker. Man band ihm ein Holz in sein Haar, und der Thorkel schwang sein Schwert. Mit einem Hieb trennte er den Kopf vom Rumpf und während dieser zu Boden sank, hing das Haupt an dem, von zwei kräftigen Kriegsknechten gehaltenen Holz.
So erging es zwei weiteren Jomswikingern. Da begann Thorkel Leira zu grinsen, sah die Jarle an und fragte: „Sagt, sieht man mir eine Veränderung an? Es heißt doch, wer drei Köpfe vom Körper trennt, würde ein anderer sein!"
Da lachte der älteste Sohn des Hakon. „Du machst dich gut als Henker, doch verändert hast du dich nicht, Thorkel."

Dann brachten sie den nächsten Mann, und der Henker fragte diesen grinsend, während man ihm das Holz in die Haare band: „Wie schmeckt es dir heute der Hel zu begegnen?"

„Ich werde meinem Vater folgen, also ist es mir recht", antwortete der Mann und starb.

Nun fragte er jeden, der vor ihm kniete, und keiner zeigte Angst, nein, die Jomswikinger fingen sogar an, den Henker und auch den Tod selbst zu verspotten.

„Sag, hast du noch ein wenig Zeit?", fragte einer dreist. „Mich drückt es und ich muss pissen!" Da lachte der Thorkel laut auf und gewährte ihm dies. Der Mann ließ seine Beinkleider herab und tat, wonach ihn so drängte. Da stellte der Henker auch ihm die Frage, und er grinste. „Eigentlich hatte ich gehofft, die Tochter des Jarl Skaggi zu besteigen, doch nun wird sie darauf verzichten müssen!" Er fasste sich obszön an sein Glied, da rief der Hakon laut: „Schlagt diesem Dreckskerl endlich den Kopf herunter, damit seine Frechheiten verstummen!" Und es geschah!

Da brachten die Krieger einen jungen Mann, er hatte langes goldenes Haar und war auch sonst von besonderer Schönheit. Da fragte auch ihn der Thorkel Leira, und der Bursche gab zur Antwort: „Ich bin nicht weniger von hohem Rang als du, Thorkel. So will ich freudigen Auges in den Tod gehen, doch sollen nicht die Kriegsknechte mich halten. Ein Kerl, nicht geringer als wir, soll mein Haar halten, wenn du zuschlägst, sodass es nicht mit Blut befleckt wird!"

Da trat einer der Jarle vor und ergriff das Haar mit beiden Händen, und der Henker schlug zu.

Doch plötzlich erschallte ein markerschütternder Schrei. Der junge Kerl hatte seinen Kopf nach hinten gerissen, und so waren es die Hände des Jarls, die der Hieb traf. Die blutigen Hände lagen im Staub, und der junge Kerl sprang auf und lachte laut.

Da schnellte der Hakon von seinem Hocker auf und rief voller Zorn: „Schlagt ihn nieder! Schlagt sie alle nieder, sie verhöhnen uns!"
„Nein, warte!", rief da der Erik Hakonsson und wandte sich an den jungen Kerl. „Wie heißt du, und wer bist du, dass du hier solche Reden schwingst?"
„Mein Name ist Sven, und ich bin der Sohn des Bui von Borgundarholm!"
Da fragte Jarl Erik nach seinem Alter, und der Däne antwortete: „Sollten mir die Götter noch gnädig sein, so werde ich den achtzehnten Winter erleben."
„Es fließt kein schlechtes Blut in deinen Adern, mein Freund. Und die Götter sagen, du sollst leben! Bindet ihn los!"
Jarl Erik nahm den jungen Sven in sein Gefolge.
Nun schleppten die Knechte einen weiteren Kerl herbei. Er war groß, kräftig und auch noch recht jung. „Wie ist dein Name?", fragte Jarl Erik auch diesen. „Ich bin der Sohn des Aki und man nennt mich Vagn!", sagte er stolz.
„Nun, wie ist es Vagn Akisson", fragte der Thorkel. „Wie gefällt es dir, zu sterben?"
„Wenn ich meinen Schwur erfülle, ist es mir recht!"
„Was für einen Schwur hast du geleistet?", fragte da der Sven Hakonsson neugierig.
Da sah der Vagn den Thorkel Leira herausfordern an. „Oh, ich versprach, die Tochter des Thorkel, Ingibjörg, zu bespringen, sollte mich mein Weg nach Norwegen führen. Und auch gelobte ich, ihren Vater zu töten!"
Nun rief der Henker erzürnt: „Das wird niemals geschehen, du Hundsfott!" Er riss das Schwert empor, um sich auf den jungen Jomswikinger zu stürzen. Doch da trat der Waliser, den man bereits herbeigeführt hatte, gegen den Vagn, so dass dieser zu Boden stürzte. Der Thorkel geriet durch die Kraft seines Schlages aber ins Straucheln und fiel.

Da ergriff der Vagn mit seinen gefesselten Händen das Schwert und hieb es dem Thorkel Leira in den Kopf, sodass sein Haupt sich öffnete wie eine geknackte Nuss. So schnell war dies geschehen, dass keinem der Anwesenden die Zeit blieb, dem Thorkel beizustehen.

„Nun habe ich meinen Schwur erfüllt, und ich werde frohen Mutes vor den Allvater treten", rief er triumphierend. Da erzürnte der König der Tröndner und rief wütend: „Los, haut ihn nieder!"

Doch da trat Jarl Erik vor. „Nein, lasst ihm sein Leben." Er wandte sich dem Enkel des Palnatoki zu und fragte diesen: „Willst du in meine Gefolgschaft treten?"

„Ich will es tun, wenn meine Mannen bereit sind, Gleiches zu tun, sodass du auch ihnen ihr Leben lässt", antwortete der junge Krieger stolz.

„Sag, Mann, du bist doch der, den sie den Waliser nennen. Bist du bereit, mir den Gefolgschaftseid zu leisten?"

Er wandte sich an den ältesten der Krieger, dessen Haar bereits weiß wie das Gefieder der Möwen war. „Wenn du dem Vagn das Leben schenkst, so will ich dein Gefolgsmann sein!"

Da mischte sich der Hakon ein und sprach beleidigt: „Bestimmst du nun allein? Dann kann ich mich ja getrost zurückziehen!" Da wurde dem Erik bewusst, dass er den König mit seinen Entscheidungen überging.

„Mein König, mein Vater! Ich bitte dich, diese Wikinger zu begnadigen, auf dass ich sie in mein Gefolge aufnehmen kann."

Da schlug sich der Hakon auf die Schenkel und rief: „Mach mit ihnen, was du willst, mir ist es jetzt gleich!" Er erhob sich von seinem Hocker und ging.

„Bindet sie aus dem Strang. Sie sollen frei sein, wenn sie mir den Eid schwören", befahl Erik Hakonsson, und es geschah. Nicht alle Jarle des Hakon waren mit der

Entscheidung einverstanden, doch sie schwiegen, denn der König tat es auch.
Björn der Waliser begab sich nach Wales zurück, um dort über seine Ländereien zu herrschen. Und der junge Vagn Akisson segelte auf den Rat des Erik hin nach Wiken, um dort die Ingibjörg Thorkelsdottir zum Weib zu nehmen. So erfüllte er auch sein zweites Gelübde!

*

16. Jarl Sigurd

Sigurd erwachte durch das heftige Husten seines Weibes Burga und fuhr erschrocken auf. Burga saß auf der Kante des Bettes und rang schwer atmend, heftig nach Luft. Dieser Husten war dem Sigurd seit seiner Rückkehr aus der Schlacht schon mehrmals aufgefallen, und er gefiel ihm in keiner Weise.
„Was ist dir, Weib?", fragte er verschlafen.
„Es ist nichts! Nur dieser üble Husten, der mich schon seit einiger Zeit plagt", antwortete die Friesin mit erstickter Stimme. „Wir rufen nach dem Kräuterweib", sagte Sigurd und streichelte seinem Weib den Rücken, „sie wird wissen, was zu tun ist."
Burga wandte sich um und lächelte gequält, doch da schüttelte sie wieder ein kräftiger Hustenanfall. Sie hielt sich ein Tuch vor den Mund, und als sie dieses fortnahm, erschrak sie. Blut hatte das weiße Tuch rot gefärbt!

Die beiden Schiffe des Sigurd Svensson waren unversehrt heimgekehrt, doch waren einige Männer, Freunde gar, in eine andere Welt berufen worden. Trotz alledem blieb die Stimmung gut, denn schließlich hatte man die gefürchteten Jomswikinger besiegt und dem Gabelbart einen kräftigen Tritt in den Arsch verpasst.
Nun waren aber bereits drei volle Monde vergangen, und ein Lohn von König Hakon für ihre Taten war ausgeblieben. So hatte Sigurd seine Männer aus der eigenen Schatulle entlohnt, schließlich hatten sie beim Gegner nicht viel erbeuten können, und einige begannen schon zu murren.
Nun war dem Häuptling wieder einmal nicht viel geblieben, doch so bewahrte er Ruhe in seinem Gefolge.

Es war Winter geworden, und der Schnee lag hoch. Die Schiffe lagen auf dem verschneiten Strand, waren nach der Ankunft auf die Schiffsrollen gezogen worden, denn es gab viel an ihnen auszubessern. Doch beide Schniggen hatten sich bewährt.

Es war ein kalter, aber sonniger Tag im Norden des Tröndelag, da kam eine Schar Reiter auf den Hof des Häuptlings. Die sechs Krieger stiegen von ihren schweißdampfenden und heißen Atem schnaubenden Pferden. Da trat Pokas der Knecht vor das Haus und grüßte die Fremden freundlich.

„Führe uns zu deinem Herrn!", verlangte der Anführer der Reiterschar. Und der Knecht hieß die Männer, ihm in das große Langhaus zu folgen.

Sigurd saß mit seiner Familie an einem der Tische und spielte mit dem kleinen Erik, als die Männer eintraten. Diese warteten auf Weisung des Pokas in der Nähe der Pforte, und der Knecht trat an den Tisch. Der Hausherr sah zu den Fremden hinüber, erhob sich und ging durch den großen Raum, um wieder auf seinem Hochstuhl Platz zu nehmen. Nun erst führte der Knecht die Männer heran und der Häuptling grüßte diese freundlich.

„Skaggi! Was führt dich auf meinen Hof?", fragte Sigurd, und der Jarl aus dem großen Trondheimfjord antwortete ihm mit tiefer Stimme: „Ich komme als Bote des Königs, und ich grüße dich, Sigurd Svensson!"

Der Anführer der Reiterschar schien sehr stolz auf seine Aufgabe zu sein, denn eigentlich hätte er es als Jarl und Großbauer auch ablehnen können, für den König zu reiten. Sigurd kannte den Skaggi aus der Schlacht, und letztlich hielt er ihn für arrogant und selbstgefällig.

„Der Hakon wünscht dich zu sehen, Häuptling vom Sigurdfjord! Bist du bereit, mir nach Lade zu folgen?"

„Auch ich grüße dich und heiße dich auf meinem Hof willkommen, Jarl", sprach der Häuptling und nickte auch den Begleitern des Skaggi zu. Sigurd sah den Boten erstaunt an. „Was will der König von mir?", fragte er. „Ich habe meine Pflicht erfüllt, was gibt es noch?"

Da trat der blonde Bjarne, er zählte nun elf Sommer und Winter, neben den Hochstuhl seines Vaters und sah den Boten böse an. „Ich werde dir mit meinem Schwert zur Seite stehen, Vater", versprach er stolz, denn er hatte vor nicht allzu langer Zeit von Thorkill Ormsson ein extra für den Knaben geschmiedetes Schwert erhalten. Und es waren nicht wenige, die dem Knaben den Umgang mit der Klinge beibrachten.

„Ja, mein Sohn, das wirst du!" Da wandte sich Sigurd seinem Weib zu und rief: „Bringt etwas zu essen auf den Tisch. Unsere Gäste werden hungrig sein und müssen sich stärken. Bereden können wir die Angelegenheit auch später."

Die Burga, blass im Gesicht, erhob sich von ihrem Platz, konnte dem Sigurd aber keine Antwort geben, denn wieder schüttelte sie ein kräftiger Hustenanfall. Gefolgt von dem kleinen Erik, begab sie sich in den hinteren Teil des großen Langhauses.

Da trat der Schmied Thorkill mit seinem kleinen Sohn Orm durch die Pforte, sah die Männer, nickte zum Gruß und setzte sich an den Tisch, an dem vorher die Burga gesessen hatte. Und sofort kam auch der kleine Erik, der den Orm erblickt hatte, und setzte sich zu dem Schmied.

„Nehmt Platz, es soll euch ein Mahl aufgetragen werden", bat Sigurd die Männer, erhob sich von dem Stuhl mit der hohen Lehne und geleitete die Gäste an einen der großen Tische.

„Noch erwarte ich deine Antwort, Sigurd Svensson", hakte der Skaggi ungeduldig nach. Da hielt der Hausherr inne, wandte sich um und sprach: „Wenn es dir und dem König so dringend erscheint, will ich mich gerne nach Lade begeben." Er machte eine auffordernde Handbewegung, und die Männer folgten ihm. Dann traf sein Blick den seines rothaarigen Freundes. „Ich möchte, dass du an meiner Seite bist, Thorkill! Und suche noch weitere fünf Männer aus, die uns begleiten. Wir reiten an den Hof des Hakon nach Lade!"

Es war noch recht früh am Morgen, da waren der Hof und das Haus des Sigurd Svensson bereits mit Leben erfüllt. Vor dem Langhaus standen bereits die von den Knechten gesattelten Pferde und bliesen Schwaden ihres heißen Atems in die kalte Morgenluft. Nur dünne weiße Wölkchen zogen über den strahlend blauen Himmel, und es schien, als würde es ein schöner Tag.
An den Tischen in der Halle saßen die Männer und aßen ihr Morgenmahl, denn keiner seiner Gäste sollte mit leerem Magen sein Haus verlassen, so wollte es Sigurd.
Bald schon kamen fünf Männer auf den Hof, die Sigurd begleiten wollten. Vom Drachenhof kamen Tjord und Ole, die Dänen, dazu ein junger Krieger namens Bran, der nach der Schlacht im Hjörungafjord auf dem Hof des Knut geblieben war, da er weiterhin zum Gefolge des Häuptlings gehören wollte. Dazu kamen noch Gunnar und ein weiterer Mann aus dem Dorf.

In dieser Nacht hatte der Sigurd sein Weib ausgiebig geliebt, denn die Burga schien ihm diesmal unersättlich zu sein. Doch der Mann genoss die Nähe seines Weibes, ihre zarte warme Haut, ihre Lippen, die Brüste und den Schoß. War er einmal dem Schlaf nahe, so gelang es ihr schnell, ihn wieder sanft zu wecken, um das Liebesspiel aufs Neue zu entfachen.

Die Sonne stand schon fast im Zenit, da hatte sich Sigurd von seiner Familie verabschiedet. Lange hatte er sein Weib im Arm gehalten, hatte sie geküsst und gestreichelt, denn bei einem Mann wie Hakon von Lade wusste man nie, was geschehen würde und was dieser gerade im Schilde führte. Noch einmal küsste Burga ihren Gemahl innig, sprach liebende Worte und ließ ihn dann gehen.
Als Sigurd auf den Platz vor dem Haus trat, hielt Bjarne sein Pferd, und auch Erik stand bereit, um den Vater zu verabschieden. Der Sigurd strich den Knaben über ihre Köpfe. „Seid gehorsam und achtet auf den Hof!"
Dann verließen die zwölf Reiter das große Gehöft und ritten nach Süden.

*

Es waren nur wenige Tage vergangen, seit Sigurd Svensson seinen Hof verlassen hatte. Da hatte sich der Zustand seines Weibes Burga, trotz der Hilfe der Völva und des Priesters Mamertus, der sich selbst gut mit der Heilkunst auskannte, nicht gebessert, und an einem Morgen im Februar des Jahres 987 konnte sie ihr Schlaflager nicht mehr verlassen. Zu sehr hatte der Husten ihren Körper geschwächt, ihr Atem war laut und von einem lauten Rasseln begleitet. Ihre sonst so rosige Haut hatte nun eine fahle graue Farbe angenommen, ihr seidiges Haar klebte verschwitzt an ihrem Kopf, und ihr Körper erzitterte unter heftigen Fieberanfällen. Die meiste Zeit des Tages schlief sie, und wenn sie hustete, spie sie Blut.
Nun wich ihr der Priester Mamertus nicht mehr von der Seite, und alle anderen mussten der Kammer fernbleiben.

Nicht die Mägde oder Knechte und auch nicht die Kinder durften den Raum betreten. Einzig der Pokas wagte sich zu der Kranken, denn er ließ es sich nicht nehmen, dem Priester zur Hand zu gehen.
„Ich habe bereits von dieser Krankheit mit dem blutigen Husten gehört", hatte Mamertus zu dem Pokas gesagt und befohlen, dass niemand außer ihm selbst, die Kammer betreten dürfe. „Diese Krankheit kann jeden befallen, sie ist ein Fluch des Teufels", hatte er gesagt und die Sklaven erschraken. „Ich weiß nicht warum der Herr die Burga so straft, ist sie doch ein gläubiges Weib. Aber die Wege Gottes sind unergründlich. Also bleibt der Burga fern!"
Über diesen Befehl des Priesters waren die Knechte und Mägde sehr froh, nur Pokas ließ sich nicht davon abbringen, seiner Herrin beizustehen. Das Kräuterweib allerdings weigerte sich fortan, die Kammer zu betreten, denn sie hielt diese Krankheit für einen Fluch der Götter, der die Christin strafen sollte.

Oft standen der kleine Erik und sein Freund Orm vor der Tür der Kammer, doch der Priester scheuchte sie jedes Mal fort. Nur einmal gelang es dem Erik, einen Blick auf seine Mutter zu erhaschen. Und der Knabe begann fürchterlich zu weinen!
Der junge Bjarne hatte sich, kaum war der Sigurd mit den Männern fortgeritten, auf den Drachenhof des hinkenden Knut zurückgezogen und zeigte sich kaum noch auf dem väterlichen Hof. Der Zustand der Burga war ihm egal. Einzig auf den Hof des Gunnar ging er, um seiner Ziehmutter, der Gerda, zur Hand zu gehen.
Doch meist hielt er sich bei den Wikingern seines Vaters auf und erlernte von diesen den Umgang mit den Waffen.

Die Tage vergingen, und es herrschte nun eine seltsame Stille auf dem Hof des Häuptlings. Keiner erhob mehr seine Stimme, einzig die Kinder spielten und lachten.

Eines Tages dann trat ein Mann in das Haus des Sigurd, und es war Pokas, der diesen als erster bemerkte. Der Fremde trug einen langen Umhang, dessen Kapuze er tief in sein Gesicht gezogen hatte.
„Wer bist du, dass du es wagst, ungebeten einzutreten?", fragte der Knecht mit strenger Stimme. „Was suchst du hier, Fremder?"
Da schlug der Mann mit beiden Händen die Kapuze zurück.
„Nenn mich nicht Fremder, Sklave!"
„Björn Gelbhaar!", entfuhr es dem Pokas, und er begann freudig zu grinsen.
„Der Name Gelbhaar entspricht wohl nicht mehr ganz der Wahrheit", sprach der Seefahrer. „Es müsste wohl bald eher Grauhaar heißen. Aber es erfreut mich, dass du mich noch erkennst, Pokas."
„Keiner auf dem Hof hätte erwartet, dich wiederzusehen. Komm, nimm Platz und stärke dich", forderte der Verwalter des Hofes den Wikinger auf, und dieser folgte der Einladung nur zu gern. Es plagte ihn schon seit Tagen der Hunger.
„Wo ist Sigurd?", fragte er, während Pokas die Magd rief. Der Knecht führte den Björn an einen der Tische, sie nahmen Platz, und der Knecht begann zu erzählen.
„Sigurd ist an den Hof des Hakon von Lade gerufen worden, und seitdem liegt ein dunkler Schatten über dem Haus!"
Björn sah den Mann überrascht an.
„Der blutige Husten hat die Burga befallen, und der Priester sagt, dass sie sterben wird. Bald schon!"
Der Blick des Björn wurde ernst, und er fuhr sich durch den vollen graublonden Bart. So hatte er sich seine Rückkehr

nicht vorgestellt. „Sie stirbt?", sagte er leise. „Die Christin stirbt!"
Diese Nachricht gefiel dem Björn keineswegs, obwohl er das Weib nicht sonderlich mochte, doch ihr Tod würde seinen Ziehsohn zutiefst treffen.
„Ich fürchte, bevor ihr Gatte heimkehrt, wird sie uns verlassen haben", sprach Pokas traurig.
„Führe mich zu ihr", verlangte Björn, doch der Knecht weigerte sich. „Mamertus hat jedem den Zugang zur Kammer des Weibes verboten!"
„So ist es also schon soweit, dass der Pfaffe hier die Befehle gibt? Er kann mich mit seiner bekehrungswütigen Zunge an meinem Arsch lecken, dein Mamertus!" Björn erhob sich und war sichtlich erbost. „Los, komm!"
„Aber die Krankheit ist ansteckend, und der Priester sagt, es sei ein Fluch des Teufels", protestierte der Knecht vergeblich. „Und der Christengott ist zu schwach, diesen Fluch von dem Weib zu nehmen", ließ sich der weit gereiste Wikinger nicht beirren. „Nein, mein Freund! Ich sage, dieses Weib war zu schwach, um hier im Norden zu leben. Das ist der wahre Grund für ihre Krankheit! Und ich hatte Sigurd davor gewarnt, sie hierher zu bringen", grummelte er unverständlich und schob den Pokas vor sich her.
Als sie die Kammer betraten, hallte ihnen ein krächzender Husten entgegen, doch es war nicht mehr der laute Husten der vergangenen Wochen. Es war ein leiser, kraftloser Husten. Der Husten eines geschwächten, sterbenden Menschen!
Mamertus, der am Bett der Burga saß, ihre Hand hielt und Gebete murmelte, wandte sich um und begann sofort erbost, den Knecht zu schelten. „Was soll das, Sklave? Habe ich nicht klare Anordnungen gegeben?"
Doch da fuhr ihm der Wikinger ins Wort: „Halt dein Maul, Pfaffe! Oder willst du das Weib auf seinem Weg begleiten?"

Der Priester erschrak beim Anblick des Björn. „Oh, Björn Gelbhaar", stammelte er, erhob sich von dem Schemel und trat von dem Schlaflager zurück. „Du bist also wieder in den Sigurdfjord zurückgekehrt."
„So ist es!" Björn schob den Kuttenträger unsanft beiseite und nahm auf dem Schemel Platz. Er ergriff die Hand des Weibes, diese schlug ihre Augen auf und sah in das bärtige Gesicht des Mannes, der einst der Ziehvater ihres Gatten war. „Björn Gelbhaar, bist du es?", fragte sie mit leiser Stimme.
„Ja, das bin ich, Burga, Tochter des Wigbald!" Sie versuchte ein Lächeln hervorzubringen, doch dies wurde zu einer gequälten Fratze, die wenig mit einem Lächeln gleich hatte. „Es ist gut, dass du zurückgekehrt bist. Sigurd wird dich an seiner Seite brauchen, denn meine Zeit auf Erden läuft wohl ab. Dem Herrn Christus scheint es zu gefallen, mich in sein Reich zu holen." Burga begann wieder zu husten, und in ihrem Tuch zeichnete sich ein roter Fleck ab.
„Stehe meinem Liebsten bei, so wie du es früher getan hast. Und sorgt gut für meinen kleinen Erik." Noch einmal sah sie den Björn mit traurigen Augen an, legte ihren Kopf zur Seite und schlief ein. Björn Gelbhaar erhob sich langsam von dem Hocker, und sein Blick lag noch eine Weile auf dem jungen, sterbenden Weib. Da staunte der Mamertus, als er in das Gesicht des Wikingers sah. Björn weinte!
In der darauf folgenden Nacht starb die Friesin und wurde so von ihren Qualen erlöst.

*

Drei volle Tage hatte der König des Tröndelag Hakon von Lade den Sigurd warten lassen, bis man ihn am Abend des dritten Tages in die riesige Königshalle von Lade rief. Der Schein unzähliger brennender Fackeln erleuchtete den

großen Raum, der, mit zahlreichen Tischreihen gefüllt war, an denen die Krieger des Königs aus allen Gauen Nord- und Westnorwegens saßen und sich an den Speisen labten.
Die Mägde liefen mit den Krügen umher, um die Becher und Hörner der Männer zu füllen. Und alle waren sie sehr hübsche junge Mädchen, denn der Hakon liebte es, sich mit schönen Frauen zu umgeben.
Ein Knecht führte den Sigurd und seine Männer, die immer wieder von bekannten Gesichtern gegrüßt wurden, an einen der Tische, und dieser stand nicht weit entfernt des königlichen Hochstuhls. Dies war eine große Ehre, die dem Sigurd damit zuteil wurde, und er wusste dies durchaus zu schätzen. Denn es war nicht nur die Nähe zum König, die diesen Platz zu etwas besonderem machte, sondern es war die viel bessere Bewirtung durch die schönen Mägde.
Zu beiden Seiten des Thrones saßen die führenden Jarle des Trondheimfjordes, die dem Hakon auch als Berater dienten, und als das Mahl beendet war, kamen Knechte und trugen den Tisch des Königs fort. Einer der Jarle sorgte nun für Ruhe, sodass der König sprechen konnte. Hakon rief Krieger beim Namen, und diese traten nacheinander vor den König. Es waren Schiffsführer der Flotte, Häuptlinge und Jarle, die in den Augen des Hakon von Lade Schande auf sich geladen hatten. Man warf ihnen vor, ihre Gefolgschaft geschont zu haben oder sogar vor dem Feind in der Schlacht geflohen zu sein. Und nun ging der König mit diesen Männern hart ins Gericht, und sie würden den Zorn des Herrschers auch noch einmal zu spüren bekommen, wenn im Herbst die Steuereintreiber durch das Land ziehen würden. Doch noch standen sie in der Halle, vor all den Kriegern, und wurden mit Schimpf und Schande überschüttet.
Eigentlich ging es um nichts weniger als ihr Leben, doch da der Hakon ein gieriger Mann war und er es auch nicht

wagen wollte, einem Jarl die Axt in den Nacken legen zu lassen, konnten die Angeklagten sich mit einer angemessenen Geldzahlung freikaufen.

Sigurd musste sich eingestehen, dass ihm dieser Anblick nicht gefiel, und dass es ihm langsam unwohl wurde in seiner Haut, denn auch ihn hatte der König ja hierher befohlen. All die Männer, die mit gesenktem Kopf vor dem König standen, mussten fortan mit dem Makel der Feigheit leben. Mit herablassenden Worten hieß der König die in Ungnade gefallenen Gefolgsleute wieder ihre Plätze einzunehmen, was diese unter dem Gegröle der anderen Krieger auch taten.

Dann ließ sich der Hakon von einer jungen Magd ein Methorn reichen und fasste ihr dabei lüstern an die Brüste. „So jung und schon solche Titten! Komm später in meine Kammer!", befahl er und schlug ihr mit der flachen Hand auf den Hintern, als diese sich abwandte und ging.

Er begann laut zu lachen, und man sah ihm die Wirkung der Getränke bereits an. „Nun lasst uns zu angenehmeren Dingen kommen", sagte er grinsend, und der Zorn des Mannes mit dem langen Kinnbart, schien wie verflogen zu sein.

„Es gibt auch Krieger in unseren Reihen, die es wert sind, vor Odin und Thor, vor Tyr und Heimdall lobend erwähnt zu werden."

Hakon lehnte sich gemütlich in seinem Hochstuhl, der mit dem Fell eines weißen Bären gepolstert war, zurück und trank einen großen Schluck aus seinem fein verzierten Methorn.

„Sigurd Svensson! Häuptling des Sigurdfjordes, tritt vor!", rief er laut in die Halle. Ein Knecht führte den Sigurd vor den König und die führenden Jarle des Gaus.

Mit fester Stimme grüsste der Häuptling die Männer. „Heil dir, Hakon von Lade! Heil auch euch Jarlen!"

Er wandte sich kurz den Genannten zu, richtete seinen Blick dann aber wieder auf den Tröndnerkönig.

„Du bist ein mutiger Mann, Sigurd", sprach der Herrscher freundlich. „Du hast für mich gestritten, ohne deine Krieger zu schonen, und du warst es, der den Enkel des Palnatoki gefangen nahm und ihn in meine Hände gab. Obwohl dieser sich immer noch bester Gesundheit erfreut!"

Er bedachte seinen Sohn Erik mit einem zornigen Blick, sprach aber sofort wieder zu dem Sigurd: „Dafür will ich dich belohnen!"

Zuerst war es ein Raunen, das durch die Halle ging, aber als die fünf Krieger im Gefolge des Häuptlings zu jubeln begannen, wurde es laut in der Methalle des Hakon.

„Niemand soll mir nachsagen, ich sei undankbar", rief der König. „Darum sollst du, Sigurd Svensson, fortan den Titel eines Jarls tragen und das Gau um den Fjord, welcher den deinen und den Namen deiner Ahnen trägt, soll bis zur Grenze des Schwedenreiches im Osten und dem Helgeland im Norden dein Lehen sein. Ob Häuptling, Freier, Knecht oder Sklave, alle unterstehen nun deinem Befehl!"

Der blonde Tröndner mit dem langen Schnauzbart, der seinen Mund umrahmte, sah den angetrunkenen Herrscher ungläubig an. „Los, bringt dem Mann ein Horn voll süßem Met!", rief König Hakon und war sichtlich belustigt, über das erstaunte Gesicht seines neuen Jarls.

Nach dem Sigurd wieder seinen Platz an der Seite seiner Männer aufgesucht hatte, erhielt noch ein weiterer Mann die Jarlswürde, und viele andere wurden reich beschenkt. Zwei weitere Tage blieben die Männer noch in Lade, um die neu gewonnenen Jarltitel ihres Anführers gebührend zu feiern. Sie dankten den Göttern mit einem Opfertier für das Heil, das sie Sigurd schenkten, und keiner von ihnen ahnte etwas von dem Unglück, das sich auf dem Hof des Jarls zugetragen hatte.

*

Eine seltsame Stille lag über dem Dorf, als die sechs Reiter den Weg, der von Süden in die Siedlung führte, hinunter geritten kamen und die ersten Gebäude passierten.
Die Dorfbewohner, denen sie begegneten, grüßten verhalten oder senkten ihre Köpfe.
„Was ist denn hier geschehen?", fragte Thorkill verwundert, und die Männer überkam eine seltsame Unruhe. Im Dorf angekommen, trennten sie sich, und Sigurd, begleitet von Thorkill, ritt den Weg durch das kleine Wäldchen, das den Hof des Jarls von dem Dorf trennte. Vor dem Langhaus zügelten sie ihre Pferde, und der Lubomir eilte aus dem Stall herbei, um die Tiere in Empfang zu nehmen und diese zu versorgen. Nur verhalten grüßte er seinen Herrn und dessen Begleiter, nahm die Zügel der drei Pferde, eines war ein Packtier, auf dem der Lohn des Hakon für die Kriegsfahrt verstaut war, und führte diese fort in den Stall. Da wurde die Tür des Langhauses geöffnet, und Björn Gelbhaar trat heraus.
„Björn!", rief Sigurd freudig überrascht. Die alten Weggefährten früherer Jahre fielen sich in die Arme und begrüßten sich herzlich. Nachdem der Wikinger auch dem Thorkill die Hand geschüttelt hatte, traten die Männer durch die Pforte.
„Wo ist meine Familie? Warum begrüßt man mich nicht, wie es sich geziemt? Es gibt viel zu berichten", sprach Sigurd, als sie die Halle betraten. Dort empfingen sie Pokas und der Priester Mamertus. Die Gesichter der beiden Männer verhießen nichts Gutes, und da weder sein Weib

noch seine Söhne anwesend zu sein schienen, fragte Sigurd beunruhigt: „Wo ist Burga?"
Der Pokas trat näher und nahm den Männern ihre Mäntel ab, doch er schwieg. Da legte Björn seinem einstigen Ziehsohn die Hand auf die Schulter und sprach: „Dein Weib ist nicht mehr unter den Lebenden. Die Krankheit hat sie dahingerafft!"
Wie erstarrt sah Sigurd den alten Freund fragend an, wandte sich dann dem Thorkill zu, und letztendlich fiel sein Blick auf den Priester. „Mamertus! Warum?"
„Es hat dem einzigen und wahren Gott gefallen, die Burga in sein Paradies zu holen. Die Wege des Herrn sind für uns Menschen unergründlich", antwortete der Priester mit fester Stimme, doch diese Antwort gefiel dem Sigurd nicht.
„Dein Gott ist ein grausamer Gott, Priester!"

Noch zur selben Stunde führte Pokas seinen Herrn an das frische Grab der Burga, am Rande des Wäldchens. Lange hatten die Knechte graben müssen, denn der Boden war hart gefroren, doch der Priester hatte darauf bestanden, das Weib sofort zur letzten Ruhe zu betten, im Schatten der hohen Bäume.
Jarl Sigurd hatte sich auf einen großen Stein gesetzt und den Knecht fortgeschickt. Er starrte auf den kleinen Grabhügel, und er verabscheute den Gedanken, dass sein geliebtes Weib dort in der kalten Erde lag und den Würmern als Nahrung diente. Ihn überfielen tiefe Zweifel, und die eine Frage bohrte sich in sein Bewusstsein: Warum nahmen die Götter ihm schon wieder ein Weib? War dies die Rache Odins dafür, dass er eine Christin zum Weib genommen hatte? Aber warum belohnten sie ihn dann mit der Jarlswürde und so großem Heil im Kampf?

Es war bereits Nachmittag geworden, da kam Gunnar auf den Hof und brachte den Bjarne, seinen Bruder Erik und Orm, den Sohn des Thorkill, mit sich. Der Sigurd begrüßte seine Söhne, und es schien, als täte er dies inniger, als er es sonst tat, wenn er heimkehrte. Der junge Erik begann zu weinen, da rügte Bjarne seinen Bruder: „Benimm dich nicht wie ein Mädchen!"
„Lass ihn weinen, er verlor seine Mutter", rügte der Sigurd seinen ältesten Sohn.
„Ich fühle mit dir, mein Jarl", sprach Gunnar, und dies war das erste Mal, das Sigurd mit dem Titel angesprochen wurde. Noch einige Männer und Frauen kamen an diesem Tag auf den Hof, sogar der hinkende Knut vom Drachenhof hatte sich auf den Weg gemacht, um dem Sigurd sein Mitgefühl auszusprechen.

Am Abend begab sich Sigurd in die kleine Kirche hinter dem Langhaus und setzte sich auf eine der Bänke, die in dem hölzernen Gebäude standen. Schweigend besah er sich die bunten Bilder, mit denen die Wände bemalt waren. Bilder aus dem Leben des Herrn Christus. Da liefen dem Tröndnerjarl dicke Tränen über seine Wangen. Tränen der Trauer und der Wut, die ihn beim Anblick dieser Bilder überkamen.
„Du musst es akzeptieren, Sigurd! Es ist der Wille des Herrn!", sprach plötzlich eine Stimme im Rücken des Jarls. Der Angesprochene wandte sich um und sah in das Gesicht des Priesters. Zorn überkam ihn, unendliche Wut! Langsam glitt die Hand an den Griff des Kehlenbeißers, er sprang auf und riss das Schwert in die Höhe. „Wage es nicht, noch einmal von diesem Gott zu sprechen! Nicht auf meinem Hof und nicht in meinem Gau!"
„Beruhige dich, Sigurd! Es spricht die Trauer aus dir. Der Herr Christus wird dir deinen Frevel verzeihen", sprach der

Priester gönnerhaft, doch dies erzürnte den Jarl noch mehr.
„Mein Gott ist Odin!", rief Sigurd wütend. „Ich glaube an die Götter meiner Ahnen, und ich pisse auf deinen Christengott!"
„Aber Sigurd, du bist ein getaufter Christ!", rief Mamertus entsetzt.
„Das war ich nie!" Er wandte sich um und schlug sein Schwert in das hölzerne Kreuz, das an der Vorderseite des kleinen Altars befestigt war. Das Holz splitterte, und das Kreuz flog in hohem Bogen gegen die Wand der Kirche.
„Ich will, dass du verschwindest, Pfaffe! Verschwinde aus meinem Dorf! Verschwinde aus meinem Gau, oder ich mache deinen Kopf den Göttern zum Geschenk!"
Noch ehe der Mamertus etwas entgegnen konnte, grub sich die Klinge tief in das Holz des Altars. Da schrie der Priester entsetzt auf und floh aus dem kleinen Gotteshaus.
Noch in derselben Nacht verschwand der Priester Mamertus aus dem Sigurdfjord. Der Jarl aber ließ seiner Wut freien Lauf und schlug den Altar wie besessen kurz und klein, und auch die Bänke verschonte er nicht. Ein Hieb nach dem anderen fuhr in das Holz, bis er vor Erschöpfung auf den Boden sank. Nach einer Weile erhob sich Sigurd. Der Jarl wischte sich die Tränen aus seinem Gesicht und trat ins Freie.
Stille lag über dem Hof, und weiße Flocken fielen vom Himmel herab und legten sich auf das Gesicht des Mannes. Er griff nach der Tür und verschloss die Pforte der kleinen Kirche, die er einst für sein Weib, die Friesin Burga, erbaut hatte. Und diese Pforte sollte für lange Zeit geschlossen bleiben.

Dass Sigurd Svensson nun ein Jarl war, hatte sich, genau wie die Nachricht des Todes seines Weibes, schnell im ganzen Fjordgau herumgesprochen. Doch in diesen Tagen

sprach man kaum darüber. Aber man sprach über einen Priester, der vor dem Jarl aus dem Fjord fliehen musste.
Jarl Sigurd herrschte fortan in dem Fjordgau mit fester, aber gerechter Hand, und er genoss unter den Jarlen Westnorwegens einen guten Ruf. Er galt als ein gutherziger Mann, welches man dem Einfluss der Burga nachsagte, und nachdem einige Zeit vergangen und der Zorn über den Herrn Christus verflogen war, gewährte er auch den wenigen Christen in seinem Gau, ihren Glauben weiterhin auszuüben. Sigurd selbst verweigerte sich den christlichen Priestern, die ab und an den Weg in das Dorf im Norden fanden.
Er opferte wieder den Asen und erbat sich sein Heil von Thor, den er nun als seinen Schutzgott ansah, und hoffte, mit dessen Hilfe seinen Reichtum auf seinen Wikingerfahrten mehren zu können.

*

**Die Saga von Sigurd Svensson
„Das Schwert des Wikingers"**

Kaum dem Kindesalter entwachsen, verlässt Sigurd, der erstgeborene der beiden Söhne des Häuptlings Sven, den Hof seines Vaters im Tröndelag, einem Gau im Nordwesten Norwegens, um als freier Wikinger sein Glück auf See zu suchen. Er schließt sich einem gefürchteten Seekönig an und erkämpft im Alter von nur siebzehn Jahren, getrieben von ungestümem Mut, ein eigenes Schiff, mit dem er auf Raubfahrt geht. Doch das große Heil, das ihm die Götter im Kampf schenken, muss der junge Nordmann teuer bezahlen. Heftige Schicksalsschläge erschüttern das Leben des jungen Kriegers in seiner Heimat, und so begibt er sich, als neuer Häuptling des Dorfes, auf die Suche nach seinen in die Sklaverei verschleppten Schwestern und den Mördern seiner Gesippen.

*

„Das Schwert des Wikingers"
Broschiert, 300 Seiten

Auch als eBook erhältlich

Weitere Romane von Rainer W. Grimm

Mit „Die Saga von Erik Sigurdsson" schrieb der Autor, die spannende Lebensgeschichte eines jungen Norwegers, der als Sohn eines Jarls, eines Häuptlings und Fjordgrafen, um die erste Jahrtausendwende in die Glaubenskriege und Machtkämpfe zwischen Norwegern, Dänen und Schweden verwickelt wird. Hin- und her gerissen, zwischen dem alten Glauben seiner Väter, die Odin und Thor ihre Opfer brachten und dem neuen Gott Jesus Christus, der aus den südlichen Ländern, von den Missionaren in die eisigen Fjorde des Norden gebracht wurde, muss Erik Sigurdsson, bald selbst Jarl und Anführer, schwere Schicksalsschläge ertragen. Krieg und Kampf sind der Faden, der sich fortan durch das Leben des Jarls und Wikingers zieht.
Die Trilogie ist die Fortsetzung der Sigurd Svensson Saga und erschien in folgenden Bänden:

„Das Blut der Wikinger"
Broschiert, 304 Seiten
*
„Die Wölfe des Nordens"
Broschiert, 316 Seiten
*
„Der Krieg der Könige"
Broschiert, 328 Seiten

Auch als eBook erhältlich